谢清风◎著

出版家
鲁迅研究

人民出版社

目　　录

自　序 ……………………………………………………………… 1

绪　论 ……………………………………………………………… 1

第一章　现代出版思想的探索者 ………………………………… 29

　　一、鲁迅的出版价值观 ……………………………………… 30

　　二、鲁迅的出版主张 ………………………………………… 38

　　三、鲁迅出版思想的特点 …………………………………… 53

　　四、鲁迅出版思想的发展 …………………………………… 59

第二章　"思想革命"的编辑典范 ……………………………… 68

　　一、鲁迅的编辑思想 ………………………………………… 68

　　二、鲁迅的选题思想和实践 ………………………………… 81

　　三、鲁迅的审稿思想和实践 ………………………………… 89

　　四、鲁迅的校对思想和实践 ………………………………… 95

第三章　装帧设计的先驱 ………………………………………… 101

　　一、鲁迅开创装帧设计新纪元 ……………………………… 101

　　二、鲁迅的装帧设计思想 …………………………………… 107

　　三、鲁迅的装帧设计实践 …………………………………… 114

第四章　市场经营的行家 ·· 133

　　一、鲁迅的出版经济思想 ·· 133

　　二、鲁迅关于出版物质量和标准的认识与实践 ············ 139

　　三、鲁迅关于出版物宣传推广的认识与实践 ··············· 161

第五章　出版队伍的引路人 ·· 179

　　一、以鲁迅为核心的出版群体 ·································· 179

　　二、鲁迅重视出版队伍的培养 ·································· 187

　　三、鲁迅培养出版队伍的路径 ·································· 190

第六章　独具特色的出版家 ·· 206

　　一、出版价值观比较 ·· 206

　　二、出版观念比较 ··· 213

　　三、出版管理比较 ··· 218

　　四、出版人格和出版精神比较 ·································· 221

附　　录 ··· 229

　　一、参考文献 ·· 229

　　二、鲁迅与出版社 ··· 236

　　三、鲁迅与报刊 ·· 239

　　四、鲁迅生前著、译、编、校作品的出版 ·················· 252

　　五、鲁迅装帧设计作品 ·· 264

　　六、以鲁迅为核心的出版人名录 ······························ 268

后　　记 ··· 276

自　序

从 1996 年下半年至今，个人断断续续地品读和思考出版家鲁迅，同时将他的编辑出版思想和精神融入出版实践和素养修炼。24 年多过去，回头看发表的第一篇关于出版家鲁迅的学习成果《鲁迅的图书质量观》，颇有感触。这篇文章没有充分阐述鲁迅的图书质量思想，只是表达了鲁迅重视图书质量的观点及其重视图书质量的表现。但是，在今日"高质量发展"成为热词的背景下，那时的这种表达具有应景感。实际上，并非写文章时有什么特别的想法，而是因为质量是永恒的标准和追求，不会过时，而且不只是出版行业，质量要求涉及一切领域。也就是从这个意义上说，这篇文章于出版的意义尚在，于是摘引作为序的主要内容。

鲁迅对图书质量的高度重视与他对图书出版工作的性质、任务、作用的科学认识是分不开的。鲁迅一生致力于弘扬优秀传统文化、建设新文化、创造未来文化……认为出版事业是精神产品的加工厂和精神食粮的运输线，告诫编辑们要努力加工各类精神食粮，使精神食粮面世传播、流芳久远。他以发扬进步文化、促使革命文化事业与革命斗争相结合为中心，对一切有利于这个中心的图书予以肯定、褒扬，对一切背离该中心的出版现象进行批评甚至斗争。文化是人民群众创造的物质文明和精神文明的总和，人民群众是文化的创造者，自然也为图书出版事业提供了一切。同时，图书问世之后必然回归人民群众，为人民群众服务，接受人民群众的批判。这就是图书的人民性。坚持图书的人民性是鲁迅一生的信念……

鲁迅对图书质量的高度重视表现在他对作者和读者的负责精神和服

务精神。鲁迅强调要尊重作者的劳动和权益……图书出版后，只有能使读者获益才算成功，因此必须对读者负责，把为读者服务摆在第一位。鲁迅强调出版物必须有高质量……鲁迅常常想读者之所想，认为在出版图书时，要顾到读者的购买力，多出廉价的学生版、流通本、简装本、报纸本，而且要少出现校对错误。……鲁迅还主张出版物要用编校记、序跋、书评去引导读者，编辑要虚心接受读者的监督批评。

鲁迅对图书质量的高度重视表现在他对图书内容、形式的选择和追求上。鲁迅非常重视图书内容的选择，强调出版物要对人民群众负责，对文化事业负责，对中国的将来负责。他重视祖国文化遗产的保存，亲自收集、整理、研究古籍，为弘扬传统文化的精华做出了贡献。他认为翻译外国作品时，对翻译对象不应兼收并蓄，要有选择、有重点，尤其要注重对中国现实有益的作品的译介。面对内容不好的图书，鲁迅敢于批评。……好的图书不但要有好的内容，还要有好的表现内容的形式。鲁迅认为出版物必须讲究封面、装订、版式设计，图书要印得精致，书刊装帧设计应与出版物性质相符，从古今中外艺术宝库中取法、取材，针对不同对象，分别出不同版本的书刊……

鲁迅对图书质量的高度重视，突出表现在他对编辑的严格要求。鲁迅非常重视编辑的建设，认为编辑要有高尚的职业道德、高深的业务修养和严谨的工作作风。编辑要有历史文化使命感，要有献身文化历史的道义感和精神……要有"梯子"精神，让"后起诸公真能由此爬得更高"。要有伯乐之心，"办刊物应多量吸收新作家，范围要扩大"，"愿有英俊出于中国"。要把作者、读者放在心上，为他们服务。编辑有了职业道德，则须用全面的职业修养和娴熟的业务技能实现其追求。编辑的职业修养从思想意识到专业知识，要求广博。编辑的业务知识从审稿、改稿到装帧设计，再到印刷用纸、用墨、付印付订、图书价格、成本，样样要通，要"当作大事来做"。"实地劳作，不上叫嚣"是编辑工作的特点，编辑必须严谨，具有一丝不苟的工作作风。

鲁迅对图书质量的高度重视还表现在他对出版业务的十分熟悉和精

通上。鲁迅没在图书出版专门学校学过,也没在印刷厂或书店干过,但他靠平时的积累,对出版业务非常熟悉,精通出版印刷的各个环节。……

鲁迅的图书质量思想非常丰富。缅怀其精神,深研其理论,对提高我国的图书质量,应是大有裨益的。

对照这篇文章的论述和本书的内容,个人对于出版家鲁迅的基本判断和评价不曾改变。尽管找到了更多的素材,但只是让基本判断和评价更饱满。尽管从更久远的出版史和更宏大的出版视域体会、挖掘,但只是让基本判断和评价更有说服力。这正应了不忘初心、不失本真的内涵和要求。

丰富的鲁迅图书质量思想都需要在持续深挖中精准把握,更何况出版家鲁迅的风貌、灵魂和精神呢? 在与出版家鲁迅思想和精神相伴的日子里,个人既站在前人的肩膀上以求更高远,又得益于同行者的启迪以求更深厚,虽然在拙著中尽力表明众贤者的助力和贡献,但总有遗漏。这里既感谢也致歉。

登高自卑。个人将在对出版家鲁迅的敬仰中继续靠近他,将在出版实务中更好地追寻和体现他的思想和精神。

人民出版社是我国的出版高地,她收纳拙作是个人的莫大荣耀。特别感谢责任编辑张双子老师及其团队。

是以为序,以自勉。

绪　　论

鲁迅,1881 年 9 月 25 日出生,1936 年 10 月 19 日病逝。1906 年 3 月,从日本仙台到东京,弃医从文,筹办《新生》杂志算起,至去世前编辑出版瞿秋白的遗著《海上述林》下卷止,鲁迅从事编辑出版工作 30 余年。鲁迅是一个多思、勤为、丰产的大家,是做事效率和生命质量都极高的巨匠。他以长期、丰富的编辑出版实践,创造了丰厚而卓越的编辑出版成就;他以博大、包容的胸怀和全球化的视野吸纳国外优秀内容、先进出版技术和观念,形成自己独特的现代出版观,并通过各种方式予以积极倡导和践行;他批判传统糟粕,古为今用,继承和发扬传统文化和传统出版的精华,为我国近现代出版业的发展寻觅根源、聚集养料、确立信心;他以无尽的开拓创新和进取精神,为近现代进步出版业披荆斩棘、开辟先路;他批判不良出版现象,用敏锐的眼光、深邃的思索、务实的态度和踏实的做法解决了编辑出版实践中的一个个疑难,积累和成就了富有特色、给人启发的编辑出版言论;他关注未来、着眼后代、甘为人梯,为近现代进步出版业的发展培养和积蓄了人才和力量;他团结进步出版人士并结成阵线,使进步文化在与落后、反动文化的斗争中取得了胜利,赢得了话语空间和话语权;他以冷峻、热烈彰显出版人格,以勤劳、勇敢、务实、善良、爱国、责任、担当成就以民族魂为核心的出版精神。

一、研究价值

研究出版家鲁迅属于历史范畴,富有史学价值;是编辑出版学、鲁迅学的支撑,具有学术价值;其结论可以为当下的编辑出版者及其管理者借鉴,具有现实意义。

（一）史学价值

1840 年至 1912 年，我国出版处于近代发展阶段。1912 年至 1949 年是我国出版的现代发展时期。① 鲁迅的编辑出版生涯历经由传统出版向近代出版、近代出版向现代出版的两次跨越。"鲁迅在出版史上的意义，主要在于他代表着一种编辑人类型，那种一心为着自己的文化理想，为个人的信念目标，为出版物的优良品质，坚持不懈，自甘贡献，不羼杂商业意图，可谓'纯粹'的编辑出版者。这样的编辑出版人，在任何时代恐怕都不会是大多数，然而却是出版界的精英和脊梁，值得人们景仰。"② 这段话比较精要地阐述了鲁迅的出版史价值和地位，这种价值集中体现在以"三为"加"一不"为内涵的编辑人类型，这种地位是"出版界的精英和脊梁"。事实上，在我国传统出版向现代出版转型发展的过程中，鲁迅带着历史、文化和社会使命感，满怀文化理想和信念，创办和经营管理出版机构，推出高质量精品出版物，为出版持续、持久作为和贡献，铸就了他在出版史上的地位：非一般意义上的编辑出版者、编辑出版人，而是出版家；非一般意义上的出版家，而是新出版特别是进步出版的代表。他基于所处的时代，立足社会发展的前潮，遵循出版嬗变规律，以编辑出版实务、编辑出版言论、编辑出版影响为支撑，以特质、特点和特色为标志，成就其在编辑史、出版史上独有的价值。

1. 卓越的编辑出版实务

作为参与者、建设者，鲁迅的编辑出版实务主要包括编辑出版活动和编辑出版成果两个方面。他的编辑出版活动丰富多样，基本涵盖了编辑出版全领域、全方面。他的编辑出版成果丰硕、突出，具有引领性和标杆意义。

鲁迅创办报纸、报纸副刊，指导和支持报纸、报纸副刊的编辑出版，充分利用这些阵地传播话语、形成话语空间、掌握话语权。1912 年 1 月，他创办的

---

① 肖东发、于文主编：《中外出版史》，中国人民大学出版社 2010 年版，第 1 页。

② 王余光、吴永贵：《中国出版通史·民国卷》，中国书籍出版社 2008 年版，第 285 页。

《越铎日报》面世,宣传、维护辛亥革命的成果。1925 年 4 月 24 日,他创办的《莽原》周刊作为《京报》副刊之一正式发行。1925 年 12 月 5 日,他和张定璜按月轮流主编的《国民新报副刊》乙刊出版。孙伏园是著名报纸副刊编辑,他的成功与鲁迅的大力支持分不开。1919 年,孙伏园编辑《国民公报》副刊,鲁迅以在上面发表文章的方式支持他。从 1920 年开始,鲁迅指导、支持孙伏园办《晨报副刊》,促其改革,助其发展。孙伏园主编的《晨报副刊》发表了大量白话小说和剧本、诗歌等,特别刊载了诸如高尔基、普希金、托尔斯泰、契诃夫等创作的近代世界名著,促进了新文学的发展,销路广,影响大。1924 年 12 月 5 日,孙伏园负责的《京报》副刊发刊。在脱离《晨报副刊》接手《京报》副刊时,鲁迅对孙伏园说:"一定要出这口气,非把《京报副刊》办好不可。"①在鲁迅的支持下,孙伏园主持的《京报副刊》很有特色,深受读者欢迎。1927 年 3 月 22 日,孙伏园主编的《中央日报》副刊推出,鲁迅同意其转载《无声的中国》《老调子已经唱完》,支持孙伏园。鲁迅以编辑、审阅、校对等方式支持一些报纸副刊。1924 年 12 月 9 日,《京报》副刊之一的《民众文艺周刊》创刊,鲁迅校阅 1—16 期,还为了从第 17 期起不再校阅发表声明。② 1926 年 12 月 1 日,《民钟日报》副刊《鼓浪》创刊,鲁迅为其审阅稿件。鲁迅以发表文章的方式关注、支持的报纸、报纸副刊有:《民兴日报》、《时事新报》的副刊《学灯》、《民国日报》的副刊《觉悟》、《豫报副刊》、《申报·自由谈》、《中华日报》的副刊《动向》和《戏周刊》等。

鲁迅主持、主编和参与创办、编辑了 20 多种期刊,其中有《新青年》《语丝》《波艇》《奔流》《朝花》《未名》《萌芽》《文艺研究》《世界文化》《巴尔底山》《前哨》《文艺新闻》《十字街头》《太白》《青年界》《译文》《海燕》《中流》等。他以发表文章的方式联系和支持的期刊近 40 种,其中有《浙江潮》《河南》《教育部编纂处月刊》《每周评论》《绍兴教育会刊》《新潮》《妇女杂志》《东方》《猛进》《新女性》《北新周刊》《大众文艺》《北斗》《文学月报》《文化月

---

① 孙伏园:《鲁迅和当年北京的几个副刊》,载鲁迅博物馆等选编:《鲁迅回忆录》,北京出版社 1999 年版,第 78 页。

② 鲁迅:《鲁迅全集》(第 8 卷),人民文学出版社 2005 年版,第 471 页。

报》《现代》《涛声》《论语》《文学杂志》《申报月刊》《天下篇》《文史》《新语林》《社会月报》《漫画生活》《新生》《读书生活》《世界文库》《杂文》《文学丛报》《作家》《夜莺》《现实文学》等。

鲁迅创办了7家出版社,亲自编辑出版图书80多种,其中丛书11套。鲁迅创办的出版社是未名社、朝花社、三闲书屋、版画丛刊会、铁木艺术社、奴隶社和诸夏怀霜社。鲁迅编辑出版的图书大致分为文学类、理论类、美术类、古籍类等。其中,文学图书又可以分为两类:一类是国内作者尤其是年轻作者的作品,另一类是国外的优秀作品。在前一类图书中,《乌合丛书》《未名新集》《奴隶丛书》是代表作。这三套丛书是当时文学原创作品的集成,在新文学的发展历程中具有特别的分量。在后一类图书中,《域外小说集》《未名丛刊》《现代文艺丛书》《文艺连丛》等是代表作。生前的早年,鲁迅主要着眼于引进表现国外被压迫的弱小民族反抗精神的作品;生前的后期,鲁迅主要引进反映苏联社会主义革命和建设的作品。这些读物的引进引入了新的思想、观念和希望,为当时的中国人民描绘了未来的生活图景,是开拓和建设新文学新文化的重要组成部分。理论类图书主要是文艺理论读物。生前的后期,鲁迅编辑出版了以《科学的艺术论丛书》为代表的当时苏联成熟的马克思主义文艺理论著作,对新思想的引进和宣传推广作出了重要贡献。鲁迅从美术理论、国内传统美术精华、国外美术精品等方面对美术类图书进行了多层次开发。如:美术理论书《近代美术史潮论》是我国翻译出版的第一部美术理论思潮书,《木刻创作法》是我国第一部既具有理论性又具有实践性的关于木刻创作基本技法和技巧的书,而《北平笺谱》《十竹斋笺谱》等是为了保存传统文化精华而出版的读物,《艺苑朝华》《凯绥·珂勒惠支版画选集》《近代木刻选集》等是引进的国外美术精品。这些出版活动和出版物都为编辑出版如何为文化的发展尽力、如何开拓和建设新文化提供了典范。就古籍图书来说,鲁迅一则编辑出版了流传已久且有失传危险的传统文化精华,如《会稽郡故书杂集》《小说旧闻钞》《唐宋传奇集》等;二则编辑出版了一些传统文化精华的整理和研究成果,如《中国小说史略》等。鲁迅自己的文学作品,包括创作和译作,在他所编辑出版的图书中占有特殊的地位。从及时整理、汇集创作到将译作融入译著丛书再到有想法但没有实现的文集,他精心编辑出版自己的创作和译作,使之获得最佳效果、产生最大效应。这类读物的出版占用了他很多精力,体现了他的编辑出版智慧和精神。

鲁迅设计或参与设计的书刊近 80 种。1907 年的《新生》杂志,鲁迅设计了封面,完成了装帧。1936 年 1 月出版的《海燕》杂志,鲁迅书写封面刊名。鲁迅的装帧设计岁月和编辑出版生涯一样长。鲁迅以新的形和色创造了装帧设计的范例,至今这些范例还是许多人学习的教材。

鲁迅生前为他人审阅、校改、校对并且出版的图书达 20 多种。这些图书中有翻译类作品,如毛咏裳、李宗武合译的《人间的生活》等;有新文学作品,如孙福熙的散文集《山野掇拾》等;有古籍校注作品,如川岛校点的《游仙窟》等。鲁迅以其一以贯之的严谨一字一句地为这些图书付出心血,确保优等质量。

鲁迅撰写了大量的"前言""后记""例言""小引""谨启""附白""按语""小信"等,说明编辑出版情况,介绍出版物。他撰写序跋、书评、广告等,大力宣传推广出版物。他组织和参加各种出版物宣传推广活动。他撰写的许多编辑出版文章是范例,他策划、组织的一些编辑出版活动是案例。

2. 创新的编辑出版言论

鲁迅总结编辑出版实践的经验,观察和批判编辑出版现象,解答编辑出版困惑,思考和提炼编辑出版规律,积累了大量编辑出版言论。鲁迅的编辑出版言论具有重要的创新价值,因为一是他所处的时代,编辑出版理论寥寥,他对编辑出版言论的关注和重视本身是一种具有创新意义的举动;二是他的编辑出版言论立意高远、思虑深入,具有前瞻性和预测性,是具有重要价值的编辑出版思想;三是他的编辑出版言论往往针对项目、直指现象,操作性、实用性强。

鲁迅的编辑出版言论主要包括六类:第一类是专门的编辑出版文章,如《书的还魂和赶造》《书籍和财色》等;第二类是编辑出版业务辅文,如《〈奔流〉编校后记》《〈未名丛刊〉与〈乌合丛书〉广告》等;第三类是关于阅读的文章,如《读书杂谈》《青年必读书》等;第四类是书话类文章,如《书苑折枝》系列文章、《"题未定"草》等;第五类是书评、序跋类文章,如《叶紫作〈丰收〉序》《白莽作〈孩儿塔〉序》等;第六类是编辑出版短论、言说类,如书信、日记中触及编辑出版的言论,特别是书信中关于编辑出版的论述。对于鲁迅的编辑出版言论,有两点值得特别一提:其一,鲁迅的个性、人格和精神融入他的编辑出版言论中。读他的编辑出版言论,不但可以领略他对编辑出版深入思索的理性,而且可以体验他内心涌动不已的情感,感受他的个性和人格魅力,熏染他对事实真相和真理的无尽探索信念和探索精神。其二,鲁迅对编辑出版的思索伴随着我国近现代编辑出版业的发展。我国近现代编辑出版业的发展史实时隐时现地为他的编辑出版言论所反映,这些富有历史内涵和见证意义的言论具有深刻的史学价值,是难得的出版文献。

3. 深远的编辑出版影响

从出版视角看,鲁迅的编辑出版实践、理论和成果是近现代编辑出版图景中的重要组成部分。鲁迅编辑出版的报纸、期刊、图书等是近现代读物体系的一部分;鲁迅及其围绕在他周围的编辑出版者是近现代编辑出版主体中的重要力量;鲁迅的编辑出版成果影响了这一时代的读者,在某种程度上塑造了这一时代的读者。鲁迅的编辑出版思考和实践在当时影响了不少同道和同行,在日后成为指导和范例。在一些向度和领域,出版家鲁迅影响了编辑史、出版史。从文化视角看,鲁迅以编辑出版等作为工具、手段和武器,开拓、建设了新文化,取得了对文化的领导权。出版家鲁迅的文化影响力改变了当时文化的结构和趋向,是文化史上的新篇章,创造了我国文化发展史上的奇迹。从社会发展视角看,鲁迅的编辑出版实践、理论和成果,通过影响读者、作者等进而影响社会思潮,支撑了民族精神的脊梁,营造了社会变革的相应氛围。

(二)学术价值

研究出版家鲁迅,探索他的编辑出版思想,是鲁迅研究的重要组成部分,是完善鲁迅研究的重要课题。鲁迅的思想是一个体系,鲁迅的编辑出版思想是鲁迅思想体系中不可缺少的重要组成部分。对鲁迅编辑出版思想的研究离不开对鲁迅思想的整体把握,但是,没有他的编辑出版思想,鲁迅的思想体系不完整。鲁迅的思想体系包含多个相互作用和影响的层次和组成部分。鲁迅思想研究的整体水平决定于对鲁迅思想体系中各个部分和对各个部分之间关系的研究程度。对鲁迅编辑出版思想的研究是鲁迅思想研究的组成部分，与鲁迅思想体系中其他部分的研究是借鉴、参照和补充的关系。譬如，鲁迅编辑出版思想与其文化思想的关系密切，是因为鲁迅的文化思想在编辑出版实践中得到运用，同时，他在编辑出版实践中的感受、经验和认识升华成的编辑出版思想，又充实着他的文化思想。另外，值得特别注意的是，鲁迅的编辑出版活动是其一生的重要实践，他的许多精神和思想在这一实践中得到印证和发挥。近年，一些研究者充分利用编辑出版实践的桥梁作用研究鲁迅，如从编辑出版实践的角度看鲁迅对现代文学发展的贡献等。

出版家鲁迅研究利于编辑学、出版学学科建设。一方面，这一研究本身是编辑史、出版史的重要课题。从古代、近代到现代、当代，在出版前行的过程中，具有节点性影响的人和事创造甚至决定着出版的发展，反映和体现了出版的规律。出版家鲁迅的存在充分体现了这一点，也明确了研究他的编辑史、出版史意义。另一方面，这一研究可为编辑学、出版学学科建设提供案例、规律等，特别是观念和方法论启迪。编辑学、出版学的理论源泉之一是编辑史、出版史上的标志性实践和基于这些实践的理性思索与成果，鲁迅的编辑出版实践和思考是编辑学、出版学学科建设的重要养料。

（三）现实意义

鲁迅的编辑出版思想和实践对当前的编辑出版工作者和编辑出版活动具有极大的借鉴、启示和指导价值。这种价值可以从三个层次来理解。第一，操作借鉴价值。鲁迅编辑出版实践的一些操作技巧和方法可以直接拿来用。如：鲁迅在图书发行方面的一些措施，鲁迅关于校对、版式设计和封面设计的某些操作经验，鲁迅的选题策划方法等。第二，方法论启示价值。鲁迅在编辑出版实践中思考和处理问题的方法超越于当时的编辑出版实践，是具有普遍意义的思维和行动指南。如：鲁迅所处的出版环境非常严峻，常常会碰到许多意想不到的问题，面对这些问题，要么承认失败而退却，要么坚持到胜利，鲁迅强调要有韧性、有耐心、打持久战。这种出版经验实际上是方法论的选择。鲁迅多次说图书发行是看时势,在当时,这种现象非常普遍,在当今也存在这种现象。图书发行以时势为轴运转,提高图书的销售量,这其实也是一种方法论,对热点读物的操作具有重要的方法论价值。第三,精神指导价值。编辑出版精神是编辑出版工作者的意识、思维活动和一般心理状态,是编辑出版工作者在编辑出版活动中所体现出来的理想追求和价值准则。鲁迅在长期的编辑出版实践中造就了他独特的编辑出版精神。如:他在编辑出版实践中体现出来的开拓和创新精神、对人文文化和科学文化的整合精神、文化积累精神、对作者的尊重与对读者的负责精神等。这种编辑出版精神的指导价值是永恒的。

二、研究现状

鲁迅研究的成果丰富多彩,但是,出版家鲁迅的研究没有得到足够重视,鲁迅的编辑出版活动和编辑出版思想没有得到充分发现和探究,研究成果略显单薄。"应该说,多年来对鲁迅主编书刊的编辑学阐释方面的研究是很不够的。……新时期至新世纪之交,随着鲁迅研究在其他领域的深入开拓,这方面的研究就显得愈发不足。这是一个既扎实而又沉重的课题,很现实地摆在我们面前。"[1]"对于鲁迅与出版界这样一个论题,学界给予的关注并不够,相应的史料也不完备。"[2]时至今日,这些专家指出的现象没有多大程度改变,出版家鲁迅的研究依然不够。

(一)研究阶段

鲁迅逝世后的 80 多年里,出版家鲁迅的研究没有中断,呈现出阶段性和持续性相统一的特征。根据研究内容、研究成果、研究主体等的个性,大致可

---

① 张铁荣:《比较文化研究中的鲁迅》,南开大学出版社 2003 年版,第 142 页。
② 上海鲁迅纪念馆编:《上海鲁迅研究》,上海社会科学院出版社 2007 年版,第 41 页。

以分为三个阶段:20 世纪 30 年代至 80 年代为第一阶段,20 世纪 90 年代为第二阶段,21 世纪初以来为第三阶段。

1. 第一阶段:20 世纪 30 年代至 80 年代

这一阶段延续半个多世纪,重在搜集鲁迅的编辑出版史料。这些史料包括鲁迅的编辑出版活动、出版家鲁迅和相关人物的关系的事实以及出版家鲁迅和出版物关系的依据等。这些史料的呈现方式主要是回忆录,即与鲁迅有过接触的人对那段历史的记忆。譬如,许寿裳、李霁野、周作人、许广平等的回忆录。实际上,这些回忆录并非围绕出版家鲁迅展开,而是在回忆鲁迅时涉及鲁迅的编辑出版活动等。这些史料具有一定的局限性,因为它们既不丰富、全面,也不集中,而且因为种种主观性导致个别材料偏离史实。在这些史料中,赵家璧的《编辑忆旧》融话题和史实于一体,较有特色。形成《编辑忆旧》特色的主要原因有三个:第一,赵家璧是编辑,他能理解作为出版家的鲁迅的角色特性;第二,赵家璧和鲁迅有过一些接触,而且这些接触主要围绕图书的编辑出版展开;第三,赵家璧在回忆鲁迅时主题集中,主要介绍鲁迅作为出版家和自己的关系以及他两所合作的读物的编辑出版情况。

除了史料准备,这一阶段也有了一些鲁迅编辑出版思想的研究成果。这些研究成果有两种类型。第一,针对鲁迅的编辑出版活动,在梳理这些编辑出版活动和出版物的基础上,对他的编辑出版思想进行总结。李荣生的《鲁迅编辑实践与编辑思想探讨》整理、描述鲁迅编辑的重要书刊,分析、总结鲁迅的编辑思想与编辑工作经验。[①] 这种研究针对性强,重视对相关背景的分析,指导思想和概念运用偏重于鲁迅编辑出版思想的政治属性和社会属性,对其编辑出版学的本质涉及不多、不深。第二,在综合把握出版家鲁迅编辑出版实践和言论的基础上,对鲁迅的编辑出版思想进行概括和分析。如:《论鲁迅的编辑审美指向》一文就从"政治参与指向""文化指向""教育指向"[②]三个方面探讨了鲁迅的编辑出版思想。这种研究的功能指向比较明确,主要阐述鲁迅

[①] 李荣生:《鲁迅编辑实践与编辑思想探讨》,《齐齐哈尔师范学院学报(哲学社会科学版)》1985 年第 1 期。

[②] 朱昌法:《论鲁迅的编辑审美指向》,《绍兴师专学报》1989 年第 4 期。

编辑出版活动的社会功能。

这一阶段的研究主体主要是两个群体。第一,如上所述的鲁迅同时代的人。在这些人中,既有鲁迅的同辈,如许寿裳、许广平、周作人、郁达夫等,也有鲁迅的学生等后来者,如许钦云、李小峰等。这一群体作为鲁迅编辑出版史料的提供者最合适,因为他们既可以保证史料的真实,又对鲁迅的编辑出版精神深有体会。但是,这一群体和鲁迅有距离。这种距离既表现在思想和精神的差异上,也体现在对编辑出版的理解上。所以,这一群体提供的史料只是针对具体的个别对象,呈现鲁迅在某一面上的情况和特征,缺乏集中度、整体感、高度和深度。所谓集中度,指整体提供史料,确保史料的全面和丰富。所谓整体感,指以鲁迅为核心全面展现鲁迅的个性和特色。所谓高度,指明确鲁迅在我国编辑史、出版史特别是近现代编辑出版史上的地位、作用和价值。所谓深度,指把鲁迅放在中国出版发展的环境和过程中来理解出版家鲁迅。第二,高校以文学尤其是现代文学作为研究对象的教师。这一群体学术素养较高,对作为文学家的鲁迅较了解,但是,他们对编辑出版不够熟悉。所以,他们的研究往往对围绕文学展开的鲁迅和出版物相关的事实分析较充分,而对鲁迅在编辑出版方面的成就尤其是编辑出版思想的研究不够充分、深入,未涉及鲁迅在编辑史、出版史上的意义和评价。

2. 第二阶段:20 世纪 90 年代

这一阶段的许多特征在 20 世纪 80 年代已显现出来,其研究对象主要是鲁迅的编辑出版思想。这种研究主要在两个层次展开:第一,整体层,指全面研究鲁迅的编辑出版思想,系统探究鲁迅编辑出版思想的内涵,如张辉学撰写的《鲁迅编辑出版活动及其思想》一文探讨了鲁迅编辑出版活动的阶段性特征,概括了鲁迅编辑出版思想的主要内容;第二,个别层,指针对鲁迅编辑出版实践的某方面或某领域,论述鲁迅编辑出版思想的内涵和特点,如张志强撰写的《鲁迅出版经济思想初探》从经济学的角度分析了鲁迅的出版思想。经过这一阶段的研究,研究者在鲁迅编辑出版思想的内涵和特征方面形成了一些共识,对鲁迅在特定领域的编辑出版实践中所反映出来的编辑出版思想的特性进行了较充分的阐述。但是,这一阶段对鲁迅编辑出版思想的整体研究有些重复,视角没有差异,研究成果没有突破。而对鲁迅编辑出版思想的个别研究开拓不深,对新的研究角度和史料的融合不够,既没有显现新的研究理论的优势,也没有得出具有说服力的研究成果。譬如,对鲁迅书刊广告的研究停留在鲁迅重视书刊广告等方面,未能回到当时的社会环境中深刻认识鲁迅对书刊广告的认识和实践及其这种认识与实践在出版史上的意义。

这一阶段的研究主体主要是两个群体。第一,高校的教师,可称学院派研究者。这一群体可分为两个小群体:其一,以文学为主要研究对象的教师,他们延续第一阶段的教师群体的特性,把鲁迅编辑出版活动的研究作为其文学研究的补充,重在为其文学研究提供论据;其二,高校从事编辑出版学尤其是编辑出版史研究的教师,编辑出版学日益发展,该学科的研究群体日益扩大,他们成为研究出版家鲁迅的新群体,这一群体有较好的编辑出版理论素养,掌握了现代编辑出版学,但是,他们大都没有编辑出版实践经验,对编辑出版实务了解不多、理解不深,因此,他们的介入利于从新的视角对鲁迅的编辑出版思想提出新的看法,不利于从鲁迅的编辑出版实践中发现他独到的编辑出版认识和他对编辑出版技术的个性把握。第二,编辑出版从业者。这一群体分散在高校的学报以及其他的出版机构中,其优势是对编辑出版实务了解较为充分,其劣势是理论学养不够。所以,这一群体能从编辑出版技术方面发现出版家鲁迅的许多特性,譬如鲁迅在广告文本写作方面的特色等,却难对鲁迅的编辑出版思想做更深入的研究。另外,这一群体只能业余从事研究工作,这加大了他们研究的局限性。

3. 第三阶段:21 世纪初以来

这一阶段的研究内容主要集中在三个方面。第一,整理和分析鲁迅的编辑出版史料。这一阶段的史料整理、分析是对第一阶段这方面工作的提升和完善。一方面,完备史实,即针对鲁迅编辑出版活动的某一方面或某一领域进行史料的搜集和整理,力求比较全面地把握史实;另一方面,辨析史实,即对与鲁迅编辑出版活动相关的史实进行求证,提高史料整理的客观度和可信度。第二,鲁迅编辑出版思想的研究。一方面,在整体掌握史实的基础上研究鲁迅的编辑出版思想,提高研究高度,掘深研究深度;另一方面,选择特定的视角研究鲁迅的编辑出版思想,重在揭示鲁迅编辑出版思想的当代价值和现实意义。

第三,不局限于编辑出版,而把编辑出版放在传播学的框架内,探讨鲁迅的出版传播思想,深化对鲁迅编辑出版思想的研究。一方面,在文化传播领域,探讨鲁迅在出版传播方面的独特思想和方法;另一方面,在文学领域,立足于文学生成机制研究鲁迅的编辑出版思想。

这一阶段的研究主体与第二阶段的研究主体没有大的差异,只是研究者更多了,研究者的素养得到了补充和完善。这一阶段融入的新的研究者主要是传播学领域的研究人员,他们为鲁迅编辑出版思想的研究带来了传播学的视角,对深入认识鲁迅在文化传播方面的特性和个性很有好处。如果说第二阶段的研究主体在社会史、思想史等方面具有一定的局限性,这一阶段部分研究主体补足了这一点。他们既有编辑出版实践经验,又有编辑出版和传播学理论素养,还对思想史、社会史有所涉猎。这样的条件使得鲁迅编辑出版思想的研究得到更深入的挖掘和更高层次的开拓。

(二)研究成果

出版家鲁迅的研究基于对相关史料的整理和分析,其研究成果主要包括鲁迅在出版史上的地位和他的编辑出版理念与实践的价值评价,鲁迅编辑出版活动、编辑出版实务和编辑出版思想的探讨等。

1. 相关史料的整理和分析

长期以来,出版家鲁迅的研究处于资料整理阶段,一些鲁迅当年的同事、学生、朋友和其他熟悉的人,撰写了大量的回忆录。这些回忆录集中了鲁迅编辑出版实践的资料,有些还是专门回忆鲁迅在编辑出版方面的成功经验,透过这些资料和经验可以领略到鲁迅的编辑出版思想和精神。如:臧克家的《鲁迅先生与编辑出版工作》、童彦的《鲁迅先生亲手编校印行图书注记》、谌最的《鲁迅先生和书刊的编印评介工作》、李小峰的《鲁迅先生与出版工作》、赵家璧的《鲁迅先生的编辑工作》、许广平的《鲁迅先生怎样对待写作和编辑工作》、曹靖华的《鲁迅和图书插图》等。这些资料和经验谈不上对鲁迅编辑出版思想进行学理意义上的研究,只是事实的搜集和整理。不过,这类事实的搜集和整理非常有价值。首先,它让人认识到出版家鲁迅的重要价值,促使研究者把出版家鲁迅的课题提上日程。其次,它为出版家鲁迅的进一步研究准备了第一手资料。如秦川编的《鲁迅出版系年》是"辑录整理鲁迅编辑出版活动及言论的史料长篇,是研究鲁迅与出版问题的主要资料"。其价值诚如作者在该书"例言"中所阐述的:第一,该书较为全面地汇集、整理了鲁迅30年编辑出版活动的情况,整体描画了出版家鲁迅的概貌;第二,该书为研究近现代出版史提供了资料;第三,该书对研究鲁迅的编辑出版成就做了准备。①

在关于鲁迅编辑出版活动和言论等资料的搜集和整理过程中,整理者往往渗透了理性分析。这种分析是出版家鲁迅研究的重要方面。1956年赵家璧的《鲁迅先生的编辑工作》②和1999年叶淑穗的《鲁迅与编辑出版工作》③可为代表。赵家璧和鲁迅在编辑出版方面有过许多往来,得到鲁迅的悉心指导,直接感受和体验过鲁迅的编辑出版精神;叶淑穗在鲁迅博物馆工作40多年,对与鲁迅相关的第一手资料非常熟悉。显然,赵家璧和叶淑穗在出版家鲁迅的研究方面具有较有利的条件,两人对鲁迅编辑出版工作的分析和评价基于真实的事实或遗物,表现出客观、本真的特质。同时,两位对鲁迅编辑出版工作的分析评价表现出两个特点。其一,二者的目的在于礼赞鲁迅的编辑出版精神,激励后来者以鲁迅为楷模促进工作。这一则反映了研究者的旨归,二则反映了对鲁迅编辑出版工作研究的重要性。其二,二者都没对鲁迅的编辑出版思想做全面、深入探讨,评价流于事实层面,分析不够深入。

经过多年努力,出版家鲁迅相关史料的整理和分析有了较为丰富的成果,为这一领域后续的研究准备了较充分的条件。具体来看,出版家鲁迅相关史料的整理和分析成果表现在四个方面。第一,与出版家鲁迅相关的人。这些人主要指鲁迅同时代的人,主体是鲁迅进行编辑出版活动时的作者、具有代表性的读者和与鲁迅共过事的编辑等。这些人大都以回忆录的方式介绍他们与鲁迅的关系,说明他们与鲁迅一起做的事。整体来看,这些史料已具备一定的基础。如:赵家璧的《编辑忆旧》等。第二,出版家鲁迅的编辑出版活动。鲁

---

① 参见秦川编:《鲁迅出版系年》,黑龙江人民出版社1984年版,第30—31页。
② 赵家璧等:《编辑生涯忆鲁迅》,河北教育出版社2000年版,第24页。
③ 叶淑穗、杨燕丽:《从鲁迅遗物认识鲁迅》,中国人民大学出版社1999年版,第256页。

迅到底参与了哪些编辑出版活动,如何参与,参与结果如何? 这些都需要提供史实依据。在鲁迅同时代人的回忆录中,在其他人整理的大量材料中,出版家鲁迅的编辑出版活动基本上得到了明晰。第三,与出版家鲁迅相关的出版社、报刊社以及鲁迅编辑出版的报刊和图书等。这方面的史料整理和分析做得较充分,与出版家鲁迅相关的出版社、报刊社以及他主持和参与编辑出版的报刊和图书,都可以查到史实依据。① 第四,出版家鲁迅的编辑出版言论。这种言论一则包含在鲁迅的著作、书信和日记中,需要专门整理,二则包含在同时代人的回忆录中,不过其真实性有待甄别。

2. 编辑出版活动研究

一些研究者把鲁迅的编辑出版活动当作整体,描画了其轮廓,探讨了其发展的阶段性。张辉学在《鲁迅编辑出版活动及其思想》一文中,把鲁迅的编辑出版活动放在四个发展阶段,进行了全面介绍和系统梳理。② 李耕在《鲁迅编辑生涯初探》一文中,以"早期:初具萌芽""中期:硕果累累""后期:突破重围"的结构对鲁迅的编辑活动进行了概述。③

期刊的编辑和出版是鲁迅编辑出版活动的重要组成部分。研究者较为充分地阐述了鲁迅与其主持和参与的期刊的编辑出版情况。一方面,介绍鲁迅与这些期刊的关系;另一方面,陈述鲁迅在这些期刊创办、发展过程中所做的努力和贡献。另外,还探讨了鲁迅在这些期刊编辑出版方面所积累的经验和教训。李荣生在《鲁迅编辑实践与编辑思想探讨》《"从别国窃得火来……"——鲁迅与〈奔流〉的编辑工作》等文章中,详细介绍了鲁迅与《新生》《奔流》等的关系,从办刊宗旨、编辑技巧、编辑道德等方面对鲁迅的期刊编辑工作进行了研究,资料翔实,有理有据。④⑤

---

① 向敏:《鲁迅、郑振铎辑印〈北平笺谱〉史实初探》,《中国编辑》2017 年第 5 期。

② 张辉学:《鲁迅编辑出版活动及其思想》,《编辑学刊》1992 年第 2 期。

③ 李耕:《鲁迅编辑生涯初探》,《中山大学学报论丛》2003 年第 4 期。

④ 李荣生:《鲁迅编辑实践与编辑思想探讨》,《齐齐哈尔师范学院学报(哲学社会科学版)》1985 年第 1 期。

⑤ 李荣生:《"从别国窃得火来……"——鲁迅与〈奔流〉的编辑工作》,《齐齐哈尔师范学院学报(哲学社会科学版)》1986 年第 1 期。

　　鲁迅编辑出版的丛书、鲁迅早年和晚年编辑出版的图书是研究鲁迅图书编辑出版活动的重点。李荣生在《鲁迅编辑实践与编辑思想探讨》一文中,详细介绍了鲁迅编辑出版第一种书《域外小说集》的过程,从政治倾向性、内容和形式的追求等方面探讨了鲁迅编辑出版图书的特点。① 许京生在《鲁迅编辑的最后一部书——〈海上述林〉》中介绍了《海上述林》的编辑出版过程。② 戴利朝、张予涵在《鲁迅与〈北平笺谱〉的编辑出版》中阐释了《北平笺谱》的编辑缘起、编印过程、传播和价值。③ 刘运峰的《意在扶植刚健质朴的文艺——鲁迅对外国版画的编辑与出版》对鲁迅在外国版画方面的编辑出版活动等进行了充分梳理和全面阐述。④

　　鲁迅编辑出版报纸的经历不多,《越铎日报》的编辑出版对鲁迅具有特别意义,因为这份报纸创办于民国初年,这时的鲁迅思想在转变,参与这份报纸的出版,明确表达了他当时的政治倾向。多篇论文研究了鲁迅与《越铎日报》的情况,分别是发表于《新闻战线》的《鲁迅与〈越铎日报〉》(1981年)、发表于《杭州大学学报》的《鲁迅与〈越铎日报〉》(1984年)以及发表于《鲁迅研究月刊》的《鲁迅与〈越铎日报〉》(1990年)。

　　编辑出版活动主体包括编辑出版者、作者、读者、书店和印刷厂的人员等。关于鲁迅和读者的关系研究较充分,研究者基本达成了共识。⑤ 鲁迅关心作者,通过种种方式帮助他们成长。⑥ 鲁迅竭力为社会、作者、读者服务,具有服务意识和服务精神。⑦ 关于鲁迅与编辑出版活动对象或客体的研究论文不多,研究者大都在探讨鲁迅的编辑出版思想时,以此为例论证他严谨的编辑出版作风。

---

　　① 李荣生:《鲁迅编辑实践与编辑思想探讨》,《齐齐哈尔师范学院学报(哲学社会科学版)》1985年第1期。

　　② 许京生:《鲁迅编辑的最后一部书——〈海上述林〉》,《光明日报》2001年8月16日。

　　③ 戴利朝、张予涵:《鲁迅与〈北平笺谱〉的编辑出版》,《中国出版》2017年第20期。

　　④ 刘运峰:《意在扶植刚健质朴的文艺——鲁迅对外国版画的编辑与出版》,《中国编辑》2017年第7期。

　　⑤ 参见惠萍:《〈铁流〉的出版与鲁迅的编辑思想》,《河南大学学报》1998年第5期。

　　⑥ 参见韩山保:《略论鲁迅的编辑思想特色》,《长春师范学院学报》1994年第3期。

　　⑦ 参见林荣松:《服务意识与鲁迅的编辑出版实践》,《中国图书评论》2010年第6期。

著作权与编辑出版活动息息相关,一些论著涉及鲁迅的著作权主张和实践。①《中国近代版权史》一书在谈到个体著作家的著作维权主张和实践时,把鲁迅作为第一个案例,从三个方面论述了鲁迅的著作权维权主张和实践——"为争取应得版税要与北新书局对簿公堂""为争取著作权的人身权而同反动政府机构开展斗争""在著译、编辑实践中,尊重作者读者的权利"。②杜云南的《论鲁迅的出版实践活动》论述了鲁迅关于出版自由、著作权维护、自由写作等的思想和实践。③

3. 编辑出版实务研究

一些研究者通过鲁迅编辑出版的案例探讨了他的选题策划意识和技巧。④ 许京生在《作为编辑家的鲁迅》一文中,通过叙述鲁迅编辑出版《萧伯纳在上海》的过程,阐述了鲁迅的选题策划意识和技巧。⑤

一些研究者通过剖析鲁迅的编辑出版活动过程,总结鲁迅的编辑出版经验和技巧。如:《鲁迅书刊编辑思想探析》一文从"精选""精编(精改)""精排""精校""精制"等六个方面详细介绍了鲁迅的书刊编辑经验,并在此基础上强调只有"做好编辑的工作""做好稿源的开发工作""做好编辑部的综合管理工作",才能确保精品制作。⑥《鲁迅怎样为自己的文集做编辑》一文从书名、序言、辑文、后记和装帧等五个方面阐述了鲁迅的编辑技术。⑦《论鲁迅编辑的版画集的审美特征》以版画集为案例,论述了鲁迅"强调真实""重视美感""注重'有用'"的审美特征。⑧

一些研究者探讨了鲁迅把握编辑出版各环节的思路、策略、标准和特点。如:《鲁迅审稿思想浅探》一文认为鲁迅的审稿标准是真善美的高度统一,其

---

① 陈树萍:《北新书局与中国现代文学》,上海三联书店 2008 年版,第 203 页。
② 李明山主编:《中国近代版权史》,河南大学出版社 2003 年版,第 260—272 页。
③ 杜云南:《论鲁迅的出版实践活动》,《湖南城市学院学报》2010 年第 4 期。
④ 惠萍:《〈铁流〉的出版与鲁迅的编辑思想》,《河南大学学报》1998 年第 5 期。
⑤ 许京生:《作为编辑家的鲁迅》,《光明日报》2006 年 4 月 13 日。
⑥ 陈阳凤、梅莉:《鲁迅书刊编辑思想探析》,《出版发行研究》1999 年第 4 期。
⑦ 陈先昆:《鲁迅怎样为自己的文集做编辑》,《编辑学刊》2004 年第 4 期。
⑧ 唐正杰:《论鲁迅编辑的版画集的审美特征》,《湖南工业大学学报(社会科学版)》2013 年第 1 期。

审稿要求是"及时、严格、全面、深刻、细心、精心"，其审稿特点是"富有系统性、注意发现和培养新人"。① 《鲁迅的校对观》一文从校对的地位和作用、校对方法、校对主体建设三个方面研究了鲁迅的校对思想和校对技巧。②

鲁迅是同时代和他身后的编辑的典范。石杰以鲁迅校勘《嵇康集》为例，阐述了作为编辑的鲁迅对自身的要求以及他的编辑素养，对当代编辑的修养提出了要求。③

鲁迅的书刊装帧设计思想和实践研究得较为充分。首先，对鲁迅在现代书刊装帧设计发展历程中的地位和贡献有了确定的结论："他是我国现代书籍装帧艺术的开拓者和倡导者。"④其次，对鲁迅的装帧设计思想和风格进行了研究。如：《"东方的美"——简析鲁迅的书籍装帧风格》把鲁迅装帧设计的特点概括为六点："以字为主，变化无穷""简单、大气，内涵丰富""讲究构图，巧妙组合""熟悉材料、印制技术及价格""'书卷气'及'民族性'""注意整体设计"。《"民族性"与书籍装帧——鲁迅书籍装帧的"民族性"初探》一文评价了鲁迅装帧设计的核心特质——民族性。⑤ 最后，对鲁迅的封面设计、版式设计、插图等思想和实践进行了总结和分析。《鲁迅的封面设计思想》一文认为鲁迅非常重视封面设计，提出"鲁迅认为封面设计是富于系统性特征的审美创造活动，封面的美是一种整体美"的观点，阐述了鲁迅进行封面设计的两个鲜明特点，并探讨了形成鲁迅封面设计风格的原因。⑥《鲁迅对现代书籍插图的贡献》一文较为充分地介绍了鲁迅的插图活动和关于插图的言论，探讨了他的插图思想。⑦ 黄薇在《鲁迅与新文学图像艺术——以〈乌合丛书〉为

---

① 谢清风：《鲁迅审稿思想浅探》，《编辑学刊》1998 年第 6 期。

② 参见谢清风：《鲁迅的校对观》，《出版发行研究》2000 年第 9 期。

③ 参见石杰：《从鲁迅校勘〈嵇康集〉谈当代编辑的修养》，《中国人民大学学报》1997 年第 1 期。

④ 杨永德：《鲁迅·现代书籍装帧艺术·贡献》，《鲁迅研究月刊》1997 年第 2 期。

⑤ 杨永德、杨宁编著：《鲁迅最后十二年与美术》，文化艺术出版社 2007 年版，第 212—251 页。

⑥ 谢清风：《鲁迅的封面设计思想》，《编辑之友》1998 年第 3 期。

⑦ 谢清风：《鲁迅对现代书籍插图的贡献》，《新闻出版交流》2001 年第 1 期。

例》一文中围绕封面图像的选择阐述了鲁迅对现代装帧艺术的理解。①

鲁迅的书刊宣传思想和技巧的研究是近年的事情。《鲁迅的图书宣传方式及其启示》一文分析了鲁迅宣传图书的四类方式。② 多篇论文探讨了鲁迅的图书广告艺术。其中,《从鲁迅的图书广告探讨图书广告的审美个性》一文分析了鲁迅图书广告的美学特性和鲁迅创作的广告文本的个性与特色。③《鲁迅的书评特色及其启示》对鲁迅书评文本进行了研究,认为鲁迅所撰写的书评的特色是"求真""向善"和"为美"。④

4. 编辑出版思想研究

研究者对鲁迅的编辑出版思想做了较为充分的探讨。在鲁迅编辑出版思想的内涵方面,研究者基本达成了共识:"鲜明的战斗性""注重外国文学作品的翻译、编辑工作""注重培养青年作者和编辑""一丝不苟的编校作风"。⑤吴泽顺在《鲁迅的编辑思想及其当代意义》一文中,从"文化组构的系统观""普及与提高的辩证观""书刊的双效价值观""书刊内容与形式力求完美的编辑观"以及"发现与培养作者的人才观"⑥五个方面阐述了鲁迅的编辑思想,揭示了这种思想对今天面临严峻挑战的中国当代出版业的理论指导价值和现实借鉴意义。李欣在《鲁迅编辑思想的启示》一文中,从四个方面阐述了鲁迅编辑思想的现实意义。⑦

研究鲁迅编辑出版思想发展的论文较少。张辉学在《鲁迅编辑出版活动及其思想》一文中,介绍了每个发展阶段鲁迅的主要编辑出版思想,重点阐述

---

① 参见黄薇:《鲁迅与新文学图像艺术——以〈乌合丛书〉为例》,《鲁迅研究月刊》2006 年第 4 期。
② 参见谢清风:《鲁迅的图书宣传方式及其启示》,《编辑之友》2008 年第 5 期。
③ 参见谢清风:《从鲁迅的图书广告探讨图书广告的审美个性》,《出版广场》2001 年第 2 期。
④ 谢清风:《鲁迅的书评特色及其启示》,《出版发行研究》2000 年第 7 期。
⑤ 韩山保:《略论鲁迅的编辑思想特色》,《长春师范学院》1994 年第 3 期。
⑥ 吴泽顺:《鲁迅的编辑思想及其当代意义》,《湖南师范大学社会科学学报》2002 年第 3 期。
⑦ 参见李欣:《鲁迅编辑思想的启示》,《河南社会科学》1995 年第 3 期。

了鲁迅编辑出版思想处于成熟期的特点。① 李金龙的《危机意识与救国焦虑——鲁迅编辑理想的缘起语境与内在逻辑》指出,鲁迅编辑理想的生成与缘起跟当时国势危亡时局与知识分子普遍的焦虑与救亡话语密切相关,他"立人"的思考起点与内在逻辑是通过编辑报刊普及文艺以撄人心。②

　　鲁迅编辑出版思想涉及各个方面。张志强在《鲁迅出版经济思想初探》一文中从四个方面论述了鲁迅的出版经济思想。③ 李秀清在《疗救国民　培育新人——鲁迅期刊编辑思想浅析》一文中阐释了鲁迅的期刊编辑思想。④ 在《论鲁迅系列文学期刊》一文中,刘增人描绘了鲁迅系列文学期刊的轮廓,对鲁迅主编及参与或指导编辑的文学期刊一一做了介绍,并阐述了鲁迅系列文学期刊的主要特征:"独特的办刊方针"和"独特的编辑立场"。⑤ 杨定海、虞志坚的《鲁迅编辑实践的美学意蕴》论述了鲁迅的编辑出版美学观和相关实践。⑥ 蒋成德的专著《思想家型的编辑家——章炳麟、梁启超、鲁迅研究》把鲁迅定位为"伟大的编辑家,一个思想家型的伟大的编辑家",基于大量事实和材料,以时间为线索,围绕"思想革命",对鲁迅的编辑出版思想进行了较为充分的阐述。⑦

　　5. 出版史地位和价值研究

　　出版史地位和价值是出版家鲁迅研究的前提和基础,尽管表述不同,但研究者对鲁迅作为出版家的地位和价值基本达成共识。这种共识表现在:其一,大量的论文从鲁迅的编辑出版实践和言论两方面着手探讨鲁迅作为出版家的

---

① 参见张辉学:《鲁迅编辑出版活动及其思想》,《编辑学刊》1992 年第 2 期。

② 参见李金龙:《危机意识与救国焦虑——鲁迅编辑理想的缘起语境与内在逻辑》,《汕头大学学报(人文社会科学版)》2017 年第 12 期。

③ 参见张志强:《鲁迅出版经济思想初探》,《编辑之友》1992 年第 5 期。

④ 参见李秀清:《疗救国民　培育新人——鲁迅期刊编辑思想浅析》,《新闻爱好者(理论版)》2007 年第 1 期。

⑤ 刘增人:《论鲁迅系列文学期刊》,《鲁迅研究月刊》2005 年第 10 期。

⑥ 参见杨定海、虞志坚:《鲁迅编辑实践的美学意蕴》,《海南大学学报(人文社会科学版)》2017 年第 6 期。

⑦ 参见蒋成德:《思想家型的编辑家——章炳麟、梁启超、鲁迅研究》,光明日报出版社2013 年版,第 55—202 页。

价值,明确了他在中国出版史上的地位——鲁迅是中国出版史上富有代表性的出版家。杨晶和戈双剑在《鲁迅日记、书信中的出版语汇考察——兼论鲁迅的现代出版理念》一文中,紧扣现代出版理念这一核心,阐述了鲁迅的出版地位和价值。① 其二,各类中国编辑史和出版史都对出版家鲁迅给予了高度评价。如:姚福申的《中国编辑史》在第七章中以专节"鲁迅主持的编辑出版工作"评价鲁迅在中国编辑史上的地位和贡献。② 王余光、吴永贵著的《中国出版通史·民国卷》在第七章中以"鲁迅与巴金"的专节介绍和评述鲁迅的编辑出版活动、成果、思想与精神。

　　一些研究者从传播学的角度研究鲁迅,为鲁迅的出版史地位和价值的研究提供了新的视角。刘霞在《鲁迅从事文化编辑传播事业的原因与特色》一文中,阐述了鲁迅从事文化编辑传播事业的原因和特色。③ 杨绪忠的《试论鲁迅早期的传播思想》一文从"审己—知人—校雠:文化传播的比较观""文化精英:以传播者为核心的传播结构""面向世界的开放性:传播的现代取向"④三方面研究了鲁迅早期的传播思想,可以帮助我们更好地理解鲁迅早期的编辑出版活动和编辑出版思想。刘津在《鲁迅前期文化传播的平民观念》一文中认为鲁迅前期提出了一系列具有现实意义的传播观念。⑤ 在《析鲁迅的传播角色及其传播环境》一文中,吴小美、郝洪探讨了鲁迅在中国文化系统内进行异质文化传播过程中,自身的障碍因素及其与周围环境的对峙与冲突,分析了鲁迅的传播对象和手段,阐述了鲁迅在其晚期对改善文化传播效果的探索。⑥

　　一些研究现代文学的专家从文学的生产机制出发,对鲁迅的编辑出版思想进行探讨,得出了一些富有启发意义的结论。譬如,陈树萍在《北新书

---

　　① 参见杨晶、戈双剑:《鲁迅日记、书信中的出版语汇考察——兼论鲁迅的现代出版理念》,《汉字文化》2007 年第 3 期。

　　② 参见姚福申:《中国编辑史》(修订本),复旦大学出版社 2004 年版,第 364—368 页。

　　③ 参见刘霞:《鲁迅从事文化编辑传播事业的原因与特色》,《漳州师范学院学报(哲学社会科学版)》2006 年第 1 期。

　　④ 杨绪忠:《试论鲁迅早期的传播思想》,《兰州大学学报》1999 年第 4 期。

　　⑤ 参见刘津:《鲁迅前期文化传播的平民观念》,《甘肃社会科学》2000 年第 1 期。

　　⑥ 参见吴小美、郝洪:《析鲁迅的传播角色及其传播环境》,《兰州大学学报》1994 年第 1 期。

局与中国现代文学》一书中,在论述鲁迅与北新书局的关系时,提供了很有价值的研究成果和研究方法。她认为鲁迅与北新书局的关系是"'溺爱'与非势利"。①

(三)研究困难和条件

研究出版家鲁迅的困难主要有五个方面。其一,搜集、整理资料的难度较大。鲁迅的编辑出版言论散见于他的书信、日记和各类文章中,而且不是为了阐释具体的编辑出版理论,而是为了解决某一编辑出版的实际问题或者是为了说明某种编辑出版现象。这使得如何将鲁迅的编辑出版言论集中起来成了问题,也增加了理解鲁迅的编辑出版言论的难度。与鲁迅同时代的人,尤其是鲁迅当年的同事或者合作者的回忆材料是研究出版家鲁迅的重要依据,但是,这些材料分布广而散,而且除了当年和鲁迅同在期刊社、出版社的人或与鲁迅一起编辑出版过报刊、图书的人,较多地围绕鲁迅的编辑出版精神进行回忆外,其他人的回忆材料都不是针对编辑出版。其二,鲁迅的编辑出版实践不是专职的,而是附属的。这显然给鲁迅的编辑出版实践蒙上了一层纱,如何透过他言语上的表层含义,深入其言语的内核,把握其言语的实质,是富有挑战性的课题。这为理解和把握鲁迅编辑出版思想的实质增加了困难。其三,研究出版家鲁迅要以编辑学和出版学的理论作为指导。如果没有一定的编辑学、出版学理论修养,要感悟到鲁迅编辑出版言论和编辑出版活动中隐含的闪光点固然不易,要深刻把握和洞察鲁迅编辑出版思想的内核就更不可能。我国的编辑学和出版学理论建设时日不久,能够取得共识的编辑出版观念还不多,哪怕是建构编辑学、出版学基础理论首先必须解决的诸如"编辑""出版"等概念的内涵,都还没有统一的界定。在这种理论背景下,对鲁迅编辑出版活动的界定都成问题,深入探讨鲁迅的编辑出版思想就更难了。其四,出版家鲁迅的研究对研究主体要求较高。研究出版家鲁迅既要懂近现代史,又要了解近现代出版;既要熟悉鲁迅的思想,尤其是文化思想,又要懂出版,有编辑出版方面

---

① 　陈树萍:《北新书局与中国现代文学》,上海三联书店2008年版,第201页。

的理论修养和实践经验。这给出版家鲁迅的广泛研究增加了难度。其五,鲁迅生活的时代和当前虽然相隔不是很久远,但是,是两种性质完全不同的社会,社会主流意识有质的差异。如何处理鲁迅编辑出版思想的时代性和现实性、如何认识鲁迅编辑出版思想的局限性和永恒性等,成了研究出版家鲁迅必须首先解决的认识问题。如果不解决认识问题,那么研究出版家鲁迅的立足点和价值定位就很难,就难以找到研究的方向、动力和保障。

当然,研究出版家鲁迅已具备一些有利条件。其一,出版家鲁迅的研究虽然略显寂寞,但是,关于鲁迅的其他研究已较充分。这为研究出版家鲁迅提供了参照以及素材和方法的准备。其二,涉及鲁迅的资料已整理得较充分,研究出版家鲁迅的资料已有了较好的基础,因为只要在鲁迅研究资料中把他的编辑出版研究资料分离出来,就可以得到较为纯粹、完整的资料。其三,我国的编辑学和出版学理论建设已有了一些成果,研究出版家鲁迅所必须借助的编辑出版理论已有了一定的基础。其四,出版家鲁迅的研究一旦具备了哪个层次的条件,就应该在哪一个层次展开研究,取得这一层次的科研成果。出版家鲁迅研究的阶段性和持续性特征,为日后的研究准备了条件和基础。其五,当前出版业发展过程中存在的种种问题,往往可以从鲁迅那里得到启发,特别是当前的编辑出版工作者缺乏的而又不得不拥有和加强的是编辑出版精神,因为这方面鲁迅是仰止的高山,是可借鉴的典范。

三、研究视角

研究出版家鲁迅依赖也考验研究者的史德、史识和史才。鲁迅是非常特别的研究对象,一度被神化。如果因为了解、理解和尊重鲁迅而对他崇拜,这种"神化"无可厚非。如果打着"神化"鲁迅的幌子追求个人的名利,那么这种"神化"违背了道德,必须痛斥。所谓史德,指要尊重历史,以出版家鲁迅的史实为依据,还原人物在特定时空中的所作所为和所感所思。所谓史识,指视野和判断,是研究出版家鲁迅的关键因素。史实是确定的,但不同的研究者会透过史实看到不同的图景,这是视野和见识有差异。所谓史才,既指搜集、整理和分析史料的能力,也指提炼观点的能力,还指表现力。研究出版家鲁迅是研究者史德、史识和史才充分融合的结果,其中,史德是基础,史识是关键,史才是重要因素。

(一)文化传播视野

鲁迅所处的时代,以报纸、期刊、图书等为核心的现代文化传播机制逐渐形成。为了争夺和控制话语权,为了让所坚守的价值和坚持的信念成为社会或社会的某一部分或群体的主导意志,媒介及其他舆论阵地既扮演着重要的中介角色又发挥着重要的传播功能,为各支力量所争夺和利用。作为作家,鲁迅是文化传播链条中的创造者。作为编辑出版者,鲁迅是文化传播链条中的传播者。实际上,鲁迅创造的文化成果也需要传播。所以,传播者的角色在鲁迅一生中极为重要。"在鲁迅与现代文化传播媒介的研究中,学术界……不能从传播学的角度,更加深入地探求鲁迅作为现代文学之父的文化态度及其文体选择与创造文学史意义。"[①]这段话着眼于现代文学的研究,但所提供的方法适用于对出版家鲁迅的研究,强调了从传播学视野研究鲁迅,包括出版家鲁迅的重要性。

"大家感到自由发表文字的机关之不可少……我们的目的只在让我们可以随便说话。我们的意见不同,文章也各自不同,所同者只是要不管三七二十一地乱说。"[②]这是《语丝》周刊的宗旨,表达了鲁迅、周作人、孙伏园等创办者的心思。德国学者尤根·哈贝马斯在早期著作《公共领域》中提出"公共领域"的概念,他说:"所谓'公共领域',我们首先意指我们的社会生活的一领域,在这个领域中,像公共意见这样的事物能够形成。公共领域原则上向所有公民开放。"[③]《语丝》周刊是这样的"公共领域"。鲁迅投身现代文化传播中,开创了"公共领域",赢得了话语权和生存空间、文化空间。

文化传播受制于传播环境。作为传播者的鲁迅与周围环境的关系可用两

---

① 姜振昌主编:《鲁迅与中国新文学的精神》,中国社会科学出版社 2004 年版,第 187 页。
② 周作人:《答伏园论"语丝的文体"》,《语丝》1925 年第 54 期。
③ [德]尤根·哈贝马斯,汪晖译:《公共领域》,汪晖、陈燕谷主编:《文化与公共性》,生活·读书·新知三联书店 1998 年版,第 125 页。

个词来概括——"对峙"和"冲突"。鲁迅扛着启蒙的大旗,和统治者斗。从清末的皇权到军阀政府再到国民党政府,鲁迅努力斗争和抗争。他不仅抗争统治者的统治,还和代表统治者为统治者服务的御用人员斗。西方列强侵略中国又满嘴理由,鲁迅满怀爱国主义激情,毫不退让地和它们斗争。前期,鲁迅和一批启蒙者一起批判传统文化,倡导西方文化,主导着社会话语,创造着言说的自由。后期,曾经的同道者中的一些高升了,一些退隐了,一些变节了。鲁迅联合的联合,分离的分离,批判的批判,斗争的斗争。他团结和组合新旧同道者,形成新的群体,继续担当启蒙和救亡的使命。而鲁迅需要启蒙的民众,是在数千年传统文化统治下已麻木的"庸众"。哀其不幸,怒其不争。鲁迅"如置身毫无边际的荒原",其呐喊的力量如同重拳打在棉花上,被消减和侵蚀。"公共领域"因社会的发展而产生越来越强烈的诉求,而"公共领域"必然存在于一定的社会生态中。鲁迅在这样的传播环境中创造"公共领域",悲壮而又崇高。

(二)编辑学、出版学视野

"学科成熟的重要标志之一是已经具备了一些基本概念,并由这一概念形成一个概念体系。"[①]编辑学学科的发展为出版家鲁迅的分析提供了指南。编辑的明确界定定位了鲁迅的出版角色,不至于因为鲁迅作为作家和思想家的光芒掩盖了他作为出版家的亮丽。出版家必须从事大量的编辑活动,拥有丰富的编辑体验。鲁迅的编辑实践不仅为他创造和提供了大量编辑体验,让他在感性的操盘中领略编辑技术和编辑艺术的精髓。同时,因为他的素养,使得他能从编辑实践中走出来,不断发现和自觉探索编辑规律,并因此成就他的编辑思想和编辑风格。编辑的形成、发展和提升是一个漫长的过程,这一过程中的创造和质的飞跃是为了实现编辑现代化。所以,编辑现代化是编辑发展的必然结果,也是出版家不断探索的成果。为了实现编辑现代化,编辑主体要不断培养、塑造和突破自身,要在编辑活动中不断发现、创造,要充分把握编辑过程中的技术标准和技术规范,要充分创造编辑艺术并不断突破编辑艺术的

---

① 吴平编著:《编辑本论》,武汉大学出版社 2005 年版,第 1 页。

既定边界,要努力发现和掌握编辑规律,成就编辑思想和编辑风格。鲁迅的编辑实践和编辑探索为编辑的现代转型提供了范例,创造了编辑史上的典型范式。因此,借助编辑学的理论和方法,我们可以发现出版家鲁迅作为编辑典范和编辑现代转型范例的标准和发展轨迹。

出版学为研究出版家鲁迅提供了理论和方法。"出版学是研究出版物商品供求矛盾的产生与发展规律的科学。"①研究出版家鲁迅,首先,要解决的是鲁迅作为出版物的供给主体,是如何在充分了解和把握当时的出版管理体制,利用出版资源,借助社会力量,提供能够满足市场需求的出版物。其次,要深入出版物的生产过程中,探究鲁迅在出版技术、出版规律方面的探索精神和运用技巧。再次,要充分探讨鲁迅在市场方面的策略和方法,了解他创作的诸如广告、书评等文本的特色,研究他帮助读者熟悉、运用好出版物的服务诀窍,理解他制造影响力、塑造出版物品牌的理念和手段。

(三)出版史视野

如果说编辑学、出版学的视野为研究出版家鲁迅提供了横向分析的工具,那么出版史视野则为研究出版家鲁迅提供了纵向分析的工具。出版的"现代转型"是中国近现代出版史研究的关键词。既然称之为"转型"则有传统出版这一出版发展的基础和旧壳,也有区别于传统出版的新出版或新式出版这一出版的新发展和新形态。鲁迅对中国出版的近现代转型进行了探索,为这一转型作出了一定的贡献。因此,出版史视野为出版家鲁迅的地位和价值的研究提供了参照系和标准。

四、内容要点和构成

(一)内容要点

出版家鲁迅是对鲁迅的一种社会角色的界定。描画出版家鲁迅的形象是

---

① 　罗紫初、吴赟、王秋林:《出版学基础》,山西人民出版社 2005 年版,第 12 页。

研究出版家鲁迅的第一个要点。构筑出版家鲁迅的支柱有三根:鲁迅的编辑出版活动、鲁迅的编辑出版言论和鲁迅的编辑出版影响。鲁迅的编辑出版活动既含编辑出版活动的过程,又指编辑出版活动的结果。过程记录着鲁迅在编辑出版方面追求的足迹,结果彰显鲁迅编辑出版活动的成功。鲁迅的编辑出版言论是鲁迅编辑出版活动过程中的心声写照,是他探索和发现编辑出版规律的表现和证明。鲁迅的编辑出版影响是客观的,这种客观性既表现在他的所作所为所想所创造符合出版发展潮流,也指这种影响留下了痕迹,有切实的证据。这三根支柱不是孤立的,它们始终朝向鲁迅的编辑出版理想,即鲁迅作为文化传播者的目标和诉求;它们始终围绕着新出版的产生、发展而存在。为了充分描画出版家鲁迅的形象,四个方面的问题需要一一回答。第一,对鲁迅的编辑出版思想进行整体研究,主要回答几个问题:鲁迅在中国出版史上处于什么地位,鲁迅的编辑出版思想如何发展,推动鲁迅编辑出版思想发展的动力是什么,鲁迅编辑出版思想有什么特点,等等。第二,整体研究鲁迅的编辑出版生涯,对鲁迅作为出版家进行合理定位,主要回答几个问题:鲁迅代表哪一种编辑类型和出版类型,鲁迅代表的编辑出版类型有什么特质。第三,深入研究鲁迅的编辑出版实践和言论,用新的角度和视野研究鲁迅的编辑出版思想,主要回答几个问题:鲁迅的编辑出版思想如何体现在他的编辑实践中,鲁迅的编辑出版技巧和艺术主要表现在哪些方面,鲁迅编辑出版的成功案例有哪些,等等。第四,比较鲁迅与同时代的杰出编辑出版人士,明确鲁迅作为出版家的独特特色。

以出版家鲁迅为核心的群体有三个。第一,编辑群体。主要指鲁迅主持或参与的报刊和图书的编辑以及编辑出版鲁迅作品的编辑。第二,作者群体。主要指鲁迅做编辑时接触的作者,包括装帧设计者。第三,读者群体。主要指阅读鲁迅作品和鲁迅编辑出版的读物的人群。这三个群体的核心是倾向或接受现代意识,对思想启蒙有兴趣、想行动的知识分子。他们处于近现代社会转型时期,渴望独立,追求自身的价值和个性。他们从传统中走出来,渴望挣脱传统桎梏和眼前的经验,超越既存价值体系,接受新思想和新精神。他们因为认同和接受鲁迅的近现代先进出版理念而和鲁迅走近,团结在鲁迅的周围。

他们也因为鲁迅的理解、教诲、鼓励和帮助而在不停的碰撞和折腾中前行。他们离不开鲁迅，而鲁迅也因为需要更多力量汇聚成启蒙和救亡的大军而离不开他们。他们的价值和特征集中体现在知识分子对编辑出版职业的定位和诉求以及对近现代先进编辑出版理念的理解、接受与实践。在知识分子寻求生存状态改变的过程中，编辑出版职业提供了一种选择。出版家鲁迅在这种选择中历练和受益，以出版家鲁迅为核心的人群因为这种选择而成长和成熟，并在社会发展中扮演角色，作出贡献。这是我们在解读出版家鲁迅时必须重视的第二个要点。

出版物流通的广度和深度是衡量出版物影响力的重要指标，同样，通过追逐出版物的流通量和流通轨迹，可以充分展示出版者或出版机构编辑的出版物在社会阅读和文化消费方面的实绩。研究出版家鲁迅，揭示其编辑出版的读物在出版物市场的影响力，挖掘他制造影响力的策略和手段，是我们研究出版家鲁迅的第三个要点。无论是报纸、期刊还是图书，鲁迅都通过各种策略和手段，去促成它们的影响，去创造它们的影响力。让历史退回到几十年前，在热热闹闹的出版物消费市场，鲁迅是标杆、标签。这因为他的创作和他的出版物，也因为他对出版物的影响力的发现、制造和掌控。

（二）内容构成

本书把鲁迅定位在出版家的角色，以"鲁迅的出版理念""鲁迅的出版实践""鲁迅的出版史地位"作为关键词，始终围绕这三个关键词展开鲁迅的编辑出版生涯，描画他作为出版家的形象。全书包括八个部分。第一部分为绪论，主要解决三个问题：第一，给出版家鲁迅以明确的出版史、社会发展史定位，确立研究出版家的价值；第二，梳理现有关于出版家鲁迅的研究成果，列出已解决的问题和已达成的共识；第三，确立本书要探讨的问题，明确本书的研究空间和预设的研究目标，重点描述本书的突破点，尤其是研究视野和所借助理论的突破。第二部分把出版家鲁迅放在近现代出版史上，探讨他的出版价值观、出版主张及其特点、发展历程、发展动力。第三部分的关键词是"编辑典范"，即从编辑史的历史长河和民国时期的编辑活动等来看，鲁迅是编辑典范。这种典范性的内涵是"思想革命",表现在鲁迅的编辑思想和实践两个方面。鲁迅在编辑方面的充分而独特的实践、思考及其对编辑规律的把握,成就了他的编辑思想和编辑风格,确立了他在编辑史上的地位。第四部分是关于鲁迅的现代装帧设计思想和实践。作为现代装帧设计尤其是书籍装帧设计的开拓者,鲁迅在装帧设计史上的地位非常重要。他的装帧设计思想,特别是他的装帧设计实践,具有重要价值。第五部分的关键词是"市场影响力的创造"。因为创造市场影响力的策略和方法主要是市场经营,所以这一部分把鲁迅定位在市场经营行家的位置,通过对他的市场经营思想的阐释和市场经营实践的描述,再现他和他编辑出版的读物在当时的影响力,探讨他的市场经营策略和手段,特别是出版物质量策略和推广宣传策略。第六部分讲鲁迅对编辑出版队伍特别是人才的培养。鲁迅重视编辑出版队伍,用编辑出版思想影响他们的成长,在编辑出版实践中指导和督促他们成长,在爱护和呵护中扶植他们成长。第七部分是关于出版家鲁迅与同时代杰出编辑出版人士的比较,重点在简略阐述杰出编辑出版人士的出版思想、实践、精神的同时,得出鲁迅作为出版家的独特特色和价值。第八部分是附录,包括参考文献,鲁迅与出版社的情况,鲁迅与报刊的情况,鲁迅生前著、译、编、校作品出版情况,鲁迅装帧设计情况和以鲁迅为核心的出版群体情况。这些既是研究出版家鲁迅的依据,也是研究成果,还是备查的资料。

第一章　现代出版思想的探索者

　　铅活字排版和机械化印刷主导的工业化印制取代雕版印刷主导的手工印制,极大地提高了印制产能、产量和效率,极大地降低了印制成本和费用。印制技术的革命性变化带来出版的革命,推动出版由传统转向现代,走入现代化进程,形成现代体系,凸显现代性,进入崭新的时代。新的印制技术扩大了内容传播的量和速度,使得已有内容的影响力剧增,为新内容的创造提供了巨大潜力和空间。新的印制技术为新的出版物形态的创造提出了要求,也有了可能,出版物作为产品进入变革阶段,这种变革包括物理层面的变化和审美层次的变化。新的印制技术带来出版物传播和影响对象的扩大,出版物的读者从有限的贵族、官员、神职人员等发展到每一个识字识图的人。更多的出版物影响更广的区域和更多的人,使得出版物的流通变得紧迫。更多的内容需要创作,作者队伍的扩大变得紧迫。围绕新的印制技术,上游的编辑、下游的发行同步变革,都形成了新的能力、能量。同时,与出版生产力相应的出版政策和法规、出版组织、出版制度等发生变革,现代出版法制、现代出版组织、现代出版制度等逐渐形成。现代出版体系是上述出版生产力和生产关系及其相关因素的统一体,由一套不同于传统出版的行业规制和话语体系组成。

　　与出版变革相伴的是社会的变化,这种变化包括社会开放程度的提高,经济发展带来的人们收入提高、购买力增强,城市的发展等,特别是文化的嬗变和演化,教育的转型和发展,汉语的变革和现代,社团等社会组织的数量增加和影响力的扩张。社会、文化、教育、现代汉语、社团等为出版提供内容、营造阅读氛围、培育读者,内容在出版传播的推动下影响读者、形成特定的指代社会意识和思潮等的话语,同时,这些话语影响和反映社会、文化、教育、现代汉语、社团等的发展与变化。近现代中国的社会、文化、教育、现代汉语、社团等激荡不已,变化剧烈,孕育和产生了大量内容、大批读者。这些内容和读者与现代出版体系融合,和出版技术扩大和提升后的出版功能汇聚,进而内容话语、读者话语和出版话语相得益彰,形成出版在近现代史上的特殊影响和特别地位。身处传统出版向现代出版变革的过程中,鲁迅既感受、思考也掌握、构建现代出版话语,既创造、组织也传播、引领出版内容、阅读趋势、读者状态,他融合出版技术和出版话语,形成富有影响力的话语体系,掌握话语权。

一、鲁迅的出版价值观

价值观是鲁迅现代出版思想的方向和宗旨,是理解出版家鲁迅的内核,是把握鲁迅编辑出版活动及其出版物的基础。爱国主义是鲁迅出版价值观的基本,文化属性是其基础,政治属性是其立场。

(一)爱国是出版的底色

周光迅在《简论鲁迅爱国主义思想的发展历程》一文中,从鲁迅对社会制度探索的角度,将他的爱国主义思想的发展历程划分为四个阶段:1898年到1906年为形成阶段,其爱国主义思想的主要特点是寻求科学救国;1907年到1917年为第一阶段,其爱国主义思想的具体行动表现为文艺救国;1918年到1926年为第二阶段,其爱国主义思想的表现为继续以文艺为武器,对封建伦理道德进行无情的揭露和批判;1927年到1936年为第三阶段,其爱国主义思想和马克思主义的理想宗旨信念结合起来,革命特色鲜明。① 鲁迅的出版思考和认识、出版实践和作为与其爱国主义思想的发展一致,一直受爱国主义精神主导和影响,爱国主义始终融合其中,成为底色。譬如,他谈及《译文》杂志和《译文丛书》时说:"他们做事好像还于中国有益的时候,我是出力的。这是

---

① 参见周光迅:《简论鲁迅爱国主义思想的发展历程》,《石油大学学报(社会科学版)》1995年第4期。

我历来做事的主意,根柢即在总账问题。"①因为爱国,所以愿意为国家服务,愿意做于国家有益的事,这些事理所当然地包括鲁迅从事的出版活动。尽管用科学救国、文艺救国、革命救国来集中反映鲁迅的爱国主义思想有些过于单一,但是,就把握和理解鲁迅出版思想和实务中的爱国主义来说,较为直接、贴切。

重视科学知识、科学方法、科学精神贯穿鲁迅一生的出版思考和实践。在鲁迅的藏书里,科学读物占有相当的比例,他曾经指出文艺青年们讨厌数学、理化、生物学等科学是不对的,因为如果连常识都没有,那么肯定糊涂,终究也是弄不好文学的,进而劝他们不要放弃科学,要多读科学书。② 早年,鲁迅倡导科学救国,他说:"据我看来,要救治这'几至国亡种灭'的中国,那种'孔圣人张天师传言由山东来'的方法,是全不对症的,只有这鬼话的对头的科学! ——不是皮毛的真正科学!"③鲁迅 1918 年在《新青年》上发表的这段话将"科学救国"的想法表达得直接、明白、确定,之前他将这种想法落实在具体的编辑出版活动和出版物中。1903 年,鲁迅旗帜鲜明地维护《浙江潮》高举民族主义大旗的办刊宗旨,发表科幻小说译作《地底旅行》、论文《说钼》《中国地质略论》等,和保皇、卖国势力进行坚决的斗争。这些作品融科学知识、科学精神与爱国激情于一体,既有科学理性的逻辑和规律,又有个性的张扬和释放,还有喷薄而发的爱国情。譬如,在《中国地质略论》中,他痛斥卖国行径——"独奈何引盗入室,助之折桷挠栋,以速大厦之倾哉"④,激励国人的爱国热情——"中国者,中国人之中国。可容外族之研究,不容外族之探撿;可容外族之赞叹,不容外族之觊觎者也"⑤。骂声痛快淋漓,激励声直抵内心。鲁迅和顾琅合编的《中国矿产志》,1906 年 5 月由普及书局出版发行。该书全面搜集当时全国的矿产,注明地点,用图文说明,帮助人们了解国家矿产情况,

---

① 鲁迅:《鲁迅全集》(第 13 卷),人民文学出版社 2005 年版,第 559 页。
② 参见鲁迅:《鲁迅全集》(第 14 卷),人民文学出版社 2005 年版,第 77 页。
③ 鲁迅:《鲁迅全集》(第 1 卷),人民文学出版社 2005 年版,第 318 页。
④ 鲁迅:《鲁迅全集》(第 8 卷),人民文学出版社 2005 年版,第 19 页。
⑤ 鲁迅:《鲁迅全集》(第 8 卷),人民文学出版社 2005 年版,第 6 页。

为开采矿产提供资料,让人们珍惜"致富之源,强国之本","用心至深,积虑至切"。① 鲁迅发现日本农商务省地质矿山调查局的秘本《中国矿产全图》,赶紧设法借到,摹绘后放大 12 倍,附在《中国矿产志》一书里,"以供祖国"②。以图文并茂的方式充分介绍我国的矿产,以地图呈现的方式充分展示我国的矿产分布,加上浓郁的爱国热情,《中国矿产志》及其附图不只是填补了国人的知识空白,启蒙了读者的科学意识,还焕发出国人的自豪感,增强国人的意识,振奋国人的精神。

终止学医后,鲁迅以"启蒙—立人—救国"为逻辑,以"为人生"的文艺为手段,开启了出版思考和实践的新空间。1907 年 12 月,河南省留日学生在日本东京创办《河南》杂志,该刊基于爱国主义思想,直面现实,针对性地研究中华民族存亡的话题。这种办刊宗旨特别契合鲁迅,他将本来要发表在夭折的期刊《新生》上的《人之历史》《摩罗诗力说》《科学史教篇》《文化偏至论》《破恶声论》《裴彖飞诗论》等,在该刊上面世,痛痛快快地表达了自己的文化文艺主张和立人启蒙思想,淋漓尽致地抒发了自己的爱国主义精神和救国情怀。为《新生》准备的主要内容是翻译类文艺作品,承接《新生》的文艺作品并加入新作品的《域外小说集》,分别于 1909 年 3 月和 7 月出版第一集和第二集,既意在借国外之法以改变国人的精神并通过国人的改变而改造社会,又"以起其国人之新生"③。此后 20 多年里,鲁迅通过出版原创新文学、新美术尤其是新兴木刻,特别选择翻译的国外文学作品和引进的外国版画等领域的书刊,指导和引领一波又一波的新文艺运动,表达了他的爱国主义思想,表现了他的爱国主义精神。

离开北平,通过厦门的思考、广州的洗礼,鲁迅接受了马克思主义,成为马克思主义者,他对于出版的思考和实践进入成熟阶段,他的爱国主义思想和出版的融合提升到新的高度,他自觉运用"文学革命""思想革命"的武器,融入革命的出版斗争中。苏联文学作品、文艺理论的引进出版,"左联"系列期刊

---

① 刘运峰编:《鲁迅佚文全集》,群言出版社 2001 年版,第 29 页。
② 刘运峰编:《鲁迅佚文全集》,群言出版社 2001 年版,第 26 页。
③ 鲁迅:《鲁迅全集》(第 1 卷),人民文学出版社 2005 年版,第 101 页。

持续不断地推出,作为特别斗争武器的新兴木刻读物的面世,使得鲁迅的爱国主义思想和爱国主义精神切实地落实在编辑出版活动中,充分地体现在每一种出版物中。丁玲回忆《北斗》的编辑出版情况时,明确指出该刊是鲁迅领导的"左联"机关刊物,正是鲁迅指导她通过发表作品团结方方面面的作家。①显然,鲁迅领导的这种斗争直面的环境严峻、险恶,斗争的复杂性、艰巨性超乎想象,但是,其编辑出版活动和编辑出版成果的影响既广泛又深刻,效果既实在又显著。直面艰难,敢于斗争,善于斗争,而且成效卓越,更加体现了出版家鲁迅爱国的坚定、深厚,更加彰显了他为了国家利益不惜一切的思想自觉和精神高度。

（二）出版要积累、开拓和建设文化

首先,鲁迅从出版的文化功能角度阐释出版的文化特性。他在《〈引玉集〉后记》中说:"我已经确切的相信:将来的光明,必将证明我们不但是文艺上的遗产的保存者,而且也是开拓者和建设者。"②尽管鲁迅仅就译著的出版发论,但其论断适用于出版业,阐明了出版在文化史上的价值和地位。文化的发展是阶段性和持续性的高度统一。因其阶段性,每一个时代有着特殊的文化图景和文化需求。编辑出版者务必紧跟时代步伐,创造合乎时代精神、富有时代特色的出版物。因其持续性,每一个时代的文化都是此前时代的文化的延续,也是此后时代的文化的起跑线。没有此前时代的文化积累,这一时代的文化成了无本之木、无源之水。不创造出富有特色的时代文化,将延祸于下一个时代。因此,立足于绵长的文化发展史,编辑出版者的劳动如涓涓细流,养育着文化的长河。编辑出版者只有具备浓郁的文化意识,满怀强烈的文化历史使命感,才能摆正位置,承担编辑出版业的文化使命——保存、开拓和建设文化。"保存者""开拓者和建设者"是出版功能赋予出版者的角色,"保存者"是基本,"开拓者和建设者"是追求。

---

① 参见丁玲:《丁玲论创作》,上海文艺出版社1985年版,第97页。
② 鲁迅:《鲁迅全集》(第7卷),人民文学出版社2005年版,第441页。

其次,鲁迅从传播的角度阐述出版的文化特性。他说:"旧纸及毛边,最好是不用,盖印行之意,广布者其一,久存者其二,所以纸张须求其耐久。"①这是鲁迅在给郑振铎的信中谈到《十竹斋笺谱》的用纸时发表的看法。虽然是就一本书出版过程中的问题立论,但表达了鲁迅关于出版的文化特性的深意。因为《十竹斋笺谱》是鲁迅为了保存传统木刻作品,继《北平笺谱》之后进行的出版项目。这两种笺谱的出版是鲁迅继承、保存传统优秀文化的重要举措。所谓"广布者"指出版业要传播文化,所谓"久存者"指出版业要积累和保存文化成果,二者合而为一表明出版业要传播和积累文化。鲁迅把"广布者"摆在第一,"久存者"次之,有其用意。出版机构物化精神产品,让有形的载体承载无形的精神在更为宽广的领域和人群中散布,产生更深远更强大的影响。没有传播,精神产品不能实现效应,不能对其他群体或个人有所作用,也谈不上积累。从受众来看,任何精神的介入和体验,对其知识体系或者精神结构是冲击,也是积累。显然,传播包含了积累。所以,传播是第一位的。在社会上广泛传播的文化产品,接受着受众的评判和检验,因此,那些对社会和人群有积极影响的文化产品得到更多和更大程度的积累。从某种意义上说,积累是提高,是基于传播的升华。鲁迅对"广布者"和"久存者"位置的限定说明他对出版文化性的两个方面的辩证认识,为出版机构和出版主体的行为目标和宗旨的确立提供了指导。

最后,鲁迅从文化发展的角度诠释出版的文化特性。他说:"虽然材力很小,但要绍介些国外的艺术作品到中国来,也选印中国先前被人忘却的还能复生的图案之类。有时是重提旧时而今日可以利用的遗产,有时是发掘现在中国时行艺术家的在外国的祖坟,有时是引入世界上的灿烂的新作。"②这段论述源于鲁迅的图书广告《〈艺苑朝华〉广告》,是在批判出版界唯利是图和欺骗读者的歪风的基础上从正面提出的指导出版实践的忠言,阐释了他的出书目的,反映了他对出版文化属性认识的具体化,提出了达成出版积累文化目的的

---

① 鲁迅:《鲁迅全集》(第13卷),人民文学出版社2005年版,第133页。
② 鲁迅:《鲁迅全集》(第7卷),人民文学出版社2005年版,第481页。

两条途径:继承优秀传统文化、吸纳外来优秀文化成果。卢那卡尔斯基的剧本《浮士德与城》出版后,鲁迅借作者之口在评价中指出,"古人所创的事业中,即含有后来的新兴阶级皆可以择取的遗产","新的建设的理想,是一切言动的南针,倘没有这而言破坏,便如未来派,不过是破坏的同路人,而言保存,则全然是旧社会的维持者"。① 为什么要继承传统优秀文化和吸收外来优秀文化? 因为它们是建设新文化的营养和生命力来源,若不继承不吸收则新文化建设成了无源之水。怎样继承和吸收呢? 一则需要有批判的眼光,二则需要"破坏式"创新。批判和创新是为了不做旧的固守者,要做创造者。鲁迅提出,参考、借鉴我国汉代的石刻画像、明清的书籍插画和民间的年画,融合欧洲绘画的方法和技巧,可以创造一种更好的版画。② 他的这种想法,以版画创新创造为例,说清楚了开拓和建设新文化的路径,这条路径是融合古今中外,适应新的条件,创造更好的更有价值的文化样式。

(三)出版为政治服务

鲁迅很早就对出版的政治功能和作用多有观察、深有体会。在南京求学时,维新变法发生,伴随而来的是承载维新思想和主张的出版物的盛行。鲁迅敏锐地察觉到了这种变化,20 多年后回忆学堂里新设的阅报处时,对《时务报》《译书汇编》等记忆犹新,印象深刻。③ 新的出版物反映社会新思想和新现象,也通过影响人从而影响社会,引发社会变化。鲁迅如饥似渴地阅读这些新的出版物,并深受影响,特别是《天演论》,他一口气读完,觉得新鲜、畅快。④ 同时,他以其政治敏感捕捉到了这些出版物的政治特性以及背后的政治力量。譬如,他在描绘学堂里的"新党"总办时,特别强调总办坐在马车里大都在看《时务报》,出的汉文题目和别的教员不同。⑤ 维新派认同和倡导维新变法,他

---

① 鲁迅:《鲁迅全集》(第7卷),人民文学出版社 2005 年版,第 374 页。
② 参见鲁迅:《鲁迅全集》(第13卷),人民文学出版社 2005 年版,第 373 页。
③ 参见鲁迅:《鲁迅全集》(第2卷),人民文学出版社 2005 年版,第 306 页。
④ 参见鲁迅:《鲁迅全集》(第2卷),人民文学出版社 2005 年版,第 305—306 页。
⑤ 参见鲁迅:《鲁迅全集》(第2卷),人民文学出版社 2005 年版,第 305 页。

们来到诸如学堂等新式机构,呈现出不一样的新貌,而《时务报》等新出版物成了他们的标志,他们的新观念也体现在教学等活动中。显然,维新派"新党"的政治特性和维新派出版物的政治特性高度一致。在日本留学期间,不同政治观念、政治派别的人员借助出版物,围绕政治话题展开激烈论辩。鲁迅不但遍览各种现象,还参与其中表达意见,并投入编辑出版实践,以出版物张举主张。

掌握和运用出版的政治性、充分发挥出版的政治功能是鲁迅进行编辑出版活动的一贯做法。1912 年,鲁迅担任《越铎日报》名誉总编辑,指导该报在《金浙公报》上发表《〈越铎日报〉出版布告》,明确表明其政治立场。1919 年冬,《新青年》编辑部从北京迁到上海,1920 年 9 月 1 日出版的第 8 卷第 1 号成为上海共产主义小组的机关刊物,在第 8 卷第 4 号上推出"社会主义讨论"专栏,大力宣传马克思主义、十月革命和中国工人运动。胡适对此特别反感,1921 年 1 月 12 日,他将写给陈独秀的信交鲁迅等《新青年》编辑部同人传阅并征求意见。胡适在信中针对他认定的《新青年》宣传马克思主义和社会主义的"色彩过于鲜明",谈政治和主义太多太过,提出改变杂志的三条意见:"另创一个哲学文学的杂志""声明不谈政治""暂时停办"。① 鲁迅在给胡适的复信中明确说:"至于发表新宣言说明不谈政治,我却以为不必……"②同样的道理,不同立场的出版物会坚持不同的政治倾向,会体现出服务于政治的特性。鲁迅对此有着特别清醒的认识,他在《〈奔流〉编校后记(十二)》中指出,《醒狮》是当权者的阵地,自然为此发声,而与共产党为敌。③《醒狮》即《醒狮周报》,是以曾琦、李璜、左舜生为首的"醒狮派"刊行的,极力鼓吹"国家主义",反对共产党及其领导下的革命运动,反对国民党"联俄联共"政策。当权者是主流意识的掌控者,鲁迅是以此为依据清晰、明确地判断《醒狮》的政治性质的。

鲁迅认为,对服务于人民大众的编辑出版者来说,出版的政治性一定表现

---

① 胡适:《陈独秀著作选编》(第 2 卷),上海人民出版社 2009 年版,第 319 页。
② 鲁迅:《鲁迅全集》(第 11 卷),人民文学出版社 2005 年版,第 387 页。
③ 参见鲁迅:《鲁迅全集》(第 7 卷),人民文学出版社 2005 年版,第 200 页。

为出版的人民性。他说:"凡是为中国大众工作的,倘我力所及,我总希望(并非为了个人)能够略有帮助。这是我常常自己印书的原因。"①鲁迅的出版活动和他编辑出版的读物站在人民大众的立场,把人民大众的利益摆在第一位,为人民大众服务。他从事出版始终充分考虑到人民大众的接受水平,强调读物不能过于高深,要明白有趣,使人民大众能够读懂。为此,他反对曲高和寡的所谓"上层文化",提倡出版属于人民大众、人民大众能懂的文化读物。在评论理惠拉的壁画《贫人之夜》时,他因为宣言与民众同在的理惠拉的观点是壁画"最能尽社会的责任",是"属于大众的",而沙龙绘画不属于大众,"正是现代艺术中的最坏的倾向",②所以认定理惠拉的作品富有价值,值得出版和向读者推荐。因为属于大众的出版物的出发点是人民大众,所以它们选择适合人民大众的内容、趣味、审美,找到人民大众喜欢的形式和表达表现方式。这种出版物如同《贫人之夜》,与贵族把玩的沙龙绘画截然不同。鲁迅对理惠拉及其作品《贫人之夜》的评论精当、深刻,充分体现了他的人民大众出版理念。正是基于人民大众出版理念,他在《"连环图画"辩护》中认为,连环图画、插图、绣像、画本、花纸等和大众的接受水平和能力匹配,更能得到他们的喜爱和认同,是适合他们的出版样式和形式,要多创作多出版。③ 事实上,连环画、绣像、花纸等源于民间,是人民大众创造的表达生活的文艺样式,是出版的内容和形式,是编辑出版者为人民大众服务的重要出版领域。如果艺术家、编辑出版者的立场不在大众,那么大众喜闻乐见的样式和方式就会被忽视,大众也就得不到能满足需要的精神食粮,读不到想读、读得懂的读物。为此,鲁迅特别呼吁编辑出版者心向青年等大众,通过"甘为泥土的作者和译者的奋斗",介绍世界思潮,翻译国外名作,"竭力运输些切实的精神的食粮,放在青年们的周围……"④如果编辑出版者、作者和译者都有泥土的品质,将自己的作为和大众连在一起,那么对大众富有营养的出版物就能推出来,就能满足大众的

①　鲁迅:《鲁迅全集》(第14卷),人民文学出版社2005年版,第121页。
②　鲁迅:《鲁迅全集》(第8卷),人民文学出版社2005年版,第356页。
③　参见鲁迅:《鲁迅全集》(第4卷),人民文学出版社2005年版,第460—461页。
④　鲁迅:《鲁迅全集》(第5卷),人民文学出版社2005年版,第295页。

精神需求。

鲁迅认为,出版物为一定的政治服务,在阶级社会里,表现为服务于一定的阶级,站在一定的阶级立场说话,充分表达该阶级的意志,充分维护该阶级的利益。1936年,文艺界关于"两个口号"的论争非常激烈。在这种情况下,出版物纷纷亮出自己的身份和立场。"第三种人"的老巢——现代书局改组为今代书局,邀请庄启东和唐弢编辑文艺刊物《今代文艺》。他们要求这家刊物保持中立,所持观点不属于当时论争中的任何一面;采用稿件绝对自由,不受书店约束;文稿选择一视同仁,创作和理论都不偏废。有机会编辑刊物,唐弢感到很高兴,但对于绝对中立拿不准,于是写信征求鲁迅的意见。鲁迅回信说:"编刊物决不会'绝对的自由',而且人也决不会'不属于任何一面',一做事,要看出来的。"①鲁迅认为,在阶级社会里不可能存在超阶级的编辑出版行为和出版物,建议唐弢不要去编这种不可能编出来的刊物。

二、鲁迅的出版主张

鲁迅的出版主张指的是他的出版观念,从出版视野看体现为出版的世界性,从出版发展看体现为创新变革带来的出版现代化,从出版效果看体现为出版影响和话语构建。

(一)全球视野和出版的世界性

鲁迅以开放观念、全球视野看待和理解包括出版在内的文化建设。他说:"所以我们要运用脑髓,放出眼光,自己来拿!""没有拿来的,人不能自成为新人,没有拿来的,文艺不能自成为新文艺。"②"拿来主义"拿来的源地是国外,对象是国外的优秀文化成果,因此它在本质上是"世界化"的同义词。也就是说,要用全球性的眼光、世界性的思维开放地对待中华文化与世界文化,把中

---

① 鲁迅:《鲁迅全集》(第14卷),人民文学出版社2005年版,第100页。
② 鲁迅:《鲁迅全集》(第6卷),人民文学出版社2005年版,第40—41页。

华文化作为世界文化的一部分,把世界文化作为中华文化的养料和补充,凡是对于中华文化有益的都吸收,使得人成为新人、文艺成为新文艺。从发展的视角看,文化有先进和落后之分,鲁迅以历史上文化同化的现象强调吸收先进文化的合理性和必要性。近现代西方资本主义文化是强势先进文化,对世界文化的发展起了很大的推动作用。中华文化要立足于世界文化之林,第一要务是借助世界文化的精华促进传统文化的现代转型,促进新文化建设,发展自身,使自身强大和强势起来。借鉴和吸收西方文化精华,首先是借鉴和吸收其现代优秀文化的价值和观念。1931年九一八事变后,国内抗日排日声极盛,连带否定、排斥日本的一切,鲁迅极为理性,他充满世界意识地强调要研究日本,也要研究别的国家,要以学习之心了解、理解、借鉴他国的政治、文化、社会等,要在比较中知己知彼、取长补短。① 全球视野提供全球标准,以这一标准量自己可知不足,以这一标准看外面可得为我所用的条件。因此,鲁迅遵循文化建设和发展的规律,他的出版视野是全球性的,他的出版观念是开放的世界性的。

鲁迅认为,中国出版需要从国外寻求发展的条件和有利因素,特别表现为以国外的优秀文化作为出版内容,千方百计推出更多更好的优秀读物。对于引进外国的文艺作品,他很确定也很自信地认为,"受点别国的影响,即自然难免,似乎倒也无须如此娇嫩,因而脸红",而"我们实在还知道得太少,吸收得太少"。② 一方面,世界相连相通,世界文化在交流中互相影响,进而促进发展,发展我国文化需要引进外国文艺作品;另一方面,外国文艺在当时我国的现状是懂得少、吸纳不够。因此,外国文艺作品的引进必须加大力度、增加数量,外国文艺出版物需要更多更好。鲁迅在谈及早年翻译、出版外国文学时说:"但也不是自己想创作,注重的倒是在绍介,在翻译……"③因为在引进过程中充分阅读,有了新观念新素养,有了在文学创作上的新作为和新文学作品,也就有了新的出版物。鲁迅克服困难,积极编辑、出版译作,介绍和引进外

---

① 参见鲁迅:《鲁迅全集》(第8卷),人民文学出版社2005年版,第358—359页。
② 鲁迅:《鲁迅全集》(第7卷),人民文学出版社2005年版,第170页。
③ 鲁迅:《鲁迅全集》(第4卷),人民文学出版社2005年版,第525页。

来文化。在《〈铁流〉编校后记》中，他说："到这一部译本能和读者相见为止，是经历了一段小小的艰难的历史的。"①原来，他本来和书店签约出版包含《铁流》在内的《现代文艺丛书》，哪知迫于形势，书店毁约。他不得已只得通知译者们停工。可是，由于某些原因没有通知到翻译《铁流》的曹靖华，照译不误后的《铁流》译稿出来了。译稿不久后到了他手中，他千方百计为这部稿子找出路。为了要出版这本书，他和曹靖华信函来往 20 多次。经济并不总是宽裕，事情又特别多，但为了更好地编辑、出版译作，更充分地介绍外来文化，他克服重重困难，联系一些同道者，筹办未名社和朝花社，主持《译文》等专门出版译作的期刊。在他的努力下，未名社和朝花社出版各类书籍数十部。《译文》的操办虽然几起几落，但对纠正翻译界的不良风气、振兴翻译事业作出了很大贡献。在《〈苏俄的文艺论战〉前记》中，他说："使我们借此稍稍知道他们文坛上论辩的大概，实在是最为有益的事……"②当时的苏联预示着我国的未来，让读者了解未来文化的一些情况，当然是"最为有益的事"。

鲁迅竭力向世界推广中国文学、中国文化，在全球产生中国影响。鲁迅作品最早的外文翻译是发表在 1922 年 6 月 4 日《北京周报》第 19 期的日文版《孔乙己》，该报由日本人藤原镰兄创办编辑，一连发了鲁迅的几篇作品，其中包括鲁迅自己翻译的《兔和猫》。1925 年 4 月，梁社乾写信给鲁迅，想推出《阿 Q 正传》的英文版，得到鲁迅同意，该英文本 1926 年由商务印书馆出版。这个月，俄罗斯人瓦西里耶夫写信请求允许翻译《阿 Q 正传》，希望鲁迅为之写序，鲁迅答应了。1926 年 1 月，敬隐渔写信给鲁迅，言及翻译的《阿 Q 正传》法文本事宜，特别提及法国著名作家罗曼·罗兰对作品的大赞。这一年，该译本经罗曼·罗兰推荐发表在《欧洲》月刊上。1931 年，鲁迅的《阿 Q 正传》在美国由日规出版部选入《中国新作家集》出版，获得美国进步文艺界的高度肯定。日本推出《阿 Q 正传》的两个译本：松浦珪译的白杨社版和林守仁译的四六书院版，其中，四六书院版经鲁迅校正，于 1931 年 10 月出版。《阿 Q 正传》多次

---

① 鲁迅：《鲁迅全集》（第 7 卷），人民文学出版社 2005 年版，第 385 页。
② 鲁迅：《鲁迅全集》（第 7 卷），人民文学出版社 2005 年版，第 278 页。

被翻译成外文,老是这部作品,他觉得是"炒阿 Q 的冷饭","也颇无聊",在给茅盾的信中表达不满意后提议说:"不如选些未曾绍介过的作者的新作品,由那边译载。"①他希望茅盾和史沫特莱商量,若行则将地址给他,他可以托书店寄书过去。后来,应美国记者伊罗生的提议,鲁迅和茅盾编选英译本的中国短篇小说集《草鞋脚》,伊罗生翻译,准备在美国出版。1934 年,埃德加·斯诺和姚克翻译的《活的中国:现代中国短篇小说选》由英国的哈拉普书局出版,该书以鲁迅的作品为主。他俩为此多次和鲁迅见面,得到了他的大力支持。②譬如,1936 年 5 月,鲁迅带病和埃德加·斯诺长谈几个小时,解答关于《活的中国:现代中国短篇小说选》的 36 个问题。③ 1935 年,《鲁迅选集》由日本岩波书店出版,佐藤春夫和增田涉合译。1936 年春,鲁迅应日本改造社社长山本实彦的邀请,选编了中国左翼作家的短篇小说 10 篇,在《改造》月刊 6 月号上开始连载,他用日文写《〈中国杰作小说〉小引》推介这些作品。1936 年 7 月 21 日,鲁迅为捷克汉学家普实克博士翻译的《中国短篇小说选集》作序,他在序中一则表达了自己作品进入捷克的特别高兴之情,二则分析了这种特别高兴的原因是捷克和中国有着共同的苦难历程和追求。④ 鲁迅引进弱小民族反压迫的文艺作品,是为了让国人在这些民族的反抗呼声中感受力量,同样,他竭力向诸如捷克一类国家推荐我国的代表作品,是因为我国的经历可以给他们以力量。世界因为共同命运和诉求而更近,也因此需要更多的出版文化交流以促其更近。

(二)变革创新和出版的现代化

"中国大约太老了,社会上事无大小,都恶劣不堪,像一只黑色的染缸,无论加进什么新东西去,都变成漆黑。可是除了再想法子来改革之外,也再没有

---

① 鲁迅:《鲁迅全集》(第 14 卷),人民文学出版社 2005 年版,第 6 页。

② [美]埃德加·斯诺:《鲁迅印象记》,武德运:《外国友人忆鲁迅》,北京图书馆出版社 1998 年版,第 45 页。

③ 鲁迅博物馆、鲁迅研究室编:《鲁迅年谱》(第 4 卷),人民文学出版社 2000 年版,第 496 页。

④ 鲁迅:《鲁迅全集》(第 6 卷),人民文学出版社 2005 年版,第 544 页。

别的路。"①因为太老,积存了陋习、桎梏,积累了惰性、固执,因此,为了新生、新事物,改变、改革是必需的必然的,甚至是唯一的路。但是,变革很难,最难的是改变人的保守和固守观念,使人成为新人。鲁迅针对国人固守、不愿变的根性批判说:"可惜中国太难改变了,即使搬动一张桌子,改装一个火炉,几乎也要血;而且即使有了血,也未必一定能搬动,能改装。不是很大的鞭子打在背上,中国自己是不肯动弹的。"②实际上,国家如此,国人如此,社会如此,文化如此,更表明变革创新的必要和紧迫。现代出版的步伐铿锵作响,但是,传统出版的强大拉力会让它原地踏步,给人总闻脚步声不见前行身影之感。鲁迅顺应出版发展的大势,亲近包括印制、排版新技术在内的出版新事物,反思和革新传统出版,支持出版自由,注重著作权保护,倡导和践行现代出版理念,融入、推动、促进出版的现代化转型。

鲁迅立于出版发展的前潮,以出版的现代化要求反思传统出版,变革和创新传统出版。与现代出版相比,传统出版在技术、观念、内容、形式等方面都跟不上,这些既表现在出版的过程也表现在出版的结果,既体现在客体的陈旧也体现在主体的落后。作为读者,鲁迅从阅读的满足程度切实地体会到传统出版与现代出版的差距。作为出版者,鲁迅从生产到消费,从生产主体到服务主体,理解到传统出版的局限。然而,传统出版中的某些因素在一定程度和范围内有其合理性和可取性,如果融入现代出版的精神和因素加以改造,那么可以为读者创造独特的阅读感受。譬如,毛边书是一种传统书装形式,它随着现代书装观念和技术的兴起与发展而日渐退出出版舞台。然而,鲁迅喜欢毛边书,自称"毛边党"。③ 1935年《集外集》出版时,他特别要求10本毛边书。因为喜欢一边裁书一边阅读的感受,他在给萧军的信中戏称光边书像没有头发的和尚或尼姑,声称"喜欢毛边,宁可裁"④。毛边书之所以被新的现代书装形式所代替,与其本身的局限性分不开。毛边书的优势及其合理性使得它在一

---

① 鲁迅:《鲁迅全集》(第11卷),人民文学出版社2005年版,第20页。
② 鲁迅:《鲁迅全集》(第1卷),人民文学出版社2005年版,第171页。
③ 参见鲁迅:《鲁迅全集》(第13卷),人民文学出版社2005年版,第436页。
④ 参见鲁迅:《鲁迅全集》(第13卷),人民文学出版社2005年版,第501—502页。

定历史时期、一定的程度上有着存在的需要,但毛边书的那些不符合历史和时代潮流、给读者带来很多不便的方面是不可能存在的,肯定要被淘汰,需要革新。也就是说,毛边书即使存在也要求变。鲁迅辩证的眼光和思想使得他能理性地看待毛边书,能积极改造毛边书。拿毛边书的毛边位置来说,我国最初出现的毛边书,毛边在书根,不在书顶。我国历史上就有专门以写书根为业的人。他们把书根磨光,写上书名,以便随时查阅。传统毛边书的毛边在书根与当时的线装书宜于横放是一致的。鲁迅前期出版的一些书,如:初版本《呐喊》、爱罗先珂的《桃色的云》等,其毛边都在书根。外国也有毛边书,它们的装订方式多用硬壳精装,书的毛边位置不一定。由于条件所限,我国的毛边书少用硬面精装。随着现代西方书装观念的引进,书籍的摆放及其其他一些方面发生了许多变化,毛边书毛边的位置也开始发生变化。将毛边从书根移到书顶,据现有资料是从北新书局开始的,而北新书局以出版鲁迅的书闻名。毛边位置的变化从鲁迅著作的出版开始,无疑得到了他的同意和支持。所以,毛边书毛边位置的改变与他有非同寻常的关系。他提倡这种毛边在书顶的毛边书,戏称这类书为"怒发冲冠"式的毛边书。

出版自由是现代出版的重要条件,"出版自由这个口号从中世纪末直到19世纪,成了全世界一个伟大的口号"①。出版自由的进步在于它原本属于资产阶级的思想范畴,致力于反叛封建社会压制言论,对资产阶级革命具有重要意义。同样,我国的资产阶级革命者大力呼吁和倡导出版自由。梁启超说:"西人有恒言曰:言论自由,出版自由,为一切自由之保障,诚以此两自由苟失坠,则行政之权限万不能立,国民之权利万不能完。"②孙中山说:"人民有言论、著作、刊行及集会、结社之自由。"③显然,从资产阶级改良主义者梁启超到资产阶级革命领袖孙中山,无不张举和高扬出版自由。鲁迅顺应进步思潮,从言论自由和人身权利两方面深入思考、积极实践、大力倡导出版自由。鲁迅留

---

① 《列宁全集》(第42卷),人民出版社1990年版,第85页。
② 梁启超:《敬告我同业诸君》,张静庐:《中国近代出版史料补编》,中华书局1957年版,第165页。
③ 孙中山:《孙中山全集》(第2卷),中华书局1983年版,第220页。

学日本时经历了我国报刊发展的高潮,主体是留学生。在日本这块资本主义的土壤里,留学生写文章、出报刊、搞论辩、提主张,充分感受出版自由的滋味,充分实践出版自由。鲁迅接受这种出版自由的熏染和影响,不但充分融入其中,还积极实践之。从日本回国后,出版氛围变了,但是,对出版自由的渴望和用承载自由言论的出版影响革命一直是他的心愿、理念和行动。他担任《越铎日报》名誉总编辑,用言论影响资产阶级革命、匡正资产阶级革命的方向,延续着日本留学期间的行动,继续着出版自由的实践。诚如他 1912 年在《〈越铎〉出世辞》中所说:"越人于是得三大自由,以更生于越,索虏则负无量罪恶,以底于亡。"①这里所说的"三大自由"指孙中山强调的集会自由、出版自由、思想自由。新文化运动期间,我国早期马克思主义者李大钊继续呼吁含出版自由在内的言论自由,后来又与胡适等系统阐述出版自由。显然,出版自由始终伴随着中国社会革命,并伴随中国社会、思想的发展而不断丰富内涵、拓展外延。鲁迅观察出版自由在中国的存在状态,为出版自由的争取而实践和战斗。1925 年 7 月,李霁野等听说《民报》要出版,需要招一名编辑做副刊。他们认为韦素园合适这个职位,但是,因为不清楚这家报纸的政治背景,对副刊的事了解不充分,所以有顾虑,于是请教鲁迅。鲁迅听完情况后,明确答复要去,而且还写了一封推荐信,他的理由是:第一,报纸都有背景;第二,李霁野、韦素园等创办不了报纸,但需要发表思想和言论的阵地;第三,韦素园到了报社,根据情况再想对策,即有空间就办下去,没自由就放弃。② 1932 年,在回答《中学生》杂志社提问时,鲁迅强调说:"一定要逼我说一点,那么,我说:第一步要努力争取言论的自由。"③争出版阵地就是争出版自由,创办出版阵地就是构建言论自由的空间,鲁迅在用另一种方式诠释对出版自由的理解、坚持与争取。鲁迅生命后期,出版环境十分严峻,出版自由的空间十分狭窄。鲁迅等进步作家的作品或被禁止出版和发行,或被随意删改;他们被迫害,人身安

---

① 鲁迅:《鲁迅全集》(第 8 卷),人民文学出版社 2005 年版,第 41 页。
② 参见李霁野:《忆鲁迅》,薛绥之主编:《鲁迅生平史料汇编》(第三辑),天津人民出版社 1983 年版,第 652 页。
③ 鲁迅:《鲁迅全集》(第 4 卷),人民文学出版社 2005 年版,第 372 页。

全受到威胁，其中一些人甚至被杀害。一方面，鲁迅针对政府当局对压迫出版自由讳莫如深的状况，想方设法公开事实，揭示真相，痛击当局。鲁迅揭露了国民党中央党部查禁包括他自己在内的著作家的 149 种作品的事实，曝光国民党上海市特别执行委员会查禁书刊的批示文件，同时不断在作品中将国民党中央宣传部图书审查委员会随意删改作品的情况公之于众。《二心集》的文稿被审查后可谓面目全非，鲁迅将审查后被删剩容许出版的稿子以"拾零集"的书名出版，不过，经过检查的盖着"中宣会图书杂志审委会审查证"的这书在杭州被没收了。① 鲁迅将审查后删剩的文章换书名出版，已是对当局的讽刺，这些被审查过的内容在某些地方被禁，更体现了当局的荒谬。他透过表象看本质，通过剖析审查员的动机——为一己之情绪带着"示威"的心理一顿乱删乱禁、为保饭碗一味地禁删，②让人看清当局审查的乱象和别有用心。鲁迅批判和抨击当局因为言论控制而杀害作家的行径说："一面禁止书报，封闭书店，颁布恶出版法，通缉著作家，一面用最末的手段，将左翼作家逮捕，拘禁，秘密处以死刑，至今并未宣布。"③不讲道理地杀人，做贼心虚地秘密杀人，鲁迅称这种行为为"最末的手段"。他揭露当局这种血淋淋的残忍，既告慰那些无辜的牺牲者，也是控诉统治者的罪恶，还是对言论自由、出版自由的呼吁和捍卫。1931 年三四月间，鲁迅应美国友人史沫特莱之约，为美国《新群众》杂志撰写《黑暗中国的文艺界的现状——为美国〈新群众〉作》，借机向国外揭露没有言论自由、人身自由和安全的严酷现实和事实。④ 在国内不能发声，鲁迅借机在国外发声，用作家们牺牲的真相昭示统治者的残暴，给当局以压力，为出版赢空间。另一方面，鲁迅坚持创作，千方百计发表作品，用言论的影响和国民党当局作斗争，捍卫出版自由。根据他自己在《且介亭杂文二集》中的总结，从在《新青年》发表《随感录》起到 1935 年 12 月 24 日完成的《〈死魂灵百图〉小引》止，共 18 年，写杂感 80 来万字，后 9 年的创作量是前 9 年的两倍多，

---

① 参见鲁迅:《鲁迅全集》(第 6 卷)，人民文学出版社 2005 年版，第 476—477 页。
② 参见鲁迅:《鲁迅全集》(第 6 卷)，人民文学出版社 2005 年版，第 476 页。
③ 鲁迅:《鲁迅全集》(第 4 卷)，人民文学出版社 2005 年版，第 289 页。
④ 参见鲁迅:《鲁迅全集》(第 4 卷)，人民文学出版社 2005 年版，第 293 页。

而后 9 年中的后 3 年和前 6 年的创作量差不多。① 越往后期,鲁迅受到的迫害越重,其出版自由受到的限制越多,但是,他的创作力更强,创作量更丰富,作品影响力更大。

著作权保护是现代出版的基石之一,鲁迅在出版变革中感受、参与、思考、倡导和践行。我国著作权保护的思想在宋代萌芽,但具有现代意味的著作权观是从西方引进的。近代启蒙思想家严复在翻译引进西方著作时,吸纳了著作权保护思想,拥有著作权意识。不仅如此,严复还为自己充分争取和实现著作权。1903 年,严复的《社会通诠》在商务印书馆出版,版税率为 40%。鲁迅在日本留学期间,耳濡目染,对著作权保护有了认识,也充分利用这一武器保护和赢得自己的权益。鲁迅回忆在日本留学期间为《河南》杂志撰稿而获酬劳的事说:"因为那编辑先生有一种怪脾气,文章要长,愈长,稿费便愈多。所以如《摩罗诗力说》那样,简直是生凑。"②这段话是鲁迅自谦的幽默表达,但说明了他对著作收益权的认识。民国时期,著作权保护废弛,盗版盗印猖獗,著作者的权利被肆意践踏,严重受损。鲁迅的作品自然不例外。1932 年,上海新文艺书店剽窃鲁迅译、朝花社编印的《近代世界短篇小说集》,换名为《一个秋夜》出版。1935 年,上海的龙虎书店盗版盗印《鲁迅论文选集》《鲁迅书信选集》。上海中亚书店偷印《鲁迅文集》。一段时间里,《准风月谈》《南腔北调集》等在北平被盗版盗印。这样,鲁迅的一些作品被选了三四回,主要的作品都在选本里出售了。因为作品被乱选乱出,影响了正常出版物的销售,也就少了版税,影响到他的生活。③ 鲁迅提出通过出版廉价本等方式预防和打击盗版。在编辑《三闲集》和《二心集》时,他对李小峰说:"为抵制翻版计,另印一种报纸廉价版亦可……"④他和曹靖华翻译的《铁流》《毁灭》以三闲书屋的名义出版后,为了抵制盗版,他把纸版和插画版卖给光华书局,推出普及本。稿酬是著作权的重要体现,稿酬制度是著作权的重要保障。有了稿酬制度,作

---

① 参见鲁迅:《鲁迅全集》(第 6 卷),人民文学出版社 2005 年版,第 466 页。
② 鲁迅:《鲁迅全集》(第 1 卷),人民文学出版社 2005 年版,第 3 页。
③ 鲁迅:《鲁迅全集》(第 14 卷),人民文学出版社 2005 年版,第 23 页。
④ 鲁迅:《鲁迅全集》(第 12 卷),人民文学出版社 2005 年版,第 302 页。

者们可以享受到应得的劳动报酬,这反映了社会和出版界对作者创作的承认和尊重。稿酬是鲁迅收入的重要来源,特别是在生命后期,更成为主要收入来源。鲁迅对自己稿酬的保护和捍卫,从一个特殊的角度充分体现了他对著作权的认识和实践。李小峰创办北新书局后,鲁迅的作品逐渐集中在这里出版。从 1925 年 11 月起,北新书局开始向他支付版税,一直到 1926 年 8 月,共 1140 元。1926 年 8 月到 1927 年 10 月,北新书局没有支付版税给他。他定居上海后,1928 年 1 月,北新书局又开始支付版税,标准是每月约 140 元。空缺一段时间没有支付版税;作品越来越集中,品种数越来越多,再版加新版带来的销量越来越大,而每月的版税标准较之北平那段时间没有提高。他多次交涉,但是,北新书局开始还有些回应,后来就不理不睬了。1928 年 8 月 15 日,他在不得已的情况下,委托律师向北新书局索取版税。通过协商,他和北新书局达成了协议。从此以后,他在北新书局出版发行的书都要加上印书证。印书证类似于今天的防伪标识,是较为有效的保护著作权的手段。有了经验,他还提醒别的作者,以此保护权益。譬如,1935 年 8 月 26 日,他在致唐弢的信中说:"有书出版,最好是两面订立合同,再由作者付给印证,帖在每本书上。"①订立合同明确作者和出版者的合作关系,以印证监督和确保合同的执行,他的建议周全、细致。保护自己的著作权是鲁迅著作权意识表现的一个方面,在编辑出版实践中,竭力维护作者的著作权是他著作权思想的另一方面的表现,也是更重要的方面。在出版时,他充分考虑到作品版权的合法合规。在替瞿秋白编辑出版完《海上述林》后,打算出版普及本以扩大影响时,想到版权问题而决定不出下卷的普及本,他说:"因为下卷中物,有些系卖了稿子,不能印普及本的。"②在出版译著时,他尊重原著者的权利。苏联鲍恰罗夫等合编的教科书《世界史教程》有 5 册,神州国光社出版了王礼锡译的 1 册。1932 年,新生命书局出版的苏联萨法罗夫著、李俚人译的《中国社会史》,译者认为多错误而删节,他针对这两种书的日译本情况说:"我还在希望中国有这两部书。又希

---

① 鲁迅:《鲁迅全集》(第 13 卷),人民文学出版社 2005 年版,第 529 页。
② 鲁迅:《鲁迅全集》(第 14 卷),人民文学出版社 2005 年版,第 171 页。

望不要一哄而来,一哄而散,要译,就译他完;也不要删节,要删节,就得声明,但最好还是要译得小心,完全,替作者和读者想一想。"①不译完、随意删节则不能完整地呈现作者的意思,都意味着不尊重作者,他对此的批评表明他对作者权益的维护。在编辑期刊、图书时,他尊重作者、译者的收益权。他及时支付稿酬,万一因为种种原因不能及时支付,则一一向作者、译者解释,有时还自己垫付。譬如,孙用译的《勇敢的约翰》,他先付了版税。在给白莽的信中,他表白了因北新书局拖欠《奔流》作者稿费的无奈心情。原来,《奔流》登载的作品是要支付稿费的。他是该刊的编辑,稿费的字数、住址等由他提供,稿酬由北新书局支付。可是,北新书局"办事胡涂,常常拖欠",他多次去函催促,但是没有结果。尽管只是编辑,但是毕竟要直接和作者打交道,而且付给作者稿酬天经地义。这种局面让他特别尴尬,特别为难,特别无奈。② 未名社解散了,出版的一些书转到开明书店,诸如韦丛芜等的版税由他代收后转交,他还在日记里记下这些钱。他想方设法为作者、译者争取更高的稿酬。他以三闲书屋的名义编印《铁流》,根据销售情况给译者支付版税。为了有所回报,他曾努力多售卖些书。他留下的手账以及在日记中的记载都表明做这些事的精心、具体和琐碎。

(三)话语构建和出版影响

鲁迅把教育融入出版,以出版支持教育。鲁迅具有丰富的教育实践和管理经验。从 1909 年 8 月担任浙江杭州两级师范学堂化学和生理学教员起,鲁迅从事的学校教育长达 18 年,经历杭州、绍兴、北平、厦门、广州、上海等地,在14 所学校任教或兼课,涉及包括文科和理科在内的 10 门以上课程,做过监学(教导主任)、监督(校长)和大学教务长。鲁迅 1912 年到 1926 年间长达 14年在教育部担任官员,从事教育管理,主要负责社会教育工作,主管博物、图书、美术等领域。为了发展进步艺术,指导木刻创作,鲁迅组织举办过短期培

---

① 鲁迅:《鲁迅全集》(第 6 卷),人民文学出版社 2005 年版,第 143—145 页。
② 参见鲁迅:《鲁迅全集》(第 12 卷),人民文学出版社 2005 年版,第 192 页。

训，即 1931 年 8 月 17 日至 22 日为期一周的木刻讲习会，①让一八艺社部分成员和个别爱好木刻的青年受益。鲁迅 1914 年为许寿裳的长子许世瑛开蒙，许寿裳回忆说："鲁迅只给他认识二个方块字：一个是'天'字，一个是'人'字，和在书面上写了'许世瑛'三个字。"②1927 年 12 月起，鲁迅在家教许广平学日语，自编教材，每晚开课。③ 1931 年 4 月 11 日至 7 月 17 日的 3 个多月里，鲁迅几乎每天下午辅导日本青年增田涉学习《中国小说史略》。④ 鲁迅撰写《儗播布美术意见书》《我们现在怎样做父亲》《娜拉走后怎样》等文章，阐述自己的教育观，特别针对儿童、青年、妇女教育表达了独特看法。1908 年，他在《文化偏至论》中说："然欧美之强，莫不以是炫天下者，则根柢在人……是故将生存两间，角逐列国是务，其首在立人，人立而后凡事举；若其道术，乃必尊个性而张精神。"⑤"人既发扬踔厉矣，则邦国亦以兴起。"⑥国家强大、文化强盛、人才辈出是一致的，所有这些在于"立人"，在于"尊个性而张精神"，而要拥有这些则需重教育、改革教育。他的教育思想基于大教育的眼光认识教育的本质，以全民教育作为目标，将教育和社会紧密结合起来，先"立人"继而"兴国"。鲁迅用这种教育思想指导出版，将"立人"的思想启蒙和"兴国"的使命与责任融入出版。譬如，1919 年，他评价《一个青年的梦》可以"医许多中国旧思想上的痼疾"⑦。1925 年，他肯定《出了象牙之塔》是治疗中国人思想的药方。⑧在这里，鲁迅是借外国进步文艺襄助"立人""兴国"。这样，鲁迅的出版活动实际上成了特别的教育活动，是通过体现教育思想的出版物扩散话语、影响读

① 参见鲁迅：《鲁迅全集》（第 16 卷），人民文学出版社 2005 年版，第 265 页。

② 许寿裳：《亡友鲁迅印象记·许寿裳回忆鲁迅全编》，上海文化出版社 2006 年版，第 86 页。

③ 参见鲁迅博物馆、鲁迅研究室编：《鲁迅年谱》（第 3 卷），人民文学出版社 2000 年版，第 29—30 页。

④ 参见增田涉：《鲁迅的印象》，载鲁迅博物馆等选编：《鲁迅回忆录》，北京出版社 1999 年版，第 1343 页。

⑤ 鲁迅：《鲁迅全集》（第 1 卷），人民文学出版社 2005 年版，第 58 页。

⑥ 鲁迅：《鲁迅全集》（第 1 卷），人民文学出版社 2005 年版，第 47 页。

⑦ 鲁迅：《鲁迅全集》（第 10 卷），人民文学出版社 2005 年版，第 212 页。

⑧ 参见鲁迅：《鲁迅全集》（第 10 卷），人民文学出版社 2005 年版，第 271 页。

者,形成话语权,达到出版的目的,也达成教育的意图。

　　鲁迅既创办社团又支持、帮助社团,也和一些社团进行斗争。鲁迅没有参与《新青年》社的创办,但是参与了《新青年》杂志的编务工作,担任近3年的杂志主要撰稿人。他创办或参与创办语丝社、莽原社、未名社、奔流社、朝花社、中国左翼作家联盟(简称"左联")等。他撰写长文《我和〈语丝〉的始终》完整描述自己和语丝社的关系,总结为始于"呐喊"终于"彷徨"。① 对于莽原社,他悉心投入,事无巨细,劳神费力,最终矛盾重重时才下决心终止。② 对于未名社,他评价是"实地劳作,不尚叫嚣的小团体"③。对于奔流社,他和郁达夫合作,同时团结未名社解散后的一帮人,兢兢业业,付出很多。对于朝花社,他认为出版了诸如《艺苑朝华》等介绍创作木刻的读物,引起了许多人的注意,产生了不小影响。④ 对于"左联",他认为自己和这个团体"在受一样的压迫,一样的残杀,作一样的战斗,有一样的运命"⑤。鲁迅看重和支持的文学社团有新潮社、文学研究会、浅草社、沉钟社、春光社等。在《〈中国新文学大系小说二集〉序》中,他评价浅草社说:"其实也是'为艺术而艺术'的作家团体,但他们的季刊,每一期都显示着努力:向外,在摄取异域的营养,向内,在挖掘自己的魂灵,要发见心里的眼睛和喉舌,来凝视这世界,将真和美歌唱给寂寞的人们。"⑥这种评价表明他非常了解、关注、懂得浅草社,这是他和这类文学社团关系的集中体现。鲁迅发起新兴木刻运动,和木刻社团保持密切联系,这些木刻社团有一八艺社、MK木刻研究会、现代木刻研究会、春地美术研究所、上海木刻研究会、野风画会、野穗木刻社、无名木刻社、现代创作版画研究会等。以一八艺社为例,该社1931年6月11日至13日在上海举行"一八艺社习作展览会",鲁迅充分支持,为展览会撰写《小引》,热情赞扬展出作品。1931年8月,他在上海专门办木刻讲习班,该社主要成员参加。鲁迅和一些

---

① 参见鲁迅:《鲁迅全集》(第4卷),人民文学出版社2005年版,第172页。
② 参见鲁迅:《鲁迅全集》(第11卷),人民文学出版社2005年版,第179页。
③ 鲁迅:《鲁迅全集》(第6卷),人民文学出版社2005年版,第573页。
④ 参见鲁迅:《鲁迅全集》(第6卷),人民文学出版社2005年版,第49页。
⑤ 鲁迅:《鲁迅全集》(第4卷),人民文学出版社2005年版,第290页。
⑥ 鲁迅:《鲁迅全集》(第6卷),人民文学出版社2005年版,第250—251页。

社团群体展开讨论、争辩、斗争等，以讲道理、明是非，促出版和文化的发展，促队伍和社会的进步。譬如，他和《新青年》社群体进行"问题与主义"之争、围绕"整理国故"进行讨论，他和太阳社等论争"革命文学"，他和新月社等针对文学"人性论"展开思想交锋，他融入作家"左翼""右翼"问题的探讨。鲁迅创办、支持、帮助的社团培养了作者、编辑，提供了出版内容，推出了出版物，是重要的出版力量。他和一些社团的讨论、争辩、交锋等产生了显著的传播效应，既扩大了社团的影响，也扩大了出版物的影响。因此，他把社团作为促进出版实践和实现出版意图的力量，同时以出版的力量维护和发展社团，整合两股力量形成合力，影响读者，影响社会，达成对话语的把握，构建话语空间。

　　"立人"需要"改革国民性"，鲁迅说："其次的改革是要国民改革自己的坏根性，于是就不肯了。所以此后最要紧的是改革国民性，否则，无论是专制，是共和，是什么什么，招牌虽换，货色照旧，全不行的。"①国民性是鲁迅一生执着的题目、着力的重点，他引进、编辑出版国外的读物并通过分析国外读物探究国民性，从自己的观察、思考理解国民性，特别是"哀其不幸，怒其不争"的国民坏根性，把这些融入编辑出版活动中，充分体现在出版物里。"改革国民性"需要直面"国民的坏根性"。鲁迅说："但实际上，中国人向来就没有争到过'人'的价格，至多不过是奴隶，到现在还如此，然而下于奴隶的时候，却是数见不鲜的。"②奴性是国民坏根性的典型反映，是改革国民性不可回避的。"改革国民性"需要批判"国民的坏根性"，需要通过揭示其危害喊醒国民，出版物是鲁迅批判和揭示的工具和武器，他通过编辑出版活动充分发挥工具和武器的作用。鲁迅从多个方面和角度批判了"国民的坏根性"，其中，他一生都针对"看客"和"看客现象"深刻剖析"国民的劣根性"，他在 1923 年《娜拉走后怎样》的演讲中形象地描绘了看客的形象。③ 1928 年，他在《铲共大观》中通过引用《申报》的报道描述了"看客"们的盛况。④ 鲁迅自己的作品对"国

---

① 鲁迅：《鲁迅全集》（第 11 卷），人民文学出版社 2005 年版，第 32 页。
② 鲁迅：《鲁迅全集》（第 1 卷），人民文学出版社 2005 年版，第 224 页。
③ 鲁迅：《鲁迅全集》（第 1 卷），人民文学出版社 2005 年版，第 170 页。
④ 鲁迅：《鲁迅全集》（第 4 卷），人民文学出版社 2005 年版，第 106 页。

民的坏根性"的描述和批判到了极致,田中阳评价说:"鲁迅的作品构成了 20 世纪中国报刊关于国民性影响一个世纪的话语体系,筑造了 20 世纪中国思想界的一个至高的话语平台。"①鲁迅的作品和出版物是其话语体系的载体,而载体的传播既扩大了话语的影响,也在这种影响的评价中调整和优化载体。因此,话语构建和出版影响在鲁迅的编辑出版活动中相辅相成、相得益彰。

"改革国民性"是为了"立人"继而"兴国",科学和民主是"立人"继而"兴国"的两大因素。鲁迅批判阻碍科学的现象和力量,他针对伪科学和某些对科学无知的人说:"现在有一班好讲鬼话的人,最恨科学,因为科学能教道理明白,能教人思路清楚,不许鬼混,所以自然而然地成了讲鬼话的人的对头。于是讲鬼话的人,便须想一个方法排除他。"②鲁迅批判倒行逆施的落后书报刊。北京大学教授刘师培出卖革命党人,帮助袁世凯推行帝制,创刊《国粹丛编》,提倡国粹,和《新青年》斗,他坚决捍卫《新青年》说:"中国国粹、虽然等于放屁、而一群坏种、要刊丛编却也毫不足怪。"他揭示这种刊物及其编辑出版者的用意是"吃人",明确表示《新青年》杂志和同人不怕。③ 鲁迅组织社团、出版书报刊,不断给大众提供"立人"继而"兴国"的想法和路径。他满怀愤激之情为科学呐喊说:"我希望也有一种七百零七的药,可以医治思想上的病。这药原来也已发明,就是'科学'一味。"④他充满希望地高扬民主、自由、个性等说:"尽力的教育,完全的解放。"⑤"此后幸福的度日,合理的做人。"⑥"外之既不后于世界之思潮,内之仍弗失固有之血脉,取今复古,别立新宗,人生意义,致之深邃,则国人之自觉至,个性张,沙聚之邦,由是转为人国。"⑦在出版现代化进程中,时代化于出版,出版促成话语。无论是时代还是出版,都

---

① 田中阳:《蜕变的尴尬——对百年中国现代化与报刊话语嬗演关系的研究》,湖南教育出版社 2006 年版,第 221 页。

② 鲁迅:《鲁迅全集》(第 1 卷),人民文学出版社 2005 年版,第 314 页。

③ 参见鲁迅:《鲁迅全集》(第 11 卷),人民文学出版社 2005 年版,第 363 页。

④ 鲁迅:《鲁迅全集》(第 1 卷),人民文学出版社 2005 年版,第 329 页。

⑤ 鲁迅:《鲁迅全集》(第 1 卷),人民文学出版社 2005 年版,第 141 页。

⑥ 鲁迅:《鲁迅全集》(第 1 卷),人民文学出版社 2005 年版,第 135 页。

⑦ 鲁迅:《鲁迅全集》(第 1 卷),人民文学出版社 2005 年版,第 57 页。

体现为嬗变的话语和话语的嬗变。"科学""民主"是百年话语体系中的关键词,这是时代进程的反映,也是出版功能的体现。鲁迅的出版贡献在于使出版融入时代,在于用出版推动时代的发展和进步,在于构建、倡导和服务体现为科学、民主等的"国民性改造""立人""兴国"等话语。

三、鲁迅出版思想的特点

鲁迅的出版思想是时代的产物。时代把鲁迅推向潮头,赋予他许多使命,他不可能以出版为唯一专业,而必须凭借自己敏锐的眼光、深邃的思索,及时、准确抓住社会的症结,寻求光明的路径,传播希望的火种。鲁迅的创作、革命活动、文化活动等是他实现神圣使命的有效武器。鲁迅对出版工作的思考也是为了他肩上的神圣使命,他的出版理论具有很强的功利性和服务性。因此,伴随性、零散性、时代性必然始终伴随鲁迅的出版实践和他对出版的理性思考。鲁迅的出版思想与他的个性和经历息息相关。鲁迅个性冷峻、激烈、深邃。冷峻赋予他冷静思考的习性,激烈赋予他热烈的心灵,深邃赋予他强大的思考力。鲁迅怀着满腔热情,投入出版实践,投入指导和帮助年轻出版者成长的各种活动中。鲁迅冷静的思考使他能清醒面对复杂、残酷的环境,认真、深邃地思考各种出版现象,成功解决各种出版问题。因而哪怕是他关于出版现象和实践的一句随意话,也包含富有指导意义的内涵。鲁迅年少时的双重经历和双重感受使他形成了极为鲜明的爱憎观和极为坚韧的性格,他爱祖国,爱国民的美好人性,爱一切为了未来而不懈奋斗的志士仁人。他恨那些把祖国推向火坑的败类,恨国民的劣根性,恨那些不但没有充满希望的心灵而且与历史前行的车轮为逆的年轻人。他强烈而鲜明的爱憎观使他的出版思想清晰、确定。支持什么,反对什么,该怎么做,不该怎么做,都做了明确阐述。鲁迅主张出版者主持正义,高扬正义。他呕心沥血指导年轻出版者成长。所有这些映衬着他的个性魅力和人格精神。鲁迅极富韧性,咬定一件事情绝不放松。他的韧性使他对出版现象和实践的思考执着和深入。鲁迅独特的出版实践更是为他对出版问题的思考提供了直接课题和原始材料。

（一）伴生性与独立性的统一

鲁迅是文学大师,是进步文学的旗帜。他丰硕的创作成果包含积极、进步、深厚和富有启发的内蕴,有着精妙的表现技巧和很强的表现能力。鲁迅的创作成果是富有正义感、使命感的进步青年如饥似渴的精神食粮,是认识社会、找到前行方向的指南。鲁迅的创作具有深厚的读者缘,一个庞大的读者群以他的创作为中心围绕着他。进步出版社、期刊社等竭力争取发表、出版鲁迅的创作成果,把这些创作成果作为最有分量的出版资源。同时,鲁迅的创作成果在进步出版社、期刊社发表和出版后,在读者中产生强烈反响,引起共鸣。既满足社会和读者的需要,又有力推动着进步文化事业、进步革命事业的发展。对于唤醒国民、催促国民为美好未来奋斗,对于团结可以团结的力量组成统一战线,对于促进革命文化事业和革命斗争结合,对于擦亮民众的眼睛并使他们清醒认识当时腐败而黑暗的统治等,有着重大而深远的意义。"社会、读者的需要—作者—作品—出版物"是紧密联系的关系链条。在以自己的创作成果培育出版机构的过程中,鲁迅在链条中充当作者角色,以作者的身份观察、触及和了解编辑现象。鲁迅是善于思考的人,他透过这些现象,发现和思考出版问题,形成、发展、丰富和完善出版思想。如,鲁迅作为作者,他作品的基础和来源是社会和读者的需要。他以此创造的作品通过编辑加工后投入社会、投向读者,对读者和社会产生积极影响。这种切实的体会和感受使鲁迅对出版物的内容必须以社会和读者的需要为基础和前提,编辑在酝酿和论证选题时必须掌握诸如社会、读者的需要等大量信息,编辑在审稿时必须把握好出版物思想内容等观念有了更清醒的认识。又如,鲁迅从出版社和期刊社对自己作品的钟情,从编辑对自己稿件的推崇和看重以及自己作品的强大社会反响、社会作用可以看到出版物和出版业的社会功能、社会意义,可以看到出版在社会生活中的地位,可以看到成功的编辑争取重要的合适的作者的必要性和重要性。还有,鲁迅以作者身份和编辑打交道,在与编辑的交往中非常真切地体会到作者对于编辑的重要,认识到编辑要如何和作者打交道,如何处理和作者的关系等。

翻译活动是鲁迅重要的文化活动,他一生为翻译呕心沥血,作出了重要贡献。鲁迅的翻译事业包含两方面:致力于引进外来文化,把国外先进的文化成果介绍到国内来;把国内的优秀文化成果介绍到国外去。鲁迅重视外来文化的引进,一生翻译著作数十种,而编辑出版或介绍出版的翻译书籍更多。同时,只要有机会,鲁迅特别注意把国内的文化成果特别是文学作品介绍到国外去。国外优秀文化成果的引进,对国内的文化建设作出了积极的贡献;国内文化成果的向外推出,让国内文化走出国门,让国外人士对中国的文化建设、文化传统、文化成果等有正确的认识和评价。在向出版社或期刊社推荐翻译作品的过程中,鲁迅对出版社或期刊社编辑的素质、作用体会很深。如:一部好的译稿或者一篇好的译作,经过出版社、期刊社素质高的编辑的慧眼或许能面世,并发挥作用。在这种经历中,鲁迅对编辑主体建设有了更多、更深的认识。无论是引进还是出口文化,必须以翻译作为语言转换的中介。而翻译出来的东西,如果离开了编辑,就不能转化为出版物,就只属于翻译个人或者其亲近的几个人,就不能达到翻译实现文化交流和建设的意图。显然,在这个过程中,编辑扮演了不可或缺的角色。一些以文化建设为己任的编辑,对鲁迅自己的和他推荐的译作大力支持,举全力出版;也有一些唯利是图或者不以文化职能作为第一职能的编辑,拒绝鲁迅,让他有过一些挫折。有了这样一些经历,鲁迅对编辑的追求、职能、担当等有了深入的思考和认识。

鲁迅是斗士,他在文化战线斗争的武器是进步文化成果。在严酷的社会统治氛围中,在统治者残酷的文化手段的迫害下,鲁迅办期刊、办出版社,借助出版打击和批判黑暗、落后的出版势力与出版潮流,力促先进文化潮流的顺利开掘和不断发展,力促进步文化事业为正义的社会革命事业服务。在文化斗争活动过程中,鲁迅对编辑工作的政治性和工具性有了认识。同时,这种政治性和工具性又在社会的大潮中表现为编辑工作的社会作用和社会功能,使鲁迅对出版工作的社会作用和社会功能深有体会。

鲁迅的思想是他的出版实践和理论的指挥棒,他的思想指引着他的出版实践的方向,决定了他的出版思想的基本评判标准和价值追求,为他思考出版现象和问题提供方法。从早年坚持进化论到后来的掌握马克思主义,鲁迅的思想一步步走向成熟,他的出版实践的目标越来越明确,他思考和解决出版现象和问题的方法走向科学,他的出版思想走向深入。鲁迅的出版思想对其思想发展的依赖性是其伴生性的表现。

鲁迅的出版思想的伴生性还表现在他的出版思想是其文化思想的重要组成部分,伴随其文化思想的发展而发展。首先,鲁迅深刻认识到文化建设在社会生活和社会发展中的巨大力量,认识到出版是文化建设的重要阵地和重要力量,从而坚决把出版的文化性提到本位位置,把出版的文化职能作为其基本职能。其次,对待外来文化成果,鲁迅的观点是"拿来主义",因而他特别重视翻译事业,特别重视通过出版积极促进国外文化成果的引进和国内优秀文化成果走向世界。最后,对待国内文化传统,鲁迅的眼光和做法是批判继承。因此,他主张出版界要形成严厉批判和剔除传统的文化糟粕的出版风气,要求出版界加强对传统文化优秀成果的整理和发扬。

鲁迅的出版思想具有独立性。首先,鲁迅出版思想的发展以及他的文艺创作、翻译活动、革命文化活动等只是他的出版思想发展的外在环境,为他的出版思想的发展提供外在动力,形成了他的出版思想的外在属性和特征。其次,鲁迅大量的出版实践为他的出版思想的形成和发展提供了基础,是他的出版思想孕育、产生和发展的土壤,是他的出版思想的直接来源,也形成了他的出版思想的个性。最后,鲁迅的出版思想的存在形态表现为独立的思想体系。

(二)时代性与永恒性的统一

鲁迅运用出版的基本原则和精神分析特定时代的出版现象,形成了他的出版思想;而他对特定时代的出版现象的关注、分析,既反映了他的出版观,又充实了他的出版思想。因此,他的出版思想是时代性和永恒性的有机统一。

鲁迅的出版思想富有时代性。这主要表现在鲁迅的出版思想是针对他所处的特定时代的出版现象和出版实践的需要立论的。鲁迅所处的时代,我国出版业刚刚走出传统,开始引进现代西方的书业形式和书业观念。近现代的我国出版业,尽管涌现了诸如商务印书馆、中华书局等一批较有影响的出版机构,但是,从现代书业的角度而言,我国的出版业整体还不发达,尚未形成气候。这是鲁迅出版思想依托的出版环境。鲁迅所处的时代多灾多难,各种政治势力同时存在于中国大地上。有进步的，反动的；有先进的，落后的。出版是各种政治势力争取的重要传播喉舌、意识形态阵地。在各种政治势力中，中国共产党代表中国的前途和命运。中国共产党一方面在解放区建立自己的新文化，包括出版的建设；另一方面号召广大进步人士努力在国统区发展进步文化，包括在国统区为进步出版争取立足之地，发展势力。多重性质的出版并存是鲁迅出版思想产生的又一时代背景。鲁迅身在当时的国统区，统治者视进步出版为洪水猛兽，千方百计压制、镇压、破坏，进步出版要存在和发展，必须和种种恶势力和反动势力斗争，必须冲破残酷的生存环境，创造属于自己的天地。这是鲁迅从事出版实践、思考进步出版必须面对的现实。鲁迅的出版思想是特定的社会背景和出版环境下的精神和潮流的反映，同时这种精神和潮流也在其出版思想中留下了烙印。

鲁迅出版思想的永恒性。这主要表现在三个方面。其一，鲁迅的出版思想是鲁迅所处时代的出版现象的真实反映，是对进步出版实践的经验教训的总结、提升和理性化。从这个意义上来说，鲁迅的出版思想具有历史的真实性，是永远存在的对这段历史中的出版现象的诠释和对这段时间的进步出版实践的思考和认识。其二，鲁迅在分析、评论出版现象时坚持的一些基本原则和精神，在解决出版问题时运用的一些基本方法以及形成的一些基本结论，今天仍然必须坚持。鲁迅出版思想中的闪光之处，有的是如今的出版工作者应该牢记于心的名言，有的则具有借鉴意义和参考价值。其三，鲁迅的出版人格融入了他的出版思想体系中，他的这种精神是永恒的，永远闪烁光彩。

（三）系统性与零散性的统一

鲁迅的出版思想具有系统性。这主要表现在三个方面。第一，鲁迅出版思想的全面。鲁迅对出版工作的性质等做了宏观的研究，对出版工作的环节等做了深入、细致的探讨。第二，鲁迅的出版思想富有层次性。从整体到部分，从宏观到微观，鲁迅的出版思想在整体构架上有着明晰的层次性。对具体问题的论述，鲁迅条分缕析，层层展开，显现出层次感。鲁迅还经常把问题放在不同的层次加以分析，从不同的层面得出不同的结论，以指导出版实践。第三,鲁迅的出版思想是完整的思想体系。首先,鲁迅在研究和探讨出版问题的过程中,始终贯穿着从事实出发、具体问题具体分析具体解决的思路。这条思路体现了他的思维路径,表明了他的出版思想的哲学基础和理论基础是科学的。其次,鲁迅解决了出版方面的基本问题。

鲁迅的出版思想具有零散性。这主要表现在两个方面。第一,鲁迅不是以替出版工作专门立论而研究出版的。首先,鲁迅常称自己从事的出版工作是"零碎事",常说自己从事出版工作是在做"梯子""踏脚石",说这些话与他的性格和当时的心情有关,但多少从侧面反映了他对出版工作的态度,说明他不曾把出版工作作为核心或专职工作来做。从鲁迅出版思想的产生机制来看,他把出版工作作为文化建设和现实斗争的重要工具。为了达到文化建设和现实斗争的目的,他在出版实践中碰到了各种各样的问题,针对这些问题进行思考,并把思考的结果记录下来,也就有了他的出版言论。正是这些出版言论反映了他的出版思想。第二,从表现形态来看,鲁迅专门论出版的文章不多,他的出版思想主要不是以学术论文或论著的形式存在,而是用上面已经提及的极富个性色彩的语言表达,是"零碎话",而且这些"零碎话"散落在他的书信、日记、序跋和编校后记以及书评、书籍广告中。因此,鲁迅的出版思想用特殊的形式作为载体,是系统性与零散性的统一。

(四)理论性与实践性的统一

鲁迅的出版思想是用"零碎话"表达的富有内涵的理论体系,他的出版思想的理论性首先表现在他针对出版问题分析出版现象,透过现象看到了出版的本质,对出版过程中出现的问题从根本上作出了解答。这样的处理使鲁迅针对具体出版现象和问题的解答具有一般意义,上升到了理论的高度,有了理论性。如:鲁迅根据出版界各种势力斗争的现象逐渐形成出版思想中的阶级论观,从而透过形形色色的假象发现某家刊物、某家出版机构的政治属性,得到对待这类出版机构的态度和方法。林语堂在那种特殊的残酷的斗争年代,不断推出所谓的没有政治色彩的追求完全艺术性的小品文。鲁迅针对当时出版界类似林语堂的现象指出,在阶级社会里出版无倾向的图书不仅是不可能的,而且哪怕只是拥有这种观念都极为有害。号称"超阶级"的作家、报刊和出版机构,只是麻痹人民大众的意志,是在营造没有血腥气的氛围,为统治阶级帮忙、帮闲甚至成为帮凶。其次,鲁迅出版思想的理论性表现在他对出版问题的思考有理论基础、认识观、方法体系,而一些核心范畴和价值评判标准具有一贯性和一致性。再次,鲁迅的出版思想富有理论的指导意义和价值。一方面,鲁迅的出版思想解决了当时的出版问题,对当时进步出版工作的发展起了重要指导作用;另一方面,鲁迅的出版思想对当今的出版工作具有极大的借鉴和参考作用。最后,鲁迅探讨和研究出版思想的原则和方法对当今的出版理论研究具有借鉴价值。

鲁迅出版思想的实践性主要表现在他的这种思想来源于实践。一方面,鲁迅的出版思想是他数十年出版实践的经验结晶,是他不断关注出版现象和问题并对之进行积极思考和深入探讨的结果;另一方面,鲁迅的出版思想是他总结古代至今的出版实践的历史经验和教训、肯定优良传统、鞭挞恶劣作风和行为的结果。还有,鲁迅的出版思想是他吸收国外先进出版观念、引进国外先进的出版成果并使之与中国出版界的实际情况结合起来的结果。因此,鲁迅的出版思想来源于编辑出版实践,上升到了理论的高度,具有理论的品格和价值,是理论性与实践性的统一。

四、鲁迅出版思想的发展

鲁迅出版思想的内涵是鲁迅出版思想处于成熟状态时的内在表现,而其特点是表现形态、价值取向等表现出来的特征。这两方面是对鲁迅出版思想的静态的横向研究。如果研究止于此,那会忽视鲁迅出版思想的过程性。对鲁迅出版思想的发展的研究是动态的纵向研究,它把鲁迅的出版思想放在一段社会现实、出版现状中,探讨这一思想与社会现实、出版现状的关系。

(一)鲁迅出版思想发展的动力

鲁迅在从事出版活动的过程中碰到了各种各样的问题,有的问题关于出版的性质和方向,有的关于出版观念和出版思维,有的关于出版操作技巧,有的关于出版人才培养。所有这些问题,鲁迅必须认真思考并得出结论,以使他及团结在他周围的同道者的出版实践能够顺利进行,能有更大成效和更重要的影响。同时,许多出版界的后来者向鲁迅请教出版理论和实践中的问题,他务必认真思考,给他们满意的答复。鲁迅既然活在现代出版舞台上,形形色色的出版现象会映入他的眼帘,进入他的大脑。对于这些出版现象,进步的先进的行得通的,他作为经验进行总结,并用以充实其出版思想;反动的落后的不能做的,他给以分析和批判,作为出版行为的反面教训。显然,鲁迅的出版实践为他的出版思想提供了课题,他的出版思想是其出版实践经验的总结和对出版问题、现象思考的结果。同时,他的出版思想也有效地指导了他的出版实践。因此,鲁迅的出版实践为他的出版思想的发展提供了实实在在的客观依据,是他的出版思想发展的直接动力。

鲁迅的出版思想是体系,走过了从萌发、产生、发展到成熟的过程。尽管在形式和内容上前后有着模糊和明确之分,但是,在发展初期,就显示了他后期的出版思想的征兆和痕迹,因为鲁迅出版思想之根和基本追求是连贯的,具有一致性。也就是说,鲁迅出版思想早期定下的基调一直规约着他这种思想发展的方向,他早期追求的基本出版方针是他的出版思想发展遵循的基本准则,而且这种基调和基本准则在出版实践的推动下不断丰富、完善自身。另外,鲁迅出版思想的发展是扬弃的过程,逐渐抛却粗糙的不合理的结论,充实些精致的先进的理论,在自我否定中变得成熟。因此,鲁迅出版思想发展的内在需要是其发展的内在动力。

出版是鲁迅现实斗争的有效手段和有力工具,是他从事文化活动的重要阵地。鲁迅的出版活动的萌发和展开围绕他现实斗争和文化活动的需要进行,现实斗争和文化活动的需要在发展,他的出版思想随之发展以满足这种需要,因此,现实斗争和文化活动的需要是他的出版思想发展的重要外在动力。

翻译和创作是鲁迅从事现实和革命斗争的重要武器。早期,他碰到两件令人沮丧的事:他弃医从文,想创办刊物以为阵地,于是有了办《新生》的想法和实践,但是,最终夭折了;他计划出一套科学普及丛书《新知识的外文丛书》,但苦于找不到出版机构而搁浅。这两件事无疑给他的创作和翻译提出了新课题:创作和翻译的成果如何和读者见面,如何实现其作用? 这里潜藏着两个问题:创作和翻译的成果能不能出版;创作和翻译的成果以什么方式在什么地方出版效果更好。反过来,创作和翻译的成果出版后有了好效果,又反映了出版创作和翻译成功的刊物或出版单位的眼光及其价值。创作和翻译的出版需要是鲁迅出版思想发展又一外在动力。

出版活动是主观性极强的活动,是主体精神起着直接决定作用的活动。主体素质的高低、主体精神境界的高低直接决定主体出版活动的情况和性质。鲁迅思想的发展是他的主体精神变化发展的重要方面,随着思想认识的发展,他对出版的认识会发生变化。因此,鲁迅的思想在他的出版思想的发展过程中起到了重要的外力作用。

(二)鲁迅出版思想发展的三个时期、五个阶段

鲁迅的出版思想以 1918 年和 1929 年为界分为前期、中期和后期三个时期,分期的标志是 1918 年参加《新青年》杂志的出版活动和 1929 年出版的《科学的艺术论丛书》。前期以 1912 年为界分为两个阶段,划分的标志是1912 年鲁迅指导的《越铎日报》的出版;中期以 1925 年为界分为两个阶段,划分的标志是《莽原》周刊的出版。

1. 从 1898 年至 1912 年是鲁迅出版思想发展的第一阶段

这一阶段鲁迅的出版相关活动主要有八个方面。第一,鲁迅耳濡目染了大量出版现象,开始垂目出版。鲁迅对出版的认识从他就读南京新式学堂时开始。鲁迅在南京就读时,维新派的大量宣传物深入全国各地,在南京也不少见。他特别关注,不但阅读,而且从出版的角度思考。1902 年鲁迅留学日本。日本是近现代亚洲文明较为发达的国家,欧美的许多先进技术和新潮观念在日本流行。就出版而言,日本的出版是现代出版观指导下的产业,日本的出版物是现代出版观与现代先进印刷技术相结合的产物。鲁迅在日本看到了国内难见的富有现代意蕴和技术含量的出版物。日本是当时中国民主革命的策源地,许多民主革命斗士云集日本出书、创刊和办报。尤其是章太炎办的《民

报》在和康有为等办的守旧报纸的论战与斗争中显示出了巨大的社会感召力和社会作用,给鲁迅强烈冲击。第二,鲁迅在《河南》月刊上发表了一系列文化论文,以进化论为思想武器表达思想和爱国热情。鲁迅的《中国矿产志》在国内出版,本书的面世是鲁迅当时科学救国、兴国的爱国主义思想的集中表现。第三,鲁迅翻译了《月界旅行》《地底旅行》等科幻小说,在《浙江潮》月刊上发表。他翻译的弱小民族小说结集为《域外小说集》出版。第四,1902 年11 月,鲁迅与许寿裳、陶成章等在东京组成浙江同乡会,决定出版《浙江潮》月刊。1906 年,鲁迅弃医从文,着手创办《新生》,未成。第五,在日本鲁迅师从章太炎等国学大师学习中国传统文化,他对整理、研究中国的文化遗产认识日益深刻。回国后的相当长一段时期,鲁迅集中精力收集、整理、研究古籍。第六,鲁迅在日本时,校对过《支那经济全书》等书稿。第七,鲁迅感受了现代书籍装帧技术和技艺,亲自进行了一些装帧设计。鲁迅为未面世的《新生》杂志设计封面。东京版《域外小说集》的装帧设计是鲁迅完成的。第八,鲁迅支持、帮助周作人等发表或出版翻译作品。

这一阶段鲁迅从事出版活动的特点主要有四个方面。第一,全面出击。自己创作和翻译作品的出版、期刊的创办、出版机构的创办(鲁迅出《域外小说集》其实是办出版机构的尝试,这从 1922 年写的《序》中可以看出来)、对传统文化的整理和出版、装帧设计等,鲁迅都投入精力,付出心血。第二,没有明确的出版思想作为指导。第三,个人意志较为明显,人民大众意识和社会意识不强。第四,效果不明显,影响不大。

这一阶段鲁迅的出版思想主要表现为四个方面。第一,对传统线装书有了新认识,认同和接受了现代出版观念,并用这种观念指导出书。《域外小说集》的出版是鲁迅该阶段书装观念的典型表现。第二,鲁迅对出版物的社会作用有了强烈感受和深刻认识,表现出高于同期许多人的判断力。如沙俄加紧侵略东北,1903 年冬,蔡元培主编,刘师培、柳亚子等编辑和撰稿,出版《俄事警闻》报,该报专载沙俄入侵消息,抨击清廷的外交政策。其时,日本侵略东北的野心强烈,正和沙俄较劲。众多不明真相的国人以同种同文等为理由同情日本。据鲁迅当时的同学回忆,鲁迅知道国人和《俄事警闻》的倾向后,连忙写信给《俄事警闻》，指出战争在中国国土上进行，不管怎样，对中国都不平等。作为宣传读物，《俄事警闻》不能如此误导甚至蒙骗国人。这显示了鲁迅对出版物社会作用的认识，而《俄事警闻》也于1904年1月改名为《警钟》，调整了办报宗旨。又如：1906年，鲁迅弃医从文是怀着以文艺改造国民精神的想法，他创办《新生》是为了借刊物的社会作用实现自己的意图。《域外小说集》的出版着眼于富有反抗精神的民族的作品，也有其非同一般的主旨和追求。第三，出版要有文化意识，不能忽视文化遗产的继承和整理。第四，国外进步的文化成果对于民族文化的建设是难得的材料，要注意系统引进外来文化。

这一阶段鲁迅出版思想的特点主要是：第一，尚处于萌芽和产生时期；第二，许多思想和观念不明确，出版追求模糊，甚至存在偏向；第三，重在表达个人精神，不能充分顾及社会和人民大众的利益；第四，该阶段的出版思想显示和奠定了鲁迅出版思想的基调和基本准则；第五，爱国意识强烈，充满爱国热情。

2. 从1912年至1918年是鲁迅出版思想发展的第二阶段

这一阶段鲁迅的出版活动主要是：第一，1912年，鲁迅支持创办《越铎日报》，担任总编辑，作发刊词《〈越铎〉出世辞》，表明宗旨，支持辛亥革命；第二，搜集、整理、研究古籍和民间优秀文化成果，出版部分成果，如在《越社丛刊》中发表的一些成果和《古小说钩沉》等；第三，校阅圈点翻译作品，审阅翻译类读物，如圈点周作人译托尔斯泰小说《劲草》；第四，倡导美育，关注和呼吁重视美术读物的出版，对进步美术期刊的出版工作进行指导；第五，在国民政府教育部任职期间，担任官方出版物的审查机构"通俗教育研究会"小说股主任，主持小说、戏剧等出版物的审查工作，如审阅中华书局出版的《欧美名家短篇小说丛刊》、参与查封"黑幕派小说派""鸳鸯蝴蝶派"创办的杂志和出版的小说等。

这一阶段鲁迅出版活动的特点主要是：第一，重点放在传统文化的整理和研究上；第二，比较消沉；第三，没有明确的出版思想做指导。

这一阶段鲁迅的出版思想主要表现为：第一，对中国传统文化必须进行系统的搜集、整理和研究,必须加强中国优秀传统文化成果的出版工作;第二,决定出版物质量高低的关键因素是出版物的内容,好出版物一定要有好内容,不要出版内容平庸的读物,力戒内容庸俗和包含毒素的读物,如中华书局出版的《欧美名家短篇小说丛刊》包括被压迫国家和欧美进步作家的好作品,鲁迅给予高度评价;第三,翻译工作者要有文化历史使命感,出版者要在介绍优秀外国历史文化方面努力,要有鉴别的眼光;第四,要加强对读者的美育教育,要加强美术作品和美术期刊的出版,要努力培养读者的美感和审美情趣;第五,要重视出版物的宣传。尤其编辑要重视出版物的宣传,多撰写出版物宣传文章。

这一阶段鲁迅出版思想的特点主要是:第一,处于反思时期;第二,重心放在整理、研究、出版优秀文化遗产和引进优秀外来文化中,对建设新文化和开拓未来文化感到迷茫。

3. 从 1918 年至 1925 年是鲁迅出版思想发展的第三阶段

这一阶段鲁迅的出版活动主要有九个方面。第一,创办、主编、主持、指导了报刊社和报刊。1918 年,鲁迅开始为《新青年》杂志撰稿、参与其编辑工作,标志着他的出版思想的转变。《新潮》是鲁迅指导和支持的杂志。据当事人回忆,鲁迅当时在北京大学教学,一下课或者一有空就来到主办《新潮》的新潮社,指导他们如何编期刊。后来,鲁迅还专门写信给《新潮》杂志,对该刊的办刊特色予以肯定,指明该刊努力的方向。1924 年 11 月,《语丝》创办,鲁迅参与了出版工作,是该刊重要撰稿人之一。1925 年 4 月,鲁迅与文学青年创办《莽原》周刊。此外,鲁迅还支持和指导了《每周评论》《晨报副刊》等进步报刊的出版。第二,撰写了大量杂文、小说、散文等,大多先在刊物上发表,然后结集出版。鲁迅编辑出版了小说集《呐喊》和《彷徨》、杂文集《热风》、科研专著《中国小说史略》。第三,鲁迅出版了翻译作品《现代小说译丛》《工人绥惠略夫》《一个青年的梦》《现代日本小说集》等外国文艺作品和《苦闷的象征》等文艺理论著作,开始翻译苏联的文艺作品和马克思列宁主义文艺理论著述。第四,未名社是鲁迅与韦素园、曹靖华等创办的以出版外国文学著作为主的出版机构,鲁迅编辑出版了《未名丛刊》。第五,鲁迅为《苏俄的文艺论战》《尘影》等十来种译作或创作稿作序或跋,校阅了《人间的生活》《故乡》等十来种译著或创作稿。第六,鲁迅亲自设计或自己画草图后请人设计了若干封面和版式。如《国学季刊》、《呐喊》、《域外小说集》(重印版)、《莽原》周刊等。第七,鲁迅在大量文章中对当时的书刊、出版现象等进行分析和评论,明确提出自己的出版思想。第八,鲁迅利用办刊物等出版活动着重培养了大批后来者。第九,鲁迅继续整理、出版中国的优秀传统文化。

这一阶段鲁迅出版活动的主要特点是:第一,在期刊的出版方面集中了较多注意力,期刊的出版代表该阶段鲁迅的出版活动,充分体现了鲁迅该阶段的出版思想;第二,出版活动,尤其是期刊出版活动有了较明确的出版思想作为指导;第三,出版活动效果较明显,为新文化运动的开展和发展作出了重要贡献。

这一阶段鲁迅的出版思想主要是:第一,对出版物的社会功能和作用有了更深刻、更明确的认识,提出出版物必须展开"文明批评"和"社会批评",必须具有"催新排旧"的战斗风格,必须具有倾向性;第二,强调出版物要特别注意装帧设计,而出版物的装帧设计必须和出版物的性质与内容相符,关于装帧设计的素材,尤其是封面画和插图,鲁迅认为既要善于从中国的文化遗产(包括民间文化遗产)中获取,也要善于从国外的艺术大师的作品中选取;第三,重视年轻编辑的培养和成长。

这一阶段鲁迅出版思想的主要特点是:第一,该阶段是鲁迅出版思想的转变期,许多观念和观点具有过渡性;第二,鲁迅强调出版工作和出版物的现实性,能有效利用出版活动实现自己的意图,对出版活动的工具性认识明确而深刻;第三,出版思想和出版言论集中、明确、充分。

4. 从 1925 年至 1929 年是鲁迅出版思想发展的第四阶段

这一阶段鲁迅的出版活动主要有四个方面。第一,主编和创办了大量刊物。从 1927 年第四卷起,鲁迅担任《语丝》杂志主编。1928 年 1 月,鲁迅开始出版《未名》杂志。1928 年 6 月,鲁迅与郁达夫合编《奔流》杂志,他几乎承担所有出版工作。1928 年 12 月,鲁迅和柔石等合编《朝花》周刊。第二,主持和创办了朝花社。1928 年 11 月,鲁迅和柔石等创立朝花社,介绍东欧、北欧和苏联的刚健质朴的文学作品与版画。鲁迅出版了《近代世界短篇小说集》等丛书。第三,结集出版著译作品,含散文集《朝花夕拾》、杂文集《而已集》以及《小约翰》等文艺译著、《近代美术史潮论》等美术译著和《现代新兴文学的诸问题》《艺术论》《文艺与批评》等传播马克思主义文艺理论的译著。第四,鲁迅为柔石、贺非等年轻作家的创作或译著作序或跋,校阅了大量稿件。

这一阶段鲁迅出版活动的主要特点是:第一,出版活动得到较广泛展开,其中翻译类读物的出版较有特色;第二,出版活动较鲜明地体现了出版的社会性和政治性;第三,出版活动开始成为传播马克思主义思想特别是马克思主义文艺理论的有力工具和手段。

这一阶段鲁迅的出版思想主要表现为:第一,重视出版物的政治属性,认识到这种政治属性表现为出版物的阶级属性和对人民的态度,提出要善于通过出版物分析阶级倾向与政治立场;第二,认识到出版界的同人要联合起来,组成阵线,因为只有这样才能构筑起新文化的出版阵营;第三,有意识地通过出版马克思主义的著作,传播马克思主义,积极建设和传播共产主义新文化;第四,强调引进优秀外来文化成果的目的性,强调翻译对象要有重点,要从国内的需要出发选择翻译对象。

这一阶段鲁迅出版思想的主要特点是:第一,该阶段是鲁迅出版思想的重要发展时期;第二,鲁迅为出版活动和出版思想找到了全新的思想武器——马克思主义,并开始运用它来观察、分析、研究出版现象,解决出版问题。

5. 从 1929 年至 1936 年是鲁迅出版思想发展的第五阶段

这一阶段鲁迅的出版活动主要有七个方面。第一,创办或指导了《萌芽》《巴尔底山》《世界文化》《前哨》《十字街头》《海燕》《文艺研究》《译文》等期刊。其中,《文艺研究》是专载有关研究文学艺术的理论文字,《译文》是为重振翻译事业、充分引进国外优秀文化而创办的,《海燕》是和聂绀弩等合办的文艺刊物,其他期刊是"左联"的刊物,是鲁迅领导和支持"左联"工作的证明。第二,编辑出版了《现代文艺丛书》《文艺连丛》等丛书,其中《现代文艺丛书》主要介绍苏联文艺作品。第三,以三闲书屋、诸夏怀霜社、奴隶社等名义编辑出版图书,为瞿秋白出版《海上述林》。第四,编辑出版了《三闲集》等杂文集、《两地书》以及历史小说集《故事新编》等。第五,出版了《文艺政策》等译著。

第六,为年轻人或熟悉的作者序跋、校阅、编辑、出版了数十种图书或稿件。第七,参加了大量为配合革命文化的建设和革命斗争的需要而开展的编辑出版活动。

这一阶段鲁迅出版活动的主要特点是:第一,全面开花,在各个领域得到充分施展;第二,出版活动与出版思想和谐统一,二者互为来源和指导,相互促进,进入成熟期;第三,出版活动非常鲜明地体现了出版的文化性、人民性和阶级性;第四,出版活动成了鲁迅手中运用娴熟的斗争利器,为新文化的开拓和建设,为现实和革命文化斗争作出了重大贡献。

这一阶段鲁迅出版思想的主要内容是:第一,清醒而明确地认识到了出版的文化性、人民性和阶级性;第二,对出版的社会作用和职能有了科学认识;第三,对出版过程的各个环节——选题、审稿、校对、宣传、装帧设计等提出了看法;第四,从职业道德、业务和专业修养、工作态度和作风等方面强调出版主体建设。

这一阶段鲁迅出版思想的主要特点是:第一,该阶段是鲁迅出版思想的成熟期;第二,鲁迅将成熟的出版思想大力推向实践,使之有效地为现实和革命文化斗争服务。

第二章 "思想革命"的编辑典范

作为编辑典范,鲁迅的价值体现在他的编辑精神、编辑思想及其编辑技术和艺术三个方面。他融精神、思想和实践于一体,成就了在编辑史上的崇高地位,为今天的编辑提供了成长和成才的范式。

一、鲁迅的编辑思想

编辑思想是编辑观念的集中体现,是编辑过程和编辑意识的总特征。"思想革命"是鲁迅编辑思想的核心,集中体现了他的编辑观念,也充分融入了他的编辑实践。从 1918 年 5 月起,鲁迅的作品《狂人日记》《孔乙己》《药》等在《新青年》上发表以及他参加《新青年》的编辑出版工作,显示了他对于"文学革命"的实绩。"文学革命"的实质是"思想革命",多年以后他明确表达了这种想法,并以之作为编辑思想的核心,他说:"我想,现在的办法,首先还得用那几年以前《新青年》上已经说过的'思想革命'。……我这种迂远而且渺茫的意见,自己也觉得是可叹的,但我希望于《猛进》的,也终于还是'思想革命'。"①他"思想革命"的编辑思想的基本条件是求真,在于掌握事实。这种求真表现为编辑出版者的务实精神和扎实实践。他"思想革命"的编辑思想的表现状态和手段、方式是批评和战斗,他以批评这一武器揭开旧的腐朽者、落后者的面纱,展现其真相,揭示其本质;他是战斗型编辑,带出大批编辑出版界的斗士,斥责、鞭笞旧思想,捍卫、倡导、践行新思想。他以改变推动"思想革命",将"思想革命"落实到新的出版物的推出、被新的思想武装的新读者的

---

① 鲁迅:《鲁迅全集》(第 3 卷),人民文学出版社 2005 年版,第 23 页。

涌现、新的话语的构建、新的社会思潮的树立,这种改变意味着编辑思想本身的不断变革,意味着编辑实践的不断创新。

(一)求真与务实

对于出版物和编辑活动的求真,鲁迅针对不同对象从不同角度进行表达和强调。关于内容,他针对反映灾区情况的出版物说:"灾区的真实情形,南边的坐在家里的人,知道得很少。报上的记载,也无非是'惨不忍睹'一类的含浑文字,所以倘有切实的记录或描写出版,是极好的。"①有了切实的记录或描写就有了灾区的真实,也就有了满足读者需求的出版物。关于创刊,他说:"(1)如办刊物,最好不要弄成文学杂志,而只给读者以一种诚实的材料;(2)用这些材料做小说自然也可以的,但不要夸张及腹测,而只将所见所闻的老老实实的写出来就好。"②这里,鲁迅给出了真实的内涵:"诚实的材料""将所见所闻的老老实实的写出来"。关于讽刺文学,他说:"'讽刺'的生命是真实;不必是曾有的实事,但必须是会有的实情。"③在鲁迅看来,真实既着眼于眼前的真相,也指根据规律和趋势会发生的事。总之,真的内容、真的出版物,以真实达成出版效果,是鲁迅求真的逻辑和做法。

鲁迅认为,求真的编辑出版实践活动要尊重事实。他从国外引进读物,强调必须给读者提供原生态的本子。所谓原生态是和原著保持一致,真实地把原著的意思传播给读者。他说:"凡是翻译,必须兼顾着两面,一当然力求其易懂,一则保存着原作的丰姿……"④对于翻译,原著是事实,尊重事实就得忠于原著。他在评判稿件质量时以文本为依据,不看作者名气,不盲目听信别人或贬损或称道的意见。作者的成长需要时间,他不苛求年轻作者,"是不会笑年青人幼稚的"⑤。他审视出版现象,基于事实把握出版机构、出版物、出版人

---

① 鲁迅:《鲁迅全集》(第12卷),人民文学出版社2005年版,第398—399页。

② 鲁迅:《鲁迅全集》(第12卷),人民文学出版社2005年版,第399页。

③ 鲁迅:《鲁迅全集》(第6卷),人民文学出版社2005年版,第340页。

④ 鲁迅:《鲁迅全集》(第6卷),人民文学出版社2005年版,第364—365页。

⑤ 李霁野:《忆鲁迅先生》,载鲁迅博物馆等选编:《鲁迅回忆录》,北京出版社1999年版,第105页。

等的本来面目,给予客观评价。面对出版风向多样、出版标准不够统一、为了各自利益不惜混淆真相的出版环境,鲁迅重事实的编辑思想为探索出版的本质提供了前提,为把握出版规律提供了基础。

求真和务实是一致的,编辑活动、出版物的求真与编辑主体的务实息息相关。编辑务实表现为实干、踏实、勤勉、敬业等,鲁迅从编辑主体素养的角度充分阐述编辑务实的这些内涵和要求。他评价未名社团队"愿意切切实实的,点点滴滴的做下去的意志,却是大家一致的"①,强调的是编辑做实、做细、做小的兢兢业业的实干品质和精神。他称赞韦素园是"楼下的一块石材,园中的一撮泥土",这种人"在中国第一要他多",②以此赞誉编辑甘于寂寞和奉献的踏实作风与敬业精神。他从务实、勤勉的角度批评韦素园、韦丛芜、李霁野"缺点只是疏懒一点,将此点改掉,一定可以有为"③。批评疏懒是要求勤勉,实际上,无论创作还是编辑都是需要日积月累持续干的苦活、累活,只有坚持干、持续干才能有为。他以务实作为品质和作风勉励青年们"能做事的做事,能发声的发声"④,让中国因为务实而踏实和有声。

鲁迅对编辑的求真和务实集中体现在他自己的编辑活动中。这从他编辑出版古籍读物可以看得非常清晰。1910 年 7 月后,鲁迅在绍兴府中学堂任职,在给许寿裳的信中言及"荟集古逸书数种"⑤。1912 年,鲁迅、许寿裳同在南京教育部工作,许寿裳回忆"鲁迅借抄《沈下贤集》,《唐宋传奇集》所收的《湘中怨辞》《异梦录》《秦梦记》,就在这时抄写的"⑥。在北京教育部工作的前些年,鲁迅回忆住在绍兴会馆的日子说:"许多年,我便寓在这屋里钞古碑。"⑦此后,鲁迅不如这段时间集中抄录、编辑古籍、古碑等,但是一直关注,

---

① 鲁迅:《鲁迅全集》(第 6 卷),人民文学出版社 2005 年版,第 66 页。
② 鲁迅:《鲁迅全集》(第 6 卷),人民文学出版社 2005 年版,第 70 页。
③ 鲁迅:《鲁迅全集》(第 11 卷),人民文学出版社 2005 年版,第 637 页。
④ 鲁迅:《鲁迅全集》(第 1 卷),人民文学出版社 2005 年版,第 341 页。
⑤ 鲁迅:《鲁迅全集》(第 11 卷),人民文学出版社 2005 年版,第 335 页。
⑥ 许寿裳:《亡友鲁迅印象记·许寿裳回忆鲁迅全编》,上海文化出版社 2006 年版,第 36 页。
⑦ 鲁迅:《鲁迅全集》(第 1 卷),人民文学出版社 2005 年版,第 440 页。

不时投入,作出了显著实绩。在中国传统小说方面,1909 年 6 月,鲁迅开始辑录周到隋散佚的小说。1911 年,从《北堂书钞》《初学记》《酉阳杂俎》中抄录古小说《搜神记》《搜神后记》《十洲记》《神异经》《异苑》《王子年拾遗记》《洞冥记》,题名为《小说备校》;6 月,开始抄录《穆天子传》;年底辑成《古小说钩沉》,含周《青史子》至隋侯白《旌异记》等 36 种,作《〈古小说钩沉〉序》并发表于 1912 年 2 月编辑的《越社丛刊》第一集。1912 年,从唐代沈亚之的《沈下贤文集》中抄录《湘中怨辞》《异梦记》《秦梦记》等传奇作品;作《穆天子传校补》;10 月,审《会稽典录》辑本。1913 年,辑成宋人张淏的《云谷杂记》一卷后作"跋"。1914 年 3 月,重抄《云谷杂记》后作"序"。1914 年,为《沈下贤文集》作"跋",完成该书校勘。1920 年,从《文苑英华》中钩稽中国小说史料。1926 年,辑录的《小说旧闻钞》出版。1927 年 8 月,根据整理积累的材料,撰写《稗边小缀》,9 月 10 日编成《唐宋传奇集》并作"序例",12 月和 1928 年 2 月由北新书局分上下册分别出版。在传统科学知识读物方面,1910 年,鲁迅抄录晋嵇含著的《南方草本状》3 卷,分为草、木、果、竹等。1911 年,辑录增补唐刘恂所撰的《岭表录异》,引自唐宋类书,用《永乐大典》本校勘,作《补遗》18 条和校勘记,介绍岭南的草木虫鱼以及地理气候、风土人情等。1913 年,从明抄残本《说郛》辑录成《说郛录要》,含王方庆的《园林草木疏》1 卷、李翱的《何首乌录》1 卷、戴凯之的《竹谱》1 卷、赞宁的《笋谱》2 卷、陈仁玉的《菌谱》1 卷、傅肱的《蟹谱》2 卷等;搜集了陈白阳的《花鸟真集》。1930 年,翻译《药用植物》。1933 年,写作《"蜜蜂"与"蜜"》等。在古代地理、史志读物方面,1910 年,鲁迅辑录有关会稽的古代历史、地理逸书,后编为《会稽郡故书杂集》,共收古典 8 种:谢承的《会稽先贤传》,虞预的《会稽典录》,钟离岫的《会稽后贤传记》,贺氏的《会稽先贤象赞》,朱育的《会稽土地记》,贺循的《会稽记》,孔灵符的《会稽记》,夏侯曾先的《会稽地志》。1911 年 4 月,与人商议集资刊印《会稽郡故书杂集》。1915 年 6 月,《会稽郡故书杂集》由浙江绍兴许广记刻字印书铺印行,含总序和 8 则引序。在博物、美术方面,1910 年,鲁迅搜集、整理、研究古文物砖刻、碑拓,含《秦始皇会稽刻石》《王羲之兰亭刻石》《唐刻尊胜经幢》《元临海王烈妇碑》等。1913 年,搜集到大量汉魏六朝画像、石拓本以及含陈居中《女史箴图》在内的画册,共 30 余种。1915 年,开始大量抄碑,搜集并研究汉魏六朝画像石拓本,包括《射阳门画像拓本》《武氏祠堂画像并题记拓本》等数十本。1916 年,绝大部分公余时间用于搜集画册、碑帖,辑录古书和校勘整理古碑,包括《寰宇贞石图》《吴谷朗碑拓本》《唐邕写经碑》《栖岩寺舍利塔碑》等碑帖两百多种以及《汉画像》《杂造像》《六朝造像》等画像石拓本 50 余种。1917 年上半年,搜集《汉画像残石》《杂砖拓片》《泰山秦篆残石》《阎立本帝王图》等 100 多种。1918 年,搜集《石门画像》《北齐造像》《杂砖拓片》《瓦当拓片》《更风残石》《殷墟卜辞》《艺术丛编》等拓片、碑帖、画册 200 余种。1919 年,搜集各种拓片、碑帖、画册 70 余种。1920 年,搜集得到拓片、碑帖、画册等 50 余种。1921 年,搜集得到拓片、碑帖、画册等 60 余种。据此,编成《俟堂专文杂集》《六朝造像目录》《六朝墓志目录》《汉画集》等。许寿裳评价,"至于鲁迅整理古碑,不但注意其文字,而且研究其图案","即就碑文而言,也是考证精审,一无泛语"。① 在一般历史著作方面,1912 年 2 月中下旬到 4 月中旬,鲁迅在南京教育部时常去江南图书馆抄录古书,有清孙志祖增订、姚之骃辑本《〈谢氏后汉书〉补逸》。下半年,辑录谢承《后汉书》、虞世南《史论》等。1913 年继续辑录谢承《后汉书》,并于 3 月辑成,至 1914 年 3 月抄完姚之骃辑、孙志祖增订《〈谢氏后汉书〉补逸》。两年多里,前后抄录、校勘四次,留下草稿、定稿五种,写下序文、校记、说明四篇。1913 年,辑录了虞预《晋书》。在古代诗文方面,1912 年,鲁迅辑录唐朝书法名家虞世南的《虞世南诗》,辑录、校勘唐沈亚之的《沈下贤文集》。1913 年,补写了南宋戴复古的《石屏集》,抄写了《石屏诗集》。鲁迅特别在《嵇康集》上着力。1913 年 10 月 1 日,从京师图书馆借到明朝吴宽丛书堂抄本《嵇康集》(十卷),20 日夜校完,并写了短跋。1915年、1916 年、1921 年、1922 年、1924 年和 1931 年,用各种刻本和类书 7 次互校《嵇康集》。许寿裳评价说:"参照诸本,不厌精详,所以成为校勘最善之书。"②

---

① 许寿裳:《亡友鲁迅印象记·许寿裳回忆鲁迅全编》,上海文化出版社 2006 年版,第42 页。

② 许寿裳:《亡友鲁迅印象记·许寿裳回忆鲁迅全编》,上海文化出版社 2006 年版,第42 页。

鲁迅自己说:"中散遗文,世间已无更善于此者矣。"①在佛教读物方面,1914年,鲁迅出资 60 元给金陵刻经处印佛教寓言集《百喻经》,1915 年印成;抄录《出三藏记集》《法显传》。1916 年,校录《法显传》。此外,1911 年春,接受朱逖先的邀请,与许寿裳等出资刊刻章太炎的著作《小学答问》。② 1912 年,编辑越社主持的《越社丛刊》第一集。1912 年 2 月,在绍兴出版,线装本,内容包括文录、诗录两部分。文录部分有他的《〈古小说钩沉〉序》《辛亥游录》。

(二)批评和战斗

批评是鲁迅以"思想革命"为核心的编辑思想的手段和方式,也是基础和条件。批评从破落后的传统开始,在社会和文明领域展开。鲁迅说:"中国现今文坛的状况,实在不佳,但究竟做诗及小说者尚有人。最缺少的是'文明批评'和'社会批评',我之以《莽原》起哄,大半也就为了想由此引些新的这一种批评者来,虽在割去敝舌之后,也还有人说话,继续撕去旧社会的假面。"③鲁迅以《莽原》为阵地,高举批评大旗,既发声又培养批评者。鲁迅痛批封建制度及其意识形态的黑暗和丑陋,揭露孔孟之道和封建礼教的伪善和落后,对传统文化糟粕及其对糟粕念念不忘甚至竭力维护的出版物、出版者予以遏止,对传统文化良莠不分或故意不分以图利益的出版物、出版者予以斥责。一些书商打着"国学家"的旗号,粗制滥造一些古籍赚钱,鲁迅 1922 年 10 月 4 日发表《所谓"国学"》,一方面揭示所谓"国学"的牟利真相,另一方面点明其实质是使书籍古董化。鲁迅特别希望国人"觉醒""挣扎""反叛",摆脱桎梏,获得新生。他鼓励青年们拿起批评的武器说:"青年们先可以将中国变成一个有声的中国。大胆地说话,勇敢地进行,忘掉了一切利害,推开了古人,将自己的真心的话发表出来。"④得知河南青年们创办《豫报副刊》,发出了行之有效的批

---

① 鲁迅:《鲁迅全集》(第 10 卷),人民文学出版社 2005 年版,第 21 页。
② 参见鲁迅:《鲁迅全集》(第 11 卷),人民文学出版社 2005 年版,第 346 页。
③ 鲁迅:《鲁迅全集》(第 11 卷),人民文学出版社 2005 年版,第 64 页。
④ 鲁迅:《鲁迅全集》(第 4 卷),人民文学出版社 2005 年版,第 15 页。

评声,他"极快慰",高兴地鼓励他们。① 鲁迅特别青睐杂文,与杂文重批评的"很像一种小小的显微镜的工作"②的特性有关,他自己写杂文、发表杂文、出版杂文集,而且发动和指导其他人写杂文、发表杂文,以杂文为主要内容的编辑出版物成为批评的武器,彰显"思想革命"的价值和意义。

　　战斗是批评的升级状态,在编辑活动中,鲁迅敢于战斗,也善于战斗。鲁迅认为在他所处的时代离不开战斗,因为"生在战斗的时代而要离开战斗而独立"是"心造的幻影",③是不可能在现实世界存在的。确实,鲁迅所处的时代,各种矛盾交织复杂,战斗成为常态。立足于所处的战斗时代,他直面现实,指出编辑必须敢于战斗和抗争,因为战斗是鲁迅及其率领的编辑队伍冲出包围圈、达成目的的唯一有效方式,只有有了战斗状态和战斗精神,编辑才可能推出适应时代发展、利于社会前进的出版物。为此,他特别欢迎战斗的刊物和青年,他说:"我祝你们的刊物从速出来,我极愿意先看看战斗的青年的战斗。"④评价小品文的特性时,他特别指出这种文体必须有战斗价值才会有存在意义:"而小品文的生存,也只仗着挣扎和战斗的。""生存的小品文,必须是匕首,是投枪,能和读者一同杀出一条生存的血路的东西……"⑤既然离不开战斗,鲁迅主张做一个战斗的编辑,为此特别看重处于战斗状态的编辑和编辑的战斗精神。说及老师章太炎,他强调影响自己的是其战斗精神,他说:"我爱看这《民报》……是为了他和主张保皇的梁启超斗争,和'××'的×××斗争,和'以〈红楼梦〉为成佛之要道'的×××斗争,真是所向披靡,令人神往。"⑥1926年,鲁迅到厦门大学任教。一群青年学生同他谈起当地的文化现状,感到旧的文化氛围太浓,要求他指导创办刊物,鼓吹新的文化,提倡白话,和旧的一切闹一通、斗一场,鲁迅满口答应。鲁迅希望更多的力量加入战斗的编辑队伍,加强战斗的力量。有了战斗的编辑,就自然有战斗的出版物,这些编辑和出版物

---

① 参见鲁迅:《鲁迅全集》(第7卷),人民文学出版社2005年版,第282页。
② 鲁迅:《鲁迅全集》(第8卷),人民文学出版社2005年版,第418页。
③ 鲁迅:《鲁迅全集》(第4卷),人民文学出版社2005年版,第452页。
④ 鲁迅:《鲁迅全集》(第8卷),人民文学出版社2005年版,第379页。
⑤ 鲁迅:《鲁迅全集》(第4卷),人民文学出版社2005年版,第591—593页。
⑥ 鲁迅:《鲁迅全集》(第6卷),人民文学出版社2005年版,第566页。

联合起来自然形成强大的战斗力,诚如他所说:"现在的各种小周刊,虽然量小力微,却是小集团或单身的短兵战,在黑暗中,时见匕首的闪光,使同类者知道也还有谁还在袭击古老坚固的堡垒,较之看见浩大而灰色的军容,或者反可以会心一笑。在现在,我倒只希望这类的小刊物增加,只要所向的目标小异大同,将来就自然而然的成了联合战线,效力或者也不见得小。"①

鲁迅倡导"思想革命",大批、大战落后期刊和一些期刊上的落后、反动观念,过程痛快淋漓,结果大获全胜。在编《新青年》时,看到许多"卫道士"摇唇鼓舌欲与《新青年》为敌,他异常愤怒地说:"但该坏种等之创刊屁志,系专对《新青年》而发,则略以为异,初不料《新青年》之于他们,竟如此其难过也。然既将刊之,则听其刊之,且看其刊之,看其如何国法,如何粹法,如何发昏,如何放屁,如何做梦,如何探龙,亦一大快事也。"②1917 年 10 月,封建复古派俞复等组织"灵学会",于 1918 年推出《灵学丛志》,借助鬼神、迷信等反对新思想新文化,反对《新青年》。鲁迅在 1918 年 3 月 10 日给许寿裳的信中批判道:"仆审现在所出书,无不大害青年,其十恶不赦之思想,令人肉颤。"③该年 9 月 26 日,他在《新青年》上发文痛击《灵学丛志》。《国粹丛编》跳出来和《新青年》论争,鲁迅在 1918 年 7 月 5 日给钱玄同的信中予以痛斥。1922 年 1 月,留学欧美的梅光迪、吴宓等在南京创刊《学衡》,初期刊登的文章多借尊孔读经反对新文化运动,譬如第一期中刘伯明的《学者之精神》、梅光迪的《评提倡新文化者》、萧纯锦的《中国提倡社会主义之商榷》等。1922 年 2 月 9 日,鲁迅以笔名风声在《晨报副刊》上发表《估〈学衡〉》,批判这一杂志反新文化运动的落后主张。④ 1922 年 11 月 3 日,鲁迅写出《"一是之学说"》,揭露《学衡》复古保守的实质和真相。汪静之的《蕙的风》——中国第一部情诗集,反映了新文化运动后觉醒青年反抗封建礼教的情感和诉求,但是 1922 年 8 月亚东书局出版后遭到非议。《学衡》的撰稿人胡梦华于 1922 年 10 月 24 日的《时事新

---

① 鲁迅:《鲁迅全集》(第 3 卷),人民文学出版社 2005 年版,第 25 页。
② 鲁迅:《鲁迅全集》(第 11 卷),人民文学出版社 2005 年版,第 364 页。
③ 鲁迅:《鲁迅全集》(第 11 卷),人民文学出版社 2005 年版,第 360 页。
④ 参见鲁迅:《鲁迅全集》(第 1 卷),人民文学出版社 2005 年版,第 399 页。

报》副刊《学灯》和1922年11月3日的《国民日报》副刊《觉悟》上,分别发表《读了〈蕙的风〉以后》和《悲哀的青年》,批评《蕙的风》如同《金瓶梅》,是堕落轻薄的作品,要取缔。鲁迅认为,这是封建旧道德在作祟,是对新文学的打压,他于1922年11月17日写下《反对"含泪"的批评家》《对于批评家的希望》,专门批驳胡梦华的错误论调,支持汪静之及其作品。①《礼拜六》是近现代出版史上最具代表性的通俗文学杂志,内容低俗化,以鸳鸯蝴蝶派小说为主,主打言情小说。鲁迅认为文学创作"必须是'为人生',而且要改良这人生"②,为此,在《上海文艺之一瞥》《杂谈小品文》等杂文中批评《礼拜六》。1921年8月26日,他还在致宫竹心的信中尖锐批评《礼拜六》的主持者说:"这些主持者都是一班上海之所谓'滑头',不必寄稿给他们的。"③《现代评论》杂志发表陈西滢的《闲话·粉刷毛厕》等批评1925年北京女师大学潮,鲁迅撰写《并非闲话》《我的"籍"和"系"》等杂文批驳《现代评论》及其文章,支持女师大学潮、五卅运动等,充分体现韧性的斗争精神。《新月》杂志是新月派的文艺刊物,宣扬文学的非功利主义,实际上是为了维护国民党的统治,鲁迅发表《新月社批评家的任务》《言论自由的界限》《"硬译"与"文学的阶级性"》《"丧家的""资本家的乏走狗"》等杂文,揭露该刊的本质和实质,归纳"言论自由"的真正本质和文学的阶级性等问题,鼓舞和激励进步青年,彰显战斗家的革命斗争意志和精神。

鲁迅以"思想革命"为核心,创办和支持创办期刊,在批评和战斗中展现精神和风貌,成就进步文化。这特别集中体现在他团结进步文化人士创办或支持创办的"左联"期刊群。除了发表翻译的苏联作家法捷耶夫的《毁灭》、日本学者岩崎的论文《现代电影与有产阶级》以及"左联"成立大会上的演讲,鲁迅以《萌芽》为阵地进行了三场战斗:第一场是发表《新月社批评家的任务》《"丧家的""资本家的乏走狗"》等文章与新月派战斗,第二场是发表《张资平氏的"小说学"》《书籍与财色》批评低俗、庸俗、媚俗文化,第三场是发表《习

---

① 参见鲁迅:《鲁迅全集》(第1卷),人民文学出版社2005年版,第425页。
② 鲁迅:《鲁迅全集》(第4卷),人民文学出版社2005年版,第526页。
③ 鲁迅:《鲁迅全集》(第11卷),人民文学出版社2005年版,第412页。

惯与改革》《非革命的急进革命论者》《我们要批评家》告诫投机革命的人。1930 年 2 月,鲁迅专门创办大型文艺理论季刊《文艺研究》,发表文艺研究论文,探究文艺与社会的关系。该刊出一期后停止,鲁迅翻译的苏联普列汉诺夫的《车勒芮夫斯基的文学观》发表在这一期上。1931 年 4 月 25 日,鲁迅主持编辑的《文学导报》(《前哨》)创刊,第一期名为《前哨》,鲁迅书写刊名后用木刻手印,从第二期起改名《文学导报》。1930 年 9 月起,国民党在白区正式发动了文化"围剿",密令取缔"左联"等组织,通缉鲁迅等进步文化工作者。10月,左翼戏剧家联盟成员宗晖在南京被枪杀。12 月 25 日,《出版法》颁布,明确诸如倘若违反此法则书刊遭扣、禁等。1931 年前后,因为宣传共产主义、阶级斗争而被查禁的图书超过 100 种。2 月 7 日,李伟森、柔石、胡也频、殷夫、冯铿等五位"左联"作家被杀害。《文学导报》(《前哨》)直面这样的环境,是反文化"围剿"的根据地和主要阵地。鲁迅在《前哨》上发表《中国无产阶级革命文学和前驱的血》《柔石小传》,缅怀反文化"围剿"的战士,号召人们坚持不懈地斗争。《文艺新闻》创刊于 1931 年 3 月 16 日,是"左联"的外围刊物。鲁迅对该刊的编辑袁殊、楼适夷很赞赏,该刊以鲁迅为旗帜灵活运用斗争策略反文化"围剿"。鲁迅在该刊上发表古体诗《送 O.E. 君携兰归国》《湘灵歌》《无题》,为木刻展览会特刊写的《一八艺社习作展览会小引》,演讲稿《上海文艺之一瞥》,宣传引进外国优秀进步艺术作品的《介绍德国作家版画展》《德国作家版画展延期举行真像》,杂文《鲁迅启事》《"日本研究"之外》《我对于〈文新〉的意见》《答文艺新闻社问》以及《〈毁灭〉和〈铁流〉的出版预告》,以各种或直接或间接的方式,表达对文化"围剿"的强烈愤恨和对进步艺术与艺术人士的支持、颂扬。《北斗》创刊于 1931 年 9 月 20 日,1932 年 7 月 20 日出到第 2 卷第 3、4 期合刊后被查禁停刊,共出版 8 期 7 本。鲁迅支持该刊创办,并以和它的紧密联系与发表作品支持它,和它一起冲破文化"围剿"。鲁迅为该刊引进、发表珂勒惠支的木刻连环画《战争》中的《牺牲》,并撰写说明《牺牲——德国珂勒惠支木刻〈战争〉中之一》,以表达对柔石的纪念。① 鲁迅在该刊上

---

① 参见鲁迅:《鲁迅全集》(第 4 卷),人民文学出版社 2005 年版,第 501 页。

发表杂文《以脚报国》《宣传与做戏》《新的"女将"》《唐朝的钉梢》《中华民国的新"堂·吉诃德"们》《我们不再受骗了》《几条"顺"的翻译》《风马牛》《再来一条"顺"的翻译》《答北斗杂志社问》。鲁迅在该刊推出翻译作品《肥料》《梅令格的〈关于文学史〉》并分别作附记。《十字街头》1931年12月11日面世,1932年1月5日停刊,共出3期。鲁迅、冯雪峰主编。鲁迅是该刊重要撰稿人,发表杂文《沉滓的泛起》《知难行难》《"友邦惊诧"论》《"智识劳动者"万岁》《水灾即"建国"》《"非所计也"》,诗歌《好东西歌》《公民科歌》《南京民谣》《"言辞争执"歌》,书信《关于小说题材的通信》,契合刊物宗旨,揭露、讽刺、控诉、批判国民党反动派。

(三)改变和创造

"思想革命"从改变开始,鲁迅认为,编辑要懂得和理解改变,要顺应改变,要在改变中实现改革。他批判不改变、不改革的出版物说:"看看报章上的论坛,'反改革'的空气浓厚透顶了,满车的'祖传','老例','国粹'等等,都想来堆在道路上,将所有的人家完全活埋下去。'强聒不舍',也许是一个药方罢,但据我所见,则有些人们——甚至于竟是青年——的论调,简直和'戊戌政变'时候的反对改革者的论调一模一样。你想,二十七年了,还是这样,岂不可怕。"①不改变、不改革的出版物的表现是"反改革",不进步,对抗进步;是沉于落后的老旧、传统的糟粕,不变化,不发展。其特点之一是自身沉滞、僵化,几十年里一副老面孔、老顽固;之二是面对变化、变革都是一样的态度、模式和方式。他激励改变、改革的出版物说:"大学学生二千,大抵暮气甚深,蔡先生来,略与改革,似亦无大效,惟近来出杂志一种曰《新潮》,颇强人意……"②蔡元培推动改革,力图改变学生暮气沉沉的面貌,但是,若学生自身不动不变,则外力的作用有限。《新潮》是学生们自己求改求变的产物,自然展露出不一样。他坚持以笔推动和促进改变,他说:"后来《新青年》的团体散

---

① 鲁迅:《鲁迅全集》(第3卷),人民文学出版社2005年版,第22页。
② 鲁迅:《鲁迅全集》(第11卷),人民文学出版社2005年版,第369页。

掉了,有的高升,有的退隐,有的前进,我又经验了一回同一战阵中的伙伴还是会这么变化,并且落得一个'作家'的头衔,依然在沙漠中走来走去……"①改变意味着思想改变、精神变化,在多种多样促动思想、精神变化的动力和途径中,出版物是有效的。因此,鲁迅一直没有放下笔,越是艰难越是执着地创作和编辑出版作品。

"思想革命"倡导的改变、改革和创新一致,而创新是鲁迅编辑思想的特征。譬如,鲁迅重视出版物的形式创新,为此非常关注并投入较多心力。在出版物的内在形式方面,鲁迅在体例设计、语言运用等方面独具匠心。文体是表达内容的重要形式,也是编辑选择内容呈现方式时的重要标准。作为作家,鲁迅选择的主要文体是杂文和小说。作为编辑,鲁迅选择的主要文体也是杂文和小说。鲁迅是现代白话小说的开山鼻祖,而杂文文体的创造和发展虽然陈独秀、李大钊等作出了重要贡献,但鲁迅是这一文体的最终完成者。无论是鲁迅的白话小说还是杂文,都与现代出版的发展息息相关,是鲁迅在编辑过程中立足于内容的形式选择和形式创新。在出版物的外在形式方面,鲁迅在封面设计、版式设计上推陈出新,不但创造了不少精美的设计范本,而且引领了装帧设计理念。鲁迅主持的刊物,形式丰富多彩,既有差异性又有针对性。譬如,《语丝》《莽原》的形式设计和其内容匹配,版式严肃;《奔流》文图相得益彰,充满灵性;《译文》中穿插不少木刻插图,不知不觉中创造出艺术的氛围。在出版物的工艺方面,从纸张到油墨等,鲁迅富有针对性地选择材料;从版材到印刷技术,鲁迅都特别注意,提出细致的指导意见。1933 年,鲁迅和郑振铎编辑《北平笺谱》,全书用彩色木版水印,装订方式为传统的线装,用瓷青纸贴白色书名签条,用绢包角。所有这些处理十分到位,效果非常好。鲁迅编辑出版图书,留下诸多创新案例。如:《萧伯纳在上海》"是一部未曾有过先例的书籍"②。《引玉集》"盖近来中国出版界之创举也"③。

改变、改革、创新意味着创造,而创造是鲁迅"思想革命"编辑思想的动力

---

① 鲁迅:《鲁迅全集》(第 4 卷),人民文学出版社 2005 年版,第 469 页。
② 鲁迅:《鲁迅全集》(第 8 卷),人民文学出版社 2005 年版,第 510 页。
③ 鲁迅:《鲁迅全集》(第 8 卷),人民文学出版社 2005 年版,第 511 页。

和状态。体现鲁迅创造特性的编辑成果很多,尤其以新文学具有代表性,而新文学的创造体现在他编辑的《山野掇拾》等单本书,更体现在他主持的成套的《乌合丛书》《未名新集》《奴隶丛书》。1922年暑假期间,孙福熙到法国乡村画画,用游记记录生活,在鲁迅的帮助下于1925年2月由新潮社出版,是《新潮文艺丛书》之一,书名为《山野掇拾》,书中配有孙福熙自己画的四幅插图。鲁迅在日记中记下了这件事:1923年8月12日的日记说"夜校订《山野掇拾》一过",8月13日的日记说"夜校订《山野掇拾》毕",8月14日的日记说"上午寄伏园信并还《山野掇拾》稿本,又附寄春台笺"。① 1924年,《山野掇拾》还没有出版,鲁迅预订5册,准备赠送朋友。孙福熙感激鲁迅的支持,在赠送鲁迅的书上专门题词致意。②《乌合丛书》含鲁迅的《呐喊》《彷徨》《野草》,许钦文的《故乡》,高长虹的《心的探险》,向培良的《缥缈的梦及其他》,冯沅君的《卷葹》,共7种。原计划的尚钺的《斧背》被作者抽走。1926年初北新书局出版,1927年7月出齐。五四新文化运动过后,进步作家队伍分化,新文学创作有些寂寞。就鲁迅的本意来说,丛书是"单印不阔气的作者的创作的"③,他想借此打破寂寞,为此费了不少心力。丛书中的《故乡》,鲁迅1924年就已编阅完毕,并托付孙伏园将稿子交周作人,作为新潮社《文艺丛书》之一出版。《故乡》最终没有在《文艺丛书》中出版,鲁迅将其纳入《乌合丛书》,同时再次精选,再加编校,他在1925年9月30日给许钦文的信中说:"《故乡》稿已交去,选而又选,存卅一篇,大约有三百页。"④他推荐陶元庆的一幅富有绍兴地方色彩的画稿作为该书封面画,用《呐喊》的版税垫付该书的印刷费。《未名新集》含韦丛芜的《君山》,台静农的《地之子》《建塔者》,鲁迅的《朝花夕拾》等,未名社出版,1927年3月出第一种《君山》。1926年11月23日,鲁迅给李霁野的信中言及《未名新集》的缘由说:"《莽原丛刊》,我想改作《未名新集》;《坟》

---

① 鲁迅:《鲁迅全集》(第15卷),人民文学出版社2005年版,第478页。
② 参见赵丽霞:《送给鲁迅的书(三)》,《博览群书》2003年第1期。
③ 鲁迅:《鲁迅全集》(第7卷),人民文学出版社2005年版,第477页。
④ 鲁迅:《鲁迅全集》(第11卷),人民文学出版社2005年版,第516页。

不在内,独立,如《中国小说史略》一般。该集以《君山》为第一部。"①鲁迅在《忆韦素园君》中回忆说,未名社"还印行了《未名新集》,其中有丛芜的《君山》,静农的《地之子》和《建塔者》,我的《朝花夕拾》,在那时候,也都还算是相当可看的作品"②。在《〈中国新文学大系〉小说二集序》中,鲁迅对台静农和其作品《地之子》《建塔者》的评价反映了他的编辑眼光和标准。③《奴隶丛书》含叶紫的《丰收》、萧军的《八月的乡村》和萧红的《生死场》3 种。丛书名取自《国际歌》的第一句。1935 年,鲁迅主导,和叶紫、萧军、萧红成立奴隶社,自费出版印行自己的作品,名义上的出版机构是容光书局,出版时间是 1935 年 3 月、8 月和 12 月。鲁迅认真投入,为每一种书写序言,通过对作者们的充分肯定和用心指导促其成长和进步。

二、鲁迅的选题思想和实践

选题是编辑过程中的基础环节。鲁迅提出融现实性、创造性和系统性于一体的选题评价体系。他强调编辑在确立选题思路时要重视时代主潮,要在不断实践和总结经验的基础上把握选题策划路径。

(一)选题的现实性、创造性和系统性

所谓选题的现实性指选题的可操作性、可实现程度。鲁迅在《域外小说集》的"序"中说:"但做这事业,一要学问,二要同志,三要工夫,四要资本,五要读者。"④这里所讲的"这事业"指介绍国外文艺作品,即翻译类读物的编辑出版。鲁迅的这段话一方面强调在提出选题和分析选题时要考虑选题的现实性,不要天花乱坠异想天开地去提出不着边际、根本不可能实现的选题;另一方面,鲁迅指出了选题可操作性的五个支点:第一,文化支点。选题的本质是

---

① 鲁迅:《鲁迅全集》(第 11 卷),人民文学出版社 2005 年版,第 629 页。
② 鲁迅:《鲁迅全集》(第 6 卷),人民文学出版社 2005 年版,第 69—70 页。
③ 参见鲁迅:《鲁迅全集》(第 6 卷),人民文学出版社 2005 年版,第 263 页。
④ 鲁迅:《鲁迅全集》(第 10 卷),人民文学出版社 2005 年版,第 176 页。

对文化进行选择，即在浩瀚如海洋的文化资源中寻找有价值、值得推介的文化点。这一则要求有文化资源；二则要求编辑有学问，具备文化选择的眼光。否则，再有价值的选题也会在编辑的眼皮底下溜走。鲁迅留学日本时，中国积弱不振，国民缺乏反抗精神和对未来的信心，因此，他翻译和编辑出版具有反抗精神的弱小民族的小说。这种选题的策划基点是中华民族当时的文化心理与外来文化的碰撞点。无论从当时中国的文化需求还是选题的内容来看，鲁迅的选题策划都渗透着深深的文化意识。第二，"同志"支点。这里的"同志"除了编辑自身外至少包含两方面的人：作者和将编辑劳动转化为读物的除编辑以外的出版服务者。社会文化的存在是静态的，作者的出现使得这种静态的社会文化开始吸引编辑的眼光。作者对社会文化的选择和加工拉近了编辑与社会文化的距离，作者的创造性劳动为编辑实现自己的价值提供了可能性。可以说，作者是原始社会文化与编辑之间的桥梁，有了作者的创造，就有了编辑的选择对象。选题和编辑同在，作者在文化链条中的位置和作用也是作者对选题的约束和制约作用。相对出版整体来说，编辑只是其中的一个环节。出版整体中的其他服务者的存在是编辑劳动实现的必要条件。选题是编辑工作的一个环节，因此，选题也离不开出版整体中的其他服务者。身兼作者和编辑的角色，鲁迅对作者于选题的意义深有体会，颇有感悟。鲁迅在许多论述中，强调选题实施乃至出版整体的相关主体，譬如校对、印厂的排版者、书店的业务员等的作用。第三，时间支点。首先，选题的产生历经过程需要时间。选题看似是个想法，表达出来也就几个字或几段话，但是，这个想法的出现、这种想法的背后需要积累，需要付出充分的时间。《萧伯纳在上海》是鲁迅做的快书案例，萧伯纳 1933 年 2 月 16 日到上海，次月该书面世，在当时非常难得。实际上，从得到萧伯纳访问我国的消息，到鲁迅参与萧伯纳访问我国，再到想集合各界反应进而出版图书的选题，体现为完整的思维过程，绝对时间不长，但融入的深度和体会的全面而投入的相对时间则较长。其次，选题的实施需要时间。选题实施时间是选题可操作性的重要因素，因为一些选题时效性强，如果不预计到时间因素，可能即使选题变成了读物而读物很可能已失去价值。《萧伯纳在上海》一书的实施，鲁迅连同瞿秋白、许广平等一起赶时间，由该选题的时效性决定,也充分说明考虑选题实施时间的重要性。第四,经济支点。任何一个选题的实现都需要一定的财力和物力,大套丛书的出版更要耗费相当的财力和物力。编辑在提出和分析选题时务必考虑到出版单位的经济实力。鲁迅是进步文化的旗帜,他提出的选题进步出版社都尽力实现。在鲁迅同辈人的回忆中,经常可以看到鲁迅总是仔细斟酌,尽量避免让一家出版社承担过多的选题而导致垮台。对于选题的几个支点,鲁迅在回忆《新生》杂志的创办经历时深有感触。他说:"《新生》的出版之期接近了,但最先就隐去了若干担当文字的人,接着又逃走了资本,结果只剩下不名一钱的三个人。"①这里,鲁迅谈的尽管是杂志的事情,其实包含了对选题现实性的认识。第五,读者支点。提出选题的目的是为了出版读物,出版读物的目的是为了给读者提供精神食粮,没有了读者就失去了选题存在的价值和意义。鲁迅对选题的读者支点非常重视,他顾及读者的购买力而针对选题实施的节奏提出想法说:"我想,购买者的经济力,也应顾及,如每月出一种,六种在明年六月以内出全,则大多数人力不能及,所以最好是平均两月出一种,使爱好者有回旋的余地。"②读者有购买和阅读欲望,但是,若没有购买力也就无法实现购买和阅读,也就没有将选题转化为出版物的基础。一次,他的一位朋友谈起想翻译宗教方面的读物,他非常严肃地说,在当时的时势下,宗教书的出版不合时宜,不宜操作这样的选题,因为没有读者。在给李霁野的信中,他说:"今日看见几张《中央副刊》,托罗茨基的书,已经傅东华译载了不少,似乎已译完。我想,这种书籍,中国有两种译本就怕很难销售。你的译文如果进行未多,似乎还不如中止。"③小众书的读者本来就不多,如果还出两个版本,那么读者就更少了,也就没有必要坚持确立和实施这样的选题了。

鲁迅强调选题的创造性,这主要表现在:第一,选择独特的超前性的选题内容。选题内容的特色是选题特色的主要表现,鲁迅特别注意选题的内容。一方面,他立足文化和思想的潮头先人一步提出致力于建设新文化、开拓未来

---

① 鲁迅:《鲁迅全集》(第1卷),人民文学出版社2005年版,第439页。
② 鲁迅:《鲁迅全集》(第13卷),人民文学出版社2005年版,第157页。
③ 鲁迅:《鲁迅全集》(第12卷),人民文学出版社2005年版,第29页。

文化和传播新思想的选题。《科学的艺术论丛书》计划出版鲁迅译的《艺术论》(蒲力汉诺夫著)、《文艺与批评》(卢那卡尔斯基著)、《文艺政策》(外村史郎和藏原惟人辑)、《霍善斯坦因论》(卢那卡尔斯基著),冯雪峰译的《艺术与社会生活》(蒲力汉诺夫著)、《文学评论》(梅林格著)、《社会的作家论》(伏洛夫斯基著)、《艺术之社会基础》(卢那卡尔斯基著)、《艺术与文学》(蒲力汉诺夫著),苏汶译的《新艺术论》(波格丹洛夫著),戴望舒译的《唯物史观的文学论》(伊可维支著),沈端先译的《文艺批评论》(列褚耐夫著),林伯修译的《蒲力汉诺夫论》(亚科佛列夫著),冯乃超译的《艺术与革命》(列宁、蒲力汉诺夫著)。《霍善斯坦因论》没有翻译,实际出版9种:1929年5月水沫书店《艺术之社会基础》《新艺术论》,8月出版《艺术与社会生活》,9月出版《文学评论》,10月出版《文艺与批评》,1930年6月出版《文艺政策》,8月出版《唯物史观的文学论》。1930年3月光华书局出版《社会的作家论》,7月出版《艺术论》。这是一套系统大规模介绍马克思主义文艺理论的书,其策划缘起是:其一,关于"革命文学"的论战促使鲁迅在反思后深刻认识到系统学习马克思主义文艺理论的重要性和紧迫性。鲁迅说:"我有一件事要感谢创造社的,是他们'挤'我看了几种科学底文艺论,明白了先前的文学史家们说了一大堆,还是纠缠不清的疑问。并且因此译了一本蒲力汗诺夫的《艺术论》,以救正我——还因我而及于别人——的只信进化论的偏颇。"①1928年1月,创造社和太阳社成员一起提倡"革命文学",掀起"无产阶级文学运动",意在传播马克思主义文艺理论。其中,部分成员受到国内外"左"倾思潮的影响,将矛头对准了鲁迅等进步作家,对他们进行批判和攻击,挑起了鲁迅和他们关于"革命文学"的论争。创造社、太阳社成员以《创造月刊》《文化批判》等为主阵地,《太阳月刊》《战线》《戈壁》《文化战线》《流沙》《澎湃》《洪荒》等参与。鲁迅在《语丝》上发表《"醉眼"中的朦胧》(1928年3月12日)、《文艺与革命》(1928年4月16日)、《路》(1928年4月23日)、《通信》(1928年4月23日)、《我的态度气量和年纪》(1928年5月7日)、《文坛的掌故》(1928年8月

---

① 鲁迅:《鲁迅全集》(第4卷),人民文学出版社2005年版,第6页。

2 日)、《革命咖啡店》(1928 年 8 月 13 日)等,在《未名》上发表《现今的新文学的概观》(1929 年 5 月 25 日)等。其二,现实和未来都表明,进步文化圈特别需要一套马克思主义文艺理论图书。这套书既能解决当时进步文化圈队伍理论欠缺、认识局限等问题,也能为日后的进步文化工作的开展做好各种准备。其三,鲁迅和冯雪峰的共识促进了《科学的艺术论丛书》的落地和落实。1928 年底,经柔石介绍,鲁迅认识了冯雪峰。此时,冯雪峰正从日文转译马克思主义文艺理论作品,而鲁迅因为"革命文学"论战的需要希望掌握马克思主义文艺理论,也着手翻译这方面的著作。这样,两人一拍即合,丛书的想法成形,于 1929 年 1 月正式编译。另外,鲁迅从文化发展的前途和需要出发,开发别人忽视了的选题,如《北平笺谱》等。第二,从对社会生活和社会文化的独特表现视角开发选题。1933 年 2 月 16 日,英国著名作家萧伯纳周游世界,来到上海。宋庆龄在家设宴招待萧伯纳,伊罗生、史沫特莱、杨杏佛、林语堂和鲁迅作陪。宴会完毕,大家拍照留念后,萧伯纳乘坐宋子文的汽车到世界学院参加各界名流为他举办的欢迎会。萧伯纳在上海仅仅待了半天,就去了北京。但是,这是发生在上海且在全国引起轰动的大事。因为一方面,萧伯纳是具有世界影响的作家,这种影响波及中国,而他来到中国触发了人们的好奇心。同时,萧伯纳是具有个人魅力的作家,语言幽默,富有感染力。因此,在很多方面,萧伯纳和中国的知识界人士产生了共鸣。另一方面,萧伯纳的到来,引发了一场名流大聚会,可谓"群星捧月"。这种热闹的场面极大地吸引了大家的注意力,让萧伯纳的到来成了轰动一时的事件。还有,各种媒体遇到萧伯纳来上海这种机会,自然竭尽全力,大肆宣传,让事件转化为氛围,变成一时流行的话题。鲁迅参与了"萧伯纳事件"的全程,他敏锐地意识到这里潜藏着出版机会。一则,萧伯纳从英国过来,具有世界眼光,以他来中国为契机,编一本书,可以让国人更好地感受和认知外来文化。二则,各界,尤其是媒体,就萧伯纳及他来上海进行了充分的介绍和评论,好的、坏的都有,这既可以帮助民众进一步了解萧伯纳,也可以让萧伯纳的话题留存更长的时间。而且,把这些评论和报道收集起来,加上些照片,编成书也简单。当晚,鲁迅回到家,和正在他家的瞿秋白、杨之华夫妇商量。大家觉得鲁迅的选题构想很好,正如许广平回忆所说:"他们痛感中国报刊报导太慢,萧又离去太快,可能转瞬即把这伟大讽刺作家来华情况从报刊上消失,为此,最好有人收集当天报刊的捧与骂,冷与热,把各方态度的文章剪辑下来,出成一本。"①于是,许广平到街上买来一堆报纸。鲁迅和瞿秋白一边看一边选择篇目,杨之华、许广平负责剪贴。材料准备完毕,鲁迅和瞿秋白分别写序言和引言。3月,这本名为《萧伯纳在上海》的书由野草书屋出版。第三,针对出版界的不正之风开发选题,出版富有创造性的出版物,如《文艺连丛》等。选题策划的独到和编辑眼光的敏锐是编辑创新在选题环节的重要体现。

鲁迅重视选题的系统性,这主要表现在:第一,着眼于选题的内涵和外延,整体开发选题。一个选题的确定同时确定了选题的内涵,选题的内涵意味着这一选题的单一性和确定性。但任何选题的内涵都属于一定范畴,有着一定范围。因此,任何一个选题的外延都具有延展性,选题外延的延展性意味着选题的开发可以在一定范围内做整体操作。鲁迅对选题的开发讲究整体性。如关于艺术类选题,鲁迅围绕指导艺术创造者的艺术实践的目的从三个层次进行开发:其一,引进国外经典的艺术作品供艺术创造者借鉴;其二,开发一些介绍艺术创造常识和艺术创造理论方面的选题让艺术创造者掌握艺术创造常规,加强艺术理论修养;其三,开发介绍艺术创造者作品的选题,推出艺术创造者及其作品。又如:鲁迅提出的关于国民性的选题,一方面无情鞭挞侵蚀国民性、使国民性堕落的封建毒素和资产阶级的腐朽因子。另一方面用冷峻、嘲讽的笔描画出人性、国民性被侵蚀了的国民的可笑、可恨,让人警醒。还有,歌颂、高扬美好人性,为国民性的改造树立理想的规范。第二,整体策划选题。这主要指鲁迅在进行选题开发时考虑到了与选题的操作和实现相关的种种因素,为选题的实现扫清障碍。如鲁迅出版孙用翻译的《勇敢的约翰》,不仅对内容的选择进行了精心把握,对封面、版式设计进行了精心掌控,而且精心确定印刷厂,以保证出版高质量的精品。

---

① 许广平:《鲁迅回忆录》,载鲁迅博物馆等选编:《鲁迅回忆录》,北京出版社 1999 年版,第 1186—1187 页。

（二）选题思路

鲁迅的选题思路遵循充分满足社会进步的需要的基本原则。图书生产为了满足社会需要,选题实际上反映了编辑对社会需要的认识和理解。社会需要非常宽广,亦有着道德上的差异。鲁迅把选题思路定位于满足社会进步的需要,是有利于社会发展和前进的选择。图书对社会进步需要的满足最终表现为对读者需要的满足和引导,鲁迅的选题思路从满足社会进步的需要自然延伸到满足和引导读者的需要。

首先,鲁迅以知识分子特有的使命感,从历史发展的高度,批判继承社会发展的遗产,让历史在发展规律的决定和支配下朝着进步的方向延伸。历史的发展是一个过程,支配这个过程的是客观规律。人类不可能改变客观规律,只能在整体上依社会发展的客观规律而为。作为力图为社会的发展和进步尽力的知识分子,实现历史使命的正确道路是深入理解社会发展的规律和方向,推动历史在发展规律的支配下朝着正确的方向前进。出版作为引导社会精神发展的重要支撑点和动力,为社会的发展和进步尽力的道路和知识分子实现历史使命的道路是一致的。这一条路实际上就是一条制约选题方向的大规范,指示着选题思路行进的轨迹。鲁迅选题思路的一个层次就是在清醒地认识社会发展客观规律的基础上,在充分考察中国社会发展历程的前提下,遵循历史发展的延续性,将一些富有必然性的命题转化为选题,以满足社会发展和读者的需要。以文化的发展为例,文化的发展是社会发展的一部分,鲁迅整体批判中国传统文化,主张大力引进西方进步文化。这基于中国传统封建文化已经严重桎梏了中国社会的发展,成了中国社会发展的绊脚石。鲁迅的文化观使得他竭力从文化的角度来传达自己对社会发展的理解和认识,寻求社会发展的出路和前程。

其次,鲁迅从时代潮流的大趋势寻求时代精神领域的缺失并补缺,以满足社会发展和读者精神追求的需要。从整体上来说,依历史和社会发展的规律,化必然的结论为现实的选题,本身是在补现行社会之缺。这里着眼的"缺失和补缺"指更细致而具体的缺失。社会的发展和进步在具体的时段横向表现为许多截面,截面上的一切是社会发展和进步的具体内容。截面上的每一项内容的发展有着自身的延续性和发展空间,有着自身的发展规律。立足于特定时段,截面上的内容并非都会呈现出发展的延续轨迹,并非体现出发展的连续性,而会出现一些空档。这些空档是这一具体内容发展的断裂,具体表现为时代精神的缺失。有了这种缺失,社会的发展和进步会受到伤害,读者的精神需求得不到充分满足。这些缺失形成的空白给出版者提供了创造和发挥的空间,也为出版者提供了机会。同时,这种缺失造成的空白的填补和满足,连接了社会发展在某一方面的断层,对社会的发展和进步是补足和促进,对读者的精神需求是引导和指导。这样的出版行为具有重大的意义和价值,能否成功实践这样的出版举措,是检验编辑选题能力的标尺。鲁迅睿智而深邃的思虑和眼光使他在这方面如鱼得水,创造了许多典范。譬如:进步文学符合时代发展的潮流,社会和读者都需要进步文学的滋养,这说明进步文学的创作和出版在当时的缺失性,于是,鲁迅团结作者,积极编辑出版进步文学,以满足需要。

最后,鲁迅立于社会和历史发展的潮头,积极倡导新观念,引导新舆论。如果说前面两个层次重在满足社会和读者的需要,即使立意在引导社会和读者的需求,也只是立足于过去引导今天的社会和读者的旨趣。这个层次主要立足于今天引导社会和读者的需要,使这种需要朝理想或者未来前行,重在建设。鲁迅积极引进当时苏联的许多读物,倡导马克思主义的文艺理想和社会理想,就是在这个层次的选题运作。

(三)选题路径

每一个编辑都有自己的知识背景,在自己熟悉的知识体系中开发选题往往更有把握。鲁迅是文学家、思想家,他对文学艺术和思想领域的认识和思考,使他走在最前沿。他的选题大都围绕自己熟悉的这一领域展开。具体来说,他主要从思想和主题的突破中开发新选题。鲁迅早年信仰进化论,他的选题围绕论证和宣扬进化论而展开。如高扬弱小民族精神的外国文艺选题,礼赞青年的选题,用进化论思想诠释文化发展的选题等。当资产阶级启蒙思想成为鲁迅思想主潮时,他开发出大量反封建、宣扬新文化的选题。如《新青年》《语丝》《莽原》上面的选题。当鲁迅由新民主主义者转变为马克思主义者,他的选题重心转向了宣传马克思主义,力促革命文化和革命斗争的结合。

选题都有一定目的,这种目的往往成了选题努力实现的目标。遵循这种目标开发选题是鲁迅开发选题的重要途径。如鲁迅后期致力于推动中国版画运动的发展,他围绕这一目的从各个侧面开发了大量选题。

社会对出版物的需求在读者的需求中得到反映,读者的需求是发现选题的重要途径。鲁迅熟悉读者,了解读者的图书需求,他从读者的需求中发现了大量选题。如一些学习木刻的人需要介绍木刻方法和国外优秀木刻作品的读物,鲁迅开发了《木刻创作法》和介绍国外优秀木刻家的优秀作品的选题。

鲁迅是许多编辑的作者,他为编辑提供了许多选题和选题创意。鲁迅做编辑,他注意在和作者的交往中从作者那里发现选题。一方面,鲁迅从作者的交流和提议中发现选题。鲁迅经常和年轻作者相聚,一起交流沟通。在这种不经意的谈话中,他往往发现闪光点,开发出选题。一次,郑振铎在和鲁迅的信中提到北京有笺谱的事。他迅速想到可以开发出整理笺谱的选题。于是有了《北平笺谱》和《十竹斋笺谱》。另一方面,鲁迅从作者的来稿中发现选题和根据作者的来稿开发成套选题。如《勇敢的约翰》是孙用寄给他的书稿,他认为翻译不错,于是替他出书。

鲁迅重视选题的立体开发,注重从已有的选题中开发选题。这种选题的开发有的从横向,即从已有选题的内涵拓展创造新的选题;有的从纵向,即从以往选题的外延开创新的选题。如鲁迅开发的艺术类读物选题和新文学读物选题等。

三、鲁迅的审稿思想和实践

审稿是编辑工作的中心环节,是编辑活动的核心。鲁迅的审稿标准、要求和特点是他的审稿思维规律和审稿思想的表现,是他的编辑思想在审稿环节的体现,是他的编辑实践的重要组成部分。

（一）审稿标准：真、善、美的高度统一

在《批评家的批评》一文中，鲁迅说："我们曾经在文艺批评史上见过没有一定圈子的批评家吗？都有的，或者是美的圈，或者是真实的圈，或者是前进的圈。没有一定的圈子的批评家，那才是怪汉子呢。"①这里所谓的"前进的圈"指善。真、善、美的高度融合和有机统一是鲁迅文艺批评的标准，是他一生不懈追求的审美理想。对真善美统一体的追求是鲁迅审美创造活动的出发点和归宿，是他评判一切审美创造活动的准则。编辑活动是人类重要的审美创造活动，审稿是编辑过程中的重要环节，也是审美创造行为。在长期的编辑岁月中，鲁迅坚持的审稿标准是真善美的高度统一。

鲁迅认为，稿件的内容要有真实性。他说："因为真实，所以也有力。"②任何精神产品的创造者，任何精神产品的创造，任何条件下创造出来的精神产品，都以一定的时代作为土壤，是一定时代的产物。因此，稿件的真实性首先表现为稿件思想内容的时代性。稿件思想内容的时代性一方面要求稿件要真实地反映一定时代的社会生活和社会文化。稿件的基本内容是一定时代的社会生活、社会关系和社会现象等。不管稿件作者的创造性如何，他们的创造必须依赖一定素材，必须以一定时代的社会生活、社会关系或社会现象等作为创造的基础。真实性强的稿件的思想内容必然与一定时代的社会生活、社会关系和社会现象等一致。换句话说，稿件所反映的社会生活、社会关系和社会现象等只有和一定时代真实的社会生活、社会关系和社会现象等相符合、相一致，稿件才具有真实性。具有这种真实性的稿件就有了值得出版的价值和意义，"因为我们需要的，不是作品后面添上去的口号和矫作的尾巴，而是那全部作品中的真实的生活，生龙活虎的战斗，跳动着的脉搏，思想和热情，等等"③。鲁迅对能真实反映一定时代的社会生活、社会关系和社会现象等的稿件充分肯定，认为这类文稿的出版"将为现在作一面明镜，为将来留一种记

---

① 鲁迅：《鲁迅全集》（第5卷），人民文学出版社2005年版，第449页。
② 鲁迅：《鲁迅全集》（第6卷），人民文学出版社2005年版，第242页。
③ 鲁迅：《鲁迅全集》（第6卷），人民文学出版社2005年版，第613—614页。

录……"叶永蓁的长篇自传体小说真实地反映了"一个现代的活的青年"的真实的生活,鲁迅看完作品后颇为赞赏地说:"我极欣幸能绍介这真实的作品于中国。"①在给李霁野的信中,鲁迅谈及审阅稿件《黑假面人》后的感受说:"《黑假面人》是较与实社会接触得切近些,意思也容易明了,所以中国的读者,大约应该赞成这一部罢。"②稿件思想内容的时代性的另一方面是稿件要符合和反映时代精神。稿件的创造是主观性强的活动,作者的主体精神在这一创造过程中占有重要地位,起着决定性作用。选择什么样的材料,怎样选择材料和提炼主旨以及对表现工具的掌握和运用等都与创造主体的精神息息相关。任何时代的精神都不是单一的,有着落后、腐朽的精神,也有着先进、富有前途的精神。而时代的精神是有利于向旧时代的精神告别、有利于向新时代迈进的先进的富有前途的精神。这种时代精神才是真实的时代精神。作者的主体精神只有和时代精神一致,创造主体只有在稿件中表现了这种时代精神,才能使作品具有真实性。正如鲁迅所说:"如果是战斗的无产者,只要所写的是可以成为艺术品的东西,那就无论他所描写的是什么事情,所使用的是什么材料,对于现代以及将来一定是有贡献的意义的。为什么呢? 因为作者本身便是一个战斗者。"③鲁迅的时代充满斗争,坚决捍卫所属阶级的利益、为了所属阶级的利益而不懈战斗是当时的时代精神。鲁迅强调作者的战斗精神与当时的时代精神完全一致。时代性不是主观的,因为稿件对所反映的社会生活和社会关系要保持客观的态度,要冷静。既要从正面积极褒扬社会生活和社会关系中的美好一面,又要从反面批判其违背社会理想和生活理想的一面。

鲁迅认为,文稿的思想内容要向善。这表现在文稿要有利于社会发展、为一定的进步的政治服务,要促进文化的积累、发展、开拓和建设,要全心全意为作者、读者服务。鲁迅说:"战斗一定有倾向。"④文稿富有倾向性的战斗是善的表现,这种善体现了文稿的服务功能。譬如,讽刺性作品指向被讽刺者的不

① 鲁迅:《鲁迅全集》(第 4 卷),人民文学出版社 2005 年版,第 151—152 页。
② 鲁迅:《鲁迅全集》(第 11 卷),人民文学出版社 2005 年版,第 458 页。
③ 鲁迅:《鲁迅全集》(第 4 卷),人民文学出版社 2005 年版,第 376 页。
④ 鲁迅:《鲁迅全集》(第 6 卷),人民文学出版社 2005 年版,第 3 页。

足,在这种对被讽刺者的刺痛中助其改善。正因为以这种深刻的眼光审视稿件,所以他容易发现稿件的立场,采取正确的态度和策略对待稿件。鲁迅的现代出版观和以"思想革命"为核心的编辑思想对审稿向善进行了指导,构建了框架,划定了边界,提供了标准。

鲁迅认为,文稿的表现形式要求美。第一,文稿的表现形式要符合一定的规范和规律。任何类型的文稿都属于一定范围,受创造规律所制约,必须遵循一定规范。文稿的表现形式必须符合一定的规范和规律,否则文稿将"四不像"。第二,文稿的表现形式要充分反映文稿的思想内容。鲁迅从技巧的角度谈论表现形式说:"来信说技巧修养是最大的问题,这是不错的,现在的许多青年艺术家,往往忽略了这一点。所以他的作品,表现不出所要表现的内容来。"①技巧服从和服务于内容,但是,技巧匮乏或没有技巧,内容无法表达和表现,也就难以体现价值。第三,文稿的表现形式要有独立的美学意蕴。文稿的表现形式的创造遵循一定的创造规律,要运用一定的创造技巧和特殊的材料。从这个意义上而言,文稿表现形式的创造具有独立性。这种独立性使得文稿的表现形式具有独立的美学意蕴。

(二)审稿要求:及时、严格、全面、细心、深刻、精心

审稿工作具体,审稿要求明确。只有按照审稿的要求落实审稿工作的细节,审稿才能圆满完成。鲁迅对审稿工作所提的要求具体,他对审稿要求的提出和论述是他的审稿思想的重要表现。

鲁迅认为审稿要及时。编辑对作者文稿的审阅是对作者的劳动和价值的评判。作者将文稿交给编辑审阅,在等待着能否出版的信息的同时,也在等待着作者对文稿的评判意见。作者的心情迫切,即使文稿不能得到编辑的认同,他们也希望早知结果,以备另谋出路。鲁迅理解作者的心情,总是及时审稿。他通过个案批评不及时看稿、积压稿件的编辑说:"我在北京见一编辑,亦新文人,积稿盈几,未尝一看,骂信猬集,亦不为奇,久而久之,投稿者无法可想,

---

① 鲁迅:《鲁迅全集》(第13卷),人民文学出版社2005年版,第372页。

遂皆大败,怨恨之极,但有时寄一信,内画生殖器,上题此公之名而已。"①作为编辑,不及时审稿,是对作者的不尊重,是对作者劳动成果的轻视,作者生气在情理之中。

鲁迅认为审稿要严格。这主要表现在对审稿标准的控制和把握上。鲁迅多次告诫年轻编辑稿须精选,"而内容选择,尤应谨严,与其多而不佳,不如少而好"②,只有标准严格、宁缺毋滥,才能保证审稿质量。

鲁迅认为审稿要全面。审稿者要用辩证的眼光对待作者的文稿,要看到文稿的不足,也要看到文稿的成功之处。要能发现好的文稿需要完善的一面,以把文稿质量提高到新高度。要从一般的文稿中发现可取之点,并把文稿发展成为好的文稿。全面看待文稿是认真对待作者劳动成果的重要方面。审稿要全面还包含审稿要周全,避免出问题。如无名木刻社一次出画集,贸然印上马克思的像,以致读者不敢买。鲁迅指出这是审稿不周全的结果。

鲁迅认为审稿要细心。细心是审稿者的重要素质,审稿者只有细心才能充分发现文稿的闪光点,才能充分发现文稿中的问题。稍不注意,错误就会冒出来。在致黄源的信中,鲁迅指出《文学》杂志由于编辑审稿不细,以致出了"插图上题作雨果的,其实是育珂摩耳,至于提作育珂的少年像,本该是雨果了"的错误。③

鲁迅认为审稿要深刻。文稿包含表层的事实和现象与深层的内核和本质。审稿者要能透过事实和现象看到背后的深层意蕴。鲁迅认为,审稿深刻意味着选材要严,开掘要深,不可将一点琐屑的没有意思的事填成一篇文稿。鲁迅指出,审稿深刻要求审稿者要立足深远,从文化的长远发展考虑稿件的质量。如:鲁迅审阅《北平笺谱》的稿件时,认为既要把具有代表性的北京九家笺谱坊的作品收进去,也要把不是很有特色的诸如李如毓等的色笺收进去。这里,鲁迅的考虑很深远。因为,鲁迅等出版这本书的目的是为了整理文化遗产。而笺谱一类出版物的出版,后人再没有鲁迅等拥有的有利条件。这样,既

---

① 鲁迅:《鲁迅全集》(第 12 卷),人民文学出版社 2005 年版,第 420 页。

② 鲁迅:《鲁迅全集》(第 13 卷),人民文学出版社 2005 年版,第 73 页。

③ 鲁迅:《鲁迅全集》(第 13 卷),人民文学出版社 2005 年版,第 334 页。

然出版就要作出能长久作为借鉴、能为后人长久作为文献的本子。因此,哪怕是不够优秀而有代表性的色笺也必须收进去。

鲁迅认为审稿者要精心撰写审稿意见。这一方面要求审稿者撰写审稿意见时要认真,要投入,要实事求是;另一方面要求审稿者的审稿意见要写得精当。即好处说好,坏处说坏,富有启发性和指导性。如鲁迅对张天翼早年一些作品的审稿意见是这样写的:"你的作品有时失之油滑,是发表《小彼得》那时说的,现在并没有说;据我看,是切实起来了。但又有一个缺点,是有时伤于冗长。将来汇印时,再细细的看一看,将无之亦毫无损害全局的节,句,字删去一些,一定可以更有精采。"①既通过比较肯定了作品的进步,用"切实"充分鼓励,又切中肯綮地指出作品啰唆的毛病,还提供了改正毛病的法子。尽管鲁迅的这段审稿意见是在给张天翼的信中顺便写的,但足见鲁迅撰写审稿意见的精心和精当。再如,鲁迅发表在 1917 年 11 月 30 日《教育公报》上的《欧美名家短篇小说丛刊》的审读报告,不到 300 字,堪称典范。该审稿意见开篇直接表达结论,充分肯定丛刊,指出每点不足时都在分析中给出解决办法。最后,结合出版环境和出版物现状,从读者的角度肯定丛刊的阅读价值和社会意义。②

(三)审稿特点:富有系统性、注意发现和培养新人

鲁迅审稿的系统性特征主要表现在审稿的整体感。鲁迅自己的创作以整体面貌出现,哪怕是单篇的杂文,他也希望读者把它纳入其思想体系的整体去阅读和品味。鲁迅审稿也是从整体出发对稿件进行把握、对稿件的各个组成部分进行分析。具体而言,可以从三个方面加以分析。其一,鲁迅审稿时考虑到了稿件所处的环境,从稿件与环境结合形成的整体来审稿。其二,鲁迅审稿时从稿件整体出发,寻找对稿件整体起决定作用的因素来评判稿件的价值,如果稿件的中心价值突出,其他方面弱一些,他往往认为这样的稿件可取。其三,稿

---

① 鲁迅:《鲁迅全集》(第 12 卷),人民文学出版社 2005 年版,第 364 页。

② 鲁迅:《鲁迅全集》(第 8 卷),人民文学出版社 2005 年版,第 69 页。

件由很多因素构成,这些因素各自有着独立的要求和评判标准,但是任一因素不管如何好,都要以整体作为核心,否则就不是有利于书稿的因素。鲁迅审稿立足整体评判各个因素,以是否有助于整体效应的提高来评判各个因素的功能。

鲁迅审稿时注意发现和培养新人。一方面,他对新人的稿件像对待名人的稿件一样,有时甚至予以特别注意,因此新写文章的作者在他所编的出版物上比较容易发表;另一方面,他往往着意发现新人稿件中的闪光点,对有可取之处的新人稿件予以优待。还有,他注意在审稿过程中指导新人成长。新人的稿件往往有着不同程度的不足,他常常在充分发掘优点的同时,针对新作者的不足进行指导,助其成长。一次,青年作者宫竹心把作品寄给他,他审阅后直言作品只是一种"sketch,还未达到结构较大的小说"的水平,同时鼓励作者说:"登在日报上的资格,是十足可以有的;而且立意与表现法也并不坏,做下去一定还可以发展。"①

四、鲁迅的校对思想和实践

据周作人回忆,在日本留学时,鲁迅曾校对同文会编的《支那经济全书》。② 在1932年4月写就的《鲁迅译著书目》一文中,鲁迅列出所校订、校字的书籍有19种。19种书,并非大数目,但对于鲁迅来说非同寻常。首先,在这19种书的出版过程中,鲁迅主要是以校对的角色融入其中。其次,这19种书仅指1932年以前已出版的图书,不包括鲁迅校对的期刊及其他稿件,因此只是他校对的稿件中的一部分。最后,这19种书中差不多一半是当时名不见经传的年轻作者的创作和译著。在给许广平的信中,鲁迅说:"我的生命,碎割在给人改稿子,看稿子,编书,校字,陪坐这些事情上者,已经很不少……"③可见鲁迅对校对的重视和投入。而且,他对校对还有着深入的思考和富有启迪的论述。

---

① 鲁迅:《鲁迅全集》(第11卷),人民文学出版社2005年版,第411页。
② 参见周遐寿:《鲁迅的故家》,载鲁迅博物馆等选编:《鲁迅回忆录》,北京出版社1999年版,第1037页。
③ 鲁迅:《鲁迅全集》(第11卷),人民文学出版社2005年版,第199页。

（一）校对的地位和作用

鲁迅把校对摆在十分重要的位置,认为校对和创作的责任一样重大。出版一头系着作者,一头系着读者;作者创作稿件,读者消费出版物。出版过程处于作者和读者之间,转移作者的劳动,并在作者劳动的基础上进行再创造。出版过程包括选题、组稿、审稿、稿件加工、校对、印刷、发行等组成的完整过程,每一个环节都是独立的、必不可少的。出版过程的存在价值在于正确、完美地转移作者的劳动,并在作者劳动的基础上进行再创造。依此,评定出版工作的基本准则是作者劳动价值转移和再创造的程度。出版工作者转移作者劳动的重要方面就是发现、纠正作者劳动成果本身的不足和消灭作者劳动成果在转移过程中形成与出现的差错。在出版过程中,编校质量保障体系保证出版物的内容质量。编校质量保障体系由编辑、排版、校对三个部分组成。这三个部分既相互补充又有着各自不同的作用。高质量的出版物对三个部分有着各自不同的要求。一般来说,编辑部分是基础,其要求是齐、清、定;排校部分是关键,其要求是消灭一切错误。鲁迅从责任的角度把校对摆在和创作等同的地位,给出版过程中的校对环节以明确的责任定位,而责任定位和地位、职责、作用定位是一致的,因此,鲁迅的立论立足于出版流程整体,以系统的观点和方法明确了校对的角色定位、肯定了校对的独立性。明确校对在出版流程中的地位、作用和责任是解决与校对相关的种种问题、提高校对积极性、使校对真正发挥其作用并完成出版工作整体对其要求的前提。

鲁迅认为校对的作用在于比照原稿消灭清样错误,还在于要和作者、编辑一道提高出版物的整体质量。发现原稿差漏等错误时,校对有把握则改正,若没有把握则提示编辑,由编辑和作者协同解决。在强调校对责任的前提下,鲁迅对校对的作用进行具体阐释,这种阐释是对校对地位认识的深化和表述的具体化。因为懂得校对的作用,他在这方面投入不少,也同时感叹校对的不足,他说:"在中国,校对,制图,都不能令人满意。"[1]

---

[1]　鲁迅:《鲁迅全集》(第8卷),人民文学出版社2005年版,第310页。

（二）校对方法

鲁迅强调校对时要对照原稿。原稿是作者创造的产物,经编辑加工以后,凝聚着编辑的劳动和智慧。原稿是出版物的基础,校对对清样负责,也应对原稿负责。校对对照清样和原稿,发现其差异,可能是制版过程中产生的差错,也可能是原稿的差错。制版过程中产生的差错在清样与原稿的对照中容易被发现并加以纠正。原稿的差错也只有在清样与原稿的对照中得以发现和确认。对照原稿是保证消灭清样错误的有效途径和方法,也是对作者、编辑劳动成果的尊重。鲁迅对不对照原稿而随意删改清样的行为异常气愤。在致沈雁冰的信中,鲁迅谈及这种现象说:"初校送来,却颇干净,错误似不多,但我们是对原稿的,因此发现印刷局的校员,可怕之至,他于觉得错误处,大抵以意改令通顺,并不查对原稿,所以有时简直有天渊之别。大抵一切校员,无不如此,所以倘是紧要的书,真令人寒心。"①尊重作者和编辑的劳动,强调校对一定要对照原稿并非对原稿一味依顺,不能对原稿提出质疑并改正原稿错误。相反,对照原稿与发现、改正原稿的差错是一致的。对原稿中明显的错误,校对人员随手删改,而后通知作者、编辑,以为教训。校对人员可以和作者、编辑商量原稿的疑虑,以求正确的答案。一次,鲁迅校对尚钺的稿子,忽然想起几个错字,但没有马上改,而是把疑问告诉尚钺,因为他担心尚钺有特别用意。以鲁迅的身份、地位和学识,在从事校对工作时尚且如此,足可见他对作者和原稿的尊重。鲁迅对校对工作具体操作的思索和认识是辩证的。事实上,校对工作的实质和编辑工作是一样的,校对工作的价值也体现在价值的转移和再创造过程中。如果说对照原稿,使原稿所承载的价值能够完美地在出版物中再现,是转移价值的过程,那么发现原稿差错、发现编辑加工的不足和失误则是价值的再创造过程。如果说出版物的价值在原稿的基础上得到了增加,这种增值不能单单算在编辑的头上,同样有校对的贡献。

鲁迅指出,为了保证出版物的质量,要有一定的校次。清样是作者、编辑

---

① 鲁迅:《鲁迅全集》(第14卷),人民文学出版社2005年版,第142页。

共同创造的结果,是主观的,有着系统性和复杂性,清样的错误存在着复杂多样性和隐蔽性,而拘于心理和生理的局限性,校对人员对清样错误的发现和认识限于一定的范围和程度,存在局限性。因此,必须有一定的校次才能使清样错误的消灭达到较为满意的程度。从鲁迅的言论和实践中,可以明显地看出他对校次的重视。在给沈雁冰的信中,鲁迅说:"先前校稿,他们办法亦与上卷不同,至二校,必打清样来,以示无需三校之意。我亦遵命,但曾提出一页,要三校,而至今不至也。"①对于《海上述林》上卷,他全校两次,局部要求校对三次。在致郑振铎的信中,他说:"《死魂灵》第六次稿,已校讫,与此函同送生活书店。"②显然,《死魂灵》校了六次。不管是几次校样,如同对《海上述林》上卷的要求,鲁迅往往根据差错情况判定是否需要再送清样。譬如,校对《一天的工作》,他明确提出因为差错太多要再送一次样,而且新的清样一定连同老的清样一同送,以便核对。③ 校对工作是分阶段、分层次的,在校对的每一阶段和每一层次对消灭差错有不同的要求和标准,通过多校次层层减少差错,直至消灭差错。鲁迅对校次的强调体现了他对校对工作难度的认识,包含了他对校对责任的理解。

鲁迅主张让作者参与校对。稿子是作者创造的,作者对稿子和与稿子相关的各种材料最为熟悉。清样出来,让作者参与校对,是对原稿的再创造。在校对过程中,作者审查原稿并修改、润色,对提高稿件质量乃至出版物的质量大有裨益。而且,有时校对人员对原稿的内容不一定把握得准,即使有疑问也难以找到准确答案。称职的有责任感的校对人员可能找作者商量。鲁迅是这样做的,他在给周作人的信中说:"译稿中有数误字我决不定,所以将原稿并疑问表附上,望改定原车带回,至于可想到者,则我已径自校正矣。"④马虎的校对人员则可能不了了之。如果作者参与校对,便能针对校对人员的疑问对稿件进行修改。鲁迅重视对自己作品的校对,即使在生病期间也决不放松。

---

① 鲁迅:《鲁迅全集》(第14卷),人民文学出版社2005年版,第156页。

② 鲁迅:《鲁迅全集》(第13卷),人民文学出版社2005年版,第563页。

③ 参见鲁迅:《鲁迅全集》(第12卷),人民文学出版社2005年版,第358页。

④ 鲁迅:《鲁迅全集》(第11卷),人民文学出版社2005年版,第403页。

1936 年 5 月,鲁迅的《花边文学》正在出版,而他正处于重病中,但他仍然坚持提出"校对还是由我自己办"①的要求。现在,我们经常听到作者对出版社不满,他们抱怨出版社误会了他们的作品,改错了他们的作品,使他们的作品多了些不应该出现的错误。其实,如果作者拥有机会对自己作品进行一次把关,那么情况肯定不是这样。鲁迅的作者、编辑、校对等的多重角色使他对此有着切身体会和独特感受,并予以特别强调。这不只在当时,就是在现在也是很有价值的做法。

鲁迅认为,检查已出版的书刊的差错情况是校对工作的延续,是最终消灭差错的有效手段。一般认为,校对工作在书刊出版之前已结束。其实,检查已出版的书刊的差错情况是校对工作的延续。一则校对工作的成绩如何、效果如何,要以书刊的最终质量得以评定;二则校对人员在对已经出版的书刊的查核过程中,能对自己的校对工作情况再一次进行检查,总结教训,发扬经验,对校对人员的主体建设不无帮助;三则对已出版的书刊进行查核,把错误找出来,是对读者负责。鲁迅非常重视对已出版的书刊的查核。如果发现书刊中有错,他则写"后记""正误"等一类文字加以纠正。如鲁迅主编的《莽原》第10 期上发现了一些错字,他就在第 12 期上特地列出了正误表。又如《海上述林》上卷出版后,鲁迅认真查核后,特在《海上述林》下卷末列出上卷插图正误。有时,一个人做这种工作来不及,他就要许广平一起完成。如《北平笺谱》面世,鲁迅和许广平为它的查核工作忙了好几天。

(三)校对主体建设

鲁迅重视校对的主体建设。校对的素质是保证校对质量的基本条件,加强校对的主体建设非常必要。鲁迅重视校对的素质和修养,认为校对因其职业特点和要求需要具备独特的素质和修养。首先,鲁迅认为校对对自己的职业要有正确的认识和态度。搞好校对,必须对校对有正确的认识,那些认为校对低人一等,是简单劳动的人绝对搞不好校对工作。有了对校对的正确认识

---

① 鲁迅:《鲁迅全集》(第 14 卷),人民文学出版社 2005 年版,第 105 页。

就会对校对有正确的态度,从而认认真真投入校对工作。鲁迅说:"即使校对别人的译著,也真是一个字一个字的看下去,决不肯随便放过,敷衍作者和读者的,并且毫不怀着有所利用的意思。"①鲁迅对校对的十分投入保证了校对的高质量。其次,鲁迅认为校对要不断加强修养,要多识字,要懂印刷知识,要懂各方面的常识。他说:"校对员一面要通晓排版的格式,一面要多认识字……"②鲁迅自己把对这些知识的准备"当作大事来做",他不断学习,不断从实践中总结经验和教训。提高校对素质没有所谓的窍门,一则需要校对人员自己自觉修养,二则需要出版机构等加强培训,激励和催促校对人员在这方面努力。鲁迅特别强调校对要在实践中成长。一次,鲁迅给萧军、萧红校对稿子,萧军、萧红对鲁迅能校出那么多错字感到很惊奇,鲁迅说:"校出了几个错字,为什么这么吃惊?我曾经做过杂志的校对,经验也比较的多,能校是当然的……"③如果鲁迅没有参与那么多校对实践,他就不可能有如此丰富的校对经验。鲁迅所处的年代存在对校对工作和校对人员的轻视问题。这种状况的存在有着许多原因,但其中一个重要的原因是校对人员本身的水平有限,没有赢得地位和口碑。事实上,当时的校对人员整体来说,素质也并不令人满意,对此,鲁迅曾做过许多批评。譬如,一次在给董绍明、蔡咏裳的信中,他批评书店的校对素养不高说:"至于校对,则任何书店,几于无一可靠,有些人甚至于识字不多,点画小有不同,便不能辨了。"④鲁迅对校对主体建设的强调,一方面是从校对工作的实际需要出发对校对人员提出的要求,另一方面也是提醒校对人员要自己争取和提高地位。

---

① 鲁迅:《鲁迅全集》(第4卷),人民文学出版社2005年版,第187页。
② 鲁迅:《鲁迅全集》(第4卷),人民文学出版社2005年版,第561页。
③ 鲁迅:《鲁迅全集》(第13卷),人民文学出版社2005年版,第584页。
④ 鲁迅:《鲁迅全集》(第12卷),人民文学出版社2005年版,第271页。

第三章　装帧设计的先驱

　　鲁迅是现代装帧设计的领路人,他的装帧设计思想、装帧设计成果等是宝贵财富。鲁迅设计封面的图书有《域外小说集》《苦闷的象征》《热风》等,他设计封面的刊物有《新生》《歌谣纪念增刊》《国学季刊》《奔流》等,他题写书刊名字的书刊有《热风》《中国小说史略》《萌芽》《巴尔底山》等,他手绘封面的图书有《唐宋传奇集》和《死魂灵百图》等,他手绘的插图有《朝花夕拾》中的"老莱子三种""活无常"和《孝子图》中的画等,他设计版权页的书刊有《十竹斋笺谱》和《莽原》,他绘制扉页的图书有《坟》《小彼得》《毁灭》等。如此种种,鲁迅既实践了自己的装帧设计思想,又留下了众多装帧设计佳作。

一、鲁迅开创装帧设计新纪元

　　1925 年 3 月 19 日,画家、装帧设计师陶元庆在北京开了"陶元庆西洋绘画展览会",鲁迅 3 月 16 日为《陶元庆氏西洋绘画展览会目录》作序,1927 年 12 月 13 日又撰写《当陶元庆君的绘画展览时——我所要说的几句话》一文,在文中强调说:"他以新的形,尤其是新的色来写出他自己的世界,而其中仍有中国向来的魂灵——要字面免得流于玄虚,则就是:民族性。"①这段话充分表达了鲁迅的美术观:艺术创造的价值和目标追求是以"新的形""新的色"创造拥有中国灵魂、体现中华民族的民族性的世界;艺术创造的路径是顺应世界的时代思潮,以觉醒、挣扎、反叛批判和创新传统。这种美术观是鲁迅装帧设计的引领和指南,指导他开创装帧设计的新纪元。

---

①　鲁迅:《鲁迅全集》(第 3 卷),人民文学出版社 2005 年版,第 573 页。

(一)顺应出版现代转型对装帧设计的新要求

1842 年、1843 年清政府被迫签订《南京条约》《虎门条约》,开放广州、福州、厦门、宁波、上海五个通商口岸,西方传教士纷纷涌入这些城市传教,伴随教义而来的是西方现代印刷术。同时,洋务运动带来西方图书的大规模译印,对西方现代印刷术有了强烈需求。匹配西方现代印刷术的纸张是洋纸,印刷是双面印,折页是大张连折,装订是平装和精装。此后,西方现代印刷术在我国得到改进,特别是国内大型印刷厂的产生和发展,推动和引领了印刷业的发展。商务印书馆的印刷业鼎盛时,机器总数约 1200 余架,工人 3000 多名,综合实力在远东排名第一,在世界名列前茅。中华书局的印刷厂高峰期有工人1000 多名,产能和实力仅次于商务印书馆。① 新式标点符号的使用和推广,新文化运动引发的变革和极大影响,进一步释放了现代印刷术的效率和产能。在出版的现代转型阶段,图书装帧设计产生了革命性的变化。20 世纪"20 年代初期至中期为我国书籍装帧艺术的新旧交替转变时期"②,左开本因为文字横排的改变取代右开本,切边书取代毛边书,平装、精装逐步取代线装形式而处于支配地位,富有现代审美性的书籍装帧设计取代线装书的单一题签呈现。

鲁迅以极大的兴趣和热情学习、了解现代印刷术和装订术,成为行家。这充分体现在他对排版、印刷、装订、用纸等的解释、论述和运用中。关于制版,1930 年 8 月 2 日,他在给方善境的信中解释木刻的制版说:"芥川龙之介像,亦系锌版,但因制版不精,所以好像石印了。盖同是锌版,亦大有优劣,其优劣由于照相师及浸蚀师之技术,浸蚀太久则过瘦,太暂则过肥……"③这段话既讲了制版和印制的关系,又表明锌版与锌版间会有差异,还具体分析了锌版优劣的原因,足见鲁迅对制版了解之具体、细致和详尽。关于用纸,1934 年 10 月 21 日,他在致罗清桢的信中分析木刻用纸说:"木刻用纸,其实是先生这回所用的算很好,如果成书,只要内衬另外的纸,就好看了;贴在厚纸上,亦极相

---

① 参见来新夏等:《中国近代图书事业史》,上海文学出版社 2000 年版,第 242 页。
② 来新夏等:《中国近代图书事业史》,上海文学出版社 2000 年版,第 243 页。
③ 鲁迅:《鲁迅全集》(第 12 卷),人民文学出版社 2005 年版,第 238 页。

宜。至于我所用的这信纸(淡赤色的,就是用这纸染上颜色,质地是一样的),
名'抄更纸',上海所出,其实是用碎纸捣烂重造,即所谓'还魂纸',并不好的。
近来又有一种'特别宣',很厚,却好,但广东怕未必有。"①1933 年 10 月 8 日,
他致赵家璧信,在称赞良友图书公司出版的《一个人的受难》时指出用纸问题
说:"只有纸太硬是一个小缺点……"②这两段话说明了纸的牌子、特点、用法、
生产地、生产工艺,指明了图书用纸的具体问题,这表明鲁迅对纸张懂得全而
且深。关于印刷,1935 年 6 月 16 日,他在给李桦的信中谈到手印木刻说:"我
以为木刻是要手印本的。木刻的美,半在纸质和印法,这是一种,是母胎;由此
制成锌版,或者简直直接镀铜,用于多数印刷,这又是一种,是苗裔。"③1935
年 6 月 19 日,他在致孟十还的信中谈到插图印制质量差时批评说:"《死魂
灵》在《世界文库》里,我以为插图只要少点好了,这种印刷之粗,就是有图,也
不见得好看。"④1936 年 4 月 17 日,他在致赵家璧的信中说:"所做的铜锌板,
成绩并不坏。不过印起来,总还要比样张差一点,而且和印工的手段,大有关
系;这一点是必须注意的。"⑤鲁迅关于印刷的言论不少,从印刷工艺到这种工
艺与材料的匹配,从传统印刷到现代印刷,从各种印刷工艺的效果到工艺与内
容和样式的一致,从印刷鉴赏到印刷问题,都有涉及。关于装订,1936 年 4 月
17 日,他在致赵家璧的信中谈到装订方法时说:"《引玉集》的缺点,是纸张太
厚,而钉用铁丝,我希望这回不用这钉法。"⑥1933 年 10 月 19 日,他在致郑振
铎的信中谈到《北平笺谱》的装订时说:"蝴蝶装虽美观,但不牢,翻阅几回,背
即凹进,化为不美观,况且价贵……""作蝴蝶装,但略变通,仍用线订,与别数
本一律,其法如订地图,于叠处粘纸,又衬狭条,令一样厚而订之,则外表全部
一样了。"⑦这两段话涉及装订与纸张的关系、装订的材料、装订的样式等,尽

---

① 鲁迅:《鲁迅全集》(第 13 卷),人民文学出版社 2005 年版,第 234 页。
② 鲁迅:《鲁迅全集》(第 12 卷),人民文学出版社 2005 年版,第 456 页。
③ 鲁迅:《鲁迅全集》(第 13 卷),人民文学出版社 2005 年版,第 481 页。
④ 鲁迅:《鲁迅全集》(第 13 卷),人民文学出版社 2005 年版,第 484 页。
⑤ 鲁迅:《鲁迅全集》(第 14 卷),人民文学出版社 2005 年版,第 78 页。
⑥ 鲁迅:《鲁迅全集》(第 14 卷),人民文学出版社 2005 年版,第 78—79 页。
⑦ 鲁迅:《鲁迅全集》(第 12 卷),人民文学出版社 2005 年版,第 460 页。

管只是针对一种书而言,却有着充分的启发意义。总之,鲁迅对现代印刷、装订技术的掌握全面、充分、具体,涉及与此相关的方方面面,囊括了影响出版物印制、装订质量的各种因素,关注了工艺的环节和材料的细节。因为精通现代印刷、装订技术,所以鲁迅适应这种技术对书籍装帧的新要求,使其装帧设计活动充分对接和融入新的出版时代。

鲁迅顺应现代出版催生的现代书籍装帧艺术,使书籍装帧从实用到实用与艺术兼具,突出艺术审美性。首先,书籍装帧设计的艺术审美性体现在时代性,鲁迅重视这种时代性,从两方面表现它。一方面,书籍装帧设计不能被传统所局限,要反映所处时代的精神和风貌。鲁迅评价《苦闷的象征》的装帧设计为"使这书被了凄艳的新装"①。"凄艳"以富有冲击感的表达阐释了当时的气息和氛围,表明该书装帧设计的时代气息。另一方面,书籍装帧设计要与世界时代思潮呼应,要善于运用世界性的素材和资源反映时代。鲁迅设计《新生》杂志的封面时用的是国外的画,他在此后的不少书籍装帧设计中敢于也善于用符合世界时代思潮的插图或画。书籍装帧设计的艺术审美性体现在个性。这种个性既指书籍又指设计者。其次,鲁迅认为,书籍装帧设计要重视内容,做到内容和形式相统一。在约稿时,他总对设计者说要懂得内容,还特别附上要设计的书的内容介绍以供设计者学习。内容是书籍的根本,重视内容是对书籍个性的重视和强调。再次,书籍装帧设计的创造属于设计者,自然需要设计者的个性,鲁迅了解和尊重设计者的个性。在和钱君匋谈及设计时,他认为钱君匋受了陶元庆的影响,勉励钱君匋要有自己的个性和风格。还有,书籍装帧设计要有现代感,要体现现代性。这种现代感和现代性既指形式也指内容,更指对读者的影响。《壁下译丛》用变形的墙壁、窗户、桌子表达象征意义,图案来自日本的《先驱者艺术丛书》,封面底色为浅绿,手绘图案为深绿,现代感极强。《萧伯纳在上海》的封面为白底,上面摆放着登载萧伯纳到上海消息的各种报纸,土红色套印,氛围热烈,富有时代性。

---

① 鲁迅:《鲁迅全集》(第10卷),人民文学出版社2005年版,第258页。

（二）以"新的形""新的色"开创装帧设计新面貌

鲁迅进行装帧设计时着力创新,形成独特特点和风格。杨永德总结鲁迅装帧设计的特点为"以字为主,变化无穷""简单、大气,内涵丰富""讲究构图,巧妙组合""熟悉材料、印制技术及价格""'书卷气'及'民族性'""注意整体设计"。① 鲁迅以富有这些特点的装帧设计创造了不少堪称经典的装帧设计作品。譬如,《呐喊》的装帧设计是"新的形""新的色"融合创新的范例。字体的变化、图案的创造性运用等,都是鲁迅开创装帧设计新面貌的表现。他突破旧框,确立新的样式,引领书籍装帧设计的方向和路径。

鲁迅组织装帧设计时突出"新的形""新的色",看重创新和突破。在约请陶元庆为《坟》设计封面时,鲁迅给出了明确的要求,从某种意义上划定了框框。陶元庆没有按照鲁迅的路子走,而是根据自己的理解提供了新的设计方案。鲁迅得到这个方案,不但不恼,反而高兴地接受了。陶元庆的绘画作品契合许钦文的散文,鲁迅编辑许钦文的散文,用陶元庆的绘画作品《大红袍》作为封面画设计封面,形成了《故乡》这一书的内容和形式完美统一的经典装帧设计,成了出版史上的"大红袍"范例。鲁迅大胆吸收国外的先进装帧设计观念,为国内的装帧设计发展服务。鲁迅早年在日本留学,接触了大量西式装帧设计的图书,这种新的装帧设计观念冲击着鲁迅。鲁迅认识到线装书的局限性,认识到出版物必须讲究封面、装订、版式设计等,认识到"洋装书"的设计必然进入中国,并把这种先进的书刊装帧设计观念付诸实践。鲁迅在日本时共出版五种书:《中国矿产志》《地底旅行》《月界旅行》和两集《域外小说集》。《中国矿产志》是在上海印制的,由上海的出版社全权负责,版式设计和中国当时一般的书没有两样。《地底旅行》和《月界旅行》由日本画家负责装帧设计。鲁迅负责的体现他书籍装帧设计思想的是两集《域外小说集》。《域外小说集》的封面设计很有特点,到现在也不过时。鲁迅主张从外国的美术作品

① 杨永德、杨宁编著:《鲁迅最后十二年与美术》,文化艺术出版社 2007 年版,第 240—242 页。

中大胆吸收素材用在装帧设计上。鲁迅熟悉国外美术史和国外优秀的美术作品,他积极搜寻和整理国外的木刻作品和其他美术资料,在合适的情况下把这些资料运用到装帧设计中。他说:"用版画装饰书籍,将来也一定成为必要,我希望仍旧不要放弃。"①在装帧设计实践中,鲁迅实现了他的这种想法。在《近代美术史潮论》一书的封面设计中,鲁迅就选取了米勒的绘画《播种》做封面装饰,暗含培养新生力量的意思。在《毁灭》的封面中,鲁迅采用苏联画家威绥斯拉夫崔夫的插图做封面画。鲁迅主张从中国古代的美术遗产中选用装帧设计的材料。一次,魏猛克向鲁迅询问书籍插图的事,鲁迅回信说中国旧书上的插画可以采用的很多。鲁迅在为高长虹的诗集《心的探险》设计封面时,采用了古代画像中的飞腾图案。这些多姿多彩的图案非常豪放,与诗集的浪漫气息相映照,让读者一看到封面就可以展开想象的翅膀,对诗集内容进行大胆猜想。鲁迅在为《桃色的云》设计封面时,描摹汉代石刻画像中的云纹图案作为装饰图,增添了封面的韵味,使得封面非常典雅。鲁迅设计封面在使用材料的方法上大胆突破。如在设计《域外小说集》封面时,鲁迅把书中的插图作为封面设计的材料。这在我国装帧设计史上是第一次,今天还有人在用这种方法。

(三)以装帧设计思想和实践影响装帧设计的发展

鲁迅以装帧设计思想和实践影响装帧设计的发展体现在他在装帧设计史上的开掘价值。在新文学作家中,鲁迅是第一个重视自己作品装帧设计的人。他请人设计或者自己设计,特别讲究著作的"衣装"。鲁迅是第一个把图案用作新文艺书籍装帧设计的人。这种运用指《苦闷的象征》的装帧设计。鲁迅改革版权页。1934年10月8日,他在给郑振铎的信中介绍,中国当时的版权页,从日本模仿而来,留下了日本历史的痕迹,他在做《北平笺谱》时略微变了变,效果不一样,好看些,而做《十竹斋笺谱》,想再多变变,创造新的版权页,他说:"我想这回不如另出新样,于书之最前面加一页,大写书名,更用小字写

---

① 鲁迅:《鲁迅全集》(第13卷),人民文学出版社2005年版,第352页。

明借书人及刻工等事,如所谓'牌子'之状,亦殊别致也。"①他的这种版权页摆在《十竹斋笺谱》第一卷扉页的背面,既继承了我国线装书刊印时标注版权内容的传统,又在形式、方式、样式上创新。鲁迅革新版式。他说:"我记得书籍不切边,我也是始作俑者之一⋯⋯"不切边就是毛边,他喜欢这种样式及其带来的阅读体验。除了不切边,他还在版式设计上提出创新想法并实施,他说:"一,是首页的书名和著者的题字,打破对称式;二,是每篇的第一行之前,留下几行空白⋯⋯"②突破常规,做些变化;篇首多留空白,给读者更好的阅读感受。鲁迅在装帧设计上的每一次开创都是装帧设计史上浓墨重彩的一笔,这种开创是观念上的打破桎梏也是实践上的突破。有了这种开创,后来者就有路可循,更能发展装帧设计了。

　　鲁迅以装帧设计思想和实践影响装帧设计的发展体现在对装帧设计队伍与风格的引领。20世纪二三十年代以装帧设计成名的三大家丰子恺、陶元庆、钱君匋都和鲁迅有交往,特别是陶元庆和钱君匋。陶元庆是在鲁迅的影响下进行装帧设计并拥有其成就的。钱君匋在鲁迅的鼓励和指导下提高了装帧设计水平。"可以说,'五四'运动以后,经过鲁迅先生的大力倡导,包括丰子恺、陶元庆、钱君陶在内的一批书籍装帧先驱者的探索和实践,由于陈之佛、司徒乔、王世青、孙福熙、曹辛之、张光宇、廖冰兄、余所亚、丁聪等各具风格特色的出色表现,中国的现代书籍装帧设计已经形成了一种单纯、洗练、朴实无华和静雅达观的艺术风格。"③鲁迅几十年不断地倡导现代美术、美学、美育,特别是生命后期对现代木刻运动的发起和推动,深深影响了包括装帧设计在内的实践和队伍,这一时期的装帧设计风格体现了他的美术观和审美思想,也是他装帧设计作品的个性和特色。

二、鲁迅的装帧设计思想

　　装帧设计的组织、实施和效果是编辑艺术的集中体现,而装帧设计思想是

① 鲁迅:《鲁迅全集》(第13卷),人民文学出版社2005年版,第221页。
② 鲁迅:《鲁迅全集》(第3卷),人民文学出版社2005年版,第506页。
③ 苏华:《陶元庆、"钱封面"与"画例"时代》,《新文学史料》2002年第5期。

装帧设计的灵魂。鲁迅是现代装帧设计,尤其是现代书籍装帧设计的实践者、倡导者、开拓者,他的现代装帧设计观既有着充分的装帧设计理论价值,又具有充分的实践借鉴意义。

(一)要求整体把握

整体设计是最近几年才提出来的概念,强调装帧设计的整体性。这个概念的提出说明:第一,当前社会的审美意识在加强,对作品的欣赏不仅限于内容,也在乎形式等。在内容方面获得收获的同时,消费者渴望在审美上得到愉悦。这种消费需求的整体性和完整性对装帧设计提出了要求,"整体设计"概念应需而生。第二,装帧设计发展到今天,不能停留在部件的优化,必须是整体的结构性完善。第三,装帧设计者的地位得到了提高,在产品的创造过程中,他们具有比以往更多的话语权。当然,这种话语权从根本上来说是消费者给予的。在传统装帧设计向现代装帧设计转型的过程中,上述三点同样存在,不过,程度比今天弱。鲁迅没有提出整体设计的概念,但是,他拥有整体设计的装帧设计思想,并在他的装帧设计实践中充分体现这一思想。

出版物的美由出版物的内容、思想内涵、出版物的内容和思想内涵的内在表现形式、出版物的外在包装形式等组成,是整体美。出版物的内容、思想内涵与出版物的内容和思想内涵的表现形式构成出版物美的内层,出版物的外在包装形式构成出版物美的外层。出版物美的内层形成出版物的内在美,出版物美的外层形成出版物的外在美。鲁迅认为,一方面要强调出版物的内在美在出版物美中的决定性地位和作用,出版物的内在美决定着出版物的外在美的追求和实现程度。当时,国民党支持出版的一些出版物花大本钱,表面上搞得很有样子,内里并没有什么实质的内容。鲁迅一针见血地批评这种搞法全然空洞无物,所以出版界非常寂寥。另一方面因为出版物美是整体美,出版物美受制于构成这种整体美的每一种因素的质量高低和这些因素结构水平的高低,所以不能忽视出版物的外在美的质量与内在美的统一程度。装帧设计属于出版物的外在包装形式,是出版物的外在美。因此,它必须以出版物的内在美为基础,决定于出版物的内在美,决定于和出版物的内在美的融合程度。

这是装帧设计必须坚持的原则,也是装帧设计整体感实现的必然要求。鲁迅曾和几位同道筹办文艺刊物《新生》,这份杂志的创办宗旨以文艺为武器,冲击当时中国黑暗的秩序和愚昧国民的麻木心灵,寻觅光明和出路。这一宗旨决定了杂志的内容,也决定了杂志装帧设计的方向。虽然杂志夭折了,但鲁迅从刊名、封面设计和书内插图等都进行了妥切安排,而所有的设想和安排都紧紧围绕杂志的主旨和内容展开。据当时鲁迅的同道许寿裳以及周作人等回忆,鲁迅以英国 19 世纪画家华兹所作的一幅油画《希望》作为杂志封面的主体背景,油画上,用布缠着头的一位诗人,眼睛也被蒙住了,他左手扶着竖琴,跪坐在大地上。这种意象表明在看似绝望的情境下恰恰孕育着巨大的希望。这种和杂志主旨结合的装帧设计具有强大的视觉冲击力和情感张力,既完美地表达了鲁迅等的心愿和理想,又能给读者带来前进的力量。

装帧设计包含艺术设计、技术设计和用料设计等,哪一方面出现差错都会导致装帧设计的失败,哪一方面不到位都会影响装帧设计的效果。鲁迅认为书籍的装帧设计要考虑周详,应当包含封面、扉页、环衬、开本、版式、版权页、章节标题的空间处理和字号、标点符号的排法、插图的版式以及纸张的选用、用墨的多少等。这是对装帧设计的全面把握。鲁迅自己动手设计的《北平笺谱》,从装帧设计的整体实现来说是典范。他不仅精心设计封面、里封、序页、目次等,而且在装订设计上特别选择我国传统的线装书形式,纸用瓷青纸,上面贴上书名签条,四角用绢包起来,古色古香,非常到位。在给费慎祥的信中,他特别针对《花边文学》题目的字体说:"每篇的题目,恐怕还是用长体字好看,都改用长体字罢。"①特别值得一提的是用料设计和印制工艺。有时设计不错,但出版者不知道用哪种材料来表现和再现,以致效果不好。鲁迅总是顾到用料设计。在给李桦的信中,他谈到《现代版画》一书说:"纸的光滑,墨的多油,就毁损作品的好处不少……"②纸太滑,不吸墨或吸墨不充分,加上用的是油重的墨,更影响到墨的吸收和呈现,那么出版物的效果就不可能好了。在

---

① 鲁迅:《鲁迅全集》(第 14 卷),人民文学出版社 2005 年版,第 105 页。

② 鲁迅:《鲁迅全集》(第 13 卷),人民文学出版社 2005 年版,第 327 页。

给曹聚仁的信中,鲁迅批评一本书的用纸说:"但纸用仿中国纸,为精印本之一小缺点。……以为印古色古香书,必须用古式纸,以机器制造者斥之,犹之泡中国绿茶之不可用咖啡杯也。"①传统的纸与传统的印刷工艺和印刷工具匹配,效果自然到位。仿古的纸、现代的印刷机器,这样的结合,难免两头不讨好,也就不能保证效果了。在印《陈烟桥木刻集》时,鲁迅认为"封面的纸,不妨用便宜之洋纸,但须厚的"②。便宜的洋纸和陈烟桥的木刻作品契合,加上厚,质感体现,效果好。装帧设计者熟悉印制工艺有助于实现装帧设计的目标,获得理想效果。鲁迅熟悉印制工艺,知道当时中国能印玻璃版的只有商务、中华、有正三家。他充分考虑与装帧设计相匹配的印制工艺。如:要求高的印制他会选择故宫博物院的版,他认为"故宫博物馆之版虽贵,但印得真好"③。鲁迅并非孤立地看待和运用某一因素,而是把这些被运用的因素或素材放在装帧设计的总体构架中。如:鲁迅喜欢选用外国的美术作品作为封面设计的素材,但这些被选用的作品,他总是根据出版物的开本、书名等出版物装帧因素统一起来,形成浑然一体的构图,而不是随便凑数。在出版《死魂灵百图》的过程中,鲁迅曾说:"里封面恐怕要排过。中间一幅小图,要制锌版;三个大字要刻起来;范围要扩大(如另作之样子那样),和里面的图画的大小相称。如果里封面和序文,都是另印,不制橡皮版的,那么,我想最好是等图印好了再弄里封面,因为这时候才知道里面的图到底有多少大。"④文字的写法和大小要考虑,图的大小要搞清楚,图文的关系要处理好,要在整体局面布好的基础上考虑文和图的大小。这里,鲁迅对装帧设计布局的整体感追求表现得淋漓尽致。

装帧设计者是装帧设计中的主动因素,是装帧设计效果的主导因素和决定因素,但是,他们的存在不是孤立的,应该和编辑与印制者等充分沟通和协调,形成合力。装帧设计者要与编辑充分交流,一方面准确把握作品的内容和

① 鲁迅:《鲁迅全集》(第13卷),人民文学出版社2005年版,第346页。
② 鲁迅:《鲁迅全集》(第13卷),人民文学出版社2005年版,第73页。
③ 鲁迅:《鲁迅全集》(第12卷),人民文学出版社2005年版,第501页。
④ 鲁迅:《鲁迅全集》(第14卷),人民文学出版社2005年版,第21页。

思想内涵,另一方面了解编辑的意图。鲁迅在与装帧设计者沟通时,总是明确地把编辑的作品的内容和主旨充分告知对方,把对装帧设计的要求告诉对方。譬如在约陶元庆设计封面时,鲁迅希望他充分发挥创作的自由,自行挥洒。印制是装帧设计作品物化的手段,装帧设计者要了解印制的技术和工艺以及相关的材料。这要求装帧设计者多与印制者联系,掌握装帧设计作品的物化过程,确保装帧设计作品更完整更完美地呈现在读者面前。鲁迅说:"倘为艺术学徒设想,锌板的翻印也还不够。太细的线,锌板上是容易消失的,即使是粗线,也能因强水浸蚀的久暂而不同,少浸太粗,久浸就太细……"①这里谈的是印制方面的问题,表面一看与装帧设计无关,实际上很有关系,因为如果必须用锌版印制,那么装帧设计者在用线时就要把握好粗细。粗细到位,既降低了把握浸蚀时间的难度,也可确保实现线的表现力,达到甚至优化设计的效果。

(二)追求书卷气

出版物的品位指其高质量、格调,具体到书的品位则指书味、书的品格、书的个性、书卷气。书从诞生之日起,就以其内在规定性区别于他物,标举了书本身的个性。书是精神产物,书卷气是书的精神的集中体现。书从最初的不可能也没有重视装帧设计到对外在形式的重视,都隐含着一个前提,那就是以书的精神为轴,充分体现和表现它。鲁迅非常了解书,深谙书的精神品格,并把这些灌注于装帧设计的思考和实践中。

鲁迅认为装帧设计的书卷气表现在要用心设计。无论是气韵还是神韵,都是无形的,对它们的感知和体验只有在心灵的碰撞、感受中才能实现。无形的气韵和神韵不是虚无,它因为心灵的律动而化在万物之中,即所谓"感时花溅泪,恨别鸟惊心"。要能够在内心体验气韵和神韵,第一步要修心,要心中有中华民族的精神,要为虚灵的气韵和神韵在心中找到家。一旦修心已毕,在装帧设计时,就可以将心中的一切化为纸上之意象,进行成功设计。看鲁迅的装帧设计作品,可以感觉到他内心的情感和深邃的思考,他用对文学、艺术的

---

① 　鲁迅:《鲁迅全集》(第4卷),人民文学出版社2005年版,第622页。

研究和评论诠释了中华民族艺术精神的气韵、神韵精髓，又用艺术实践完美地表达了这些。就拿鲁迅给刊物《奔流》设计的封面来说，封面上"奔流"二字是笔画竖短横长的美术字，占有的面积很大，如果用西方人的眼光来看，那没有什么特别之处，但是，"奔流"二字的形态和位置是鲁迅用心体验过了的，是他对"奔流"二字形象体验过后的再现。"奔流"二字在鲁迅心里是激荡、奔流之意，因而从封面上表现出来的形象也给读者强烈的奔放感和激荡感。又如鲁迅设计的《小彼得》的封面，《小彼得》是匈牙利女作家海尔密尼亚·至尔·妙伦的童话集，童话的读者对象是儿童，其封面最好能够表达儿童心灵的诉求。鲁迅以圆形花卉作为图案，书名"小彼得"以花边美术字横排，很好地表达了儿童稚气和活泼的童趣。

（三）强调民族性

鲁迅装帧设计思想中的民族性由其美术观决定。"凡有美术，皆足以征表一时及一族之思惟，故亦即国魂之现象；若精神递变，美术辄从之以转移。"①这是鲁迅发表在 1913 年 2 月北京《教育部编纂处月刊》第一卷第一册上的《儗播布美术意见书》一文中的一段话。这段话与鲁迅 1927 年 12 月在《当陶元庆君的绘画展览时——我所要说的几句话》中评论陶元庆的画在"新的形""新的色"背后隐藏着"中国向来的魂灵"是一致的。前后两段话提出了关于美术的重要的概念——民族性，并对这一概念进行解释："国魂""中国向来的魂灵"。这种追求民族性、重民族特色的美术观指导鲁迅的装帧设计，形成了其装帧设计的民族特色和其装帧设计思想中的民族性理念。

民族差异的最大处在于其精神，在于民族文化心理结构。作为精神载体的书，承载着民族精神。同时，书在一定程度上成了区别民族的显性因素。中华民族的悠久历史铸就了独特的文化艺术精神，这种精神通过审美情趣、审美理想、审美思维和审美表达的方式得以体现。中华民族的艺术追求讲究传神，强调气韵。意境既是中华民族看重的成功艺术的标志，也是艺术创造走向成

---

① 鲁迅：《鲁迅全集》（第 8 卷），人民文学出版社 2005 年版，第 52 页。

功的途径。鲁迅对此有着深刻的论述和透彻的分析。意境的创造依赖中华民族的独特审美方式,具体而言,就是通过移情于外物,靠外物的形反照自身的情。譬如,"岁寒然后知松柏之不凋""劲松下风""岩岩清峙,壁之千仞"等。鲁迅利用一些花鸟图案做主体而设计的书籍,是在运用这种审美方式传达气韵和神韵。如《坟》的扉页上的一幅装饰图是鲁迅设计的成功实例。这幅装饰图的主体是置放在整个图右上角的猫头鹰,周围是云、雨、月、树等,书名"坟"和作者名"鲁迅"位于中心。猫头鹰的两只眼睛,一只睁得溜圆,一只眯成一条缝。在眼睛的上面有两小撮耸立的羽毛,这是猫头鹰的耳朵。猫头鹰两只锋利的爪子像在使劲抓住什么一样。猫头鹰整体形象憨直、朴拙,如果用西方的模仿理论来分析,简直不像,但是,如果结合书的内容用中华民族的审美方式来欣赏,那就能看出猫头鹰在冷眼观世。这既形象地传达了书的内容主旨,又有极深的意蕴。

　　"国魂""中国向来的魂灵"是中国传统文化的精华、中华民族的精神,是中国精神、中国味道。"我想,现在的世界,环境不同,艺术上也必须有地方色彩,庶不至于千篇一律。"①在鲁迅看来,装帧设计如同其他的美术创作,在形象上要显现出"中国人的特点",让人一看就知道是"中国人和中国事"。② 他自己的装帧设计作品,巧妙使用传统文化中的象征形象,如中国传统的图案等。这些元素的使用透出浓浓的中国味道,民族性自然突出。中国优秀传统文化和文学一样,"有地方色彩的,倒容易成为世界的,即为别国所注意"③。民族源于一定的地域,民族性与地域性紧密相连,有"地方色彩"的往往意味着有民族特色,民族性显著。年画是具有"地方色彩"的民间美术。鲁迅认为,融合这种因素,可以创造出具有民族性的新美术作品;在装帧设计中,融入这种富有地方个性的中国元素,那么设计出来的作品就会中国味道突出。当然,利用这些富有民族性的中国元素进行装帧设计只是体现和张扬民族性的一个层次和一个方面。这些中国元素可以凸显民族性,但是,装帧设计的民族

---

① 鲁迅:《鲁迅全集》(第13卷),人民文学出版社2005年版,第5页。
② 鲁迅:《鲁迅全集》(第12卷),人民文学出版社2005年版,第518页。
③ 鲁迅:《鲁迅全集》(第13卷),人民文学出版社2005年版,第81页。

性的根本还在于这些中国元素背后的中国精神。譬如《呐喊》的封面设计,用深红做底色,铺满版;把横长的黑色方块放在封面的中上部,书名字是变形的反阴黑体字,书名字下面是反阴的"鲁迅"两个字,这两个字放在双括号里,在书名和作者名外配以反阴线方框。《呐喊》一书收录的是鲁迅在新文化运动中写就的白话小说,篇篇如投枪和匕首,指向封建道德、封建礼教,揭露其黑暗和反动,痛斥其对人性的破坏,具有鲜明的斗争性。被几千年封建意识形态桎梏的大众是无辜的受害者,但是,这些受害者麻木了,不但不能和这些想帮助他们的人站在一起,反而成了害他们的制度和统治者的帮凶、支持者,或者做旁观者。"哀其不幸,怒其不争"的鲁迅扛起启蒙的大旗呐喊,催大众清醒,也"聊以慰藉那在寂寞里奔驰的猛士,使他不惮于前驱"。①《呐喊》的封面设计与该书的内容一致。深红色表面象征着受害者的血迹,内里代表着力量,预示着斗争和光明。色块是一框,反阴的框是第二框,这重重框代表着铁屋。而反阴黑体的书名字笔笔充满力量,充满着冲出边框和色块框的欲望和动力。伴随着这股呐喊的力量,"鲁迅"两个字像一群勇士(括号的使用让人感觉这种勇士成群结队)在冲。显然,封面设计所表达的和《呐喊》一书所表达的一致。而封面设计中的元素——深红、色块、线等都是具有中国特性的元素。这些元素的张力及其这种张力和《呐喊》本身所融合而成的主题与精神,与中国精神中的坚忍不拔、自强不息、顽强不屈等高度一致。《呐喊》装帧设计的经典在于它是装帧设计转型期的代表作品,也在于它充分利用具有民族性的中国元素表达了深刻的内涵。

三、鲁迅的装帧设计实践

鲁迅装帧设计的书刊 70 多种,题名的书刊近 40 种,手绘的图画 7 幅,设计的版权页 2 种,手绘封面及扉页版样 7 种。如此丰富的装帧设计实践,为鲁迅积累了丰富的装帧设计审美体验,形成了他装帧设计的鲜明特征,这里专门

---

① 鲁迅:《鲁迅全集》(第 1 卷),人民文学出版社 2005 年版,第 441 页。

探讨他的封面设计、插图设计和版式设计的实践与特征。

（一）封面设计

鲁迅重视出版物的封面设计，投入大量精力和心血，开创了出版物特别是书籍封面设计的新局面，为我国出版物封面设计的发展作出了重要贡献。

1. 封面设计思想

鲁迅认为封面设计要以读物的思想内容作为前提和基础。读物的思想内容美是封面美的基础和前提。读物由其思想内容和形式两部分组成。读物的思想内容是读物的决定性因素，读物的形式是为了表现读物的思想内容。封面是读物的外在包装形式的组成部分，为读物的思想内容服务。读物的思想内容好，那么封面就有了好的内核。二者相得益彰，共同构成完美的出版物。如鲁迅设计的《域外小说集》的封面巧妙地把书里面的插图作为材料用在封面上，这让读者一看就知道这本书是外国书，而且从插图大略能够知道此书的内容，是将图书封面看作图书整体的一部分并力图让封面充分显现图书内容与主旨的范例。如果读物的思想内容不好或一般，读物的封面再好，也失去了依托。封面好而内容不好，反而会因为读物的封面而导致读者上当、受骗，危害读者。

鲁迅认为封面设计是实用艺术。封面为读物的思想内容服务，封面美首先是实用美，实用是封面的基本属性和功能。封面的实用性一则要求任何封面不能脱离读物的思想内容，因为从美术的角度不管质量有多高，只要脱离了读物的思想内容，就不是成功的封面。鲁迅特别强调封面设计者要注意和了解读物的思想内容，要把读物的思想内容和封面当作统一体。在给许钦文的信中，鲁迅谈及请陶元庆设计封面时说："这两种，璇卿兄如不嫌其烦，均请给我们作封面，但须知道内容大略……"①另外，封面的实用性表现在：其一，封面设计要突出图书的主要内容或者内容的主要方面，让读者一看封面，就对图书有基本感受和认识，基本明白图书的定位。如《小彼得》的封面，鲁迅通过

---

① 鲁迅：《鲁迅全集》（第11卷），人民文学出版社2005年版，第515页。

基调的明确让读者在封面提供的充满稚气和活泼的感受中懂得这是儿童读物。其二,书名、作者名等信息是封面设计的重点,尤其书名一定要富有冲击力。如鲁迅设计的《华盖集》《呐喊》等封面,通过对书名字体与字号的特别强调达成封面设计的效果。

鲁迅认为封面设计体现了封面设计者的主体精神美。封面是封面设计者创造的,是封面设计者主体精神的实现和再现。封面设计者在进行封面设计时受制于读物的思想内容,但作为创造主体,封面设计者具有一定的自由。也就是说,封面设计者的主体精神在封面中占有重要的分量,其主体精神美不美直接决定着封面质量的高低。封面设计者的主体精神美包含四个方面:其一,封面设计者的文化修养和人格修养。其二,封面设计者对读物思想内容的领悟和理解。其三,封面设计者的美术理论修养和美术观念。其四,封面设计者的封面设计观念和对封面设计规律与技巧的了解、理解和掌握程度。一次,鲁迅在批评一些堕落、品行恶劣的画家时,严词说了一段话。这些话就美术创作立论,但同样适合封面设计者,每一位封面设计者都应该细细体味鲁迅的忠告:"进步的美术家,——这是我对于中国美术界的要求。""美术家固然须有精熟的技工,但尤须有进步的思想与高尚的人格。他的制作,表面上是一张画或一个雕像,其实是他的思想与人格的表现。令我们看了,不但欢喜赏玩,尤能发生感动,造成精神上的影响。"[①]从立场看,封面设计者要做"进步的美术家";从素养看,要有"进步的思想与高尚的人格",要掌握设计技术和方法;从效果看,其作品要对读者有感染力、影响力。

鲁迅认为封面设计作为审美创造活动,要遵循创造规律。封面设计是审美创造活动,在其过程中,美的规律起着规约和支配作用。从鲁迅的封面设计实践和言论中,可以看出他强调得较多的创造规律有三种。其一,整一律。封面设计牵涉的因素多,但所有这些因素都以读物的思想内容为基础和核心,为读物的思想内容服务。封面设计是整体设计,包含用料设计、形象设计等部分,任何一个部分的缺失和不当都可能导致封面设计的失败。而封面本身是

---

① 鲁迅:《鲁迅全集》(第1卷),人民文学出版社2005年版,第346页。

整体,封面设计者应该围绕整体的封面形象着手封面的各个组成部分和构件的安排与布置。其二,统一律。封面设计要和读物的思想内容统一,要始终为表现读物的思想内容而存在。从具体操作而言,封面设计包含图形、颜色的选择和配比、位置的安排、结构法则的运用、纸张的选择等。显然,无论图形、颜色还是纸张等都应该统一于封面的整体形象。同时,图形、颜色、纸张本身也要统一。在给陶元庆的信中,鲁迅说:"《彷徨》的书面实在非常有力,看了使人感动。"①"《彷徨》只是椅背和坐上的图线,和全部的直线有些不调和。"②显然,《彷徨》的封面设计整体感好,有感染力,但是,部分线条和整体线条的不和谐显示了技法上的不精心和局部的瑕疵。在给李霁野的信中,鲁迅谈及封面颜色的统一时指出,《小约翰》封面的图用紫色,而纸用黄色,这样的两种色搭配起来和谐些。在给黄源的信中,鲁迅谈及封面文字大小和位置的统一时说:"《表》除如来信所说,边上太窄外,封面上的字,还可以靠边一点,即推进约半寸,'表'字也太小……"③局部空白不够,字太小而且位置不当,给读者和欣赏者留下不舒服之感,审美性会大打折扣。之所以不厌其烦地引用鲁迅的话,一则因为鲁迅对此有着多方面的精彩论述;二则给今天的封面设计者提供多角度的参照系。其三,对称律。封面的颜色配比、图形安排、封面造型大小等都应当讲究对称,追求均衡。在给巴金的信中,鲁迅谈及封面的对称问题时认为字和图的大小要相称。严格说来,图书的各个部分之间都有着对称的一面,鲁迅重视对图书整体对称效果的追求。

鲁迅认为封面设计是形式设计。长期的审美实践在人们的审美经验中形成了一些纯粹意义上的形式因素和接近本能反应的形式感,如圆形美感、曲线美感等。封面设计是形式创造,封面设计者要选择读者习惯接受的形式进行造型,以创造形式美,让读者在对这些熟悉的美的形式中产生美感。如《呐喊》初版时,封面上的"呐喊"二字是印刷体,显得死板,没有生气,不符合读者的接受心理。在第三版时,鲁迅以手写的"呐喊"二字代替印刷体的"呐喊",

①　鲁迅:《鲁迅全集》(第11卷),人民文学出版社2005年版,第592页。

②　鲁迅:《鲁迅全集》(第11卷),人民文学出版社2005年版,第628页。

③　鲁迅:《鲁迅全集》(第13卷),人民文学出版社2005年版,第514页。

整个封面顿时活泼起来了。

2. 封面设计特点

鲁迅的封面设计特点突出,这些特点既表现了他的装帧设计思想,也成就了一些封面设计经典和他的封面设计风格。

(1)现代感强

鲁迅封面设计现代感强表现在他的封面设计富有时代感、善于打破常规、对意象有着卓尔不群的感受和体验、对形式因素的巧妙运用、巧妙构思五个方面。

其一,富有时代感。鲁迅封面设计的时代感首先表现在和他的文学创作与时事评论一样,顺应时代潮流,立于时代潮流的前潮,引领时代精神。如:《呐喊》的封面设计就寄寓召唤斗争和走向光明的内涵。另外,鲁迅借鉴和吸收了西方文化精神中的积极因素。譬如,《新生》杂志选择英国油画做背景就体现了这种用意。

其二,善于打破常规,创造突破。鲁迅的封面设计没有窠臼,没有固定的程式,总是根据具体的书刊进行具体的设计;鲁迅善于借鉴国外的先进设计理念,并把这些与现代印刷科技相匹配的设计理念中国化,融入自己的封面设计中;鲁迅勇于破除传统书刊封面设计的陈规,加以灵活运用。如《凯绥·珂勒惠支版画选集》的封面是鲁迅设计的,这本书是德国著名女版画家凯绥·珂勒惠支版画精品的结集,鲁迅特别看重。在封面设计时,鲁迅一改现代书籍的流行外包装,而用中国传统线装。不过,又不是拟古的线装,而是加入一些变化。例如书口在右,书签用长方形飞金白宣,位置靠上一些。书签里面的文字,包括作者、书名、年代和出版机构,都是鲁迅的手书。整个封面古朴、典雅,和作者的作品非常契合,同时也和中国的文化及读者的接受心理非常契合。

其三,对意象有着卓尔不群的感受和体验。封面设计要创造意境,而意境的创造离开了意象就成了无米之炊。同时,意象的独特往往能够形成封面设计意境的独特,最终造就封面设计的独特。鲁迅在封面设计中采用的意象有着卓尔不群的现代感,这加强了他所设计的封面的现代色彩。如《艺术论》的封面,底色为白色,图案是圆形,用长方形的白色块打破圆形。圆形图案中有土黄色的天和深绿色的两座山,用白三角形色块画出山的侧面。圆形图案像太阳,山象征《艺术论》达到的高峰,土黄色的天空象征光明。

其四,对形式因素的巧妙运用。鲁迅的封面设计以字为主,依靠字的无穷变化创造无穷效果。如《华盖集》的封面,底色是全白,中间偏上是书名,书名是横写的扁形仿宋字。书名的上方是作者名,作者名是用字母 LUSIN 拼成。所有字用的颜色是黑色。除了这些字以外,别无其他装饰性图案。可是,这个封面庄重、肃静,效果非常好。其原因,一方面是利用字的黑色与底色的白色的强烈对比,给人黑白分明之感;另一方面则是利用字体和字体的单一形象营造简单明快的氛围,利用扁形仿宋字的力度加重书名的强烈感。鲁迅也善于利用颜色对心灵的不同冲击效果设计封面。《呐喊》封面成功的一个重要因素是选用视觉冲击力非常强烈的朱红色作为底色,以色彩的浓重突出书籍内容包含的热烈、奔放和催人奋发的启蒙主义主旨。

其五,巧妙构思。鲁迅封面设计构思的巧妙之一是通过对某些构图因素的忽略进而冲破构图的常规,创造效果。如《呐喊》的封面和书脊上只有书名和作者名,而没有把出版发行机构的名称排印出来(刊在版权页上),这在当时是绝无仅有的。鲁迅封面设计构思的巧妙之二是巧"偷懒"。如《华盖集续编》是鲁迅继《华盖集》之后推出的又一部杂文集。在给《华盖集续编》进行封面设计时,鲁迅巧"偷懒",只在《华盖集》的封面上的"华盖集"三个字的旁边,斜斜地盖上一个长方形的印记,印记里面是"续编"两个字。这样的设计,正像鲁迅在《华盖集续编》的《小引》中解释的——"书名呢? 年月是改了,情形却依旧,就还叫《华盖集》。然而年月究竟是改了,因此只得添上两个字:'续编'。"①巧"偷懒"生动地说明了《华盖集》和《华盖集续编》的关系,表达了虽然时间过去了,但社会现实没有什么变化等深意。

(2)讲究空白美的创造

鲁迅创作了空白美突出的封面。譬如,《两地书》的封面,只在封面的上端一个角落里设计了一个长方形框框,框框里面写着三个扁宋美术字"两地

---

① 鲁迅:《鲁迅全集》(第 3 卷),人民文学出版社 2005 年版,第 195 页。

书",框框的上面有一行横排的铅字——"鲁迅与景宋通信",框框的下面是一排铅字——"上海青光书局印行",其他什么都没有。大量的空白或许可以加入一些代表风花雪月的图像,或许可以加上一些抽象的象征感情的图形,但是,鲁迅和许广平的感情寄寓在他们的通信中,这种感情是如此丰富,任何物象都没法象征。这就是鲁迅留下大量空白的深意。空白既代表着没有,也代表着无穷。这样的空白美让人联想更多,对书本内容产生更强烈的渴望。

从鲁迅对封面设计空白美的创造可以看出:其一,空白的大小不是随意的,而是在契合书籍内容的基础上精心创造的。空白任意地大,给人散漫的感受;空白太小,给人没有余裕的体验。如果借用中国画对空白的一句话来说就是空白的大小要做到"疏可跑马,密不透风"。鲁迅的封面设计深得中国画空白美创造的精髓,是大小非常适合的空白创造。其二,空白的定位要根据读者对封面的整体感受来选择。如:鲁迅设计的《两地书》封面,把字放在上端的一个角落,把其他所有的空间留出来,是让空白的冲击力达到极致。如果鲁迅把字留在中间,那么这些字就会把空间分割成很多块,空白的效果就没有那么强烈。

(3)封面设计风格:朴实、本色

鲁迅的封面设计风格是朴实、本色。这种风格主要表现在三个方面。第一,追求朴素、简洁、大方的审美趣味。鲁迅的封面设计以字为主,充满变化;重线条、色块、图形等的组合。这种封面设计,无论是从外观感受还是内涵挖掘,都朴素、实在。它们的表现手法简单而有变化,既容易识别又生动。第二,鲁迅的封面设计多用字和经典图案,虽然简洁,没有太多修饰,但装饰美突出,显得干练、洁净。同时,这种封面设计在字体的变化和图形的动态上精心追求,因此,不光是视觉感受充满变化的节奏,而且内心共鸣感强,在传受两重主体之间的情感和意义上富有交流。第三,个性突出。这种个性首先表现为鲁迅的封面设计包含和张扬了中国传统文化和中华民族的特性,即"民族性"。其次,它表现为鲁迅的封面设计打上了他的个人烙印,承载着他在思想和精神方面的追求及他的性格特性。

鲁迅的封面设计风格与他朴实、本色的人生经历息息相关。鲁迅出生于日渐衰败的大家族,在祸不单行的情况下,他很早就领略了各式各样的世态炎凉。这是鲁迅童年生活的一个方面。鲁迅童年生活的另一方面是他经常到外祖母家所在的山村去玩。山村静谧、秀丽的自然山水,山村儿童纯净的心灵,山村成人善良、淳朴的品格,山村民风的质朴、醇厚,所有这些都显现着本色的人性、本色的生存环境。童年的双重生活使鲁迅把理想的审美情境定位于本色、质朴。鲁迅的日常生活朴实、本色。童年的生活为鲁迅的人生奠定了基调,而后来对生活的追求让鲁迅人生的旋律始终遵循基调。这种人生经历以及这种经历带来的情感倾向、审美倾向渗透到鲁迅生活和事业的各方面,也同样影响着鲁迅的封面设计,形成鲁迅封面设计的独特风格。

鲁迅的审美情趣与美术实践是形成鲁迅封面设计风格的重要条件。鲁迅对美术的兴趣萌发得很早,接触的最先的美术启蒙读物是木刻或石印的民间年画,他回忆大约六岁时的生活说:"我的床前就帖着两张花纸,一是'八戒招赘',满纸长嘴大耳,我以为不甚雅观;别的一张'老鼠成亲'却可爱,自新郎新妇以至傧相,宾客,执事,没有一个不是尖腮细腿,像煞读书人的,但穿的都是红衫绿裤。"[1]民间年画浓墨重彩、质朴有趣,这在心灵的底层积淀了鲁迅的审美情趣和审美方式,也潜在地影响着他对封面设计的审美追求。鲁迅一生对美术怀着浓厚的兴趣,对美术的追求一直没有停止。他一方面通过对中外美术史上优秀美术作品的鉴赏不断提高对绘画的感性认识和审美修养;另一方面不断关注、学习和研究中外美术理论,提高理论修养,为自己的美术鉴赏和美术创作寻找理论支点。鲁迅曾对中国美术史上的一些现象和绘画门类进行了精辟的分析,得出了许多画龙点睛式的结论,这些都说明了鲁迅扎实的美术基本功底和广博的美术修养。尤其是生命后期,鲁迅着眼于中国木刻艺术,努力培养新的一代木刻艺术家。鲁迅特别强调应用美术。早在 1913 年,鲁迅就撰写了《儗播布美术意见书》,大力倡导应用美术。他说:"顾实则美术诚谛,固在发扬真美,以娱人情,比其见利致用,乃不期之成果。"[2]鲁迅的封面设计

---

① 鲁迅:《鲁迅全集》(第 2 卷),人民文学出版社 2005 年版,第 243 页。
② 鲁迅:《鲁迅全集》(第 8 卷),人民文学出版社 2005 年版,第 52 页。

实践与他对应用美术的推崇一致,是他在应用美术方面的富有成就的追求。

(二)版式设计

版式设计是出版物装帧设计的重要组成部分,是出版内容表现的重要形式,然而,一直未能得到充分重视。鲁迅重视版式设计,提出了独特的版式设计观念,亲自设计版式,在版式设计观念和实践创新上富有成果。

1. 版式设计思想

鲁迅认为如何进行版式设计应由被设计对象决定。版式设计受制于被设计的内容,必须以被设计的内容作为基础,依赖和决定于被设计的内容。版式设计要取得成功必须充分表现被设计的内容。从大的方面来说,一定内容的读物对版式设计有着一定的限定和要求,必须遵循一定的规范和规律。如儿童读物的版式设计要活泼、生动,学术读物的版式设计要严肃、庄重。鲁迅强调这一点,联系自己负责编辑出版的读物时多次谈到这一点。在给黄源的信中,他谈及插画本的版心设计时说:"插画本丛书的版心,我看每行还可以添两个字,那么,略成长方,比较的好看(《两地书》如此),照《奔流》式,过于狭长,和插画不能调和,因为插画是长方的居多。"①插画是插画本的内容主体,是形式的聚焦点和表现点,因此,空间分割和形式等要围绕主体,充分匹配,既然插画长方的多些,那么版心略成长方和谐些。从小的方面来说,一类读物甚至一本书的不同内容决定着这部分内容的版式设计,需用不同的版式设计来分别充分表现这些内容。鲁迅曾经为自己收入集子的一些文章专门进行版式设计,就是按照这个规律和要求操作的。鲁迅充分利用版式设计突出重点内容,更好地表现文本的主旨。鲁迅的《坟》要出版了,他特意写了一篇文章《写在〈坟〉的后面》以表明自己当时的心境和对这本杂文集的看法。显然,这篇文章对于鲁迅本人及其杂文集很重要。为此,鲁迅对这篇文章进行了特别的版式设计,并把这种版式设想寄给编辑,一再嘱咐按此编排、印刷。有些人脱离版式设计的内容把版式设计理解为完全形式化的程式,什么图书都是一样

---

① 鲁迅:《鲁迅全集》(第13卷),人民文学出版社2005年版,第435页。

的版式。这是对版式设计的错误理解,依这样的思路做出来的版式没有什么生趣和活力,也没什么匠心。不过,版式设计对其对象和内容的依赖性不是绝对的,只是版式设计的一个方面,因为版式设计具有一定的独立性。正是这种独立性使得版式设计有了更多的创造空间,使得版式设计的审美特性更加明显,更能体现版式设计者的主体精神和创造性。鲁迅对中西方版式设计的总体风格做了比较,提出西方版式设计更重读者的需求心理,更富有人的精神。这其实是撇开版式设计的对象,对版式设计作为一种形式设计的独立性的充分理解和重视。

鲁迅认为进行版式设计时要充分考虑读者的心理和需求,要尽量让读者满意。出书的目的是给读者提供读物,读者满意是出书成功的重要标准,也是版式设计成功的重要评判标准。为此,鲁迅指出版式设计者要认真了解读者的心理,熟悉读者的需要,要从读者接受心理的角度去设计读物的版式,要把读者的利益作为版式设计的出发点和归宿。鲁迅负责《莽原》的出版工作时,许广平曾对《莽原》目录的版式设计提出异议,他在回信中答复说:"现在的小周刊,目录必在角上者,是为订成本子之后,读者容易翻检起见,倘要检查什么,就不必全本翻开,才能够看见每天的细目。但也确有隔断读者注意的弊病,我想了另一格式,是专用第一版上层的,如下:则目录既在边上,容易检查,又无隔断本文之弊,可惜《莽原》第一期已经印出,不能便即变换了……"[1]从这里可以看出,鲁迅从读者的利益出发,不但接受了许广平的意见,根据读者的利益重新设计了目录的版式,而且对不能更早地使读者从新的目录版式中受益而倍觉遗憾。当时的一些出版商为了赚钱,往往把版面排得很挤以节省页码,降低成本。鲁迅认为这种版式设计有碍于读者的利益,在《忽然想到(二)》一文中指出和批评了这种现象,他说:"较好的中国书和西洋书,每本前后总有一两张空白的副页,上下的天地头也很宽。而近来中国的排印的新书则大抵没有副页,天地头又都很短,想要写上一点意见或别的什么,也无地可容,翻开书来,满本是密密层层的黑字;加以油臭扑鼻,使人发生一种压迫和窘

---

① 　鲁迅:《鲁迅全集》(第11卷),人民文学出版社2005年版,第62页。

促之感,不特很少'读书之乐',且觉得仿佛人生已没有'余裕','不留余地'了。"①阅读于读者是愉悦的体验,这种体验源于内容,也来自审美。版式设计不能考虑到读者的阅读心理,使得读者反感,让读者远离读物,也就削弱甚至丧失了出版的意义。

对读者利益和需求的重视与版式设计决定于设计对象并不矛盾。决定图书质量的因素是图书的内容,最终经受得起考验的也是图书的内容。重视读者利益就要重视图书的内容。在这一前提下,再为图书寻找一种能够充分表现内容的形式。图书的版式设计是这种前提下的形式因素,要在这种前提下考虑读者利益和需求,考虑读者对形式的期待。正是从这个意义上,鲁迅坚决反对那种完全依赖形式因素来拉拢读者的行为,他对那种脱离图书内容以花哨或者媚俗的版式取悦读者心理的行为表示极大的愤怒。

2. 版式设计实践

鲁迅认为版式设计的目标是好看。版式设计是审美创造活动,按照美的规律设计出来的版式应是美的、好看的。美的基本特征是能给审美者带来愉悦,版式设计美要让读者满意必须给读者带来心理愉悦。如果说心理愉悦是从主体的心理感受的角度给予版式设计成功的标准,那么好看则是从版式设计的客观效果给予的评判。如果版式设计好看,创造了美,那么读者必然满意。所以,好看也是版式设计让读者满意的筹码。版式的美与好看固然离不开对一些基本的版式设计规范和原则的遵循,更离不开对一些看似很小的细节的特别注意,而对细节的注意和处理更能体现设计者的匠心和创造功力。鲁迅强调版式设计者要细心,要关注读物出版的整个流程,要在细微之处创造美。一次,鲁迅为萧红查看《生死场》一书的校稿,在给萧军的信中谈及这件事时说:"校稿除改正了几个错字之外,又改正了一点格式,例如每行的第一格,就是一个圈或一个点,很不好看,现在都已改正。"②鲁迅正是这样在别人不经意的地方为读者创造美的版式。对于类似《生死场》校稿的这种行首突

---

① 鲁迅:《鲁迅全集》(第3卷),人民文学出版社2005年版,第15页。
② 鲁迅:《鲁迅全集》(第13卷),人民文学出版社2005年版,第581页。

然冒出"圈、点"等的不好看的版式，鲁迅还创造出了有效的处理办法。一次，赵家璧向鲁迅请教这方面的问题，他谈及这种处理办法时说："书的每行的头上，倘是圈，点，虚线，括弧的下半(⌐、﹀)的时候，是很不好看的。我先前做校对人的那时，想了一种方法，就是在上一行里，分嵌四个'四开'，那么，就有一个字挤到下一行去，好看得多了。"①在印《北平笺谱》时，鲁迅在致郑振铎的信中说："目录的写法，照来信所拟，是好的。""笺上的直格，索性都不用罢。加框，是不好看的。页码其实本可不用，而于书签上刻明册数。……而且倘每页用同一颜色，则每页须多加上一回印工，所以我以为任择笺上之一种颜色，同时印之，每页不尽同，倒也有趣。"②这里提出的是页码的排版。此外，鲁迅提醒要注意文字排版的统一和字体字号的使用。

鲁迅认为进行版式设计时，要注意本子不能太厚。读物的内容和形式是统一的，内容丰富、复杂，必须用厚本子才能表现的读物当然只能用厚本子。一般的读物，宜以较薄的本子为好。假如内容只有那么多，而本子又很厚，读者拿到这样的读物定然反感。鲁迅多次指出这种现象，并灵活运用各种办法使不必要的厚本子变薄。他说："昨交上《两地书》稿上半，是横排的，我想此书不必与《呐喊》等一律。但版式恐怕不宜太小，因为一小，则本子就太厚，不成样子了。"③"《杂感选集》的格式，本已用红笔批了大半，后来一想，此书有十七万余字(连序一万五千在内)，若用每版十二行，行卅六字印，当有四百余页，未免太厚，不便于翻阅。所以我想不如改为横行，格式全照《两地书》，则不到三百页可了事，也好看。"④本子太厚，一则不美观，招致读者反感；二则翻阅起来费劲，导致读者抗拒；三则必然导致成本增加，定价提高，使读者不堪承受。这里，鲁迅强调版式设计要实在，要在实在的基础上创造，要顾及读者的感受和购买力。

鲁迅吸收我国传统的版式设计的合理之处，同时创新。譬如，如果文字是

①　鲁迅：《鲁迅全集》(第12卷)，人民文学出版社2005年版，第367—368页。
②　鲁迅：《鲁迅全集》(第12卷)，人民文学出版社2005年版，第458—459页。
③　鲁迅：《鲁迅全集》(第12卷)，人民文学出版社2005年版，第361页。
④　鲁迅：《鲁迅全集》(第12卷)，人民文学出版社2005年版，第389页。

直排,题目都顶格,每行中的每一个字都紧接着。一般排题目时仅占一行,而使题目占到五行,使得题目醒目,版面更加清晰。鲁迅对字距做了改变,把字距调整为四分之一字,这样看起来清楚,利于阅读。鲁迅设计的书文内标点都排在字的中间,但没有排在一行的第一个字的,而且每篇文章都另页开始。这种排法后来成为一种风气,成了版式设计的常规。鲁迅打破首页的书名和著者的题字的对称式,在每篇的第一行之前留下几行空白。在印《北平笺谱》时,鲁迅在书的最前面一页大写书名,加上其他的信息,做成书的标志一样的设计。

(三)插图设计

插画是内容的形象表达或就是形象化的内容,和装帧设计有区别。但是,从内容的审美和审美的形式表现看,二者有共同点和互通性。鲁迅论及的插图主要是内容的形象表达,因此放在装帧设计部分进行阐述。

鲁迅的插图观和实践体现了他对出版传统的态度和做法,即批判继承和不断创新。他把书籍插画界定为我国出版的优良传统,并在传统出版向近现代出版转型中创新观念,在实践中大胆突破,推动了我国书籍插图的发展。

1. 插图观

鲁迅认为重视插画是我国出版的优良传统。19 世纪出版的《聊斋志异》的插图本,鲁迅认为其水平已很高。但由于种种原因,中国的插画没有在现代得到应有的发展。在某种意义上,西方的插画慢慢地超过了国内的水平。在这种情况下,鲁迅认为一方面要发扬插画传统,另一方面要引进西方的插画。鲁迅非常明确地指出,虽然大幅的油画或水彩画需要学习,但更需要的是要看重并且努力创作连环画和书报的插图;在充分研究欧洲名家作品的同时,更要注意中国旧书上的绣像和画本以及单张的花纸。这些研究对于大众非常需要,因为大众需要这些通俗易懂的作品,这些作品适合他们,他们喜欢看,能满足他们的需要。在致魏猛克的信中,鲁迅特别强调说:"中国旧书上的插画,我以为可以采用之处甚多,但倘非常逛旧书店,不易遇到。"①鲁迅一生对中国

---

① 鲁迅:《鲁迅全集》(第 13 卷),人民文学出版社 2005 年版,第 61 页。

旧书上的插画都非常留意,一旦碰到合适的就把它们作为自己出版的新书上的插画。鲁迅不断从西方的插画中汲取养料,有时还直接选取西方的插画或其他美术作品作为自己所出图书的插画。

"书籍的插画,原意是在装饰书籍,增加读者的兴趣的,但那力量,能补助文字之所不及,所以也是一种宣传画。这种画的幅数极多的时候,即能只靠图像,悟到文字的内容,和文字一分开,也就成了独立的连环图画。"①"欢迎插图是一向如此的,记得十九世纪末,绘图的《聊斋志异》出版,许多人都买来看,非常高兴的。而且有些孩子,还因为图画,才去看文章,所以我以为插图不但有趣,且亦有益……"②这两段话表达了鲁迅对书籍插图的深刻理解和认识,可以从"原意是在装饰书籍""有趣""有益"三个方面加以分析。

鲁迅所说的"书籍的插图,原意是在装饰书籍"是在对书籍美的整体把握的基础上立论的。一方面,书籍的插图是书籍装帧的组成部分,不能喧宾夺主地取代书籍的内容。它的基本职能是装饰书籍,充分反映书籍的相关内容。如鲁迅所画的"活无常"插图,就是为了通过它形象地反映书中所包含的鲁迅小时候曾经历过的街头赛会的场景。插图的质量高低固然取决于插图本身的艺术水准,更决定于它对书籍内容的表现程度。插图的美术质量再高,如果不能充分地反映和表现书籍的思想内容,那也不是成功的插图。另一方面,插图和文字作为书籍的不同组成部分,各司其职。插图的职能之一是美化图书。插图间杂地存在于文字中,使文字的安排有了变化,有了更多活力。读者在翻阅图书时,在这种文字和插图的错落有致的变化中,可以体验到节奏的变化和韵律美感。

鲁迅认为插图务必"有趣"。插图的创造是审美创造,其结果是创造出插图美。美的基本属性是能给审美者带来愉悦。美的插图同样能给读者带来愉悦感,能引起读者的兴趣。插图的有趣包括三个方面:插图所表现的内容有趣、插图形式有趣和认识上的便利带来趣味。如果插图所表现的内容本身有

① 鲁迅:《鲁迅全集》(第4卷),人民文学出版社2005年版,第458页。
② 鲁迅:《鲁迅全集》(第13卷),人民文学出版社2005年版,第464页。

趣,那么读者领略了内容,也就领略到了插图本身的趣味,自然产生趣味感。如鲁迅的"活无常"插图所表现的内容是大人小孩都喜欢的赛会,插图本身的趣味不言而喻。另外,如果插图本身表现的内容虽然没有多少趣味,但是,如果被表现的内容能够激发读者产生联想,让读者以此为入口进入趣味的领域,那么插图也就有趣了。如果插图内容不但本身有趣,而且能够把读者带入更为宽阔的趣味乐园,那么这样的插图就更能令读者满意了。鲁迅的"活无常"插图就是这样的插图。插图形式的有趣包括插图所用形式的趣味和构图的趣味。在"活无常"插图中,构成形象的形式是高帽、草鞋、宽袍、残破芭蕉扇、铁链,这些都是有趣的元素,所有这些元素的安排也渗透出美感和趣味。语言是抽象的,插图是造型艺术,也是形象的。尽管抽象的语言可以塑造出形象,但这种形象是间接的,与插图这种直接形象不同。读者从插图的直观形象中更能领略图书的内容。正如鲁迅在《〈死魂灵百图〉小引》中所说:"不过那时的风尚,却究竟有了变迁,例如男子的衣服,和现在虽然小异大同,而闺秀们的高髻圆裙,则已经少见;那时的时髦的车子,并非流线形的摩托卡,却是三匹马拉的篷车,照着跳舞夜会的所谓眩眼的光辉,也不是电灯,只不过许多插在多臂烛台上的蜡烛:凡这些,倘使没有图画,是很难想像清楚的。"①好的插图能给读者带来认识上的便利,也能增加读者对读物的兴趣。

鲁迅认为插图一定要对读者"有益"。插图对读者的好处表现在三个方面:其一,插图帮助读者理解书籍的思想内容。对于科普书籍,插图本身往往就在行使文字的功能,是用图在传达科学知识。如鲁迅早年的生理学讲义中画的插图就是这样。对于文学书,尽管插图不像科普图书中的插图那样直接,但往往是精彩内容的强调,或者是对图书内容画龙点睛般的提示。如鲁迅在《〈母亲〉木刻十四幅》的序言中就对《母亲》的插图给予高度评价。其二,插图的趣味能够吸引读者阅读书刊,完整接受知识。这一点鲁迅的亲身经历最有说服力。年少时,鲁迅在跟老师读书时,听说叫《山海经》的书里有着令人神往的插图——"画着人面的兽,九头的蛇,三脚的鸟,生着翅膀的人,没有头

---

① 鲁迅:《鲁迅全集》(第6卷),人民文学出版社2005年版,第460页。

而以两乳当作眼睛的怪物……"①这些插图强烈地吸引鲁迅,他想方设法寻找这本书,而后来正是受这本书的插图的影响而大量寻找绘画书,大量接触有精美插图的图书,从而掌握了更多知识。其三,插图本身的审美性给读者以美的熏陶,能提升读者的审美情趣,培育读者的审美观念。插图要对读者有益,插图本身要有内容,要反映社会现实。"上海刊物上,时时有木刻插图,其实刻者甚少,不过数人,而且亦不见进步,仍然与社会离开,现虽流行,前途是未可乐观的。"②这里,鲁迅批评的是当时流行的插图没有内容,强调插图内在的思想的重要性,从反面强调插图的作用和益处。

2. 插图实践

对于所编辑出版的图书,鲁迅总是根据需要想方设法配上精美的插图。鲁迅替孙用出版译著《勇敢的约翰》,几经波折,最后决定自己印刷。既然决定自己印刷,鲁迅认为要插更好的图。为了得到原书的插图,他要孙用寻找,又托在德国的友人转托匈牙利留学生买插画本。后来,孙用从匈牙利世界语译者考罗卓那里得到了 12 幅彩色壁画复制品。复制品非常漂亮,他高兴极了。瞿秋白在翻译《第十三篇关于列尔孟托夫的小说》时对原书中的插图非常看重,可是,令人遗憾的是,译文发表时没有附上插图。瞿秋白死后,鲁迅为他出版遗著,将所有的插图都补了进去,并且亲自撰写插图说明文字。在出版《旧事重提》一书时,鲁迅非常明确地说:"《旧事重提》我想插画数张,自己搜集。"③在鲁迅的译作中,只要能找到原著的插图他都尽力将插图附入作品中。如《小彼得》中就附有乔治·格罗斯所画的插图 6 幅,《毁灭》中附有威绥斯拉夫崔夫画的插图 6 幅,《表》中附有勃鲁诺·孚克作的插图 22 幅,《坏孩子和别的奇闻》中附有玛修丁所作的插图 8 幅。鲁迅有时译介国外书籍的目的是为了引进和介绍该书的插图。在契诃夫的《坏孩子和别的奇闻》一书的"译者后记"中,鲁迅说:"这回的翻译的主意,与其说为了文章,倒不如说是因为插

①　鲁迅:《鲁迅全集》(第 2 卷),人民文学出版社 2005 年版,第 254 页。
②　鲁迅:《鲁迅全集》(第 13 卷),人民文学出版社 2005 年版,第 539 页。
③　鲁迅:《鲁迅全集》(第 12 卷),人民文学出版社 2005 年版,第 29 页。

画;德译本的出版,好像也是为了插画的。"①有时鲁迅买书也是为了插画。他说自己向来没有研究儿童文学,曾有一两本童话,那是为了插画而买的。当看到插画漂亮的图书时,鲁迅常常赞不绝口。在给韦素园的信中,他称赞《君山》一书说:"《君山》多加插画,很好。"②当知道同行们要出好书时,鲁迅常常建议附上精美插图。譬如,邹韬奋出版了《高尔基》一书,在《生活》周刊上做了广告,鲁迅通过广告了解情况后非常高兴地告知邹韬奋说:"这实在是给中国青年的很好的赠品。"同时提议:"我以为如果能有插图,就更加有趣味。我有一本《高尔基画像集》,从他壮年至老年的像都有,也有漫画。倘要用,我可以奉借制版。制定后,用的是那几张,我可以将作者的姓名译出来。"③鲁迅不但向邹韬奋提出增加插图的建议,而且提供插图的来源,可见他对插图的重视和用心。

鲁迅克服重重困难,专门出版有关插图方面的图书和插图册,供插图工作者参考、借鉴。一方面,鲁迅大力出版国外的优秀插图作品。《死魂灵百图》就是鲁迅出版的具有恒久价值的插图集。在《〈死魂灵百图〉小引》一文中,鲁迅介绍出版这本书的一个重要的目的是"想献给插画家",让他们打开视野,了解国外的"写实的典型",将国外作品和中国传统的"出相"和"绣像"进行比较,懂得二者之间的差异,进而充分、有效借鉴。④ 画家梅斐尔德为小说《士敏土》画了10幅插图,鲁迅认为这些插图不错,于是自费影印,以三闲书屋的名义出版。这就是《梅斐尔德木刻士敏土之图》一书。一方面,鲁迅想方设法出版国内的传统插画精品。1935年4月4日,在给李桦的信中,他说:"中国古时候的木刻,对于现在也许有可采用之点,所以我们有几个人,正在企图翻印(玻璃板)明清书籍中之插画,今年想出它一两种。"⑤传统插图精品承载插图历史,包含插图智慧,是现代插图的源头和营养,但是,因为留存有限,未

---

① 鲁迅:《鲁迅全集》(第10卷),人民文学出版社2005年版,第448页。
② 鲁迅:《鲁迅全集》(第11卷),人民文学出版社2005年版,第643页。
③ 鲁迅:《鲁迅全集》(第12卷),人民文学出版社2005年版,第395页。
④ 鲁迅:《鲁迅全集》(第6卷),人民文学出版社2005年版,第461页。
⑤ 鲁迅:《鲁迅全集》(第13卷),人民文学出版社2005年版,第433页。

加甄别,学习、借鉴不易,因此,鲁迅倡导和实践的翻印传统插图精品既重要又实在。另一方面,鲁迅出版了一些关于插图创作技法的指导插图创作的书。这方面主要是从国外引进。譬如,《近代美术史潮论》是日本人板垣鹰穗撰写的"插画很多,又大抵是选出的代表之作"①的美术书。鲁迅"以为中国正须有这一类的书,应该介绍"②,但当时出版界对这类书的认识有限,加上成本高、读者少以致经济上不划算,所以要出版不容易,这正如鲁迅所说:"书中的图画,就有一百三四十幅,在现今读者寥寥的出版界,纵使译出,恐怕也没有一个书店敢于出版的罢。"③一次全部出来不现实,鲁迅托李小峰在期刊上连载这些插图,在他看来,每期刊物选用两三张图画、十来页译文,两年内整本书的内容都可以发表,这样的话,"论文和插画相联络,没有一点白费的东西"④。在鲁迅的努力下,这些插画在《北新》杂志上连载,后来还出版了单行本。

鲁迅对插图的出版非常精心。小时候,鲁迅就对绍兴城里印书画的工坊有兴趣。鲁迅出版插图时,印刷技术有了翻天覆地的变化,他把儿时的兴趣融入对插图的精心印制中。首先,鲁迅精心做好与插图出版相关的如插图说明的撰写等准备工作。如:出版《〈城与年〉插画本》时,鲁迅针对28幅插图精心撰写了27条说明,对于自己不明白没有办法写说明文字的插图,他还专门请人写。其次,鲁迅想方设法保证插图的印刷质量。如在鲁迅留下来的《勇敢的约翰》的校样中,还可以看到他在该书插图清样上指导插图印制的批语。

鲁迅自己动手创作了不少插图。鲁迅1909年从日本回国后,在浙江两级师范学堂担任生理学和化学教员。为了讲课,他撰写了一本讲义。在讲义中,他自己配了50多幅插图,这些插图准确、精美。在鲁迅的散文集《朝花夕拾》的后记中有几幅插图,其中一幅题作《哪怕你,铜墙铁壁》的插图是鲁迅创作

① 鲁迅:《鲁迅全集》(第8卷),人民文学出版社2005年版,第309页。
② 鲁迅:《鲁迅全集》(第12卷),人民文学出版社2005年版,第93页。
③ 鲁迅:《鲁迅全集》(第12卷),人民文学出版社2005年版,第93页。
④ 鲁迅:《鲁迅全集》(第12卷),人民文学出版社2005年版,第93页。

的。鲁迅的"活无常"插图中的活无常头戴高帽子,脚穿草鞋,身上披着宽大的袍子,背上背着金元宝,腰上系着金元宝,左右拿着勾魂的铁链,右手拿着一把破芭蕉扇,手舞足蹈,口里似乎念念有词。形象非常逼真、传神,和画题非常契合,可谓文图合一。

第四章　市场经营的行家

从家道中落后为了筹钱给父亲治病不得不出入典当铺，到家庭开支大而无力供弟弟周作人留学以致不得不远赴日本接他们回来，到生活困顿以致不得不托人找工作、委身于教育部 14 年，再到作为自由职业人而常常虑及影响生活的收入来源等；从家族衰落带来的经济拮据，到与周围事、身边人纠缠一块的经济因素，到国家贫穷、民族失落的经济困境，无论是个人、家族、朋友还是社会、国家、民族，鲁迅对经济的感受丰富、思索良多。他的经济意识与思想融入其出版思考和实践中，既有经营失败的教训也有发展成功的喜悦，铸就其作为出版市场经营行家的地位和价值，体现为出版商业意识和思想、出版市场经营的理念和行动。

一、鲁迅的出版经济思想

出版的经济性包括的内容多，鲁迅具有强烈的经济意识，对资本影响出版、编辑出版者的经济事务处理等都有认识和实践。市场经济条件下的经营管理表现为浓郁的商业性，产品成为商品，商品在市场上交易。传统出版的现代转型意味着出版物成为商品、进入市场，意味着对出版商业性的认识和实践。现代出版物流通市场是现代出版的重要组成部分，是在出版市场思想的指导下创建的。这种市场源于现代社会条件下出版的商业性，依赖现代交通及其带来的现代物流，包括出版市场本身、连通商品和市场的渠道以及出版物本身诸如定价等市场元素。面对出版市场、渠道建设、出版物定价事宜，鲁迅十分务实，着眼于高，落实于细。譬如，广州的销售点停办了，为了处理好相关事宜,他一连忙了几天,①具体到账务都由他亲自办理,他说:"北新书屋账等一二天再算详账云云,而至今未有照办者,因为我太忙。能结账的只有我一个人。其实是早已结好,约欠八十元。"②

(一)理解出版的经济性

鲁迅关于出版经济性的论述源于他的出版实践,是对出版实践的思考和提炼,是对出版问题的分析和解决。首先,鲁迅认为经济是出版不可缺少的基础,没有经济基础,出版只是一句空话。在谈到办出版机构、期刊社、编辑出版图书时,他表明自己编书、出书在经济上的要求是卖回本钱以备再出书。但是,要卖回本钱,必须考虑到经营,必须重视出版的商业性。有些出版企业替他出书、办期刊不遗余力,但他总是反复权衡,尽量一次不给出版企业太多任务和负担,以免出版企业在重压下倒闭。譬如,《译文》要复刊,《译文丛书》要出版,他认为不要把这两件事放在一家出版机构,因为和他联系的大都是小的出版机构,若放在一家则它会因为资金少带来经济压力,可能两败俱伤。③ 其次,鲁迅总是提醒在出版企业、期刊机构的创办和经营过程中要注意资本因素。他最初创办的杂志《新生》夭折了,在谈及教训时把缺钱作为重要的原因。他在谈及出版《域外小说集》等翻译作品时,列出做成这件事的几个支点,其中之一是资本。未名社打算从北京南迁上海,他一方面想到需要迁移费用,另一方面认为哪怕南迁也可以暂时在北京设分发处,因为分发处一个人、一间屋就够了,可以存书、往北方各地发书,这样经济多了。④ 最后,鲁迅特别提醒编辑出版者要注意存在于编辑出版活动过程中的经济问题,如偿付稿酬、版税等。他认为,这些事情看起来小,但绝不能含糊,多次提醒不注意这些事情的出版者,告知他们其中的利害。

---

① 参见鲁迅:《鲁迅全集》(第 12 卷),人民文学出版社 2005 年版,第 66 页。
② 鲁迅:《鲁迅全集》(第 12 卷),人民文学出版社 2005 年版,第 75 页。
③ 参见鲁迅:《鲁迅全集》(第 13 卷),人民文学出版社 2005 年版,第 558 页。
④ 参见鲁迅:《鲁迅全集》(第 12 卷),人民文学出版社 2005 年版,第 190 页。

（二）认识出版的商业性

毋庸置疑，鲁迅受到我国出版重义轻利传统的影响，在"义"和"利"的选择中，会毫不犹豫地偏向"义"，他说："书坊专为牟利，是不好的，这能使中国没有好书。"[①]"专为牟利"会把经济利益放在首位甚至作为全部追求，背离了出版物作为精神产品的本质和特性，不利于好书的出版，甚至会毁掉好书。在编辑出版生涯中，鲁迅厌恶和痛恨纯商业目的的编辑出版行为，大义舍金钱的编辑出版举措不少。但是，"上海到处都是商人气（北新也大为商业化了），住得真不舒服"[②]。鲁迅，尤其是生活在上海的鲁迅，不管舒服不舒服，都要面对市场和商品，都要应付层出不穷的商业事务，不得不与商业走得近，不得不思考和探究商业。不管是在与出版机构的交往中，还是在自己的出版机构的经营中；不管是和出版机构的双赢合作，还是批判出版机构的过分追求商业利益，他敏锐感知和透彻认识出版的商业性。"和商人交涉，真是难极了，他们的算盘之紧而凶，真是出人意外。"[③]虽然他在与出版企业过于追求商业利益的斗争中交了不少学费，有过难受，但深刻认识到多了解出版商业规则的重要性和必要性，也掌握了出版的商业规则，而且能熟练运用这些规则保护自己、捍卫利益。

出版机构的声誉是其商业性的重要表现。鲁迅在与出版机构长期打交道的实践中，对其声誉看得很重，也严词斥责不讲声誉者。光华书局是一家市场型出版机构，鲁迅和该书局的关系及其对它的看法，既反映该书局的商业性也反映他对商业声誉的认识。光华书局 1925 年创办于上海，出版了《狂飙》周刊、《狂飙丛书》的第三种，1926 年底鲁迅在《新的世故》一文中把它作为"自由批评家走不到的出版界"的例子，印象不好。[④] 1927 年 10 月 17 日他在给李

① 鲁迅：《鲁迅全集》（第 12 卷），人民文学出版社 2005 年版，第 264 页。
② 鲁迅：《鲁迅全集》（第 12 卷），人民文学出版社 2005 年版，第 202 页。
③ 鲁迅：《鲁迅全集》（第 13 卷），人民文学出版社 2005 年版，第 272 页。
④ 鲁迅：《鲁迅全集》（第 8 卷），人民文学出版社 2005 年版，第 184 页。

霁野的信中评价说:"光华书店,我看他做法不大规矩,是不可靠的。"①1930年3月和7月,光华书局出版《科学的艺术论丛书》之《社会的作家论》和《艺术论》以及《萌芽》《巴尔底山》等,鲁迅对它多了些关注。但是,屈从于当局的压力,光华书局出版了《前锋月刊》等"民族主义文学"的刊物,免被当局搜查。鲁迅在1931年1月23日给李小峰的信中提到免搜查的事,表达了对光华书局的看法。1932年,鲁迅和光华书局协商,有意按半价将自印的《毁灭》《铁流》的存书卖给光华书局,卖完存货后这两本书由光华书局重版。后来,《铁流》就按照这种方式和光华书局合作了。可是,光华书局拿走了《铁流》的纸版,售卖了《铁流》的库存,却不付钱给他,而且重印时也不到他那里拿"印证",而是"径自印卖"。很明显,光华书局不讲诚信,做事不规矩。1932年12月12日,他表达了"算是上了一个当"的无奈和愤怒。② 后来,光华书局付他50元作为《铁流》再版的版税,但还是没付售卖存货的钱,而再版版税也远远没付够。因为当局检查进步书籍,《铁流》被列入禁止销售的名单,光华书局一边以此为由继续拖欠和不付稿费,一边暗暗售卖。这样,光华书局给他的印象极坏。1934年7月14日在给徐懋庸的信中,他借着光华书局拖欠《新语林》作者稿酬的事说:"光华老病,是要发的,既是老病,即不能不发。"③这一年的12月10日,他和萧军、萧红说及被光华书局骗的事,很是气愤。

(三)把握出版市场

近现代出版业竞争激烈,没有适销的出版物,什么都无从谈起,有了对应市场的出版物,不能让读者知晓并购买,也无法发展。鲁迅始终尊重出版物、尊重市场、尊重读者。他不断观察、思考和判断市场,进行市场实践,探索市场规律。他整体掌握市场,不片面、单一看问题,而基于联系看到真正的原因。譬如,《莽原》在上海的销量减少一百份,他分析是同类品《幻洲》面世的结

---

① 鲁迅:《鲁迅全集》(第12卷),人民文学出版社2005年版,第79页。
② 鲁迅:《鲁迅全集》(第12卷),人民文学出版社2005年版,第350页。
③ 鲁迅:《鲁迅全集》(第13卷),人民文学出版社2005年版,第176页。

果。① 他将出版物的特点和读者不断变化的阅读趣味结合起来判断市场,顾及作家、具体出版物的生命周期。譬如,针对果戈理的文集,他结合作家的生命周期做了分析,认为每个外国的大作家的销售期基本在两三年,周期过去,市场就厌弃了,读者就不买账了,于是得出这个文集如果是 6 本,则要在有效销售期的两年内出完。② 他了解出版物的销售情况,掌握出版物的市场数据。《域外小说集》出版后,他一直跟踪其市场情况,十多年后回忆时还详细解释其销售状况,对当时售卖的册数清清楚楚。③ 在 1936 年 10 月 17 日致曹靖华的信中,他说:"《文学》由王统照编后,销数大减,近已跌至五千,此后如何,殊不可测。《作家》约八千,《译文》六千,新近出一《中流》(已寄上三本),并无背景,亦六千。《光明》系自以为'国防文学'家所为,据云八千,恐不确;《文学界》亦他们一伙,则不到三千也。"④这么多品种,这么具体而精确的数字,如果不是用心于此则是不可能掌握到如此程度的,如果不是对出版市场非常了解则是不可能如此信手拈来的。鲁迅充分调研市场,关注出版物的销售状况,及时开拓市场,及时添补货。从北京到厦门,了解到市场上有北新书局的书,而没有未名社的书,他在厦门大学找到可靠的联系人,要求发书过来以扩大销售。⑤ 他基于市场调查,了解了出版物在广州的市场形势以及他关注的出版物的销售情况,1927 年 1 月 26 日,他写信给韦素园,先分析区域市场上出版物的情况——"本地出版物,是类乎宣传品者居多;别处出版者,《现代评论》倒是寄卖处很多。北新刊物也常见","最风行的是《幻洲》,每期可销六百余",得到未名社出版物的市场现状——"惟未名社者不甚容易见面",了解未名社主要出版物的市场前景——"闻创造社中人说,《莽原》每期约可销四十本"。显然,未名社要在广州开拓市场,如何开拓呢? 在市场调查中得知北新书局要建立售书处,凭借和书局的关系,他认为可以在这个新设的售书处卖未

---

① 参见鲁迅:《鲁迅全集》(第 11 卷),人民文学出版社 2005 年版,第 610 页。
② 参见鲁迅:《鲁迅全集》(第 13 卷),人民文学出版社 2005 年版,第 537 页。
③ 参见鲁迅:《鲁迅全集》(第 10 卷),人民文学出版社 2005 年版,第 176—177 页。
④ 鲁迅:《鲁迅全集》(第 14 卷),人民文学出版社 2005 年版,第 171—172 页。
⑤ 参见鲁迅:《鲁迅全集》(第 11 卷),人民文学出版社 2005 年版,第 667—668 页。

名社的书,于是具体安排说:"望即寄《坟》五十本,别的书各二十本,《莽原》合本五六部,二卷一号以下各十本来,挂号,'中山大学大钟楼,周……'收。"①1927 年 4 月 20 日,在给李霁野的信中强调了在韦素园信中的意思,也证明市场调查的准确和所采取措施的正确,他说:"广东没有文艺书出版,所以外来之品,消场还好。《象牙之塔》卖完了,连样本都买了去。"②1928 年 3 月 14 日,鲁迅到上海还不足半年,就陆续针对未名社及其出版物发出了详尽、具体的市场结论,他说:"未名社的信用颇好,《小约翰》三百本,六七天便卖完了。"③"未名社书早到了,听说买者很多,似乎上海颇缺。也有拿现钱来批发的,但要七折,所以没有给他。"④这些信息和判断既关乎未名社的品牌,又关乎诸如《小约翰》等具体出版物的销售情况,还有关乎批发、折扣等客户及其销售政策的。可以说,鲁迅到哪就调研和掌握那里与自己创办的出版机构及其编辑出版的出版物相关的市场情况,既有关于面上的市场状况和趋势,又有关于出版物类别的,更有针对具体出版物的结论和措施。

(四)重视出版物流通渠道

鲁迅主要采用代理制的方式实现出版物流通销售点的布局和出版物的销售,同时重视并实践流通销售点的自建,譬如在中山大学教书时他帮助北新书局建立销售点。1927 年 3 月,他租用广州芳草街四十四号二楼创办的北新书屋开业,代售北新书局和未名社书刊。同年 8 月结束,存书移交广州共和书局。⑤ 对于出版物代理商的选择,他有着特别的创新观念和实践。譬如,合记是一家文具批发商,他将它开发为读物代理商,借助它的渠道和顾客开拓了新市场,扩大销售,回款可靠,效果很好。⑥

---

① 鲁迅:《鲁迅全集》(第 12 卷),人民文学出版社 2005 年版,第 16 页。
② 鲁迅:《鲁迅全集》(第 12 卷),人民文学出版社 2005 年版,第 30 页。
③ 鲁迅:《鲁迅全集》(第 12 卷),人民文学出版社 2005 年版,第 108 页。
④ 鲁迅:《鲁迅全集》(第 12 卷),人民文学出版社 2005 年版,第 194 页。
⑤ 参见鲁迅:《鲁迅全集》(第 16 卷),人民文学出版社 2005 年版,第 13、33、34 页。
⑥ 参见鲁迅:《鲁迅全集》(第 12 卷),人民文学出版社 2005 年版,第 198 页。

（五）运用出版物定价

鲁迅重视出版物的定价，认为定价一定要和消费者的需求结合起来，要考虑到读者的购买力。如出版《勇敢的约翰》时，他认为如果用彩色，那么因为成本高而定价必然高，而高定价"为现在的出版界及读书界能力所不及的"①。他采用低价扩大出版物的销量，更好地普及新观念、新文学和新知识。譬如，他推出的学生本、普及本、廉价本。对于一些特别的图书，他利用定价策略，通过预售掌握市场，降低风险。譬如，他以预售价 8 元、非预售价 12 元的方式成功运作《十竹斋笺谱》。②

二、鲁迅关于出版物质量和标准的认识与实践

量和质是出版物的两个重要方面，其关系的处理是出版经营的基础。鲁迅对这一对范畴有着独特的理解，提出了富有启发的分析和结论。他精心研究图书、期刊和报纸的标准，精耕细作，不断创新，出版了不少富有个性和特色的读物。他聚焦一类读物，通过持续的作为成就对读者和社会的深远影响，譬如他的著译读物、新文学读物、木刻读物等，而对这些读物类别的影响力及其创造过程的分析，可以了解他对出版市场的深入理解和全面掌握。

（一）出版物的规模和质量

"未名社之立脚点，一在出版多，二在出版的书可靠。"③尽管此处是鲁迅针对未名社的评价，但包含的道理对所有出版机构都具有指导价值。"出版多"指出版机构出书的数量、规模；"出版的书可靠"指出版机构出书的质量。质以量为前提和基础，是量积累到一定程度发生质变后形成的。出版机构在一定的时间区段中必须保证一定的出书数量，形成一定的出书规模。"倘出

---

①　鲁迅：《鲁迅全集》（第 12 卷），人民文学出版社 2005 年版，第 248 页。

②　参见鲁迅：《鲁迅全集》（第 13 卷），人民文学出版社 2005 年版，第 169 页。

③　鲁迅：《鲁迅全集》（第 11 卷），人民文学出版社 2005 年版，第 643 页。

版物少,亦觉无聊。"①如果出版机构不能保持一定的出书规模,那么肯定经受不起冲击,更谈不上发展。量是一定质上的量,质决定着量的档次。无限扩大的规模如果不与质的提升保持一致,那么,数量的增长不但不利于质的稳定和提升,还可能导致质的滑坡和倒退,带来大损失甚至致命危害。因此,出书的质和量必须统一,只有二者的有机结合才能产生效益。"出版多"强调出版机构的出书品种要保持一定规模,要求出版机构一方面推出一批具有稳定效益,在较长时间内具有恒在价值,能抓住读者需求、不断再版的出版物;另一方面不断推出新的图书品种,使出版机构的出版物富有新意、生机和活力。"出版的书可靠"强调出版机构要有质量意识,要保证出版物的高质量。鲁迅说:"汇印新作,当然是很好的,但新作必须是精粹的本子,这才可以救读者们的智识的饥荒。就是重印旧作,也并不算坏,不过这旧作必须已是一种带着文献性的本子,这才足供读者们的研究。"②高质量的出版物要求趋于完美,要有恰当的读者定位。从内容看,它们必须是"精粹的本子"或者是"文献性的本子"。从对读者的价值来看,它们或者"救读者们的智识的饥荒"或者"足供读者们的研究"。

鲁迅自办和支持的出版机构由于条件的限制,不可能像当时的商务印书馆等那样不断地把规模做大,但是在有限的条件下,它们尽可能多出书、集中力量出书,使出书行为在数量的扩充中得以良性循环。鲁迅和北新书局的合作是范例。一方面,在较长一段时间里,北新书局集中编辑出版新文学读物,日积月累形成规模,产生影响;另一方面,鲁迅看好和信任北新书局在新文学上的追求和行动,全力支持,将自己的作品集中于此出版,形成局部的规模效应。同时,尽可能邀约其他作者与书局合作,汇聚更多作品,形成更大的规模,产生更大的规模效应。1933 年 1 月 2 日,鲁迅在给李小峰的信中说:"我以为我与北新,并非'势利之交',现在虽然版税关系颇大,但在当初,我非因北新门面大而送稿去,北新也不是因我的书销场好而来要稿的。所以至去年止,除

---

① 鲁迅:《鲁迅全集》(第 11 卷),人民文学出版社 2005 年版,第 643 页。
② 鲁迅:《鲁迅全集》(第 6 卷),人民文学出版社 2005 年版,第 239 页。

未名社是旧学生,情不可却外,我决不将创作给予别人,《二心集》也是硬扣下来的,并且因为广告关系,和光华交涉过一回,因为他未得我的同意。不料那结果,却大出于我的意外,我只得将稿子售给第三家。"①北新书局聚焦新文学读物,鲁迅作为新文学的代表人物引领新文学出版市场,两股力量结合自然产生好结果好效益。这种合作范例是鲁迅和李小峰的共识促成的,包括情感上的认同。鲁迅说:"小峰还有点傻气。前两三年,别家不肯出版的书,我一绍介,他便付印,这事我至今记得的。"②李小峰如此尊重和认同鲁迅,鲁迅同等回馈。譬如,瞿秋白为鲁迅编就自选集,内容涵盖杂文集《坟》到《二心集》的代表作品,还撰写了一篇长序,他考虑到北新书局,主动告诉李小峰,希望由北新书局出,以免因为别的地方出而影响北新书局。③ 而在出书可靠性方面,鲁迅从不打折扣。在《三闲书屋印行文艺书籍》中,他首先批评出版界的"堕落和滑头",表明自己出书就是因为不满这些出版商,意在"来认真绍介诚实的译作,有益的画本,货真价实,童叟无欺",然后向消费者和读者保证说:"宁可折本关门,决不偷工减料。买主拿出钱来,拿了书去,没有意外的奖品,没有特别的花头,然而也不至于归根结蒂的上当。"④在《〈文艺连丛〉——的开头和现在》中,他还是先批判出版界的弊端——"投机的风气",因为投机所以不愿意真正为文艺做事,哪怕开始做了些事,过段时间就"变相,或者失败了",然后还是保证说:"但约定的编辑,是肯负责任的编辑;所收的稿子,也是可靠的稿子。总而言之:现在的意思是不坏的,就是想成为一种决不欺骗的小丛书。"⑤因此,不管是三闲书屋所印行的文艺书籍,还是《文艺连丛》的编辑出版,都针对出版界的不足和不可靠而为,可见他在坚持出书可靠性和图书高质量方面的良苦用心。

质量的追求、质量意识的形成是长期的,出版机构的出版物给读者质量高

① 鲁迅:《鲁迅全集》(第12卷),人民文学出版社2005年版,第357页。
② 鲁迅:《鲁迅全集》(第12卷),人民文学出版社2005年版,第99页。
③ 参见鲁迅:《鲁迅全集》(第12卷),人民文学出版社2005年版,第383页。
④ 鲁迅:《鲁迅全集》(第8卷),人民文学出版社2005年版,第505页。
⑤ 鲁迅:《鲁迅全集》(第7卷),人民文学出版社2005年版,第483页。

的心理接受定式是出版机构的高质量出版物长期作用于读者的结果。为了使读者信任出版机构所出读物的质量,出版机构必须从多方面努力。为此,出版机构要有战略性思考,要有长期的出书规划和策略,要在长期的出书过程中形成自己的出书特色和出书风格,要给读者稳定的长存的印象,要在读者心里确立永久、恒在的位置。鲁迅高屋建瓴地阐述了他从这个角度对出版机构发展战略的深刻认识,并通过评价当时的出版机构加以强调。他说:"看现在文艺方面用力的,仍只有创造,未名,沉钟三社,别的没有,这三社若沉默,中国全国真成了沙漠了。"①创造社、未名社、沉钟社致力于文艺事业,长期坚持推动文艺创作,坚持翻译和引进外国文艺作品,对中国文艺的发展作出了重要贡献。在动荡不安的大环境的影响下,这三社碰到了各种各样的难题,出现过各种各样的问题,他是在这种前提下对三社进行评价的。显然,因为创造社、未名社、沉钟社一贯的出书风格和追求给了他信心,也在他心中奠定了它们的形象,所以才会得到他的高度评价。特别是,未名社办社地点在北京,当时出版机构多,竞争激烈,比未名社大得多的出版机构也不少,但未名社办社宗旨明确,并长期坚持,形成了自己的办社风格,取得了读者的信任,它的竞争力和影响力辐射范围很宽,覆盖全国。他在广州时非常高兴地说:"未名社出版物,在这里有信用……"②到了上海,他还是非常高兴地说:"听说未名社的信用,在上海并不坏……"③当未名社准备南迁上海时,他说:"未名社书,在南方信用颇好,倘迁至上海,当然可有更好之发展。"④见风使舵的出版机构偶尔一次或几次碰对了风向,可能获得成功,但这种成功很难持续,不具有积累性。在给王志之的信中批评一些鼠目寸光的出版机构时,他表达这样的意思说:"书坊店是靠不住的,它们像估衣铺一样,什么衣服行时就挂什么,上海也大抵如此,只要能够敷衍下去,就算了。"⑤这样的书店"旋生旋灭,大抵是投

---

① 鲁迅:《鲁迅全集》(第12卷),人民文学出版社2005年版,第76页。
② 鲁迅:《鲁迅全集》(第12卷),人民文学出版社2005年版,第74页。
③ 鲁迅:《鲁迅全集》(第12卷),人民文学出版社2005年版,第154页。
④ 鲁迅:《鲁迅全集》(第12卷),人民文学出版社2005年版,第189—190页。
⑤ 鲁迅:《鲁迅全集》(第12卷),人民文学出版社2005年版,第410—411页。

机的居多"①。

　　一个出版机构如果把握住了生存的基本条件——"出版多""出版的书可靠",正确处理好了发展的规模和质量的关系,形成有计划的想法和做法,对读者、作者、社会提供价值,长此下去,对发展非常有利。鲁迅通过批评一些忽视了对规模和质量关系进行策略思考,从而导致经营失败的出版机构,以此进一步强调了处理出版机构生存、发展中规模和质量策略的必要性和重要性。1932 年 12 月 23 日,在致李小峰的信中,鲁迅非常惋惜地说:"北新的灾难也真多,而且近来好像已不为读书界所重视,以这么多年的辛苦造成的历史而至于如此,也实在可惜。"②北新书局创业多年,出了不少书,特别是在新文学出版上做了大量工作,取得了一定的业绩,但是,没有长远的具有战略意义的计划,没有协调好出书规模和质量这对关系,一直碰到什么问题就解决什么问题,对出版市场逢迎多了,以致过分强调出书规模,盲目进入陌生的教材出版等,时不时在出版方向和出版物质量上出问题,终于到了难以支撑的境地。对于北新书局离开主业,盲目扩张,鲁迅批评说:"自己弄得遍身疥子,而为他人作嫁,去做官开厂,真不知是怎么一回事矣。"③北新书局离开主业,进入不擅长的领域,不但没有好机会好效果,而且拖累了主业。对于北新书局离开富有优势的新文学出版领域,非理性地进入教材出版,鲁迅清醒地判断说:"学校用书,近来各书局竞相出版,且欲销行,仍须运动,恐竞争亦大不易。北新又一向以出文艺书得名,此举能否顺利,似亦一问题也。"④即算是出版主业,涉及的领域宽而多,北新书局从新文学出版进入教材出版,看重的是教材出版的丰厚利润,但是,教材出版竞争激烈、门槛高,轻易进入,不但新领域做不好,还连累原本有些优势的新文学出版,以致给书局带来负面影响。对于北新书局不重质量,鲁迅表达不满说:"但听说第二板的颜色有些不对了,这使我很不舒

　　①　鲁迅:《鲁迅全集》(第 12 卷),人民文学出版社 2005 年版,第 194 页。
　　②　鲁迅:《鲁迅全集》(第 12 卷),人民文学出版社 2005 年版,第 354 页。
　　③　鲁迅:《鲁迅全集》(第 12 卷),人民文学出版社 2005 年版,第 197 页。
　　④　鲁迅:《鲁迅全集》(第 12 卷),人民文学出版社 2005 年版,第 262 页。

服。上海北新的办事人,于此等事太不注意,真是无法可想。"①质量是经营之本,鲁迅举的北新书局的质量问题例子很小,但是很说明问题,一旦连这种质量问题都出现了,那么书局的质量管理和质量水平之不靠谱可想而知。对于北新书局服务不到位,办事不得力,鲁迅说:"北新办事,似愈加没有头绪了,如《语丝》35 36 出版时,将 25 26 送给我,还他之后,则待 37 出后,一并送来……"②出版业靠服务立足和发展,而北新书局提供的服务简直是笑话,这种服务质量差、服务不到位,意味着书局的发展陷入困境,离死不远了。对于北新书局不但不在环境的适应中奋起,反而团队涣散,鲁迅直言说:"总之,以北新之懒散,而上海新书店之蜂起,照天演公例而言,是应该倒灶的。"③总之,北新书局的变化非某一因素所致,其衰败非一时之结果,鲁迅长期关注、观察它,判断准确,分析全面,思考深入,既解剖了一个案例,也提供了解剖案例的方法。

(二)儿童读物、科普读物和期刊的标准

图书、期刊和报纸副刊是鲁迅的三大出版领域,报纸副刊相对分量轻些。在儿童图书、科普图书方面,鲁迅给予特别关注,尤其是关于儿童读物的出版条件及内容与形式的要求、科普读物的人文内涵和基本要求,他在充分观察、深入思考的基础上,以他的出版理念为指导和分析依据,进行了丰富而深刻的论述。关于期刊,他特别强调特色,这种特色是期刊的特别标准。这些理念和做法为出版物标准的把握和控制提供启迪,为质量标准策略在出版上的运用提供具有借鉴意义的范例。

1. 儿童读物的出版条件及内容与形式的要求

鲁迅认为,编辑出版儿童读物有两个先决条件:第一,出版者要满怀爱心和责任感。儿童期是人生的起始阶段,儿童基本上处于被动接受的状态。成人对儿童的态度、方法和方式直接影响儿童的生存状态和未来。鲁迅强调要

---

① 鲁迅:《鲁迅全集》(第 11 卷),人民文学出版社 2005 年版,第 592 页。
② 鲁迅:《鲁迅全集》(第 12 卷),人民文学出版社 2005 年版,第 132 页。
③ 鲁迅:《鲁迅全集》(第 12 卷),人民文学出版社 2005 年版,第 152 页。

对孩子充满爱心,要爱孩子,他说:"所以觉醒的人,此后应将这天性的爱,更加扩张,更加醇化;用无我的爱,自己牺牲于后起新人。"①一方面,对孩子的爱是天性,这种天性不能只集中于自己的孩子,要扩大范围,要更纯粹更深厚;另一方面,爱是奉献和牺牲,面对孩子,除了无私的爱,别无其他。爱孩子要对孩子负责,要实实在在地为孩子服务。儿童读物的出版者只有聚焦在这个层面上,以孩子的利益作为一切行为的出发点和归宿,才谈得上能为孩子编辑出版好书。当时,我国缺乏儿童文学,鲁迅翻译爱罗先珂的童话以及《小约翰》《小彼得》和《表》等,都是想为孩子提供更好的读物,帮助他们成长。第二,出版者要有正确的儿童观。鲁迅说:"中国似向未尝想到小儿也。"②中国人的口头禅是"小孩子不懂",实际上,压根就没把小孩当作独立的个体。"往昔的欧人对于孩子的误解,是以为成人的预备;中国人的误解,是以为缩小的成人。"③正因为中国人没有正确理解小孩,把小孩作为"缩小的成人",也就试图用对待成人的方式对待孩子,用成人的读物教育孩子,用完全承载成人观念和期望的内容给孩子阅读。所以,历代给孩子的读物是《千字文》《三字经》《百家姓》等启蒙识字用的普及读物和《四书》《五经》《史鉴》《古文辞》《圣谕广训》等修身养性的读物,后者内容深奥,要求孩子不管懂不懂,死记硬背即可;前者表面专为孩子编写,实质上内容是后者的简化,念起来朗朗上口,理解起来很难。这种把孩子作为"缩小的成人"的观念是中国祖先崇拜、老者本位和父为子纲的封建观念等作用的结果。鲁迅对中国传统的有悖儿童成长的儿童观深表痛恨,他一方面高举反封建的大旗,直捣封建思想的根蒂和老巢;另一方面指出这种错误的儿童观对孩子的毒害和不良影响。在《从孩子的照相说起》一文中,鲁迅形象地对比深受中国传统影响的中国小孩和自由发展的日本小孩的特征说:"温文尔雅,不大言笑,不大动弹的,是中国孩子;健壮活泼,不怕生人,大叫大跳的,是日本孩子。""照住了驯良和拘谨的一刹那的,是中国孩

---

① 鲁迅:《鲁迅全集》(第1卷),人民文学出版社2005年版,第140页。
② 鲁迅:《鲁迅全集》(第12卷),人民文学出版社2005年版,第159页。
③ 鲁迅:《鲁迅全集》(第1卷),人民文学出版社2005年版,第140页。

子相;照住了活泼或顽皮的一刹那的,就好像日本孩子相。"①中国传统的儿童观毁掉了孩子的天性,孩子没有了孩子味,个个一副成人样。鲁迅在小说《狂人日记》中,批判了吃人的封建制度和封建思想之后,大声疾呼"救救孩子"②。不破不立,鲁迅把对传统儿童观的批判和建立新的儿童观统一在一起,竭力树立和倡导新的儿童观。鲁迅认为拥有正确的儿童观至少要做到两点:其一,要摆正孩子的位置。儿童期是人生的开始,童年的状况对一生具有重要影响,对未来具有预示意义。鲁迅说:"顽劣,钝滞,都足以使人没落,灭亡。童年的情形,便是将来的命运。"③鲁迅认为孩子的命运和民族的命运紧密相连,他说:"所以看十来岁的孩子,便可以逆料二十年后中国的情形……"④其二,要尊重孩子。鲁迅重视儿童心理的观察和研究。早在1914年,他就翻译了日本人高岛平三郎的论文《儿童观念界之研究》,引进探讨儿童心理年龄特征的系统资料。正是在这方面下了功夫,鲁迅认识到孩子有自己的世界,有自己独特的与成人不同的心理和生理特征:"孩子是可以敬服的,他常常想到星月以上的境界,想到地面下的情形,想到花卉的用处,想到昆虫的言语;他想飞上天空,他想潜入蚁穴……"⑤尊重孩子,"开宗第一,便是理解"。理解孩子就要尊重孩子的世界,理解孩子的生理、心理和精神特征,不能用成人的眼光看孩子,不能用成人的世界代替孩子的世界。不理解孩子对孩子的成长不利。鲁迅说:"倘不先行理解,一味蛮做,便大碍于孩子的发达。"⑥鲁迅批评那种不理解孩子的儿童读物作者说:"然而我们是忘却了自己曾为孩子时候的情形了,将他们看作一个蠢才,什么都不放在眼里。即使因为时势所趋,只得施一点所谓教育,也以为只要付给蠢才去教就足够。于是他们长大起来,就真的成了蠢才,和我们一样了。"⑦"第二,便是指导。"孩子毕竟是孩子,他们的成长

---

① 鲁迅:《鲁迅全集》(第6卷),人民文学出版社2005年版,第83页。
② 鲁迅:《鲁迅全集》(第1卷),人民文学出版社2005年版,第455页。
③ 鲁迅:《鲁迅全集》(第4卷),人民文学出版社2005年版,第581页。
④ 鲁迅:《鲁迅全集》(第1卷),人民文学出版社2005年版,第311页。
⑤ 鲁迅:《鲁迅全集》(第6卷),人民文学出版社2005年版,第37页。
⑥ 鲁迅:《鲁迅全集》(第1卷),人民文学出版社2005年版,第140页。
⑦ 鲁迅:《鲁迅全集》(第6卷),人民文学出版社2005年版,第37页。

需要指导,只有有效地指导孩子,才能让孩子将来成为一个完全的人。"第三,便是解放。"解放孩子就是使孩子"全部为他们自己所有,成一个独立的人"。①

鲁迅认为,儿童读物的内容要真实、先进和广泛。第一,儿童读物的内容必须真实。首先,儿童读物要真实地展现孩子的天性,赞誉孩子美好的童年。不管在怎样复杂或污秽横行的环境下,孩子的天性都是纯洁、活泼和可爱的,孩子总以快乐健康的生存状态向人们展示世界的美好。鲁迅认为儿童读物中孩子的真实形象是展现孩子天性的形象,是"活泼,健康,顽强,挺胸仰面"②。鲁迅用自己的笔创造了许多儿童形象。如《社戏》中的双喜、《故乡》中的少年闰土等。这些孩子生活条件艰苦,但都充满可爱的童真童趣,呈现出蓬勃向上的精神面貌。鲁迅谈及出版《爱罗先珂童话集》的目的时说:"而我所展开他来的是童心的,美的,然而有真实性的梦。"③他赞扬该书的作者说:"他只有着一个幼稚的,然而优美的纯洁的心,人间的疆界也不能限制他的梦幻……"④对于不符合孩子天性的没有生气的儿童读物,鲁迅非常反感。在给北新书局《小学生》半月刊编辑杨晋豪的信中,鲁迅批评当时的儿童读物说:"关于少年读物,诚然是一个大问题;偶然看到一点印出来的东西,内容和文章,都没有生气,受了这样的教育,少年的前途可想。"⑤其次,鲁迅认为儿童读物要真实地反映孩子的生命状态和生活状态。孩子的天性是孩子最美好的一面,但孩子毕竟是弱小的,孩子的世界容易被成人世界影响,孩子的天性容易被扭曲,容易在现实的压力下蜕变、消失。鲁迅指出真实是文艺的生命,也是儿童读物的生命,认同、赞美孩子的天性和批判、破坏孩子天性的行为是统一的,儿童读物要真实地展现和高扬孩子的天性,要痛斥那种扭曲、消亡孩子天性的行为。最后,鲁迅认为儿童读物的思想内容要富有时代性。孩子的成长依托一定的自

① 鲁迅:《鲁迅全集》(第1卷),人民文学出版社2005年版,第141页。
② 鲁迅:《鲁迅全集》(第6卷),人民文学出版社2005年版,第84页。
③ 鲁迅:《鲁迅全集》(第10卷),人民文学出版社2005年版,第214页。
④ 鲁迅:《鲁迅全集》(第10卷),人民文学出版社2005年版,第217页。
⑤ 鲁迅:《鲁迅全集》(第14卷),人民文学出版社2005年版,第43—44页。

然环境、社会群体和社会关系。孩子生活的世界并不单纯,他们面对的关系并不简单,种种外在于他们的东西影响着他们的成长。孩子是一定时代的孩子,是一定时代背景下的孩子。儿童读物要反映孩子的世界,也要让孩子明白点他们周围的世界,知晓点是是非非,感受点好恶爱憎。鲁迅自己创作的儿童作品,把孩子清纯、可爱的世界置于时代的大背景中,增添作品的时代感。对于远离现实的复古的暮气沉沉的跟不上时代的儿童读物,鲁迅毫不容情地严词斥之。鲁迅批评《看图识字》一书说:"出版处虽然是上海,然而奇怪,图上有蜡烛,有洋灯,却没有电灯;有朝靴,有三镶云头鞋,却没有皮鞋。"①有古代的蜡烛、国外的洋灯,却没有当时本土的电灯。有古代的朝靴、三镶云头鞋,却没有当时的皮鞋。这样的儿童读物既让孩子回到古代又让孩子跑到国外,唯独不是在当时的国内。在《〈表〉译者的话》一文中,鲁迅批评新出版的儿童书,说它们的内容还都是古代的司马光砸缸、岳母脊梁上刺字等,他认为这样的读物"那'有益'和'有味'之处,也就可想而知了"②。第二,要重视儿童读物内容的先进性。鲁迅以面向未来的高远视野,站在民族的前途和命运的高度思考儿童读物,因此他特别强调儿童读物思想内容的先进性。鲁迅认为儿童的培养要以"养成适应时代之思想为第一谊"③,"而且还须用全副精神,专为他们自己,养成他们有耐劳作的体力,纯洁高尚的道德,广博自由能容纳新潮流的精神,也就是能在世界新潮流中游泳,不被淹没的力量"④。1902 年到 1907年,鲁迅在日本留学,先后翻译了《月界旅行》《地底旅行》等科幻小说,其目的是为了激发国人(包含孩子们)的科学兴趣,帮助他们接受先进观念和思想,报效国家,为救国、兴国尽力。鲁迅千方百计引进国外的儿童读物,向孩子宣传新思想、新观念。鲁迅翻译出版苏联作家爱罗先珂、高尔基、班台莱耶夫和荷兰作家蔼覃的童话等,都宣扬了健康、先进的新思想。在《〈表〉译者的话》

---

① 鲁迅:《鲁迅全集》(第 6 卷),人民文学出版社 2005 年版,第 36 页。
② 鲁迅:《鲁迅全集》(第 10 卷),人民文学出版社 2005 年版,第 437 页。
③ 鲁迅:《鲁迅全集》(第 11 卷),人民文学出版社 2005 年版,第 369 页。
④ 鲁迅:《鲁迅全集》(第 1 卷),人民文学出版社 2005 年版,第 141 页。

一文中,鲁迅说:"第一,是要将这样的崭新的童话,绍介一点进中国来……"①鲁迅不但充分肯定和赞扬传播先进思想的儿童读物,如鲁迅欢迎和赞扬叶圣陶能充分反映时代生活、表现时代精神的现实主义的童话创作说:"十来年前,叶绍钧先生的《稻草人》是给中国的童话开了一条自己创作的路的。"②而且还挤出时间翻译、创作、编辑出版了大量优秀儿童读物。当时,复古者大量推出以宣扬封建伦理纲常为目的、思想内容陈腐的读物,如《二十四孝图》等。鲁迅对此非常反感,至为痛恨。鲁迅告诫人们对待的正确方式是应该"自己背着因袭的重担,肩住了黑暗的闸门,放他们到宽阔光明的地方去"③。一些出版机构推出满载法西斯思想的童书,鲁迅指出这种行为的实质和危害,呼吁"打掉毒害小儿的药饵,打掉陷没将来的阴谋"④。第三,儿童读物的内容要广泛。儿童的求知欲旺盛,想知道的东西多。为了满足孩子的需要,儿童读物的思想内容要广泛。鲁迅多次提到这一点。一次,一位名叫颜黎民的青年以小孩的口吻向鲁迅请教儿童读物方面的问题,鲁迅正告他说:"但我的意思,是以为你们不要专门看文学,关于科学的书(自然是写得有趣而容易懂的)以及游记之类,也应该看看的。"⑤这里强调的是读物内容的多样性。"你说专爱看我的书,那也许是我常论时事的缘故。不过只看一个人的著作,结果是不太好的:你就得不到多方面的优点。"⑥这里提出的是读物作者的多样性。这样,内容的多样性、作者的多样性等形成儿童读物的丰富性、多选择性。

鲁迅认为编辑出版优秀儿童读物的关键在于找到孩子喜欢和乐于接受的表现形式。读物的形式含思想内容的表现形式(可称为内在形式)和包装(即外在形式)两部分,其中内在形式包括叙述方式、语言等。鲁迅特别强调儿童读物语言的重要性和对儿童的适配性。在《人生识字胡涂始》一文中,鲁迅说:"倘要明白,我以为第一是在作者先把似识非识的字放弃,从活人的嘴上,

---

①　鲁迅:《鲁迅全集》(第10卷),人民文学出版社2005年版,第437页。
②　鲁迅:《鲁迅全集》(第10卷),人民文学出版社2005年版,第437页。
③　鲁迅:《鲁迅全集》(第1卷),人民文学出版社2005年版,第135页。
④　鲁迅:《鲁迅全集》(第5卷),人民文学出版社2005年版,第287页。
⑤　鲁迅:《鲁迅全集》(第14卷),人民文学出版社2005年版,第66页。
⑥　鲁迅:《鲁迅全集》(第14卷),人民文学出版社2005年版,第76页。

采取有生命的词汇,搬到纸上来;也就是学学孩子,只说些自己的确能懂的话。"①孩子愿意也只说些自己能懂的话,孩子也只愿意阅读和接受自己能懂的读物。基于此,鲁迅认为儿童读物的语言要明白如话,要考虑到孩子的阅读能力和阅读习惯,要准确,要浅显易懂,要形象、生动。在锤炼儿童读物的语言方面,鲁迅做出了典范。翻译童话《表》,鲁迅说在开译之前自己"确曾抱了不少的野心"②,其中之一就是"想不用什么难字,给十岁上下的孩子们也可以看"③。为了达到目的,使童话真正能为孩子所懂,鲁迅费尽了心思,他描述自己翻译该书的艰辛说:"新年三天,译了六千字童话,想不用难字,话也比较的容易懂,不料竟比做古文还难,每天弄到半夜,睡了还做乱梦,哪里还会记得妈妈,跑到北平去呢?"④鲁迅回忆小时候的读书经历说:"一认识字,对于书就发生了兴趣,家里原有两三箱破烂书,于是翻来翻去,大目的是找图画看,后来也看看文字。"⑤这里,鲁迅形象地说出了孩子的兴趣点,明确指出了儿童读物的装帧设计和印制的重要性。儿童读物要能吸引孩子的注意力,就要打扮得漂漂亮亮。有些用语言表述起来较为抽象的东西,就要尽量用插图等形象的手段和方式来表现。儿童读物的印制需要特别用心,必须做到精致精美。鲁迅自己为孩子出版读物时精益求精,在装帧设计和印制上严格把关,力求完美。如鲁迅翻译出版的《小彼得》《表》都精心装帧设计,有些插图甚至是托人从外国的译本上复印下来的,所有插图都非常有趣,能传作品之神。鲁迅在北京出版《小约翰》时,考虑到北京的印刷技术太差,不惜人力、物力把封面送到上海印。对于外在形式不好的儿童读物,鲁迅毫不客气地揭露和批评,他斥责一些插图不像样的儿童读物说:"近来许多小说和儿童读物的插画中,往往将一切女性画成妓女样,一切孩童都画得像一个小流氓……"⑥这样的儿童读物如何给孩子阅读?难道不会给孩子带来一辈子的坏影响和阴影?"小说上的绣像

① 鲁迅:《鲁迅全集》(第6卷),人民文学出版社2005年版,第306—307页。
② 鲁迅:《鲁迅全集》(第10卷),人民文学出版社2005年版,第437页。
③ 鲁迅:《鲁迅全集》(第10卷),人民文学出版社2005年版,第437页。
④ 鲁迅:《鲁迅全集》(第13卷),人民文学出版社2005年版,第329页。
⑤ 鲁迅:《鲁迅全集》(第6卷),人民文学出版社2005年版,第140页。
⑥ 鲁迅:《鲁迅全集》(第2卷),人民文学出版社2005年版,第338页。

不必说了,就是在教科书的插画上,也常常看见所画的孩子大抵是歪戴帽,斜视眼,满脸横肉,一副流氓气。"①权威且神圣的教科书都如此,那么孩子还能读到什么好读物? 这样的条件会让孩子的健康成长无望,而孩子没有了希望,社会也就无望了。

2. 科普读物的人文内涵和基本要求

科学文化和人文文化是人类文化发展的两个轮子,这两个轮子既有着各自的发展轨迹,又密切相关。科学文化的发展和成熟往往为人文文化的发展提供材料和更新、创造的契机,而人文文化为科学文化的发展指示方向,提供社会归依和社会评判。放眼文化发展长河,科学文化和人文文化的发展留下两条长长的轨迹,这两条轨迹既有平行的时候,也有交汇融合的时候。正是科学文化和人文文化的这种关系推动文化向前发展,日益成熟和完美。出版的文化属性使得它必然也必须为人类文化的发展尽力,必须为科学文化和人文文化的整合尽力。这在科普读物的出版过程中表现得最为明显。而要使科普读物为整合科学文化和人文文化的发展尽力,必须加强科普读物的人文内涵。科学文化的最高境界表现为科学精神,人文文化的最高境界表现为人文精神。科学精神指科学意识和科学人格,人文精神关注和思考人的生存状态,建构和维系人类的价值体系,是对现实世界的理性对待和精神超越。加强科普读物的人文内涵要将人文精神贯注和融合于科普读物中。鲁迅特别提到这一点。1919 年,他在写给《新潮》编辑傅斯年的信中说:"《新潮》每本里面有一二篇纯粹科学文,也是好的。但我的意见,以为不要太多;而且最好是无论如何总要对于中国的老病刺他几针,譬如说天文忽然骂阴历,讲生理终于打医生之类……现在偏要发议论,而且讲科学,讲科学而仍发议论,庶几乎他们依然不得安稳,我们也可告无罪于天下了。"②"说天文"是普及科学,"骂阴历"体现文化观念;"讲生理"是传播科学知识,"打医生"触及社会现象和社会问题。这样,普及科学的"讲科学"和主张人文内涵的"发议论"一体了。鲁迅指出加

---

① 　鲁迅:《鲁迅全集》(第4卷),人民文学出版社 2005 年版,第 300 页。
② 　鲁迅:《鲁迅全集》(第7卷),人民文学出版社 2005 年版,第 235 页。

强科普读物的人文内涵,要求科普读物的作者在写作中渗入人文精神。科学研究是客观的、冷静的,但科普读物介绍科学知识、科学研究成果时包含了作者的主体精神。作者融入科普读物中的主体精神是科普读物的重要内容,有时其影响更甚于科学知识。对此,鲁迅在科普读物的写作中毫不含糊。如在《说钼》的撰写过程中,鲁迅不仅介绍了科学知识,而且表现了居里夫人献身科学、热爱祖国的崇高品质,以思想家的锐利眼光发现、挖掘了居里夫人发现镭的思想价值。又如鲁迅撰写的科学论文《中国地质略论》试图通过对中国地质和矿产方面的知识介绍,唤醒人民麻木不仁的心灵,使他们睁亮双眼,开启爱国心智,激发爱国热情,为维护国家的矿产资源权利与帝国主义不懈斗争。鲁迅指出加强科普读物的人文内涵,要求科普读物的编辑出版者努力让科普读物充满人文精神。编辑出版者对科普读物人文内涵的把握既表现在他们对科普读物人文内涵重要性的认识,也表现在他们对科普读物作者的要求。周建人曾零星翻译了一些科普文章,鲁迅逐篇阅读,鼓励周建人坚持下去。当积累的篇目到了一定的数量,他鼓励周建人结集出版。这是周建人科普译作《进化与退化》一书的由来。鲁迅没有直接编辑出版这本书,但他将自己的科普读物编辑出版理念和精神灌注在该书的出版过程中。要怎样治理沙漠?在《〈进化与退化〉小引》中,鲁迅否定了治水造林的简单答案,他认为"其实却并不如此的",因为战争、暴政尚存。最后,他明确说:"接着这自然科学所论的事实之后,更进一步地来加以解决的,则有社会科学在。"在鲁迅看来,《进化与退化》等科普读物普及科学知识仅是一个层次,而更高层次是给读者"科学不是万能的"的道理,激励读者为社会寻找出路。诚如他在这篇文章开篇所讲的话——《进化与退化》里的文章"一,以见最近的进化学说的情形,二,以见中国人将来的运命"[1]。

鲁迅说:"单为在校的青年计,可看的书报实在太缺乏了,我觉得至少还该有一种通俗的科学杂志,要浅显而且有趣的。可惜中国现在的科学家不大

---

[1] 鲁迅:《鲁迅全集》(第4卷),人民文学出版社2005年版,第255页。

做文章,有做的,也过于高深,于是就很枯燥。"①这里,鲁迅指出了科普读物的基本要求——"浅显""有趣"。科普读物"浅显"的要求是由读者的接受水平决定的。鲁迅所处的时代,教育并不发达,普通百姓的知识水准不高,如果读物"过于高深",他们看不懂,更不能接受。鲁迅认为,不能机械认识科普读物的"浅显",因为科普读物的"浅显"是相对的。有着低层次的"浅显",也有着高层次的"浅显"。离开读者的接受水平,科普读物的"浅显"就失去了参照。"有趣"是鲁迅对科普读物内容的基本要求,也是他对科普读物形式的基本要求。科普读物的内容要有趣,要和读者的兴奋点、趣味点一致。为此,鲁迅特别推崇科学幻想小说。他认为"常人厌之,阅不终篇,辄欲睡去,强人所难,势必然矣"的枯燥乏味的科学知识,如果借助了小说来传播,那么读者可以在赏心悦目中"于不知不觉间,获一斑之智识,破遗传之迷信,改良思想,补助文明"。② 科普读物的形式要能充分表现内容,也必须生动活泼,富有趣味。如鲁迅把凡尔纳的科学幻想小说改译成章回体小说,是在为读物寻找合适的表现形式。鲁迅指出,不能为了科普读物的有趣迎合读者,而丧失科普读物的科学性和严肃性。在《"人话"》一文中,鲁迅批评《昆虫记》中过于人化的因素说:"虽是意在给人科学知识的书籍或文章,为要讲得有趣,也往往太说些'人话'。"③

3. 期刊的特色

在给杨霁云的信中,鲁迅评论期刊《新社会半月刊》说:"《新社会半月刊》曾经看过几期,那缺点是'平庸',令人看了之后,觉得并无所得,当然不能引人注意。"④"平庸"即没有特色和个性。期刊没有特色,不能区别于其他刊物,就不能从众多的期刊中突出出来,就会远离读者。没有了读者,期刊就没有了存在的前提和基础,最终死路一条。鲁迅短短的几句话表明了他对办刊规律的认识,反映了他对期刊特色的重视。

---

① 鲁迅:《鲁迅全集》(第3卷),人民文学出版社2005年版,第26页。
② 鲁迅:《鲁迅全集》(第10卷),人民文学出版社2005年版,第164页。
③ 鲁迅:《鲁迅全集》(第5卷),人民文学出版社2005年版,第79页。
④ 鲁迅:《鲁迅全集》(第13卷),人民文学出版社2005年版,第137页。

鲁迅创办的期刊具有鲜明的特色,这种特色表现在三个方面。第一,重社会批评和文明批评。鲁迅以"斗士"的姿态屹立于近现代史上,他具有浓郁的现代意识,以理性精神和启蒙精神向传统的糟粕宣战,以人的全面解放和现代人格的塑造向一切约束人、毒害人的旧制度和旧思想宣战。社会批评和文明批评是鲁迅的两把利器。在鲁迅的"斗士"生涯中,这两把利器始终伴随着他。同样,鲁迅在创办期刊时也始终追求和灵活运用这两把利器。正是鲁迅对社会批评和文明批评的重视形成了他所办期刊的战斗风格,成就了这些期刊战斗的色彩和个性。譬如,《语丝》"任意而谈,无所顾忌,要催促新的产生,对于有害于新的旧物,则竭力加以排击"①。第二,目的性和针对性强。鲁迅创办刊物,并以刊物为阵地进行战斗,是为了进步文化和革命事业,是为了解决面临的许多问题。极强的目的性和针对性既是鲁迅办期刊的追求,也形成他所办刊物的鲜明特色。如:抗日战争和民主运动高涨时期,"左联"是进步势力的组织和重要代表。鲁迅是"左联"的领导者之一,他有目的地支持或指导创办了众多期刊——《萌芽》《巴尔底山》《前哨》等,一则倡导"左联"的活动,为"左联"服务;二则支持抗日战争和民主运动。《译文》是鲁迅针对当时翻译界不景气、翻译作品没有发表机会、翻译作者没有出路的现状,为振兴翻译事业而创办的。第三,重视期刊的形式。一方面,鲁迅尽量为期刊内容找到合适的表现形式。如:鲁迅评论《文艺新闻》"论文看起来太板,要再做得花色一点"②,就是想为期刊内容找到恰当的形式。有时鲁迅亲自动手为期刊设计富有特色的封面,如《萌芽》的封面就是鲁迅设计的。他在设计时,着重突出刊名,使"萌芽月刊"四个字引人注目,对读者具有很强的视觉冲击力和心灵震撼力,从而有助于刊物产生更大的影响。另一方面,鲁迅尽量为期刊配上尽可能多的插图或其他美术作品以增添刊物的魅力。如对于《文艺研究》,鲁迅在《例言》中特别说:"《文艺研究》又甚愿文与艺相钩连,因此微志,所以在此亦试加插图,并且在可能范围内,多载塑绘及雕刻之作。"③《译文》本是纯文

① 鲁迅:《鲁迅全集》(第4卷),人民文学出版社2005年版,第171页。
② 鲁迅:《鲁迅全集》(第8卷),人民文学出版社2005年版,第368页。
③ 鲁迅:《鲁迅全集》(第8卷),人民文学出版社2005年版,第340页。

字的刊物,但鲁迅还是插入了尽可能多的图画,他说:"文字之外,多加图画。也有和文字有关系的,意在助趣;也有和文字没有关系的,那就算是我们贡献给读者的一点小意思,复制的图画总比复制的文字多保留得一点原味。"①

鲁迅认为,期刊的特色是创造出来的,为此他提出了多条创造期刊特色的途径:第一,通过确定和坚持办刊宗旨创造期刊特色。办刊宗旨是期刊的灵魂,规约着刊物的整体形象和整体面貌。确定办刊宗旨是创办期刊的前提和基础,也是形成刊物特色的基本途径。鲁迅办期刊时对办刊宗旨都进行了严肃而认真的思考。如:办《文艺研究》,鲁迅专发《〈文艺研究〉例言》一文昭示办刊宗旨。坚持办刊宗旨、保持办刊宗旨的相对稳定是创造期刊特色的关键。1918 年,鲁迅加入新青年社,成为《新青年》杂志编辑部的一员,坚决捍卫《新青年》的办刊宗旨和方向,不惜与各种势力进行针锋相对的斗争:1918 年,鲁迅借批判"灵学会"出版的《灵学杂志》,支持《新青年》,维护《新青年》传播新思想的办刊方向。同年 7 月,鲁迅猛烈抨击专为向《新青年》论战而创刊的《国粹丛编》。1919 年 10 月,在胡适寓所召开《新青年》编辑部会议,讨论轮流编辑问题。胡适会前对沈尹默等人表达想由他一个人编的意思,想独揽编辑权,改变《新青年》的办刊方向和宗旨。鲁迅在会上明确提出,《新青年》是陈独秀带来的,一开始就是他单独编的,既然停止轮流编辑,那还是由陈独秀一人编,②这样便捍卫了《新青年》的方向和宗旨。1921 年,胡适提出《新青年》"不谈政治"的主张,鲁迅当即声明要保持谈政治的特点,又一次捍卫了《新青年》的方向。因为鲁迅等人的努力,《新青年》保持了正确的办刊方向,始终以进步思想政治刊物的鲜明特色屹立于刊林。第二,通过建立有特色的作者群创造期刊特色。期刊离不开作者,期刊特色的创造依赖作者,作者群的特色往往形成期刊的特色。找到有特色的作者并使之成群是创造期刊特色的重要途径。鲁迅主持的《语丝》杂志"任意而谈,无所顾忌"的特色其实是基于鲁迅等作者的创作特色形成的。鲁迅认为作者群的地方特色可以形成期刊的

①　鲁迅:《鲁迅全集》(第 8 卷),人民文学出版社 2005 年版,第 415 页。

②　参见叶再生:《中国近代现代出版通史》(第二卷),中国人民大学出版社 2002 年版,第124 页。

特色,他说:"所以我希望在平的刊物,应以在平的作者为骨干,这才能够发展而且有特色……"①第三,通过把握期刊的内容形成期刊特色。期刊内容是期刊特色的决定性因素。不管是期刊的办刊宗旨,还是期刊的作者群最终都表现为期刊的内容,对期刊内容的严格把握是形成期刊特色的基本方面。如《文学》杂志有特色,鲁迅认为是因为《文学》的内容有特色。他在给郑振铎的信中说:"本月《文学》已见,内容极充实,有许多是可以藉此明白中国人的思想根柢的。"②《文艺新闻》是"左联"创办的刊物,它的特色是集纳各地新闻信息。鲁迅在《我对于〈文新〉的意见》一文中说:"各省,尤其是偏远之处的文艺事件通信,是很要紧的,可惜的是往往亦有一回,后来就不知怎样,但愿常有接续的通信,就好。"③这是鲁迅对《文艺新闻》的内容与特色的不和谐的纠正。鲁迅评价《语丝》说:"《语丝》中所讲的话,有好些是别的刊物所不肯说,不敢说,不能说的。"④这样,《语丝》自然因为内容的独特而成就其特色。第四,通过读者群的明确定位形成期刊特色。创办期刊时,如果对某一读者群有了十足的把握和了解,那么可以针对读者群的具体情况确定刊物的宗旨、内容和形式,从而形成刊物的特色。如鲁迅主持创办的《朝花》周刊等以当时版画和木刻学生与研究者等读者的需要确定读者群,又以读者群的确定形成刊物的特色。

(三)鲁迅著译读物、新文学读物和木刻读物

影响力是评价出版物类别的核心指标,鲁迅创造了多类特色鲜明的出版物,这些出版物类别具有深远的读者影响力、出版影响力和社会影响力。了解他创造的几类出版物的影响力表现和创造技巧,可以加深对他创造的几类出版物的理解,可以学习他的创造策略。

鲁迅编辑出版了多类引领文化方向和趋势的书刊群,鲁迅著译读物、新文

---

① 鲁迅:《鲁迅全集》(第12卷),人民文学出版社2005年版,第359页。
② 鲁迅:《鲁迅全集》(第13卷),人民文学出版社2005年版,第134页。
③ 鲁迅:《鲁迅全集》(第8卷),人民文学出版社2005年版,第368页。
④ 鲁迅:《鲁迅全集》(第12卷),人民文学出版社2005年版,第65页。

学读物和木刻读物是代表。其中,鲁迅著译读物含鲁迅著作和译作两部分,大都由鲁迅编辑成稿,然后自己出版或交别的出版机构出版,有的以图书形式出版,有的在期刊上发表。鲁迅编辑出版的新文学读物含报纸副刊、期刊和图书,其中,主要是期刊和图书。这类读物的内容来源是国内原创文学作品和国外引进作品。鲁迅充分利用期刊阵地,培养国内的新文学作者,推出国内的新文学作家。《奔流》《朝花》和《译文》是鲁迅创办的主要发表翻译作品的期刊,他编辑的其他综合性期刊也特别注重译作的发表。鲁迅为国内原创新文学出版了三套丛书,为国外作品出版了五套丛书,为传播马克思主义文艺理论出版了《科学的艺术论丛书》。除了在《朝花》周刊和《朝花》旬刊等刊物上发表木刻作品,鲁迅主要以图书的形式推出木刻读物。这些图书含四类:第一,国外木刻作品集——《艺苑朝华》(12 辑)、《近代木刻选集》(1)、《近代木刻选集》(2)、《蕗谷虹儿画选》、《新俄画选》、《梅斐尔德木刻士敏土之图》、《一个人的受难》、《引玉集》、《死魂灵百图》、《苏联版画集》、《凯绥·珂勒惠支版画选集》等;第二,国内木刻作品集——《木刻作品集》;第三,国外融理论和作品于一体的图书——《近代美术史潮论》;第四,指导木刻创作的《木刻创作法》。

读者是出版物的评判者,鲁迅编辑出版的鲁迅著译读物、新文学读物和木刻读物具有广泛而深远的读者影响。鲁迅的编辑出版活动针对读者的需求而存在。他编辑出版《奔流》的目的很明确,是为解决读者的文艺理论困惑尽力,因为"可供参考的这样的理论,是太少了,所以大家有些胡涂"①。鲁迅以满足读者的需求为准则而选择编辑出版内容。《奔流》适应和满足革命文艺青年的需要,培育了一大批革命新文艺的骨干,推动了中国新文学的发展。鲁迅指出:"现在的社会上,有种种读者层,出版物自然也就有种种。"②所谓的读者层就是出版物的细分市场,一级读者层,一类出版物,读者层和出版物的对应性和针对性利于读者的阅读,利于出版物的扩散和影响。从读者的接受水平来说,鲁迅认为要分清读物内容的深与浅、形式的雅与俗,让读者各得所需

---

① 鲁迅:《鲁迅全集》(第 4 卷),人民文学出版社 2005 年版,第 213 页。
② 鲁迅:《鲁迅全集》(第 4 卷),人民文学出版社 2005 年版,第 620 页。

的读物,让专业小众读物和大众读物各得其所。从读者的生存状态来说,鲁迅认为要了解读者的特性,富有针对性地提供读物。如对于儿童读物,鲁迅强调一定要符合儿童的年龄特点和思维特点。读者的素养在变化,出版物要辩证地看待读者的分层和读物的分层,要充分打通读者和读物的层次。在《"连环图画"辩护》一文中,鲁迅说:"但若走进意大利的教皇宫……就能看见凡有伟大的壁画,几乎都是《旧约》,《耶稣传》,《圣者传》的连环图画,艺术史家截取其中的一段,印在书上,题之曰《亚当的创造》,《最后之晚餐》,读者就不觉得这是下等,这在宣传了,然而那原画,却明明是宣传的连环图画。"①宗教的壁画是严肃的高深的,是艺术史的分析对象,是高等的,也是高高在上的。连环画是大众的通俗的普及的,也是"下等"的。面对艺术专业人士,"伟大的壁画"成了分析的素材,只有做成专业小众读物了。而通过通俗的诸如"亚当的创造""最后之晚餐"等话题,这些所谓的专业小众享受的素材就成为大众的读物了。这是对读物内容的编辑创意和编辑实现,也是编辑对于同类读物的不同读者层的打通。鲁迅编辑出版的读物在读者中拥有广泛的影响。《奴隶丛书》出版后,深受读者喜爱,有的爱国华侨为了买这套书,从国外汇款到未名社。鲁迅亲自到上海一家文具店,洽谈代办外邮业务。内地的一些偏僻省份的读者,见不到这套书,又渴望买书。但是,当地军阀不准向外汇款,于是昆明书店寄来云南火腿,希望换书。1927 年,鲁迅来到广州,他深入市场,得到他编辑出版的书刊的销售情况。鲁迅说:"《莽原》只收到第二卷一三期各一本。前天看见创造社中人,说第三期一到,就卖完了……我所做的东西,买者甚多,前几天至涨到照定价加五成,近已卖断。而无书,遂有真笔板之《呐喊》出现,千本以一星期卖完。《坟》如出版,可寄百本来。"②"前回寄来的书籍,《象牙之塔》,《坟》,《关于鲁迅》三种,俱已卖完,望即续寄。《莽原》合本也即卖完,要者尚多,可即寄二十本来,此事似前信也说过。……合本第二册,似可即订,成后寄卅本来。""《穷人》卖去十本,可再寄十本来。《往星中》及《外套》各卖去三本。""《白茶》及

① 鲁迅:《鲁迅全集》(第 4 卷),人民文学出版社 2005 年版,第 457—458 页。
② 鲁迅:《鲁迅全集》(第 12 卷),人民文学出版社 2005 年版,第 24—25 页。

《君山》如印出,望即各寄二十本来。《黑假面人》也如此。"①这些数据涉及
1 种刊和 10 种书,有些"一到,就卖完了",有些"近已卖断",这些情况表明销
售速度之快。买的多到愿意按定价的 150% 接受,表明鲁迅做的一些读物的
畅销程度。这充分反映了鲁迅编辑出版的书刊的读者影响力。

　　鲁迅编辑出版的鲁迅著译读物、新文学读物和木刻读物在出版上进行了
探索和创新,在当时的出版格局中占有一席之地,创造了富有特色的出版模
式,创新了编辑出版传统,在出版上具有重大影响。20 世纪二三十年代,我国
的出版分为官营出版和民营出版,其中民营出版是主体力量,基本代表了出版
生产力的整体状况。民营出版集中度高,基本上是几大书局主宰。鲁迅的出
版影响集中体现在他创办和团结的中小出版机构,在新文学的出版和传播方
面引领潮流。他的出版思考和实践既为新文学的发展提供了重要支持,又为
中小出版机构的生存和发展提供了模式。鲁迅在编辑上大胆创新,创造了独
特的编辑方法和模式。在编辑出版《奔流》时,鲁迅特别注意内容选择的集中
性和体例设计的集中性。所谓"内容选择的集中性",指《奔流》的内容集中介
绍苏联的文艺政策和文艺理论,宗旨和目标确定,内容针对性和读者针对性
强。所谓"体例设计的集中性",一则指和内容选择的集中性一致,每一期《奔
流》围绕一个或几个主题展开,突出重点;二则指在介绍重要作家时融作者的
传记、作品和相关评论于一体,让读者对作者有整体而全面的认识。编辑意识
是编辑的重要素养。在编辑出版过程中,编辑务必明白自己的角色和作用,并
在出版物中得以体现。鲁迅编辑《奔流》15 期,写了 12 篇《编校后记》(从第
二卷起叫《编辑后记》),或评论刊物中重点介绍的作家,或说明出刊主旨,或
介绍背景材料。鲁迅的这些文字是其编辑意识的集中体现,既说明其编辑的
读物充满编辑含量,也反映了他作为编辑的匠心。编辑面对的文稿,既有原创
的,也有非原创的。无论是原创的还是非原创的,其存在状态有整体的,也有
零散的。编辑面对社会文化成果,选择、组构、传播是一种编辑模式。鲁迅常
常运用这种模式,获得传播的整体效应。就单本书来看,《北平笺谱》是鲁迅

---

① 　鲁迅:《鲁迅全集》(第 12 卷),人民文学出版社 2005 年版,第 26 页。

在北京琉璃厂收集齐白石等名家的笺谱时产生的创意。① 这本书的出版是选择名家的笺谱,用一定的方式组合成为整体,集成中国的木刻,让读者全面了解中国木刻。既为中国的木刻积累成果,也让中国的木刻得以传播。就丛书来看,《未名新集》《乌合丛书》等是对中国新文学成果的选择、整合推出,是对新文学原创成果的积累、开拓和建设。鲁迅继承了中国出版的文化学术传统和编辑学者化、作家化的传统,并和近现代的其他编辑出版者在新的历史条件下赋予这一传统新的含义。出版走过从编、著不分到编、著分离并专业化的过程。在编、著不分的年代,编辑出版者是学者,是当时学界的代表人物,诸如孔子、吕不韦、司马迁、刘向、刘歆、司马光、戴震、纪昀等。这些编、著两栖大家延续相存,形成中国出版的文化学术传统和编辑学者化传统。在技术的推动下,出版逐渐走出古远的从容而现代化,编、著应和这一步伐,分离后各自成群。著作者抛离烦琐的编辑事务耕耘学术,成其正果。满肩捎起编辑杂务的编辑站在了继承还是抛弃传统的十字路口,面临专注于编辑事务不问学界还是走出另类的编辑学者化道路的选择。显然,从编辑职业的独特性和要求看,编辑理应学者化,不能简单地"匠化"。鲁迅以其学术成就和编辑成就的双丰收,继承了中国出版的文化学术传统和编辑学者化传统,并和同时代的章太炎、张元济等出版家赋予这一传统以新的含义:首先,编辑应心向本职工作,要有职业道德,要在编辑岗位上创造出业绩。其次,编辑应依赖编辑工作的独特个性,利用其工作的便利,和作者交流、沟通,以立言。如通过前言、序、跋、书评等表达自己的学术见解。最后,编辑应选择一定的专业方向,利用编辑工作的优势,成就一家之言。编辑的细分和专业化势必使编辑的实务更集中、更专业。编辑在长期的编辑实践中,利用与作者的交往和审阅稿件、参与学术交流之便,始终立于该专业的学术前沿,并进行思考,积久就可有成。

鲁迅编辑出版的鲁迅著译读物、新文学读物和木刻读物产生了广泛而深远的社会影响。这种社会影响首先表现在鲁迅带着社会使命和责任感在出书办刊。譬如:1909 年,鲁迅编辑出版《域外小说集》满怀着影响社会的担当,他说:

---

① 鲁迅:《鲁迅全集》(第 12 卷),人民文学出版社 2005 年版,第 366 页。

"我们在日本留学的时候,有一种茫漠的希望:以为文艺是可以转移性情,改造社会的。因为这意见,便自然而然的想到介绍外国新文学这一件事。"①其次也是最重要的,鲁迅实现了自己的责任和使命,不辱没这份担当。譬如:1928 年,在革命文艺队伍内部出现了激烈的论争。这说明革命文艺队伍内部思想有些混乱,表明大家都未能充分掌握马克思主义文艺理论,对新文艺作品的理解有问题。这种局面不仅是文学本身的问题,也是革命队伍乃至进步运动面临的问题。显然,社会的发展需要马克思主义的文艺理论及其相关的作品,需要提供一种科学的论断来统一大家的观念。鲁迅从这个时候起,集中精力编辑出版苏联的文艺理论和文艺政策及相关作品的书刊,为澄清思想、统一行动提供指南和方法。

三、鲁迅关于出版物宣传推广的认识与实践

鲁迅重视出版物的宣传推广,亲自撰写宣传推广文本,参与宣传推广活动,创造了许多成功个案,特别是他关于书评和出版物广告的撰写以及推广活动的开展,富有想法,值得借鉴。

(一)出版物宣传方式

鲁迅千方百计运用各种方式把所编辑出版的读物推向读者、推向市场,他宣传读物的方式主要是出版预告、出版简讯、出版物广告、书评等。

1. 出版预告

出版预告,即通常所说的读物预告。读物宣传工作从读物预告做起,读物预告是出版者向读物推销人员、读者和社会发出的关于读物的第一份信息。出版预告是否有特色,是否真实、准确、精当地描述了读物的特征,直接制约和影响读物推销人员、读者和社会的兴趣与购买欲,从而影响读物的销售和市场占有率。鲁迅认识到出版预告的重要性,认真对待它,把它当作严肃的工作来做。这从他 1931 年 11 月 23 日在《文艺新闻》第 37 号上作的《〈毁灭〉和〈铁

---

① 　鲁迅:《鲁迅全集》(第 10 卷),人民文学出版社 2005 年版,第 176 页。

流〉的出版预告》即可看出。① 在短短的出版预告中,鲁迅不但介绍了两书的作者、译者、内容、插图、售价、出版日期、购书方法、代售地址等一般性信息,郑重说明了特价券的一些情况,而且在内容的介绍中,突出重点,把所介绍的书的与众不同之处完美地突出出来了。

2. 出版简讯

出版简讯主要说明、报道关于最新读物的编印和出版消息。出版市场日新月异,读者需求千变万化。出版简讯的重要功能是把出版机构最新的读物信息投放市场,让读者知道出版机构的出版动态和读物状况。出版简讯对出版机构非常重要,它既是信息发布,又是形象积累。鲁迅非常重视出版简讯。他常常把出版简讯刊载于已出读物的卷末或封底,利用出版简讯介绍成套读物的编审进度和出版情况。如在载于 1925 年 3 月未名社出版的《苦闷的象征》一书封底的《〈未名丛刊〉是什么,要怎样?(一)》的简讯中,鲁迅切合读者心理,解释了《未名丛刊》的特色和出版目的,交代了该丛书陆续印行的情况。

鲁迅亲自撰写出版简讯。他撰写的出版简讯富有创造性,特色鲜明。譬如,《文艺连丛》的出版简讯,介绍了丛书、已出版的《不走正路的安得伦》以及正在校印、即将出版的图书《解放了的堂·吉诃德》《山民牧唱》《Noa Noa》。② 从整体结构来说,这则出版简讯先总体介绍《文艺连丛》,然后分别介绍已出版的书和准备出版的书,由总到分,层次清楚,符合读者的接受心理。从出版简讯中总体介绍部分的结构来看,先从整体谈出书目的,接着介绍丛书的内容和特点,最后从整体上强调出书目标。这种总—分—总的结构,既突出了丛书的整体特色,也强调了丛书的具体特点。从出版简讯总体介绍的情感设置来看,表明了鲁迅对出版界的态度和对出版界歪风的憎恨以及对读者的关心。它先是批判出版界的歪风,以引起读者的共鸣,接着陈述丛书出版者的努力。这样,一反一正,强烈对比,突出了丛书出版者的高尚追求和价值倾向,使得读者对丛书产生兴趣。然后,介绍了丛书的内容和特点。读者在了解了丛书的

---

① 参见鲁迅:《鲁迅全集》(第 8 卷),人民文学出版社 2005 年版,第 501—502 页。
② 参见鲁迅:《鲁迅全集》(第 7 卷),人民文学出版社 2005 年版,第 483—484 页。

内容和特点后,对丛书的兴趣又进了一层。最后,在批判图书界另一倾向中非常平实地强调出书目的。这时,读者已经被出版者的真挚打动,也就有兴趣了解具体的图书了。从出版简讯对《不走正路的安得伦》的介绍来看,至少有三个特点:一是信息量大,包括图书作者、作者情况、译者、译者近况、作品内容和写作特色、图书装帧设计、价格等;二是层次清楚,从简单的总体情况介绍到作者介绍到内容和写作特点的介绍到译者的介绍再到装帧设计和价格的介绍,一层接着一层;三是突出了重点信息,如对作者、译者情况的介绍。

3. 出版物广告

鲁迅重视出版物广告,通过各种渠道发布出版物广告,宣传出版物。其中,主要渠道有三条。第一,利用已出读物的空白刊登出版物广告。如载于1926年7月未名社出版的台静农所编《关于鲁迅及其著作》版权页后的《〈未名丛刊〉与〈乌合丛书〉广告》,载于1927年4月朝花社出版的《近代世界短篇小说集》第一集《奇剑及其他》最后的《〈艺苑朝华〉广告》,载于1931年11月三闲书屋版《铁流》版权页后的《三闲书屋校印书籍》。第二,在报刊上发布出版物广告。如刊于1936年3月《译文》月刊第1卷第1期的《〈死魂灵〉广告》,刊于1936年11月20日《中流》第1卷第6期的《绍介〈海上述林〉上卷》,刊于1934年6月1日《文学》月刊第2卷第2号"广告"栏的《〈引玉集〉广告》,刊于1925年3月10日《京报副刊》上的《〈苦闷的象征〉广告》。第三,散发单张出版物广告。如《三闲书屋印行文艺书籍》的单页广告。

4. 书评

鲁迅非常重视书评,撰写了大量书评,通过书评介绍图书、评论图书、宣传图书。鲁迅研究专家朱正编辑了《鲁迅书话》一书,该书包括"谈书和读书""谈中国古书""谈外国书""谈同时代人的作品""谈自己辑校的古籍""谈自己译的书""谈自己著的书"七部分,共224篇。朱正说:"鲁迅读书多,阅读中时有很好的见解,这些见解散见于他那许多读书的文章中。此外他还写过不少序跋,其实也是书评之一体。"①这足可见鲁迅于书评的用心用力、创作数量

---

① 朱正:《后记》,朱正编:《鲁迅书话》,海南出版社1998年版,第699页。

之多、创作质量之高、创作影响之大。

（二）书评文本特色

鲁迅说："文艺必须有批评……如果一律掩住嘴，算是文坛已经干净，那所得的结果倒是要相反的。"①字面上看，鲁迅谈的是文艺批评，其实是在呼唤好书评的诞生，反映了他对书评重要性的深刻认识。鲁迅与书打交道一辈子，为了书他曾担当过不同的角色。不管鲁迅以什么角色与书打交道，他都没有忘记书评，总以独特的方式思考图书，以自己富有特色的笔评判图书。鲁迅的书评创作量大、内容丰富，是珍贵文化遗产。鲁迅的书评，有的着眼于读者，有的着眼于作者，有的着眼于编辑，有的着眼于出版者，有的着眼于印刷者。从书评的内容来看，涉及出版物的内在内涵和思想、外在包装和形式等与出版物相关的各个因素。从书评的形式来说，包括他为自己翻译的作品、所整理的古籍和为他人的作品写的序跋、对一类图书或某一时期的图书和图书出版状况做出的综合评论以及类似于《书苑折枝》《看书琐记》一类读书随笔等。鲁迅的书评富有特色，就文本来看，主要表现在内容求真、价值向善和表现形式为美。

1. 内容求真

鲁迅的书评尊重图书产生的背景。鲁迅说："有汽车也须有好道路，一切事总免不掉环境的影响。"②"各种文学，都是应环境而产生的……"③图书的出版有其特定的背景，图书的内涵依托一定的时代和氛围。只有充分揭示图书的背景，才能真正把握图书的底蕴、挖掘图书的内涵，准确评价图书的文本意义和出版价值，才能对读者做出负责任的推介。鲁迅的书评特别强调孕育图书的环境，他总是不惜篇幅对图书的背景进行描述和分析。黎锦明的小说《尘影》出版了，它描写的是 1927 年蒋介石国民党背叛革命前后南方一个小县城的局势。鲁迅为之所写的书评开门见山说："在我自己，觉得中国现在是

---

① 鲁迅：《鲁迅全集》（第 5 卷），人民文学出版社 2005 年版，第 580 页。
② 鲁迅：《鲁迅全集》（第 4 卷），人民文学出版社 2005 年版，第 136 页。
③ 鲁迅：《鲁迅全集》（第 4 卷），人民文学出版社 2005 年版，第 137 页。

一个进向大时代的时代。"①这句话概括说明了《尘影》的时代背景,接着鲁迅解释了"大时代",进一步阐释了时代背景的具体内涵。这种写法不但使其书评真实反映了《尘影》的内容,而且为读者阅读、理解《尘影》和《尘影》的出版价值提供了基础、定下了基调。

鲁迅的书评忠实于图书本身。忠实于图书本身是指书评要忠实于图书自身的内在内容和外在形式。书评应以图书本身为基础和核心,做出符合图书文本实际情况的实事求是的推介和评论。书评的价值首先表现在对图书内容和形式把握的真实、准确。为此,要求书评者在评论书之前必须仔细阅读、琢磨所评图书。然而,许多书评者往往忽视了书评的前提和基础,只是稍微翻翻图书或者连翻翻都不情愿,就大放厥词,对书指手画脚。鲁迅总是细心阅读全书,认真思索,确信完全把握了图书的内容、形式和价值才发表意见。在许广平、萧红等人的回忆录中,有许多关于鲁迅伏案细心、认真阅读图书的文章。鲁迅细心阅读了所评图书,能把握图书整体,注意到每一个细节,他的书评不但对作品整体提出自己的真知灼见,而且纠正作品细节上的漏洞。鲁迅对那种不认真读书的书评者特别反感。一次,在谈到关于托尔斯泰作品的书评时他非常气愤地说:"至少,譬如要批评托尔斯泰,则他的作品必得看几本的。"②对那种不忠实于图书的凭空评论和借图书指桑骂槐、歪曲图书内容和思想的歪鄙行为,鲁迅深恶痛绝,严词斥之。

鲁迅的书评尊重作者、出版者的意图。图书是主体作用于客体的产物,以作者和出版者的创造为基础。作者和出版者的主体精神凝聚于图书中,形成图书主旨的重要组成部分。当然,图书作为一种客观存在,具有创造主体都难以或根本没有意识到的客观意义。但是,不管图书的客观意义多大,都要在尊重图书主旨即作者和出版者意图的基础上进行延伸、分析和判断,绝不能断章取义或歪曲作者和出版者的意图以求得与自己的书评意见一致或达到自己的某种目的。在鲁迅的时代,言论不自由,一些作者和出版者往往借用比较隐晦

---

① 鲁迅:《鲁迅全集》(第3卷),人民文学出版社2005年版,第571页。
② 鲁迅:《鲁迅全集》(第5卷),人民文学出版社2005年版,第496页。

的文本方式表达某种深意。鲁迅在为这些图书撰写书评时常常碰到这种情况。一旦碰到这种情况,鲁迅从不凭自己的意念去猜,而是去信询问或直接表明自己没有看懂。

鲁迅尊重书评本身的局限性。书评作为一种文体,是传递主体思想和意识的载体。由于主体对客体的感知和认识是有限的,图书本身是复杂的,所以书评对图书的推介和评论不是万能的,具有局限性。承认书评功能的有限性是追求书评真实的重要方面,反之,片面夸大书评的存在和价值,会让书评失真。鲁迅认识到了书评本身的局限性,认为书评的存在是过程,要在和图书内涵和特色的不断比照中不断优化,进而得到发展,更全面、深刻、恰当、准确地反映被评价的图书。

2. 价值向善

鲁迅的书评致力于引导文化潮流的正确趋向。"取其有意义之点,指示出来,使那意义格外分明,扩大,那是正确的批评家的任务"①,也是书评的任务。出版的文化属性赋予它传播、积累和建设文化的功能、职责与使命。书评作为出版过程中的环节,无疑必须为出版的使命尽力,而独立性要求书评在这方面的功能实现得更充分,要在完成作为出版的一个环节的作用的基础上有所延伸,进而反过来影响出版和文化潮流。在现代史上,以鲁迅为旗手的新文化始终在与国民党统治文化进行斗争,而文学是斗争的排头兵。在《鲁迅全集》中有鲁迅对某一时期文学读物和文学现象的大量综合书评,如《现今的新文学的概观》《上海文艺之一瞥》等。这种综合书评或将分散的进步作家和作品集聚起来合成一股力量,或将到处开花的进步文学创作组合成文学发展的现象和潮流,以此批驳落后的反动的文学和文学现象,倡导先进的进步的文学和文学现象,形成新文化发展的潮流和倾向。

鲁迅的书评指导读者消费读物。读者对图书的选择具有可塑性。选择得好,可以获得准确的知识和有益的体验;选择不好,可能误入歧途,反受其害。正如鲁迅所说:"现在因为出版物太多了,——其实有什么呢,而读者因为不

①　鲁迅:《鲁迅全集》(第4卷),人民文学出版社2005年版,第377页。

胜其纷纭,便渴望批评,于是批评家也便应运而起。批评这东西,对于读者,至少对于和这批评家趣旨相近的读者,是有用的。"①鲁迅的书评对好的图书予以高度评价,并努力向读者推介;对不好的图书深析其害,并严词斥之,毫不容情。这样,鲁迅的书评梳理了图书市场,为读者树立了明灯。有了这种指引,读者就可以更好地选择图书,读到合适的好书。对于如何读书,鲁迅通过书评给读者提供路径和方法,指导读者在阅读中得到更多益处。他说:"说到读书,似是很明白的事,只要拿书来读就是了,但是并不这样简单。至少,就有两种:一是职业的读书,一是嗜好的读书。"②鲁迅将读书细分为两类后,一一针对性地提供阅读指导。

鲁迅的书评积极扶植作者。书评肯定图书的成功,指出图书的不足,对作者,尤其是年轻的作者,是一剂良药,因为这样的书评催其进步,促其成长。一部作品面世,作者最担心的是"不特没有人来赞成,并且也还没有人来反对"③;作者最害怕的是那种脱离书本身的乱评。鲁迅对那些有助于作者成长的书评和书评家大加赞赏,他说:"以文艺如此幼稚的时候,而批评家还要发掘美点,想扇起文艺的火焰来,那好意实在很可感。即不然,或则叹息现代作品的浅薄,那是望著作家更其深,或则叹息现代作品之没有血泪,那是怕著作界复归于轻佻。虽然似乎微辞过多,其实却是对于文艺的热烈的好意,那也实在是很可感谢的。"④鲁迅对有害于作者成长的书评和书评家特别痛恨,他指出不负责任甚至心怀鬼胎的书评家的书评对作者的危害说:"恶意的批评家在嫩苗的地上驰马,那当然是十分快意的事;然而遭殃的是嫩苗——平常的苗和天才的苗。"⑤鲁迅自己的书评致力于发掘作者创造的潜力和美点,往往在肯定作者创造成功的基础上以长者亲切的口吻指出其不足,指示努力的方向。如在《叶永蓁作〈小小十年〉小引》的书评中,鲁迅高度评价这部作品说:"然而

① 鲁迅:《鲁迅全集》(第3卷),人民文学出版社2005年版,第461页。
② 鲁迅:《鲁迅全集》(第3卷),人民文学出版社2005年版,第457页。
③ 鲁迅:《鲁迅全集》(第1卷),人民文学出版社2005年版,第441页。
④ 鲁迅:《鲁迅全集》(第1卷),人民文学出版社2005年版,第423页。
⑤ 鲁迅:《鲁迅全集》(第1卷),人民文学出版社2005年版,第176页。

这书的生命,却正在这里。他描出了背着传统,又为世界思潮所激荡的一部分的青年的心……"这是中国文艺努力的方向,是中国文艺的希望。同时,书评之末,鲁迅又指出作者创作的不足说:"我所感到累赘的只是说理之处过于多……"①许多年轻作者把作品寄给鲁迅,鲁迅仔细阅读,写出书评,尽心尽力指导这些作者。这些作者成名成家后回忆成长之路时,总免不了谈到鲁迅的关怀。

鲁迅的书评指导出版的发展。书评评书毋庸置疑,但是,不能片面理解这一点。书评不仅着眼于已出版的图书,还要从现有图书所表现出的端倪深入图书制作的每一个环节,从过程中寻找编辑出版的经验和教训,为出版出谋划策。鲁迅是出版家,他的一些关于编辑出版的书评指导出版,给出版提意见和建议。这些书评有批评图书版式、出版偏向的,有给出版者提真知灼见的。如当时出版界大兴出大套书之风,鲁迅从出版者的动机和目的等角度对此严肃批评。鲁迅还撰写关于图书校对的书评,呼吁出版界重视校对,希望校对加强自身修养,减少图书编校差错。

鲁迅的书评是理论探讨的手段,是交流学术成果的方式。鲁迅的许多书评深入某一理论和课题的前沿,结合具体图书进行探讨。这种书评中有些推介一些图书提到的新理论、新观念和新思想,有些对图书中牵涉的研究成果进行评判和指点。如鲁迅关于版画木刻和绘画的书评,不但批评国内外版画木刻和绘画的创作现状,也总结这方面的理论成果,还为这种艺术创造的未来和理论研究提出看法。鲁迅的这些书评是专业论文,闪烁着理论的亮点和智慧的光辉。

鲁迅书评的向善还表现在他十分重视书评者的主体建设。书评是书评者创作的,是书评者主体精神凝聚结晶而成的,书评者的主体精神是书评产生的主导因素。鲁迅重视书评者的主体建设,强调书评者在批评别人的作品前,先要将自己的精神裁判一回。他认为书评者要有正确的理论修养,对书评要有正确的认识,对评书要有正确的态度,书评界需要的是"几个坚实的,明白的,

---

① 鲁迅:《鲁迅全集》(第4卷),人民文学出版社2005年版,第151页。

真懂得社会科学及其文艺理论的批评家"①。有三种批评家,他认为是在践踏文坛,是在滥用批评家的权威,他们是"独有靠了一两本'西方'的旧批评论,或则捞一点头脑板滞的先生们的唾余,或则仗着中国固有的什么天经地义之类的"②所谓批评家。这样的批评家、书评者对于文艺创作、编辑出版是负能量,需要根据鲁迅的提醒改变价值观和做法。

3. 表现形式为美

鲁迅的书评风格激烈、冷峻。鲁迅爱憎分明,对看中的值得推荐的图书,他付出十足爱心,表达十分肯定;对使读者堕落、给社会带来负面影响的图书,他的笔如投枪似匕首,带着他内心十分的恨刺向这些图书的制造者。有时,他甚至把对所评图书包含的情感倾向在书评中明确表达出来,这看来有违书评人不动情的常规,但其实是最大的冷静,因为这种动情基于冷静的思考和对是非的判断。日本侵略中国,中国人反抗侵略,这是庄严的使命。然而,国民党权贵们不但没有积极反抗侵略,还把国土拱手送给日本,让日本人在中国大地上滥施淫威,掠夺国民,更为惊人的是他们龟缩在后方,拥妻携妾,嬉戏在十里洋场。萧军的小说《八月的乡村》反映的正是这样的现实,为国民党权贵们刻画了一幅百丑图。鲁迅在书评中不仅充分肯定萧军的小说,而且竭尽笔力表达自己对国民党权贵们的这种行径的极端痛恨,给以极度辛辣的讽刺。鲁迅深入思索所评图书包含和可能引申出来的内涵和意义,得出足以警世醒世的结论。翻阅鲁迅的书评,精彩的画龙点睛之笔随处可见,处处闪烁着理性的迷人光彩。

鲁迅的书评针对图书的特征选择恰当的评论角度,让自己的主体角色定位恰当,视角独特。有时,鲁迅以校改者的角色撰写书评,如关于《小彼得》的书评。有时,他以出版者的角色撰写书评,如在关于《死魂灵百图》的书评中,他从分析《死魂灵》小说开篇,得出图重要的结论。③ 接着顺势介绍《死魂灵》的各种插图,强调《死魂灵百图》是最好的一种,最后阐释《死魂灵百图》的意

---

① 鲁迅:《鲁迅全集》(第 4 卷),人民文学出版社 2005 年版,第 245 页。
② 鲁迅:《鲁迅全集》(第 1 卷),人民文学出版社 2005 年版,第 423 页。
③ 参见鲁迅:《鲁迅全集》(第 6 卷),人民文学出版社 2005 年版,第 460 页。

义和价值。有时,他以编辑的角色撰写书评,如关于《苏联作家七人集》的书评。鲁迅撰写书评对自己的角色定位不是随意的,而是有依据的,这种依据是图书本身的特色、鲁迅和图书的关系或者撰写书评的目的和主旨。

鲁迅的书评结构颇具匠心。有时,他重点评述对读者最有意义的话题,以此作为结构的中心。如在小说《总退却》的书评中,鲁迅首先分析欣赏者的主体条件、小说样式和人物形象的嬗变,然后切入小说本身进行评述,评述很短,不足100字,与前面长达1000多字的分析相比,似乎有些不对称。然而,评述虽短,但承接前面的分析立论,既点出小说是"这一时代的生产品",又说明小说的最大特点——"将中国的眼睛点出来了",同时指出小说的不足。读者读罢这篇书评,绝对不会抱怨鲁迅对小说本身说得太少,因为他们已能非常明确地把握小说的主题和特色。有时,鲁迅的书评用读者接受心理作为结构点,顺应读者的心理,回答读者最想知道答案的问题。如在《守常全集》的书评中,鲁迅抓住读者关心李大钊的心理,用很少的笔墨介绍全集,用亲切、富有感情的行文将自己与李大钊的认识、相知的过程徐徐道来,重点描画李大钊在自己心中留下的美好印象。读者了解了这些,必然对李大钊心生敬慕之情,对其文倍生浓厚好奇心,从而读其文集。

鲁迅书评的语言依特定的情境表现出不同的特色。有时特别亲切,富有感染力。"他的成了幽默家,是为了生活,而在幽默中又含着哀怨,含着讽刺,则是不甘于这样的生活的缘故了。因为这一点点的反抗,就使现在新土地里的儿童,还笑着:玛克·土温是我们的。"[1]这是鲁迅为马克·吐温的作品写的书评中的一段话,他把自己摆在和读者平等的位置,似乎在和读者面对面聊天,笔调温和。鲁迅书评的语言优美,充满跳动的韵律和节奏,像音乐,又像散文诗。如对白莽的作品《孩儿塔》,鲁迅在书评中是用这样优美的语言赞美的:"这《孩儿塔》的出世并非要和现在一般的诗人争一日之长,是有别一种意义在。这是东方的微光,是林中的响箭,是冬末的萌芽,是进军的第一步,是对于前驱者的爱的大纛,也是对于摧残者的憎的丰碑。一切所谓圆熟简练,静穆

---

① 鲁迅:《鲁迅全集》(第4卷),人民文学出版社2005年版,第341页。

幽远之作,都无须来作比方,因为这诗属于别一世界。"①

(三)出版物广告文本特色

鲁迅亲自撰写了不少出版物广告,这些广告充分传播出版物信息,反映出版物特点,表现鲁迅的思想、观念及其对出版物的把握和控制技巧,创造了独特的表现形式美。

1. 传播出版物的信息和特点

鲁迅撰写的出版物广告准确、充分告知读物信息。譬如,1936 年 11 月 20 日《中流》第 1 卷第 6 期上登载了鲁迅撰写的图书广告《绍介〈海上述林〉上卷》。② 广告篇幅很短,但在有限的篇幅里包含了该书的性质、内容、作者和译者情况、翻译水平、出版规模、插图、装帧设计、纸张状况、定价、出书时间、函购办法、代售地点等信息,体现了该书的几个特点:先进性——表面看来,似乎这一点不明显,但是,在当时的背景下,凡是苏联的东西就代表着一种倾向,而广告中明确称《高尔基论文选集》为"煌煌巨制"显示了该书的这一特征;权威性——"作者既系大家,译者又是名手,信而且达,并世无两";高档次——"无一不佳";作用大——"足以益人,足以传世";本子厚;装帧设计豪华;有收藏价值。又如在《〈引玉集〉广告》中,③短短一百多字,鲁迅把《引玉集》系出版者数年精心准备、成本低、从原版手拓玻璃版精印、定价低廉、册数无多等事实描述得一清二楚,重点信息鲜明突出,读者看罢一目了然。

从鲁迅的图书广告文本可以看出他完美体现所宣传图书的特征,进而完美地将图书本身的美和价值转移于图书广告文本中的技巧和诀窍。其一,要撰写出到位的图书广告,必须充分了解所要宣传的图书。在《死魂灵百图》广告中,④鲁迅把果戈理、果戈理作品以及作品的插图情况娓娓道来,显示了他对这些信息的熟悉和精通。正是这种熟悉和精通奠定了这则广告的基础。而

① 鲁迅:《鲁迅全集》(第 6 卷),人民文学出版社 2005 年版,第 512 页。
② 参见鲁迅:《鲁迅全集》(第 7 卷),人民文学出版社 2005 年版,第 489 页。
③ 参见鲁迅:《鲁迅全集》(第 8 卷),人民文学出版社 2005 年版,第 511 页。
④ 参见鲁迅:《鲁迅全集》(第 8 卷),人民文学出版社 2005 年版,第 522 页。

鲁迅在广告中不是随心所欲地选择内容介绍点,而是既以图书本身为准则,介绍与图书本身价值特别相关的信息,如《死魂灵百图》的特色等;又从读者的角度选择信息介绍点,如《死魂灵》小说、装帧设计、价格等。其二,图书广告包含的信息量要大。任何图书都包含许多信息,图书广告的读者对该广告所宣传对象的信息有着特定的需要,如果读者连所需要的信息都找不到,那么他们不可能找到所宣传对象的特征。应该说,图书广告所宣传对象的个体特征是在信息的面上得到体现的。鲁迅熟悉要介绍的图书本身及其相关的背景资料,广告需要什么信息,他信手拈来。在《死魂灵百图》广告中,鲁迅阐明了小说《死魂灵》及其影响、《死魂灵》插图的大概情况,评判了《死魂灵》插图的艺术质量,解释了他与《死魂灵》插图之间的渊源,介绍了《死魂灵百图》的装帧设计、用纸、用料以及其他出版情况,信息量非常大,也非常集中。其三,要善于用图书本身独特、具体的事实说话,力戒堆砌抽象空洞的辞藻。在《死魂灵百图》广告中,这种特色表现得很明显。鲁迅在介绍《死魂灵》的影响时不是简单地说小说影响大,而是以"各国均有译本"作为论据;在说及《死魂灵百图》最有名时,鲁迅以"不尚夸张,一味写实"作为论据,至于关于出版情况的介绍,就更具体了。其四,要真实、客观,否则即使把所宣传对象的特征渲染得非常突出,读者也不会相信。鲁迅图书广告客观、实在,实事求是,不虚夸,不弄虚作假。对所推介书籍的好的方面,他不遮掩,而是非常热烈而明确地高度评价。《死魂灵百图》广告以事实为基础,让事实说话;用语中肯、平实、可信。在《〈引玉集〉广告》中,鲁迅称《引玉集》的面世是"近来中国出版界之创举"。对于所推介图书不成熟或不能达到读者期望值的方面,鲁迅据实以告。在《〈未名丛刊〉与〈乌合丛书〉广告》中,他写道:"这也并非学者们精选的宝书,凡国民都非看不可。"①在《苦闷的象征》广告中,他说:"现经我以照例的拙涩的文章译出,并无删节,也不至于很有误译的地方。"②

2. 融入主体精神

在广告中,鲁迅融入的主体精神主要包括:第一,鲁迅先进的出版观念,他

---

① 鲁迅:《鲁迅全集》(第7卷),人民文学出版社2005年版,第477页。
② 鲁迅:《鲁迅全集》(第8卷),人民文学出版社2005年版,第467页。

用这种观念从出版的角度分析和评判出版物,得到出版物的宣传点;第二,鲁迅的文学、文化思想和其他观念,他在这些观念的指导下,深刻把握所宣传图书的文本特色,找到广告所要表达的重点。

1935 年 8 月《俄罗斯的童话》由文化生活出版社出版,鲁迅在其版权页上写了一则广告。① 在 1935 年 8 月 16 日致黄源的信中,鲁迅提及这则广告说:"《童话》广告附呈。"②与其说这是一则广告,倒不如说是一篇精短的文学评论。在这则广告中,鲁迅充分表达了对高尔基作品、童话和文学艺术的理解,这是鲁迅主体精神的完美呈现。对于文学作品,关键是让读者进入作品的情境,觉察出这一作品与其他作品的不同,从而对作品感兴趣,产生进一步了解作品的欲望,最终购买作品。鲁迅的这则广告充分把握读者的期待心理,实现了广告的意图,是非常成功的广告。

3. 创造形式美

鲁迅的图书广告富有人情味,这表现在三个方面。其一,鲁迅从读者的角度叙述图书和图书出版的事实,以情动人,拉近了与读者的距离,使读者彻底消除可能上当受骗的心理。如在《艺苑朝华》的广告中,鲁迅平实的交谈式的开头让读者和销售商一看就对图书广告产生了好感。③ 其二,鲁迅在图书广告中把读者期望知晓的情况毫无保留地告诉读者。如在《〈未名丛刊〉与〈乌合丛书〉广告》中,鲁迅直率地告诉读者:"所谓《未名丛刊》者,并非无名丛书之意,乃是还未想定名目,然而这就作为名字,不再去苦想他了。"④这样便解答了读者心中的悬念,让读者明白出版者并非故弄玄虚。接下来,鲁迅写道:"大志向是丝毫也没有。所愿的:无非(1)在自己,是希望那印成的从速卖完,可以收回钱来再印第二种;(2)对于读者,是希望看了之后,不至于以为太受欺骗了。"⑤在鲁迅所处的时代,局势动荡,生活奔波,连生命都无法保障,图书

① 参见鲁迅:《鲁迅全集》(第 8 卷),人民文学出版社 2005 年版,第 515 页。
② 鲁迅:《鲁迅全集》(第 13 卷),人民文学出版社 2005 年版,第 521 页。
③ 参见鲁迅:《鲁迅全集》(第 7 卷),人民文学出版社 2005 年版,第 481 页。
④ 鲁迅:《鲁迅全集》(第 7 卷),人民文学出版社 2005 年版,第 477 页。
⑤ 鲁迅:《鲁迅全集》(第 7 卷),人民文学出版社 2005 年版,第 477 页。

出版更不用说了。这一点,出版者知道,读者也知道,但出版者一般为了自己的利益,做广告时闭口不提。鲁迅则不然,在他所撰写的图书广告中,没有不能让读者知道的,对读者非常透明。其三,鲁迅把自己对读者的负责精神和服务精神贯注于图书广告中。在《三闲书屋校印书籍》的广告中,鲁迅写道:"宁可折本关门,决不偷工减料……"①鲁迅把读者放在心上,自然而然,读者也把鲁迅装在心里,心灵的沟通在广告的撰写与阅读中得以实现。

鲁迅在图书广告中巧用对比。有比较就有鉴别,有鉴别就有优劣。图书的特色在比较中最容易显现出来。鲁迅撰写图书广告时,把所推介的图书置于当时的出版态势中,以此为背景,巧妙对比,突出所推介图书的特点。如在《三闲书屋印行文艺书籍》的广告中,鲁迅通过比较突出了自身,贬抑了被比较对象。有时,鲁迅在撰写的广告中,通过充分陈述产品的优势以达到比较的效果。如在《绍介〈海上述林〉上卷》的广告中,多角度一气呵成地列出图书的不一样之处。

鲁迅巧妙安排图书内容,广告结构富有特色。鲁迅图书广告介绍的内容层次清楚,对与之相关的种种问题交代明晰。如在介绍小说《不走正路的安得伦》的广告中,鲁迅先对作者、译者、序作者进行一般性介绍,接着介绍作者和小说的内容及其写法上的特色,然后重点介绍译者的情况,最后介绍插图和交代诸如定价等情况。读者读完这则广告,对该了解的都非常清晰。鲁迅的图书广告在充分介绍所宣传图书信息的前提下,突出重点信息。如在《绍介〈海上述林〉上卷》的广告中,鲁迅就重点介绍书籍装帧和定价的对应关系,整个广告才100多字,这方面就用了35个字,差不多占了三分之一的篇幅。读者在接受广告信息时具有选择性,广告的开头不能引起读者的兴趣和吸引读者的注意力,整个广告可能会毫无效果。鲁迅撰写的广告紧扣读者心理,往往把读者最关心的信息放在广告开头。如《〈苦闷的象征〉广告》开门见山点出该书的内容是文艺论著,让读者从图书名称可能引发的疑虑中明白过来,从而可确切明了该书是不是自己所需,并依此了解该书的其他信息。

---

① 鲁迅:《鲁迅全集》(第8卷),人民文学出版社2005年版,第503页。

鲁迅独具慧眼,洞察到所推介图书的有利宣传条件,从而在广告中巧妙借势。如在介绍《死魂灵百图》的广告中,鲁迅以小说《死魂灵》为基础,展开广告。这样,广告面世,小说《死魂灵》的读者就会特别注意,从而更有效地达到广告的目的。

鲁迅的图书广告自然、朴实。这既表现为他的图书广告的整体风格,也表现在他的图书广告的语言运用上。鲁迅的图书广告语言简单、明了,句式较短,尽量口语化,通俗易懂。

(四)出版物推广活动

在给吴渤的信中谈到《引玉集》的销售时,鲁迅指出"书的销场,和推销法实是大有关系的"①。鲁迅重视出版物的推广,他的推广活动丰富多彩,既有针对读者的活动,也有以作者为主体的活动,还有采用价格手段和广告的活动。探讨鲁迅的出版物推广活动,要学习其推广方法和技巧,更要学习其融入和参与推广的实干精神。

1. 读者活动

读者活动是最直接的推广手段。鲁迅主要通过三条途径和读者接触,帮助读者了解所编辑出版的读物。第一条途径是书信往来。许多读者寄函鲁迅,或请教问题,或索书。鲁迅面对读者来信认真作答。在问题的解答和为读者购书的信函往来中,鲁迅培养了读者的读书意识以及读者和出版者的良好关系。第二条途径是演讲或讲课。鲁迅通过演讲与讲课,提高读者的知识修养,补充和扩充读者的知识面,培养和提升读者的读书意识,使读者从内心深处产生更高更强烈的读书要求。同时,在演讲和讲课中,通过和听众的接触、互动,他了解读者的读书倾向和旨趣,获得了新的选题和市场支点。第三条途径是和读者谈心。鲁迅对与读者谈心非常感兴趣,这种谈心比演讲和讲课更直接,更切近读者。

2. 作者活动

作者在读者心目中的影响,让读者对读物的认识更积极、确定,对读者购

---

① 鲁迅:《鲁迅全集》(第13卷),人民文学出版社2005年版,第177页。

买读物具有一定的召唤力。鲁迅说:"但近半年来,大家都讲鲁迅,无论怎样骂,足见中国倘无鲁迅,就有些不大热闹了。"[1]鲁迅的影响力和与他相关的出版物的畅销息息相关,一些出版机构和个人通过种种方式借助他的影响力扩大相关读物的销售。鲁迅讨厌在名人和图书质量之间画上等号,但他很注意适当地组织作者活动,尤其是让年轻作者参与活动,借作者之势以培育和扩大图书市场。鲁迅反对俗气地利用作者进行活动。譬如,他反对在文艺出版上用"女作家"一类噱头。[2] 鲁迅融作者身份与编辑身份于一身,他参与的许多活动实际上是作者活动。

3. 价格推广

图书进入市场,受市场规律约束,其中价格是重要因素。鲁迅注意利用价格对市场和读者的调节和刺激作用促进读物销售,尤其是新书。其中,特价推广是鲁迅运用较多的方式,他常常在出版预告、图书广告中进行特价推广宣传,如:《〈毁灭〉和〈铁流〉的出版预告》中的特价说明——"实价五角,在初出版两星期中,特价三角五分"。有时,他独立发布特价告白以宣传图书,推广图书,如印于木刻《〈铁流〉图》的"特价券"背面的《〈铁流〉图特价告白》。[3]

鲁迅说:"廉卖自然是一种好竞争法,然究竟和内容相关……"[4]这是鲁迅进行特价推广的原则,在这一原则基础上鲁迅写出的特价推广文案富有特色。以《〈铁流〉图特价告白》为例来说,首先,一改特价推广赤裸裸的风格,慢条斯理地介绍了大量的情况,读者读这则特价消息,会觉得非常亲切,会感到特价消息中介绍的情况很真实。其次,这则特价推广消息很理性。特价推广消息往往靠特价引起消费者的需求心理,消费者一开始当然是在心理上为特价所吸引,但是紧接着,他们就会由感情因素占主导而转入理性,希望知道为什么要特价,特价是不是骗局。正是基于消费者的这一心理,鲁迅的特价推广消息强调理性,非常清楚地讲出了特价的原因。再次,鲁迅利用具体的富有情节性

---

①   鲁迅:《鲁迅全集》(第 12 卷),人民文学出版社 2005 年版,第 118 页。

②   参见鲁迅:《鲁迅全集》(第 4 卷),人民文学出版社 2005 年版,第 166 页。

③   鲁迅:《鲁迅全集》(第 8 卷),人民文学出版社 2005 年版,第 507 页。

④   鲁迅:《鲁迅全集》(第 13 卷),人民文学出版社 2005 年版,第 427 页。

和故事性的叙述方法来写特价推广消息,特别容易把读者带入特价的氛围和情境中,有利于达到特价推广的目的。

为了最大限度地满足读者的需求,尤其是对应需要图书而经济承受能力有限的读者,鲁迅编辑出版图书时,往往特别推出廉价本。他曾经针对《灵宝刀图》的复印本向郑振铎建议说:"此外最好仍用宣纸,并另印极便宜纸张之本子若干,以供美术学生之用也。"①在出版《北平笺谱》时,他特别对廉价本做了说明:"此外以廉纸印若干,定价极便宜,使学生亦有力购读,颇为一举两得……"②后来,他还为此特别强调"别制一种廉价本","以减轻学生之负担并助其研究"。③ 除了通过纸张的贵贱而提出廉价本外,鲁迅还运用降低成本的手段出版普及本。譬如,《凯绥·珂勒惠支版画选集》用铜版复制,缩小开本,推出了普及本,效果非常好。

鲁迅主张图书售卖用实价,反对通过虚高定价低折扣售卖的方式推广读物甚至欺骗读者。他说:"书籍用实价,废去'码洋'的陋习,是始于北京的新潮社——北新书局的,后来上海也多仿行,盖那时改革潮流正盛,以为买卖两方面,都是志在改进的人(书店之以介绍文化者自居,至今还时见于广告上),正不必先定虚价,再打折扣,玩些互相欺骗的把戏。"④他批评出版社、书店过度推广,变相打折卖书,使出赌博性手段。譬如,在学校开学或者特定日子"赠丝袜""请吃冰激凌""附送一只锦盒,内藏十件宝贝,价值不资","定一年报或买几本书,便可得到'劝学奖金'一百元或'留学经费'二千元的希望"。⑤他批评出版社、书店俗气的价格推广手段。譬如,一些出版社、书店推出"买书一元,赠送裸体画片的勾当",影响极坏。⑥

4. 广告推广

广告是鲁迅重视的推广法。刘半农标点的通俗讽刺小说要重印了,鲁迅

---

① 鲁迅:《鲁迅全集》(第12卷),人民文学出版社2005年版,第487页。
② 鲁迅:《鲁迅全集》(第13卷),人民文学出版社2005年版,第164页。
③ 鲁迅:《鲁迅全集》(第13卷),人民文学出版社2005年版,第21页。
④ 鲁迅:《鲁迅全集》(第4卷),人民文学出版社2005年版,第165页。
⑤ 鲁迅:《鲁迅全集》(第4卷),人民文学出版社2005年版,第165页。
⑥ 鲁迅:《鲁迅全集》(第4卷),人民文学出版社2005年版,第166页。

认为要"多销",那"自然要做广告""自然要说好"。① 酒香还怕巷子深,鲁迅这里"自然"二字的使用充分表明他对广告以及广告说出版物好话的深刻认识。开明书店不重视广告,鲁迅严词而又幽默地指出这一点说:"至于不登广告,大约是爱惜纸张之故,纸张现在确也值钱,但他们没有悟到白纸买卖,乃是纸店,倘是书店,有时是只能牺牲点纸张的。"②关于如何实施广告推广,鲁迅的做法是先写好广告,然后采取合适的方式方法发布。第一,鲁迅特别提醒要注意广告投放的时机。他认为,图书广告投放的最佳时机是图书发卖的时候。譬如,未名社要在上海做广告,他在给李霁野的信中指出"须于书籍正到上海发卖时,登出来,则更好"③。广告要告知信息,要激起消费者的消费和购买欲望。当消费者有了消费需求,却找不到书,广告的效果自然不好。所以,鲁迅对广告投放时机的把握很到位。第二,鲁迅强调出版物广告要和所投放的载体一致。他说:"看广告的种类,大概是就可以推见这刊物的性质的。"④投放的载体好,可以扩大和提升广告的作用。否则,对出版物广告和投放载体都不利。《语丝》开办时,对于广告的选择非常严,哪怕是语丝社同人的新书,如果不好,那么也不刊登广告。这样的期刊自然拥有忠实的读者,这些忠实的读者对上面的广告信任度高。合适的书在《语丝》上做广告,效果也就可以预期。后期,《语丝》上的广告杂乱了,广告价值大打折扣。事实上,此时的《语丝》销量下降,影响力弱了。

---

① 鲁迅:《鲁迅全集》(第 3 卷),人民文学出版社 2005 年版,第 322 页。
② 鲁迅:《鲁迅全集》(第 13 卷),人民文学出版社 2005 年版,第 427 页。
③ 鲁迅:《鲁迅全集》(第 12 卷),人民文学出版社 2005 年版,第 202 页。
④ 鲁迅:《鲁迅全集》(第 4 卷),人民文学出版社 2005 年版,第 175 页。

第五章　出版队伍的引路人

根据鲁迅日记中的记载,和鲁迅交往的各界人士有 2000 多人。其中,编辑出版者、创作者占有相当的比重和分量。作为作者和编辑出版者打交道,作为编辑出版者和作者打交道,加上有意培养的编辑出版者和作者,鲁迅造就了一批批出版人,引领这支队伍在编辑出版领域的耕耘中成长、壮大。

一、以鲁迅为核心的出版群体

以鲁迅为核心的出版群体包括编辑、装帧设计者、印装者、发行销售者以及作者、读者等,其中编辑、装帧设计者是核心,印装者、发行销售者是匹配力量,作者是上游内容提供者,读者是消费主体。这里结合和读者的关系,集中分析编辑群体、作者群体、装帧设计者群体,以此探究鲁迅作为出版队伍引路人的角色、观念和路径等。

（一）构成

1. 编辑群体

鲁迅的编辑出版同道者中,编辑是核心。《鲁迅日记》中提到的编辑主要包括如下四类:第一,在鲁迅创办、主持或参与创办的出版机构里的编辑,如未名社的韦素园、李霁野、台静农、韦丛芜及朝花社的柔石、崔真吾、王方仁等;第二,鲁迅支持、出版自己作品的一些出版机构里的编辑,如北新书局的李小峰、文化生活出版社的巴金、春潮书局的张友松和夏康农等;第三,和鲁迅一起办刊出书却不一定一起从属于某一机构的编辑,如郁达夫、茅盾、冯雪峰等;第四,因为一些编辑出版事务和鲁迅走在一起的编辑,如郑伯奇、郑振铎、章锡琛等。

2. 作者群体

以鲁迅为核心的作者群体主要包括如下五类。第一,和鲁迅有过合作的编辑。这些编辑包括上面提到的各种类型的人员。近现代出版史上编辑"学者化""作家化"是普遍现象,编辑们一手拿笔为别人作嫁,一手拿笔创作或撰写研究成果。和鲁迅合作过的编辑,有些后来不做编辑了,有些一直做编辑,无论哪种情况,大都在某种契机下成为鲁迅的作者,为鲁迅的某一套书或某一刊物创作或翻译,如韦素园、崔真吾等。第二,给鲁迅投稿的人。投稿者中有现实的作者,其作品当即可用,也有潜在的作者,其作品需提高后才可用。一些投稿者因为得到鲁迅的指导和帮助而走近鲁迅,成为鲁迅的作者。这些投稿者中,有的是普通职员,如邮局职工孙用翻译的《勇敢的约翰》经鲁迅校订发表,后来他成了翻译家;有些是大学生,如鲁迅在《译文》上为其发表译作《莱比和他的朋友》的刘文贞。第三,鲁迅的学生。如王方仁、欧阳山等。第四,求教于鲁迅的人。如当时在上海铁路局工作的于黑丁,因请教写作问题等与鲁迅通信,后来鲁迅介绍发表其短篇小说《生路》。第五,鲁迅的同事。如林语堂等。

3. 装帧设计者群体

和鲁迅合作装帧设计较多的有三个人——陶元庆、钱君匋和孙福熙。陶元庆,美术家,1924 年经许钦文介绍认识鲁迅,曾为鲁迅的《坟》《朝花夕拾》《苦闷的象征》《出了象牙之塔》等画封面。钱君匋,美术家,陶元庆的学生,开明书店编辑,曾经手印制鲁迅的《朝花夕拾》封面。孙福熙,画家,曾为鲁迅设计《野草》封面、创作《小约翰》初版封面画,他所著的散文集《山野掇拾》《大西洋之滨》经鲁迅校正后出版。

(二)特点

以鲁迅为核心的编辑群体、作者群体和装帧设计者群体具有两个鲜明的特点。第一,他们都是近现代知识分子。作为中国社会现代转型时期的知识分子群体,他们具有两重困惑:渴望经济独立,却难以找到宽裕的生存条件;满怀精神理想,却难以得到表达的自由和空间。第二,他们和鲁迅的关系大都缘起于地缘、学缘、事缘。因地缘而抱团或结群是较为自然的现象。相对来说,以鲁迅为核心的出版群体的地缘特征不明显。譬如,在编辑群表中的人员来自10多个省份,较分散。作者群表中的人员来自近20个省份。但是,无论编辑群还是作者群都显现出某些地缘特征。譬如,在编辑群表的人员中,来自浙江的有10多位;在作者群表的人员中,来自浙江的有20多位。在两个群体中,浙江的人员都占有比其他省份高得多的比例,集中度较高。地缘关系来自两方面的原因:一是鲁迅对家乡人有着独特的感情,认同度相对高些;二是鲁迅家乡的人员相对其他地方的人员更熟悉也更有机会向鲁迅表达某种需要和情感。以鲁迅为核心的出版群体中的一些人是鲁迅的学生,这些学生或是鲁迅在大学教书时的学员,或是鲁迅在大学演讲时的听众。如许钦文1920年间在北京大学旁听鲁迅讲课,1923年初由孙伏园介绍与鲁迅结识。其后在创作方面得到鲁迅很多帮助,他的短篇小说《故乡》由鲁迅编选,收入《乌合丛书》。1932年和1934年两次入狱,经鲁迅托蔡元培等设法营救获释。李小峰,1923年北京大学哲学系毕业,通过孙伏园开始与鲁迅交往。徐诗荃,1928年上半年在复旦大学求学,因记录鲁迅在江湾复旦实验中学演讲和在《语丝》投稿,与鲁迅通信并会晤。1929年留学德国,鲁迅曾托他购买书籍、报刊、木刻作品。他回国后,鲁迅校读他译的《尼采自传》,并多次托人抄写他的稿件推荐给书店、报刊出版和发表。这部分人中的一些是因为文学创作而进入这个群体的,因为他们请教鲁迅创作方面的问题,和鲁迅走到了一块。如李宗奋,1929年在光华大学附中学习时,将自己的作文编成一集寄请鲁迅审阅并作序,鲁迅复信鼓励。荆有麟,1924年在北京世界语专门学校读书时,因向鲁迅请教写作、翻译问题开始来往。1925年春北京世界语专门学校停办后,经鲁迅介绍任京报馆校对,并参加《莽原》周刊的出版工作。一些年轻作者希望通过鲁迅发表作品、出版著作。通过这些事,他们和鲁迅走到一块,进入这一出版群体。如鲁迅在厦门大学教书时,支持俞荻、谢玉生、崔真吾、王方仁等学生创办泱泱社,帮助他们编辑出版《波艇》月刊和《鼓浪》周刊。后来,这些人成了以鲁迅为核心的出版群体中的成员。其中,崔真吾 1928 年和鲁迅同住景云里,同年 11 月与鲁迅、柔石、王方仁组织朝花社。黄源 1931 年在新生命书局做编辑,因为出版《士敏土》与鲁迅联系。1934 年 8 月参与鲁迅倡议出版的《译文》月刊的筹备工作,同年 11 月接替鲁迅编辑该刊,后来又和鲁迅等一起编辑《译文丛书》。

(三)形成

鲁迅对出版的性质和地位的认识和传播,让以他为核心的出版群体对出版职业有了新的认识,融入出版职业化的大潮中。在不断的沟通中,鲁迅和以他为核心的出版群体充分认同,他们对现代出版有了正确的认识,对出版现象有了较高的分析和判断能力,能够较充分地探究和把握现代出版规律。

1. 现代出版业与知识分子的生存新空间

传统出版转型为现代出版的重要标志是出版主体的职业化。出版主体的职业化既是近现代先进出版理念之一,也是对这一出版理念的倡导和传播过程,还是知识分子接受现代出版理念、寻找生存新空间、融入出版业的过程。正因为知识分子进入出版业并以出版作为职业,使得出版成为社会的重要行业,成为推动社会发展的重要动力。因此,以鲁迅为核心的出版群体的形成,是出版职业化过程中出版群体逐渐涌现的发展历程的缩影,是鲁迅作为知识分子的杰出代表的影响力作用于当时知识分子的结果。鲁迅带领一群知识分子融入出版业,完成了知识分子对新职业的定位,满足了知识分子对新职业的诉求。不管这群人当时的心态和状态如何,也不管这群人日后的去向如何,但应和社会主潮的趋势及其对出版业的影响,使这群人给出版业和社会发展留下了烙印。

中国传统的知识分子一直处于社会的边缘,要从边缘走向中心,唯一的出路是当官。所谓"学而优则仕",指的是知识分子的生存之道,也是他们社会地位的反映。周作人描述传统知识分子的生存之道是一条正路四条岔路,正路是科举,岔路是做塾师、做医师、做幕友、学生意。① 鲁迅在新式学堂读书后

---

① 参见周作人:《周作人回忆录》,湖南人民出版社 1982 年版,第 49 页。

还逼不得已回家参加了科举考试,是传统所迫。传统知识分子这种生存状况的背后是物质基础,是社会提供给这些人的经济条件和保障。知识分子命运的改变和在某些领域的突破首先是经济条件和保障的确立。

随着社会的变化和发展,编辑出版日益职业化和专业化,在社会分工体系中拥有着位置和作用,一些职业化、专业化的出版机构涌现,在社会体系中承担着功能、提供着价值,于是,先是部分后是越来越多的知识分子进入编辑出版领域,进入出版机构。① 当然,知识分子对编辑出版的认识是个过程,出版机构的发展也是个过程。起初,知识分子不认同出版职业,把出版"这条路"看成传统的"五条路"之外的荆棘路。他们迫于经济压力走这条路,如同他们选择其他的岔路一样,心理状态并不好。但是,多一条岔路意味着多一种选择,多些生存空间。

出版发展到成为行业,为社会提供了职位,为从事这些职位的人员提供了生活保障,尤其为知识分子提供了改善生存状态的条件。整体来看,出版行业在社会各行各业中位居中上游,具有一定的优势。在商务印书馆等出版机构做事,哪怕从基层做起,也能基本满足生活需要,随着岗位晋升,生活便逐渐富足,而且部分人还能通过稿酬增加收入,因而中产阶级以上的生活可以保障。在小型出版机构做事,事情稍杂,但是基本生活也能保障。一些知识分子看到出版行当的商机,投身出版经营管理,做起了老板,若成功了则经济上更会富裕。② 鲁迅离开教育部,先到大学教书,后来融著作、编辑出版和社会活动于一体,有着多方面的原因,其中有了较为充分的经济保障是原因之一,因为经济相对自由,鲁迅就不用专属于某一职业的限制了。鲁迅在出版领域的实践和经历使他认识到出版可以为知识分子提供生存保障。同时,在近现代国民经济的整体结构中,出版业逐渐成为重要组成部分。加上政治功能、文化功能、宣传功能、社会影响力等,出版业在社会各行各业中地位凸显。这种行业地位决定了从事出版业的人员的社会地位。尤其是编辑,作为出版业的核心

---

① 参见李家驹:《商务印书馆与近代知识文化的传播》,商务印书馆 2005 年版,第 122 页。

② 参见王建辉:《出版与近代文明》,河南大学出版社 2006 年版,第 281 页。

力量,得到了更多的社会认同,社会地位自然更高。鲁迅对出版的性质和地位有独到的认识,他的出版实践阐释和体现了他的这种认识,他也是以他为核心的出版群体的榜样。这些人融入这一群体,因为他们在某种程度上和鲁迅对出版的性质和地位的认识相一致。这种一致既来源于这些人的观察和思考,也来源于鲁迅对出版的性质和地位的传播和倡导。

2. 知识分子在编辑出版中满足精神诉求

以鲁迅为核心的出版群体是近现代知识分子,他们脱胎于传统知识分子,又和传统知识分子有着质的区别。社会学家刘易斯·科塞把近代理性的知识分子称作“理念人”,认为这一群体最大的特点是自我意识较强,具有“摆脱眼前经验的能力”、“走出当前实际事务的欲望”和“献身于超越专业或本职工作的整个价值的精神”。① “理念人”的概念也从某种程度上阐释了以鲁迅为核心的出版群体的特征,这种特征用一个词来表达就是“独立精神”。这种独立精神与这一群体的形成息息相关。传统知识分子服务于少部分人,依附性强。近现代知识分子虽然也会受制于种种强势力量,但是,他们已从服务于少数人转型到服务于大多数人。因此,传统出版向近现代新出版转型和出版服务于少数精英转型到服务于大众是一致的。出版是知识分子自我意识和独立精神的表达场,是知识分子渴望拥有的言论空间和自由天地。以鲁迅为核心的出版群体是近现代知识分子的先进代表,他们走近出版,围绕出版结成群,成为自然的诉求。耿云志认为“个性化”②是现代化的重要趋势。以鲁迅为核心的出版群体是中国社会现代化的产物,也是中国出版现代转型的产物。这一群体的形成既是他们对“个性化”追求的结果,也是现代化过程中“个性化”倾向的表现。鲁迅对出版自由的追求,甚至为争取出版自由而不惜受到生命威胁,这种精神和行动是对现代出版依存的条件的坚决捍卫。

文化理想是以鲁迅为核心的出版群体的重要追求,是促成这一群体形成的重要原因。在近现代这一社会和文化转型的时期,文化理想的追求不只是

① [美]刘易斯·科塞:《理念人——一项社会学的考察》,郭方等译,中央编译出版社 2001 年版,第 2 页。

② 耿云志:《近代中国文化转型研究导论》,四川人民出版社 2008 年版,第 512 页。

口号,更是行动。这既需要充分表达,也需要充分实践。出版是表达场,同时
又可以通过这种表达传播观念、启蒙大众、改造社会。出版这种融表达和行动
于一体的特征,使得近现代知识分子不能也没有忽视这一阵地。学校是实现
知识分子文化理想的重要阵地,但是,出版和学校相比有其特点和优势,胡适
就认为"得着一个商务印书馆,比得着什么学校更重要"①。因此,知识分子必
然以一定的方式参与到出版中,使出版为自己的文化理想服务。鲁迅对这一
点认识深刻,以鲁迅为核心的出版群体对这一点也能充分认识。这样,一方
面,鲁迅及其以他为核心的一群人需要出版来实现其文化理想;另一方面,近
现代出版也提供了这样的平台。这是以鲁迅为核心的出版群体的共识,也是
鲁迅将文化理想与现代出版理念融为一体的结果。

　　"先生是健谈的,往往一谈几点钟毫无倦容,我们也不到深夜不愿走。"②
这是李霁野的回忆评述,然而,关于鲁迅的回忆录可谓汗牛充栋,如此多的文
字承载的是与鲁迅一起生活和工作过的人对鲁迅的那份深深的情。这种表
达,这份深情,是从情感的接受方出发的。反过来,我们可以看到当年鲁迅对
这些人所付出的心血,所传达的深情。这种情感的往来是情感层面的认同,也
是大家在鲁迅的启发下对现代出版先进理念有了正确认识的证明。这种情感
认同和理性认知促成、加深了以鲁迅为核心的出版群体的形成和发展,促进了
现代出版先进理念的充分传播。

　　3. 在交流中思考和反省出版

　　新出版提升了出版行业的地位,让出版业作为独立行业得以存在和发展,
但是,和任何行业的发展需要一个过程一样,它也需要在变化中成长。同样,
与这一行业的发展相伴的各种因素的发展也需要经历一个过程,如出版职业的
发展、出版主体的成长等。以鲁迅为核心的出版群体是新出版发展过程中的一
支力量,这一出版群体的形成同样离不开这一大趋势。面对新出版处于发展初

①　中国社会科学院近代史研究所中华民国史研究室编:《胡适的日记》(上),中华书局
1985 年版,第 24 页。
②　李霁野:《忆鲁迅先生》,载鲁迅博物馆等选编:《鲁迅回忆录》,北京出版社 1999 年版,
第 104 页。

期给出版主体带来的困难和困惑,这一出版群体靠内部的交流得以存在和发展。其一,以鲁迅为中心的交流。任何群体都会有意见中心和意见领袖。鲁迅是以他为核心的出版群体的意见领袖和话语权代表。一方面,这一群体因对外接触到的信息而引起的困难和问题,在鲁迅这里可以得到解决的方案;另一方面,鲁迅会把自己所看所想而得到的结论告诉这一群体的人员,提升他们的素养,提高他们分析、判断和解决问题的能力。他说:"我并非拳师,自己留下秘诀,一想到,总是说出来,有什么'不肯'……"①以鲁迅为中心的交流方式多种多样,主要是:第一,鲁迅以面谈的方式,和这一群体的人员交流,这种面对面的交流最能培养人,是最好的培训方式,因为这种面谈可以即时互动,能在第一时间解答困惑、解决问题;第二,鲁迅和这一群体的人员一起实践,针对实践当中的问题和困惑,寻找解决方案,以帮助这一群体提高素养和能力;第三,鲁迅以书信的方式和这一群体交流,由于书信相对于即时话语更具有理性和理论性,所以这种交流往往更深入、更深刻。其二,出版群体人员之间的交流。如果说以鲁迅为中心的交流是围绕中心点往外辐射,那么出版群体人员之间的交流更对等、更有争辩性,也能进行更多互动。这种交流主要包括:第一,分析和探讨出版现象,由于新出版处于发展初期,各种情况都可能出现,各种现象都存在,这种现状决定了这一阶段思想活跃,需要碰撞,需要争辩;第二,针对需要解决的现实问题交流,这一群体的人员都是实践者,项目推进顺利,他们分享经验,项目推进不顺,他们需要解决问题,无论是分享经验还是解决问题,有时鲁迅出面,更多时候,他们自己出面,或者他们有了方案后征求鲁迅的意见和建议。

内容和形式都丰富多彩的交流让以鲁迅为核心的出版群体能够更充分地应对出版外在环境的变化,解决群体内部的问题。更重要的是,通过这种交流,这一群体的群体意识形成了。有了群体意识,这一群体更稳固,能更好地发展。这种群体意识始终围绕新出版展开,是现代出版意识在这一群体中的个别化和具体化。反过来,这一群体的群体意识的形成、发展和巩固对于近现代出版的现代意识的形成、发展和巩固起到了促进作用。这种群体意识具体

---

① 鲁迅:《鲁迅全集》(第14卷),人民文学出版社2005年版,第4页。

体现在对现代出版的社会地位、任务等的认识,对现代出版主体的责任、使命的理解,对现代出版物的生产标准的把握,对现代出版物市场状态的掌控等,最集中地表现在对现代出版业的价值认同。

二、鲁迅重视出版队伍的培养

鲁迅重视出版队伍的培养既体现在他的出版人才观,即认识到人才对编辑出版发展的重要价值,又体现在他对编辑出版人才素养的要求。

(一)人才是编辑出版发展的重要依托

鲁迅重视出版队伍,尤其重视编辑出版人才。他组织编辑出版杂志和图书等,事业宏大又需一件件事具体落实,但是,团队成员就那么有限的几个,而且这几个人既编又写还译,"人手实在太少了"。如果编辑的专门做编辑,创作的专门做创作,翻译的专门做翻译,那么效果会好些。"我们应当造出大群的新的战士"[1],来满足需要,推进工作。当时,作家们大都既写又编,译者们往往译且编,鲁迅的话语针对作者、译者,实际上这些作者、译者如同他自己,也常常做编者、出版者。他注意通过创办社团、组织编辑出版活动等培养编辑出版人才,也造就了编辑出版人才,但还是不能满足需要,他认为"效果也很小。但我们今后却必须注意这点"[2]。他特别通过反面例子总结教训的方式强调出版队伍特别是编辑出版人才的作用。首先,出版队伍是出版物质量的保障。北新书局出了一个引起民族纠纷的大问题,他一针见血地指出是编辑不得力的结果,因为"彼局有编辑四五人,而悠悠忽忽,漫不经心,视一切事如儿戏"[3]。北新书局所出的宗教问题是显在的,是原本可以避免的,但是,编辑团队心思不在出版物质量上,不用心用力把关出版内容,视编辑出版活动为"儿戏",出错也就成必然了。其次,出版队伍是出版发展的保障。鲁迅支持

---

① 鲁迅:《鲁迅全集》(第4卷),人民文学出版社2005年版,第241页。
② 鲁迅:《鲁迅全集》(第4卷),人民文学出版社2005年版,第242页。
③ 鲁迅:《鲁迅全集》(第12卷),人民文学出版社2005年版,第335页。

创办的未名社倒闭了,他认为倒闭的原因主要是人的问题,于是颇为遗憾地说:"那第一大错,是在京的几位,向来不肯收纳新分子进去,所以自己放手,就无接办之人了。……不过倘早先预备下几个接手的青年,又何至于此。"[1]创办之初,未名社人才济济,但编辑出版团队建设是持续的过程,流失人更替团队是正常的,引进人培养人是必由之路,一旦不储备充分的人才则迟早受制和受困于人才的匮乏,甚至遭受灭顶之灾。

编辑出版人才不是单一的,有各种类型,每种类型都需要。鲁迅不但对此有着清晰的认识,而且针对不同类型的编辑出版人才提出不同的要求。对于出版社的管理人才,他说:"书店股东若是商人,其弊在胡涂,若是智识者,又苦于太精明,这两者都于进行有损。"[2]这段话表明,出版社的管理人才不能糊涂,也不能太精明,因为一旦糊涂则可能唯利是图,一旦太精明则不愿意创新。当时,上海出版界的管理者中有商人,他们过分追求商业利益,鲁迅看不起这些人;也有办出版的知识分子,譬如开明书店的一批人,他们顾虑多,创新突破上难下决心,特别是在新文学等引领思潮又可能带来风险的领域,鲁迅有时对此很无奈。业务人才是出版的基石,是落实管理者指令、实现目标的决定力量。鲁迅指出狂飙社和未名社业务人员的不足说:"我以为长虹是泼辣有余,可惜空虚。"[3]"在未名社的你们几位,是小心有余,泼辣不足。"[4]显然,在鲁迅看来,编辑出版业务人才既要踏实又要泼辣,因为踏实促其执行到位,泼辣促其大胆突破,创造突出绩效。

(二)出版队伍需要修炼人格和业务

鲁迅强调要加强出版队伍的人格建设,他以批评的方式举例强调出版人格的重要性说:"新作家的刊物,一出锋头,就显病态,例如《作家》,已在开始排斥首先一同进军者,而自立于安全地位,真令人痛心,我看这种自私心太重

---

① 鲁迅:《鲁迅全集》(第12卷),人民文学出版社2005年版,第277—278页。
② 鲁迅:《鲁迅全集》(第13卷),人民文学出版社2005年版,第427页。
③ 鲁迅:《鲁迅全集》(第11卷),人民文学出版社2005年版,第644页。
④ 鲁迅:《鲁迅全集》(第11卷),人民文学出版社2005年版,第644页。

的青年,将来也得整顿一下才好。"①私心重是编辑出版之大忌,因为私心重的编辑出版者对内或因注重个人所得而忽视组织利益,或者因打击同事而伤害团队,对外排斥同盟者而削弱阵营的力量,都有害于编辑出版。鲁迅指出,编辑出版者要有奉献精神,如编辑要能忍默默无闻和工作的烦琐。他曾把校字、编书等工作说成是"琐事""打杂",譬如,1935 年 11 月 25 日,他在致叶紫的信中说:"我现在实在太苦于打杂,没有会谈和看文章的工夫了……"②这虽然只是气话或特意讲的反话,但也从侧面说明了编辑工作的特点。编辑工作具体、琐细,件件实在,只有踏实地一件一件地做好才能见结果。他说:"巨大的建筑,总是一木一石叠起来的,我们何妨做做这一木一石呢? 我时常做些另碎事,就是为此。"③谈及出版木刻刊物,他提出要求:"但我以为须有恒性而极负责的人,虽是小事情,也看作大事情做,才是。"④在认识上把编辑出版及其相关工作当作大事,就会格外重视,就能投入十分心思和精力。在实践中一件事一件事地做踏实做到位,以点滴积累服务于高质量出版物的生产和服务。郁达夫回忆说:"鲁迅不仅是一个只会舞文弄墨的空头文学家,对于实务,他原是也具有实际干才的。说到了实务,我又不得不想起我们合编的那一个杂志《奔流》——名义上,虽则是我和他合编的刊物,但关于校对、集稿、算发稿费等琐碎的事务,完全是鲁迅一个人效的劳。"⑤显然,鲁迅不只是说说,而且身体力行、率先垂范。鲁迅认为,编辑要能受气。他说:"做编辑一定是受气的,但为'赌气'计,且为于读者有所贡献计,只得忍受。"⑥编辑对作者的创造成果进行取舍。既然取舍就有矛盾,就可能遭致误解,甚至挨骂。许广平回忆鲁迅时提到一个事例:鲁迅辛辛苦苦为一个作家选择作品,认真校对,想为他出版。这个作家年轻、自负,认为鲁迅没有把他好的作品选充分,而上的作品中有写得不好的。事实上,这个青年作家日后并没有把鲁迅选掉的作品出成书,

① 鲁迅:《鲁迅全集》(第 14 卷),人民文学出版社 2005 年版,第 102 页。
② 鲁迅:《鲁迅全集》(第 13 卷),人民文学出版社 2005 年版,第 590 页。
③ 鲁迅:《鲁迅全集》(第 13 卷),人民文学出版社 2005 年版,第 493 页。
④ 鲁迅:《鲁迅全集》(第 13 卷),人民文学出版社 2005 年版,第 73 页。
⑤ 郁达夫:《回忆鲁迅》,载张新颖编:《鲁迅印象》,学林出版社 1997 年版,第 33 页。
⑥ 鲁迅:《鲁迅全集》(第 12 卷),人民文学出版社 2005 年版,第 419 页。

也没有因为选掉的作品而赢得声誉。① 做好不讨好自然是受气,但是只要读者受益了,编辑出版者受的气就有了回报。鲁迅在这里强调的编辑人格升华为一种编辑出版境界了。鲁迅强调编辑出版者要有负责精神,要对作者负责,尊重作者的劳动和权益;要对读者负责,处处替读者考虑,把读者的利益摆在第一位;要对读物的质量负责,尽量减少直至消灭编校差错,提高印制质量,出版精美的读物。所有这些体现在他的实务中,也体现在他对编辑出版者的培养中。

鲁迅认为要加强出版人员的业务修养。首先,鲁迅指出,编辑出版者的业务素养要全面。如对于编辑,他认为不但要在审稿、改稿等方面下功夫,还要懂装帧设计、印刷用纸、用墨、付印、装订等,事事要调查研究。《语丝》创办时,他每次在北京大学上课后,必到新潮社参加座谈,指导青年们的业务。他讲到创刊号上应该如何显示刊物的面貌;遇到好的稿子时,要留下一些内容充实又不受时间限制的文章以备稿荒时应用。还讲到做编辑要特别注意那些作者尚未成名的外稿。他强调,为了处理好作者的稿件,编辑必须拥有足够的业务水平和能力。其次,鲁迅提出编辑出版者要有信心。1934年,他在给曹聚仁的信中提出"编辑要独裁"②。编辑的基本功能是选择,而选择的过程和结果都受制于主体的素养。所谓"独裁",指的是编辑要有确定的理念。编辑的想法越确定,选择的过程相对来说越简单,选择的结果也越明确。鲁迅办刊物时,在办刊宗旨以及内容和形式的选择上很确定,都在确定的理念及其对理念的坚持中成就编辑个性,也在这种坚持中创新和形成读物特色。从某种意义上说,业务修炼是基于学习编辑出版理念和技术技能,成就信念和信心,因为一旦真学会了就会成为编辑出版者的素养和本领,就会转化为他们的能力和精神。

三、鲁迅培养出版队伍的路径

在实践中培养出版队伍是鲁迅的选择。读者、作者、同道者是编辑出版者

---

① 参见许广平:《回忆鲁迅资料辑录》,上海教育出版社1980年版,第228—229页。
② 鲁迅:《鲁迅全集》(第13卷),人民文学出版社2005年版,第197页。

实践中相伴的主要主体，因而在读者服务中传帮带、在作者服务中言传身教、在与志同道合者同行中互相勉励成为他培养出版队伍的三条路径。对于出版队伍中的后来者来说，在成长过程中离不开他的呵护，这种呵护也是这些人成长的重要路径。

（一）在读者服务中传帮带

师徒式的传帮带是编辑出版人才的有效培养方式和路径，鲁迅以自己的认识和经验引领出版队伍的成长。他说："梯子之论，是极确的，对于此一节，我也曾熟虑，倘使后起诸公，真能由此爬得较高，则我之被踏，又何足惜。"①甘做梯子、垫脚石，甘愿服务和牺牲，可见鲁迅于后来者之情真意切。鲁迅创办《译文》杂志，他先编三期奠定基础，然后交给黄源编。这是鲁迅做梯子、做垫脚石的典型案例。为读者服务是编辑出版者的基本功，也是终极目标，鲁迅对编辑出版后来者的传帮带从读者服务做起。

鲁迅认为，编辑出版者为读者服务的基本要求是不欺骗读者，这种真心实意的服务有利于编辑出版者的成长成才。他通过各种各样的方式表达了不欺骗读者的重要，以此为编辑出版者提供示范和警醒。在《〈未名丛刊〉与〈乌合丛书〉广告》中，他说："对于读者，是希望看了之后，不至于以为太受欺骗了。"②在《〈文艺连丛〉——的开头和现在》中，他强调"就是想成为一种决不欺骗的小丛书"③。在《三闲书屋校印书籍》中，他承诺"决不欺骗的"④。在给李霁野的信中，他认为"现在需要肯切实出书，不欺读者的书店"⑤。如此密集而又郑重强调不欺骗读者，一则因为当时出版界一些出版机构不能正确处理和读者的关系甚至屡屡欺骗读者，二则充分彰显鲁迅对出版与读者关系的正确认识和合适实践，两相对照更彰显鲁迅的举动对编辑出版者的特别意义。

---

① 鲁迅：《鲁迅全集》（第12卷），人民文学出版社2005年版，第226页。
② 鲁迅：《鲁迅全集》（第7卷），人民文学出版社2005年版，第477页。
③ 鲁迅：《鲁迅全集》（第7卷），人民文学出版社2005年版，第483页。
④ 鲁迅：《鲁迅全集》（第8卷），人民文学出版社2005年版，第503页。
⑤ 鲁迅：《鲁迅全集》（第12卷），人民文学出版社2005年版，第195页。

不欺骗读者就要做到不出坏书,不打着幌子使读者上当。李霁野回忆鲁迅对图书广告的看法说:"书店的广告先生也不喜欢,往往自己动笔老老实实地写几句。看完我自己拟的一个广告,他说,好的,看了这样的广告来买书的读者,该不会骂我们使他上当的;因为,那个广告实在'生硬'得可以。不使读者上当,这是先生常常用以警戒未名社的话。"①显然,鲁迅不但强调要出好书,而且在宣传推广上注重对好书的真实而又恰当的介绍。

鲁迅指出,编辑出版者不仅要牢记不欺骗读者是编辑出版活动的起码原则,还要在此基础上竭力让读者受益。出版物是精神产品,对读者的影响无法用具体的数值来估量。编辑的主体精神制约、决定着出版物的方向和价值,从而间接影响读者。因此,编辑思想、行为的出发点和归宿是读者的利益。一次,胡今虚询问关于改编《毁灭》的看法,鲁迅回信说:"只要于读者有益就好。"②显然,在他看来,"于读者有益"是改编的唯一标准。在给台静农的信中,他说:"关百益本实未佳,价亦太贵,倘严选而精印,于读者当更有益。"③若选材标准更高一些,编辑出版更精心一些,那么篇幅降下来,内容更好,图书更精,而价格降低了,那么读者付出少而得到更多。他编书、出书的用心在于读者,在于读者能从读物中得到些启示。1931年,几经波折终于将《铁流》付印了,高兴之余,他说:"倘读者不因为她没有《潘彼得》或《安徒生童话》那么'顺',便掩卷叹气,去喝咖啡,终于肯将她读完,甚而至于再读,而且连那序言和附录,那么我们所得的报酬,就尽够了。"④书是为了读的,是用来读的。鲁迅从阅读的角度设定《铁流》的编辑出版意图,期盼通过阅读使读者受益。这种认识和做法遵循编辑出版的本质,对编辑出版后来者是价值观层面的熏陶。《译文》杂志因某些原因停刊了,他觉得剩下未编的稿子不送到读者手中可惜,"所以仍然集成一册,算作终刊,呈给读者,以尽贡献的微意"⑤。鲁迅于读

---

① 李霁野:《忆鲁迅先生》,载张新颖编:《鲁迅印象》,学林出版社1997年版,第68页。
② 鲁迅:《鲁迅全集》(第12卷),人民文学出版社2005年版,第449页。
③ 鲁迅:《鲁迅全集》(第13卷),人民文学出版社2005年版,第593页。
④ 鲁迅:《鲁迅全集》(第7卷),人民文学出版社2005年版,第394页。
⑤ 鲁迅:《鲁迅全集》(第7卷),人民文学出版社2005年版,第487页。

者可谓用心良苦,真正把读者放在心上。他批评一些出版社过于重视自身的商业利益,忽视了读者的利益。在致方善境的信中,他说:"书局虽往往自云传播文化,其实是表面之词。一遇小危险,又难获利,便推托迁延起来,或则停刊了。"①在传播文化与商业利益产生矛盾时,鲁迅的选择是前者,因为这是读者的要求,而一些书局的结论是后者,因为这是它们的利益。在给李秉中的信中,他指出一些追求短期利益的出版单位的不良行为说:"此地的新书坊,大都以营利(而且要速的)为目的,他们所出,是稿费廉的小书。"②如果编辑出版者推出的出版物能够让读者充分受益,那么他们就合格了,就被培养出来了。但是,假如做的是"稿费廉的小书",那么于读者益处有限,于编辑出版者可能是误导。

鲁迅认为,编辑出版者为读者服务要努力减少直至消灭编校差错,提高读物的印制质量,尽力使送到读者手中的出版物是精美的高质量读物。他常常告诫编辑,一期刊物、一本书的错误少一点,对读者的帮助就大一点。他要求与消灭出版物差错相关的各个环节认真负责。很多时候,他亲自动手,一个字一个字地看,尽可能消灭差错。如审校《奔流》,因为要查几个字,他走了许多外国书的书店,还托朋友到书店查。他指出审稿的严格不仅针对名不见经传的无名小辈,即使是名家、大家的稿子,也要认真、严肃审核,绝不能用作者的名气、地位代替稿子的质量。因为名气不等于稿子的质量,不等于编辑可以放弃职责。他非常重视读物的印制质量。从装帧设计、用纸、用墨,到选择印刷单位,他常常亲自过问。在上海印不好,便送到北京印。在国内印不好,就送到日本印。由于强调出版物要精印,因此,他出版的读物往往非常精美。

鲁迅认为,编辑出版者为读者服务就要设身处地,替读者考虑。他积极宣传出版物,充分提供读物信息,引导读者消费,帮助读者了解读物、理解读物。"据一份资料统计,他曾收到1200多封青年人的来信,并亲笔回复了350余封。"③为了《奔流》图文并茂,他不但托周建人向"东方图书馆"借书以寻找插

---

① 鲁迅:《鲁迅全集》(第12卷),人民文学出版社2005年版,第239页。
② 鲁迅:《鲁迅全集》(第12卷),人民文学出版社2005年版,第240页。
③ 乐黛云主编:《当代英语世界鲁迅研究》,江西人民出版社1993年版,第349页。

图,还托商务印书馆到外国找。有时为了制版,又恐怕污损书籍,常常购买双份图书。《奔流》每期前面的目录及其在其他报刊上的广告,都要在每篇文章后面表明是译还是作,因为怕爱读创作而买的读者没有空细看内容,花了冤枉钱。《域外小说集》的前面他撰写细致的《略例》,对编书的过程、缘由,书的装帧设计,书中所选文章的文风和体例,翻译外国人名地名的通例和原则等,都做详细的说明。他想读者之所想,急读者之所急。他常常顾到读者的购买力,主张多出廉价本、学生版、流通本、简装本、报纸本。在《〈毁灭〉和〈铁流〉的出版预告》中,鲁迅表明,这两种书各印"特价券"400枚,专供想阅读又没有钱的读者,而且这种活动"无营业的推销作用"①。在给韦素园的信中,他提出建议,要在北京的未名社同人商定,这个建议是"凡在《莽原》登过而印成单行本的书,对于定《莽原》全年的人,似应给以特别权利"②,这种特别权利是或者送书给他们或者打折卖给他们。替没有钱的读者考虑,给刊物订阅者新的回报,鲁迅的立场始终是读者,他的用意始终为了读者。

(二)在作者服务中言传身教

与传帮带一致的是师傅的言传身教。鲁迅说:"我这几年来,常想给别人出一点力,所以在北京时,拼命地做,不吃饭,不睡觉,吃了药校对,作文。"③"'碎割'之说,是一种牢骚,但那时我替人改稿,绍介,校对,却真是起劲……"④"别的琐事又多,会客,看稿子,绍介稿子,还得做些短文,真弄得一点闲工夫也没有,要到半夜里,才可以叹一口气,睡觉。"⑤鲁迅在作者服务中,为编辑出版者及后来者树立榜样,既让他们感受和理解,也让他们跟随和学习,还让他们独立思考和行动。

鲁迅指出,编辑出版者为作者服务要尊重作者的劳动,珍惜作者的作品。

---

① 鲁迅:《鲁迅全集》(第8卷),人民文学出版社2005年版,第501页。
② 鲁迅:《鲁迅全集》(第11卷),人民文学出版社2005年版,第643页。
③ 鲁迅:《鲁迅全集》(第11卷),人民文学出版社2005年版,第590页。
④ 鲁迅:《鲁迅全集》(第13卷),人民文学出版社2005年版,第94页。
⑤ 鲁迅:《鲁迅全集》(第13卷),人民文学出版社2005年版,第419页。

他约装帧设计者进行设计时,设身处地地替对方着想,非常客气。在给陶元庆的约稿信中,他说:"很有些人希望你给他画一个书面,托我转达,我因为不好意思贪得无厌的要求,所以都压下了。但一面想,兄如可以画,我自然也很希望。"①这样的约稿诚心诚意,让作者觉得特别舒服。他尊重装帧设计者的劳动成果,确保其作品印制的高质量。如:《彷徨》在北京付印时,他曾再三叮嘱许钦文,一定要送到陶元庆那里,当他觉得可以了,才可付印。样书出来,他及时给装帧设计者寄送样书。陶元庆做装帧设计的书,他一般送四本样书,至少也送两本。他尊重装帧设计者的创作规律和创造自由。陶元庆在为《坟》设计封面时,没有按照他的思路创作,而是有意采用了高度概括的形象化的手法。他看后,深表满意。在给陶元庆的信中,针对邀约封面设计不考虑其创作规律的现象,他颇有微词地说:"未名社以社的名义托画,又须于几日内画成,我觉得实在不应该,他们是研究文艺的,应当知道这道理,而做出来的事还是这样,真可叹。"②在他所处的兵荒马乱、人心惶惶的年代,连性命都无从保障,至于一些稿件不能及时面世,甚至被毁,在所难免。然而,他因此耿耿于怀。他把自己携带着作者稿件当作"一副重担",觉得如果不出版,那么就辜负了作者的好意。如果万一丢了,则"觉得比失了生命还可惜"。③ 尊重作者劳动务必及时处理来稿。鲁迅处理来稿及时,这从他的日记中可见一斑。譬如1929 年 11 月 26 日的日记记载"得王余杞信并稿"④,11 月 27 日的日记又记载"复王余杞信"⑤。1928 年 2 月 24 日他收到曹靖华的译稿,2 月 26 日的日记记载"寄霁野信"⑥,尊重作者的劳动要在用稿时以质量为原则,给作者平等机会。编辑对稿件的审读和取舍是对作者劳动和价值的评判。编辑审稿、用稿以稿件的质量为准则,给作者平等的竞争机会,是编辑尊重作者劳动和权益的起码要求。面对来稿,鲁迅总是仔细阅读,精心审查,精心撰写审读意见。

① 　鲁迅:《鲁迅全集》(第 11 卷),人民文学出版社 2005 年版,第 592 页。
② 　鲁迅:《鲁迅全集》(第 11 卷),人民文学出版社 2005 年版,第 628 页。
③ 　鲁迅:《鲁迅全集》(第 7 卷),人民文学出版社 2005 年版,第 436 页。
④ 　鲁迅:《鲁迅全集》(第 16 卷),人民文学出版社 2005 年版,第 160 页。
⑤ 　鲁迅:《鲁迅全集》(第 16 卷),人民文学出版社 2005 年版,第 161 页。
⑥ 　鲁迅:《鲁迅全集》(第 16 卷),人民文学出版社 2005 年版,第 71 页。

他反对以名声作为审稿、用稿准则，反对一味追求名人效应。他批评围着名人转的现象说："上海或北京的收稿，不甚讲内容，他们没有批评眼，只讲名声。其甚者且骗取别人的文章作自己的生活费……"①当将翻译的《勇敢的约翰》寄给鲁迅时，孙用尚是年轻的小职员，鲁迅看罢译稿，回信肯定译文的质量，然后为这部译稿多方奔走，联系出版。鲁迅反对以情感关系代替质量原则。在给曹靖华的信中，他严词指出出版界的这一现象说："而且还有对书局的问题（就是个人对书局的感情），对人的问题，并不专在作品有无色采。"②曹白是鲁迅的学生，两人感情很好，但鲁迅对他的作品照样毫不容情，批评其作品《夜谈》不好，因为"叙述是琐细事，而文笔并不漂亮（虽然偶有警句），材料也平常"③。

鲁迅指出，编辑出版者为作者服务要特别注意尊重作者的著作权。鲁迅尊重装帧设计者的署名权。他请孙福熙作封面，由于种种原因没有写上"孙福熙作书面"的字样，一直耿耿于怀，在给李霁野的信中特别说："有一样事情不大好，记得我曾函托，于第一页后面，须加'孙福熙作书面'字样，而今没有，是对不起作者的，难以送给他。"④一次，鲁迅约陶元庆为《朝花夕拾》作封面，郑重交代在书的第一页上加上"陶元庆作书面"字样。⑤鲁迅如此重视，慢慢地，装帧设计者在书上署名就成了风气，其他各种报刊上陆续有了设计者的署名。鲁迅强调修改稿件要求稳求准。文稿是作者劳动和智慧的结晶，每一个词每一个字都是作者劳动的成果，修改文稿要力求稳妥。1925年，李霁野将创作的一篇短篇小说《生活》寄给鲁迅，向鲁迅请教。几天后，鲁迅在回信中指出，小说写得很好，他只改动了几个字，特别提到结尾带有双关意义的两个字将全篇的意义说得太清楚了，所有蕴蓄都被打破了，建议改为"含着别样"或"含着几样"，觉得"含着几样"比较好。这篇作品后来发表在《莽原》周刊

---

① 鲁迅：《鲁迅全集》（第11卷），人民文学出版社2005年版，第412页。
② 鲁迅：《鲁迅全集》（第13卷），人民文学出版社2005年版，第335页。
③ 鲁迅：《鲁迅全集》（第14卷），人民文学出版社2005年版，第159页。
④ 鲁迅：《鲁迅全集》（第12卷），人民文学出版社2005年版，第102页。
⑤ 参见鲁迅：《鲁迅全集》（第12卷），人民文学出版社2005年版，第111页。

第 8 期,结尾那句话改为"似乎含着几样的意义"。① 鲁迅对装帧设计作品有不同意见时,和设计者沟通,不以名人自居,不把自己的意见强加于人。在给许钦文的信中,鲁迅以商量的口吻客气地说:"1. 书名之字,是否以用与画同一之颜色为宜,抑用黑字? 2.《乌合丛书》封面,未指定写字之地位,请指出。"②鲁迅未经作者同意,不擅自改动作品。如果是在不可能与作者取得联系而作品又必改不可的迫不得已的情况下对作品的某些地方做了改动,他务必登告示以告作者。在编《莽原》时,有一次,鲁迅发现了几个错字,但是恐怕作者有深意,因而没有擅自改动,而是在顶上点出来,想等着作者来,问一问是不是有特别用意,若没有特殊安排则再改。修改文稿要力求准确。为了能准确修改文稿,编辑要反复精研细读文稿,精心琢磨文稿,最好和作者协商修改。一次,鲁迅给周作人编译稿,有几个字他没有绝对把握,于是寄稿给周作人,希望周作人针对他的疑问调整原稿。鲁迅对不尊重作者劳动成果的行为极为愤慨。在给黄源的信中,他针对校对不看原稿、不尊重作者的行为气愤地说"'校对'实是一个问题",因为不看原稿,只是凭着自己的理解校对稿子,很可能将作者、译者的意思改错,以致糟蹋了作者、译者的劳动成果,对不住他们。③

鲁迅指出,编辑出版者为作者服务就要积极发现、扶植和培养新作者。为名人编书、出书,发表名人的作品,往往给编辑带来更丰厚的回报。但是,眼光聚焦于名人,势必冷落新作者,看不起新作者,不尊重新作者。因此,对新作者的态度和做法是检验编辑是否尊重作者的重要方面。鲁迅"但愿有英俊出于中国之心,终于未死"④,以十足的热情积极发现、扶植、培养新作者。他对青年们的一举一动是无时无刻不关怀着的。1919 年,他并没有在大学兼任教课,到他那里走动的青年大抵是旧日的学生。他并不只是关怀个别青年学生的一举一动,所无时无刻不关怀着的是全体进步青年(大部分是他所不认识

①　鲁迅:《鲁迅全集》(第 11 卷),人民文学出版社 2005 年版,第 489—490 页。
②　鲁迅:《鲁迅全集》(第 11 卷),人民文学出版社 2005 年版,第 519 页。
③　参见鲁迅:《鲁迅全集》(第 13 卷),人民文学出版社 2005 年版,第 468—469 页。
④　鲁迅:《鲁迅全集》(第 12 卷),人民文学出版社 2005 年版,第 226 页。

的,也是大部分不认识他的那些进步青年)的一举一动,怕青年上当,怕青年吃亏。在《〈近代世界短篇小说集〉小引》中,鲁迅说编这种书是"也有一点只要能培一朵花,就不妨做做会朽的腐草的近于不坏的意思"①。鲁迅为新作者编稿、改稿,发表、出版新作者的作品,对新作者十分尊重。鲁迅发表小说《幸福的家庭》时,在题目下标明"拟许钦文"几个字,说明作品模拟许钦文《理想的伴侣》的笔法,借此为许钦文做"广告",以扩大他的社会影响。"对青年作家的稿件他是很认真看的。那时候,一般的人对青年作家是不够关心的。鲁迅不是这样,他在这方面是不计时间和精力的。编刊物的时候,遇有不能采用的稿件,他总是及时退给作者;能用的稿件,他就认真地修改。"②日后,许多当年接受鲁迅指导的新作者成了名家,他们在回顾成长道路时,总免不了说到鲁迅对他们的尊重和帮助。

鲁迅还指出,编辑出版者为作者服务要竭尽全力化书稿为完美的出版物,重视出版物的宣传。鲁迅千方百计把作者的稿子出版成精美的读物。当时,年轻作者出书难,有些稿子降低材料标准开印是可以出的,但鲁迅宁肯不出,一出就要印得精美。在编辑出版孙用的译作《勇敢的约翰》时,鲁迅原想在《奔流》连载,但突然停刊了;先后介绍给《小说月报》、《学生杂志》、春潮书店,都没有发表,"颇碰了几个钉子"。尽管任由书坊用粗纸印刷可以出版,但是,他宁可不出也不降低品质。③ 后来,《勇敢的约翰》几经波折出版了,但是印得不如意,他在给孙用的信中不无遗憾地说:"这回的本子,他们许多地方都不照我的计划:毛边变了光边,厚纸改成薄纸,书面上的字画,原拟是偏在书脊一面的,印出来却在中央,不好看了。"④作者期望自己的作品在读者中广泛流传,产生影响。所以,加强出版物的宣传,努力将出版物推向读者是尊重作者的重要方面。鲁迅重视出版物的宣传,通过种种方式宣传出版物,宣传作

---

① 鲁迅:《鲁迅全集》(第4卷),人民文学出版社2005年版,第134页。
② 许广平:《鲁迅的写作和生活·许广平忆鲁迅精编》,上海文化出版社2006年版,第20页。
③ 参见鲁迅:《鲁迅全集》(第12卷),人民文学出版社2005年版,第263页。
④ 鲁迅:《鲁迅全集》(第12卷),人民文学出版社2005年版,第284页。

者,努力扩大作者及其作品在读者中的影响。

(三)在呵护中促进修炼

鲁迅始终和编辑出版的后来者站在一起,以自己的地位和影响替他们开路,为他们壮声威,助他们成长,促他们成才。老舍称道鲁迅的这种做法和精神说:"他宁可少写些文章,而替青年们看稿子;他宁可少享受一些,而替青年们掏钱印书,他提拔青年,因为他不肯只为自己的不朽,而把青年们活埋了。"①

首先,鲁迅主持创办出版物,将编辑出版者拢在一起,呵护他们,培养他们。《莽原》1925 年 4 月 24 日创办,1927 年 12 月停办,充分体现了他在呵护中培养后来者的路子。20 世纪 20 年代中期,主流话语权主要掌握在胡适等自由知识分子手里,思想文化界的空气沉闷,如同鲁迅所说:"一切都熟睡了,死一般的,没有一点声音,一件动作,阒寂无聊的长夜呵!"②这种氛围对年轻人特别不利。鲁迅特别希望年轻人能够发出自己的声音,表达和体现他们的热情和希望。正如他 1927 年 2 月 16 日在香港青年会的演讲《无声的中国》中所表达的:"我们要说现代的,自己的话;用活着的白话,将自己的思想,感情直白地说出来。"③表达需要平台,年轻人需要自己发声的阵地。在沉闷的社会里,年轻人属于"反抗者",然而,他们面对的出版物的立场是为"被反抗者"服务,鲁迅后来对比《莽原》的立场批判这种现象说:"在别的刊物上,倒大抵是对于反抗者的打击,这实在是使我怕敢想下去的。"④三重背景让《莽原》的面世变得紧迫而重要。1925 年 3 月,邵飘萍要荆有麟约请鲁迅出面主持《莽原》。这个第四重背景是《莽原》创办落地的机遇。鲁迅答应邵飘萍的要求,《莽原》诞生。⑤《莽原》的作者、编辑除鲁迅外都是年轻人,它是培养、锻炼、

---

① 老舍:《前无古人》,《抗战文艺》1938 年第 2 期。
② 鲁迅:《鲁迅全集》(第 6 卷),人民文学出版社 2005 年版,第 259 页。
③ 鲁迅:《鲁迅全集》(第 4 卷),人民文学出版社 2005 年版,第 15 页。
④ 鲁迅:《鲁迅全集》(第 3 卷),人民文学出版社 2005 年版,第 4 页。
⑤ 参见鲁迅:《鲁迅全集》(第 6 卷),人民文学出版社 2005 年版,第 258—259 页。

成就年轻人的舞台,真正达成了鲁迅的初衷。鲁迅为《莽原》的编辑出版投入心血,为年轻人殚精竭虑,他在1925年4月22日写给许广平的信中说:"我近来常与周刊之类相关,弄得看书和休息的工夫也没有了,因为选用的稿子,也常须动笔改削……"①编辑出版《莽原》是没有编辑费和稿费的,但是,高长虹为《莽原》投入多,而且穷,鲁迅特别对待他,每月给他10元、8元的,帮衬他生活。他需要书,鲁迅赠给他。他需要旅费,鲁迅资助他。他的创作《心的探险》,从选定篇目、校对文字到设计封面,鲁迅都亲自投入,累到"吐了血"。②鲁迅编辑出版《奔流》时十分辛苦,春潮书局的张友松替他分忧,主动要求代他看每期清样。《奔流》的发行方北新书局每月付50元编辑费给鲁迅,他每月拿20元做张友松的报酬。

其次,鲁迅开掘、创新编辑出版领域,在这种耕耘中呵护编辑出版者,促其成长。在书籍发展史上,对装帧设计的审美效应的发现和重视经历了很长时间。一直到鲁迅所处的时代,装帧设计还处于可有可无的境地。与对装帧设计的不够重视相一致,装帧设计者的地位也不高。鲁迅不但第一个站出来大声疾呼装帧设计的重要性,吁请重视装帧设计者,而且发现和培养了一批装帧设计者。鲁迅对当时的装帧设计队伍的情况很了解,对比较有特色的装帧设计者的风格很熟悉。鲁迅不因为年轻装帧设计者的幼稚和不成熟而看轻他们,积极邀请他们为自己编辑的读物进行装帧设计,让他们在实实在在的创造中得到锻炼和提高。如果这些年轻的装帧设计者成功了,鲁迅会满怀喜悦地称赞他们,并指出他们的设计好在哪里。如果这些年轻的装帧设计者的作品不够成功,鲁迅就严肃指出作品不成功,并说明不成功的地方在哪里,努力的方向是什么。在鲁迅的努力下,不但使得我国装帧设计走上了现代出版业发展的康庄大道,而且诞生了一批优秀的装帧设计人才。1927年10月间,鲁迅到开明书店,看到当时只有20岁的钱君陶设计的《寂寞的国》《尘影》《春日》等书。他反复品味后鼓励钱君陶,说钱君陶的设计很好,尽管受些陶元庆的影

---

① 鲁迅:《鲁迅全集》(第11卷),人民文学出版社2005年版,第56页。
② 李霁野:《忆鲁迅先生》,载鲁迅博物馆等选编:《鲁迅回忆录》,北京出版社1999年版,第107页。

响,但有自己的味道,只要努力下去,一定会更好。1925 年 3 月 19 日,陶元庆在北京开画展——"陶元庆西洋绘画展览会",鲁迅为画展目录写了序,给予陶元庆的画很高的评价:"在那黯然埋藏着的作品中,却满显出作者个人的主观和情绪,尤可以看见他对于笔触,色采和趣味,是怎样的尽力与经心……"①1927 年11 月间,陶元庆和钱君陶到鲁迅家拜访,鲁迅把所收藏的画像石拓片取出来,一一做了介绍,和大家一起欣赏。陶元庆和钱君陶看了精美的拓片,听了鲁迅的一席话,受益良多。后来,他们在封面设计时充分运用这些资源,在构图和技法上取得了突破。1928 年陶元庆去世后,鲁迅交给许钦文 300 元,资助在杭州西湖边建立"陶元庆纪念馆"。

最后,鲁迅和编辑出版后来者站在一起,在斗争中呵护他们,帮助他们成长。1934 年 9 月 16 日,《译文》月刊创刊,出版方是生活书店。该刊开始名义上由黄源编辑,实际上是鲁迅负责,从第三期开始由黄源负责。译文社策划了《译文丛刊》,其出版事宜自然先和生活书店商量,生活书店经理徐伯昕一口答应,初步确定。后来,从国外回来的邹韬奋打理店务,徐伯昕去疗养,《译文丛刊》被搁置下来。鲁迅不愿意此事耽搁,想换家出版社出版。于是,便有了1935 年 9 月 15 日的饭局——"河清邀在南京饭店夜饭,晚与广平携海婴晚往,同席共十人"②。参加饭局的出版方是文化生活出版社,这家出版社由巴金、吴朗西创办,自然他们在场。鲁迅这边还有茅盾、黄源和黎烈文,大家基本确定了新的出版方案。可是,节外生枝的是傅东华无意中把这件事告诉了生活书店。这样,生活书店有意见了。他们认为黄源这样做对不住生活书店,想对黄源的工作做调整。于是,又有了 1935 年 9 月 17 日的一场饭局——"晚明甫及西谛来,少坐同往新亚公司夜饭,同席共七人"③。饭间,一听到《译文》还是由鲁迅编辑、黄源退出的说法,鲁迅脸一沉,筷子一放,拂袖而去。显然,鲁迅反感生活书店这种背着当事人逼人就范的做法,而令他更心痛的是他们触犯了一个积极苦干的年轻编辑的尊严和权益。第二天,即 9 月 18 日,黎烈

---

① 鲁迅:《鲁迅全集》(第 7 卷),人民文学出版社 2005 年版,第 272 页。
② 鲁迅:《鲁迅全集》(第 16 卷),人民文学出版社 2005 年版,第 552 页。
③ 鲁迅:《鲁迅全集》(第 16 卷),人民文学出版社 2005 年版,第 552 页。

文等来和鲁迅商量续订《译文》合同的事,鲁迅态度鲜明,观点明确,认为如果《译文》要继续办下去,那么一定由黄源来编辑。生活书店不同意,于是1935年9月24日《译文》停刊。

(四)在相互勉励中成就彼此

在编辑出版队伍中有一群人,他们对编辑出版有着自己的理解,带着责任和情怀,希望通过出版物达成想法,助力社会发展和进步。鲁迅和这群人相互勉励,在合作中形成合力,彼此尊重,彼此欣赏,彼此成长,彼此成就。

首先,鲁迅和编辑出版同道者在编辑出版实务中相互帮助,在优秀出版物的出版中提高和升华。1933年2月5日,鲁迅写信给在北京的郑振铎说:"因思倘有人自备佳纸,向各纸铺择尤对于各派各印数十至一百幅,纸为书叶形,采色亦须更加浓厚,上加序目,订成一书,或先约同人,或成后售之好事,实不独为文房清玩,亦中国木刻史上之一大纪念耳。"①郑振铎特别认同鲁迅的想法,于是两位出版家的合作开始了。从选材、探讨色彩、选择印制工艺到确定书名、选好目次、装帧、装订等,从郑振铎撰写《北平笺谱》广告到鲁迅修改,两人信来信去,切磋沟通,于该年12月推出《北平笺谱》。接着《北平笺谱》,鲁迅和郑振铎又合作编辑出版《十竹斋笺谱》。《北平笺谱》和《十竹斋笺谱》是我国美术出版史上的精品,体现了出版家精诚合作的品质和效果。郑振铎1935年5月创办《世界文库》。《世界文库》是一份大型的文学丛刊,主要整理介绍世界文学名著。鲁迅对郑振铎此举特别肯定,称赞《世界文库》是当时文学翻译界的"鸿篇巨制",他带病翻译果戈理的长篇小说《死魂灵》,在《世界文库》第一册至第六册连载,以支持郑振铎和该刊。他说:"可恨我还太自大,竟又小觑了《死魂灵》,以为这倒不算什么,担当回来,真的又要翻译了。于是'苦'字上头。仔细一读,不错,写法的确不过平铺直叙,但到处是刺,有的明白,有的却隐藏,要感得到;虽然重译,也得竭力保存它的锋头。"②鲁迅越认真

---

① 鲁迅:《鲁迅全集》(第12卷),人民文学出版社2005年版,第366—367页。
② 鲁迅:《鲁迅全集》(第6卷),人民文学出版社2005年版,第363页。

越付出多,越反映出他对郑振铎和《世界文库》的认同和重视。

其次,鲁迅和志同道合者共同耕耘编辑出版,在惺惺相惜中彼此成全和提升。1933 年 2 月,萧伯纳来中国访问,3 月由鲁迅夫妇和瞿秋白夫妇合作编辑出版的《萧伯纳在上海》一书面世,许广平说:"这书从编、排、校对,以至成书,都可以说一个'快'字,也代表了革命先驱们的战斗精神,更开辟了由众人合作来编辑一种书籍的优良先例。"①1933 年,瞿秋白为鲁迅编辑《鲁迅杂感选集》,该书于这一年的 7 月由北新书局(以青光书局名义)出版。瞿秋白是杂文高手,该杂文集收入他以鲁迅笔名所写的杂文。他为该书撰写长篇序言,评价和论述了鲁迅的思想和杂文创作的成就。鲁迅对瞿秋白叹为知己。1935年 6 月瞿秋白不幸被捕牺牲,鲁迅在悲痛之余为他编辑出版译文遗作。这是鲁迅编辑出版图书的典型案例。从编辑出版意图来说,鲁迅是为了纪念瞿秋白而编辑出版其遗作,更是为了革命文学运动而做事,因为瞿秋白的译作都是马克思主义的文艺理论和苏联革命文学作品,是对社会的发展和读者的进步特别有益的。从编辑实务来说,鲁迅精心操作。首先,他认真搜集瞿秋白的作品,于 1935 年 10 月 22 日开始编辑,1936 年 3 月编为《海上述林》上卷后接着编下卷,分别为上下卷写"序言"。譬如,他在 1935 年 10 月 22 日的日记中说:"下午编瞿氏《述林》起"②。其次,他精细校对。在《鲁迅日记》中,多次记录校对《海上述林》:1935 年 12 月 6 日"校《海上述林》(第一部:《辨林》起)"③,1936 年 5 月 13 日"校《述林》下卷起"④。在给沈雁冰的信中多次谈到《海上述林》的校对问题。譬如,在 1936 年 8 月 31 日的信中他说:"因此想到《述林》,那第二本,交稿时约六月底排成。在我病中,亦仍由密斯许赶校,毫不耽搁……"⑤从装帧设计来看,鲁迅精心把关。书脊下部和背面正中烙印字样"STR"。"STR"是瞿秋白笔名"史铁儿"的三个拉丁字缩写。《海上述林》上

---

① 许广平:《鲁迅回忆录》,载鲁迅博物馆等选编:《鲁迅回忆录》,北京出版社 1999 年版,第 1187 页。

② 鲁迅:《鲁迅全集》(第 16 卷),人民文学出版社 2005 年版,第 557 页。

③ 鲁迅:《鲁迅全集》(第 16 卷),人民文学出版社 2005 年版,第 565 页。

④ 鲁迅:《鲁迅全集》(第 16 卷),人民文学出版社 2005 年版,第 607 页。

⑤ 鲁迅:《鲁迅全集》(第 14 卷),人民文学出版社 2005 年版,第 139 页。

卷封面使用两种面料:皮脊麻布面和蓝天鹅绒面,非常精美,鲁迅自己都感到非常满意。从印制来看,鲁迅精益求精,保证质量。纸型由上海开明书店的美成印刷厂打成,印刷是在日本完成的,是鲁迅特别托内山书店找的印刷厂。从宣传推广看,鲁迅专门撰写《绍介〈海上述林〉上卷》,向各界特别是读者推荐,他说:"其中《写实主义文学论》与《高尔基论文选集》两种,尤为煌煌巨制。"①在逝世前两天的1936年10月17日给曹靖华的信中,还在为该书有更多读者阅读、产生更大影响操心,他说:"俟卖去大半后,便拟将纸版付与别的书店,用报纸印普及本……"②从运作来看,鲁迅特别以诸夏怀霜社名义出版,署名"诸夏怀霜社校印",诸夏是中国,霜是瞿秋白的别名。鲁迅编辑出版《海上述林》很特别的是:他一直在病中,是带病用心做事。《海上述林》下卷的进展不顺,他特别着急,多次催促,不但自己着力,还特别请沈雁冰帮忙督办,他动情地说:"从速结束,我也算了却一事,比较的觉得轻松也。"③

最后,鲁迅和志同道合者一起开创编辑出版新空间,在引领思潮中彼此促进。1928年6月,鲁迅与郁达夫合编的《奔流》创刊,1929年12月停刊。《奔流》创办的背景主要是:第一,1927年10月,鲁迅到上海后接编《语丝》,但是,《语丝》是同人刊,编辑只是对外来稿件略微选择,因为对同人们的文章要照登,他说:"自己编着的《语丝》实乃无权,不单是有所顾忌……"④这样,这个阵地对于鲁迅来说意义不大,他需要另创阵地。第二,1928年开始,鲁迅处于"革命文学"的论战中,论战让他深深懂得马克思主义文艺理论的重要性和宣传的必要性。第三,鲁迅就宣传马克思主义文艺理论和作品的想法,和郁达夫达成共识,两人确定为此共编新刊。《奔流》创刊后,郁达夫的精力都放在《大众文艺》的主编上,鲁迅实际承担了差不多所有工作,但是,郁达夫始终关注《奔流》,懂得鲁迅之于《奔流》的投入和付出,也特别理解《奔流》对于鲁迅的意义,他说:"在这一年当中,鲁迅的介绍左翼文艺的正确理论的一步工作,才

---

① 鲁迅:《鲁迅全集》(第7卷),人民文学出版社2005年版,第489页。
② 鲁迅:《鲁迅全集》(第14卷),人民文学出版社2005年版,第171页。
③ 鲁迅:《鲁迅全集》(第14卷),人民文学出版社2005年版,第140页。
④ 鲁迅:《鲁迅全集》(第4卷),人民文学出版社2005年版,第4页。

开始立下了系统。而他的后半生的工作的纲领，差不多全是在这一时期里定下来的。""当编《奔流》的这一段时期，我以为是鲁迅的一生之中，对中国文艺影响最大的一个转变时期。"①

---

① 郁达夫：《回忆鲁迅·郁达夫谈鲁迅全编》，上海文化出版社 2006 年版，第 24 页。

第六章　独具特色的出版家

　　1911 年,商务印书馆出书 141 种共 583 册,营业额超 181 万元,[1]是当时书业的翘楚。1937 年,王云五曾对 1934 年、1935 年、1936 年的新出版物做过统计和推算,得出商务印书馆、中华书局、世界书局 3 家的新出版物的册数的平均数占同期全国的 65%。[2] 这些标志性事实和数据表明,在中华人民共和国成立前的现代出版业发展过程中,民营出版企业是出版业的主力军,是出版格局的决定者,是出版生态中的主宰者。[3] 民国年间,商务印书馆、中华书局、世界书局、开明书店等民营出版企业是出版的支配性实体,代表着出版的主力。这些主要民营出版企业的负责人张元济、王云五、陆费逵、舒新城、沈知方、章锡琛、夏丏尊、张静庐等是杰出编辑出版人士,他们依托所在出版企业实施和实现自己的意志,是出版企业的代表者,也是现代出版发展的重要主体、重要领导力量。鲁迅在业余从事编辑出版活动,主持创办的出版机构规模小、存续时间短,主编、编辑、出版的书报刊数量有限、规模不大,但是,这丝毫不影响他作为出版家在现代乃至整个编辑史、出版史上的地位,将他与执掌主要民营出版企业的杰出编辑出版人士比较,更能彰显他作为出版家的独有特色。

一、出版价值观比较

　　出版价值观关乎出版的方向、宗旨、立场等,爱国精神是其核心体现,文化情怀是其基本呈现。相比同时期主要民营出版企业的杰出编辑出版人士,鲁

---

①　参见庄俞:《商务印书馆九十五年》,商务印书馆 1992 年版,第 752 页。
②　参见叶再生:《中国近代现代出版通史(第二卷)》,华文出版社 2002 年版,第 1034 页。
③　参见王余光、吴永贵:《中国出版通史·民国卷》,中国书籍出版社 2008 年版,第 18 页。

迅在出版价值观的主要向度表现出认识上更进步、追求上更纯粹、维护上更坚韧的特点。

（一）更进步的出版价值观认识

爱国精神是民国时期现代主要民营出版企业和杰出编辑出版人士的主流价值取向，以社会责任为重、以文化发展为要是其基本方向和重要追求。张元济参与"变法救国"失败后，得到"革职永不叙用"的处分。他转向"出版救国"，将其和"教育救国"融合起来。他认为"无良无贱，无智无愚，无长无少，无不在教育之列"①，"盖出版之事业可以提撕多数国民，似比教育少数英才为尤要"②，提出出版要昌明教育。王云五以"学术救国"为旨，策划《大学丛书》。1932 年"一·二八"事变之后，他以"为国难而牺牲，为文化而奋斗"为复兴口号，以"日出一书"为目标。陆费逵多次写文章，呼吁作者与出版者要以社会责任为重，从书业与教育和国家进步的关系上表达了自己的出版价值观，他说："我们希望国家社会进步，不能不希望教育进步；我们希望教育进步，不能不希望书业进步；我们书业虽然是较小的行业，但是与国家社会的关系，却比任何行业为大。"③舒新城编辑出版《辞海》时，涉及日军侵略的政治性条目，坚持站在爱国立场，不同意删除。在处理中华书局与教育及文化的关系时，他说："我们只求于营业中，发展教育及文化，于发展教育文化中，维持营业。"④夏丏尊充分融合教育和出版，力图通过出版襄助教育、扶持教育，弥补教育之不足，他借《中学生》的《发刊辞》充分表达了这种想法。

和主要民营出版企业与掌管这些企业的杰出编辑出版人士相比，在认识上鲁迅的出版价值观更先进。这种先进性集中体现在通过理性、系统和深刻的思考以及丰富、复杂、全面的实践后，他掌握了马克思主义，具有马克思主义出版观，成就了马克思主义指导下的出版价值观。他深入思考出版为了谁的立场问

①　张元济：《张元济诗文》，商务印书馆 1986 年版，第 171 页。
②　张元济：《张元济书札》（增订本），商务印书馆 1997 年版，第 1247 页。
③　陆费逵：《书业商会二十周年纪念册·序》，《进德季刊》1924 年第 2 期。
④　舒新城：《中华书局编辑所》，《图书评论》1932 年第 1 期。

题、出版服务谁的宗旨问题、出版遵循和体现什么的文化问题、出版积极和消极甚至落后的社会问题等,形成包括出版的爱国精神、文化属性、政治属性、社会职责在内的系统出版价值观,注重结合国民性改造,主张真爱国,揭露假爱国,反对赶爱国时髦,提倡爱国实际,唾弃爱国说教等,将出版价值观的认识推向深入。鲁迅主编的《现代文艺丛书》集中体现了他对这种更先进的出版价值观的认识和实践。经历"革命文学"的论争后,他认为革命文学既需要马克思主义文艺理论的指导,也需要成熟的作品借鉴。《现代文艺丛书》专收苏联革命文学作品,计划出 10 种:《浮士德与城》(卢那卡尔斯基著,柔石译)、《解放了的堂·吉诃德》(卢那卡尔斯基著,鲁迅译)、《十月》(雅各武莱夫著,鲁迅译)、《精光的年头》(毕力涅克著,蓬子译)、《铁甲列车》(伊凡诺夫著,侍桁译)、《铁流》(绥拉菲摩维支著,曹靖华译)、《毁灭》(法捷耶夫著,鲁迅译)、《静静的顿河》(肖洛霍夫著,贺非译)等,实际上,只出版 6 种,其中,神州国光社出版 4 种:《浮士德与城》(1930 年 9 月)、《静静的顿河》(1931 年 10 月)、《铁甲列车》(1932 年 8 月)、《十月》(1933 年 2 月)。1931 年 9 月,大江书铺出版的《毁灭》马上被查禁,10 月鲁迅以三闲书屋的名义自费再次出版。1931 年 11 月,鲁迅以三闲书屋的名义自费出版《铁流》。尽管没有按照计划出齐,但是《现代文艺丛书》以其立意的高远、立场的坚定、担当的责任、服务对象和服务内容的明确等,对革命文学和进步青年的影响是确定的深刻的,引领和推动了社会和文化的发展。

(二)更纯粹的出版价值观追求

有了对出版价值观的认识,便要追求它。出版情怀是出版价值观的体现,特别彰显对出版价值观的追求程度。主要民营出版机构和杰出编辑出版人士充分尊重出版的精神特性,充满出版情怀。譬如,张静庐以出版情怀书写出版人生,他说:"除掉业务上,我现在简直可以说'与人无争'。我有我的目标,我有我的信念,二十年生活在出版界里,弯弯曲曲朝着这目标而前进,千辛万苦为实现这信念而工作。并不因环境险恶而躲避,也不受生活艰难而动摇。"①

---

① 张静庐:《在出版界二十年》,江苏教育出版社 2005 年版,第 136 页。

张静庐称唯利是图的出版者为书商,把追求出版理想、以出版作为利于社会和读者的手段的出版者称为出版商人,他严格区分书商和出版商人,看不起书商,以出版商人为荣耀,也以出版商人自居,认为自己无愧于这个称号,他说:"我是个'出版商'而不是'书商',希望认识我和不认识我的朋友们对于我有这最低限度的了解! 这是'差之毫厘谬以千里'的分界线。"①大批知识分子汇聚商务印书馆,杜亚泉评价他们投身出版的原因为"为国家谋文化上之建设",他们确实如此,充分彰显了出版价值观追求。1937 年 8 月 13 日,日军进攻上海,占领世界书局在虹口大连湾路的总厂作为军营,意欲世界书局和他们合作,被拒绝后于 1938 年 11 月在世界书局发行所制造定时炸弹爆炸事件,导致员工死伤。沈知方坚守民族气节,不但妥善应对日军的恶意恶行,而且1939 年于病中立遗嘱,交代在国难中不要为利益所诱惑,不要为威胁所恐吓。

鲁迅对出版价值观的追求特别纯粹,纯粹到把它作为出版思考、实践的本色和底色,纯粹到出版目的和目标聚焦国家、社会、民族、人民大众的需要而别无其他。1936 年 2 月 7 日,鲁迅在致黄源的信中谈到不同意把《译文》交给黎明书局出版时说:"然黎明书局所印,却又多非《译文》可比之书,彼此同器,真太不伦不类,倘每期登载彼局书籍广告,更足令人吃惊。因思《译文》与其污辱而复生,不如先前的光明而死。"②此时,《译文》已停刊,正在竭力争取复刊。鲁迅把坚持《译文》的出版价值观作为大是大非的事对待,取舍的原则和立场非常清晰和确定。一些民营出版机构和编辑出版者在面对爱国精神、社会责任、文化情怀等与经济利益的矛盾时,反复权衡,难以摆脱趋利的倾向,更重视经济利益,甚至过分以利润为重。鲁迅因为把社会责任、社会影响摆在首位,始终以此作为原则和准则,为此他多次严厉批评书店的唯利是图。1936年 5 月 15 日,鲁迅在致曹靖华的信中说:"因为一经书店的手,便惟利是图,弄得一榻胡涂了,虽然印出可以快一点。"③1934 年 12 月 6 日,鲁迅在给孟十还的信中说:"现在的一切书店,比以前更不如,他们除想立刻发财外,什么也不

①　张静庐:《在出版界二十年》,江苏教育出版社 2005 年版,第 136—137 页。
②　鲁迅:《鲁迅全集》(第 14 卷),人民文学出版社 2005 年版,第 22 页。
③　鲁迅:《鲁迅全集》(第 14 卷),人民文学出版社 2005 年版,第 99 页。

想,即使订了合同,也可以翻脸不算的。"①1934 年 7 月 27 日,鲁迅在致徐懋庸的信中表达对光华书局不讲诚信、扣发版税的愤怒时说:"对于光华,我是一丝的同情也没有,他们就利用别人的同情和穷迫的。既然销路还好,怎么会没有钱,莫非他们把杂志都白送了人吗?"②1934 年 5 月 15 日,鲁迅在致杨霁云的信中痛斥出版界的名利现象说:"张资平式和吕不韦式,我看有些不同,张只为利,吕却为名。……近来如哈同之印《艺术丛编》和佛经,刘翰怡之刻古书,养遗老,是近于吕不韦式的。而张式气味,却还要恶劣。"③1931 年 8 月 16日,鲁迅在给蔡永言的信中批判不良出版社说:"盖上海书店,无论其说话如何漂亮,而其实则出版之际,一欲安全,二欲多售,三欲不化本钱,四欲大发其财,故交涉颇麻烦也。"④1930 年 9 月 3 日,鲁迅在给李秉中的信中斥责出版界的恶劣现象说:"上海秽区,千奇百怪,译者作者,往往为书贾所诳,除非你也是流氓。"⑤1927 年 12 月 26 日,鲁迅在给章廷谦的信中说:"我到上海后,看看各出版店,大抵是营利第一。"⑥从鲁迅对书店的这些批评可以看出:第一,鲁迅的批评是持续的,时间跨度长,这表明书店唯利是图的现象、事实一直存在,而鲁迅一直执着追求纯粹的出版价值观,不曾动摇,不掺杂他意。第二,鲁迅批评书店唯利是图的现象、事实多样,涉及编辑出版的多个环节、多种情况以及与此相关的不同的人,这一则表明出版商业性的无孔不入,二则表明鲁迅对这种商业性的熟悉,同时,在如此了解的情况下还能如此坚持出版价值观,可见他这种追求的纯粹程度。第三,鲁迅代表的是作者的利益和先进的出版价值观,被批评的书店代表和追求的是机构的经济利益,意味着经济利益和社会效益发生矛盾时,各有各的选择,而这种选择显现的正是出版价值观追求的差异。

---

① 鲁迅:《鲁迅全集》(第 13 卷),人民文学出版社 2005 年版,第 276 页。
② 鲁迅:《鲁迅全集》(第 13 卷),人民文学出版社 2005 年版,第 185 页。
③ 鲁迅:《鲁迅全集》(第 13 卷),人民文学出版社 2005 年版,第 99 页。
④ 鲁迅:《鲁迅全集》(第 12 卷),人民文学出版社 2005 年版,第 270—271 页。
⑤ 鲁迅:《鲁迅全集》(第 12 卷),人民文学出版社 2005 年版,第 239—240 页。
⑥ 鲁迅:《鲁迅全集》(第 12 卷),人民文学出版社 2005 年版,第 99 页。

（三）更坚韧的出版价值观维护

坚守正确的出版价值观很难,因为一方面出版经营的不确定意味着风险,出版不可持续的可能性时时存在,出版经营陷入死胡同的概率较高;另一方面,出版充满诱惑,如果编辑出版者不坚守正确的出版价值观,迎合甚至利用读者和消费者的不良需要,那么得利的速度快,图利的空间大。近现代的杰出编辑出版人士都经受着诱惑的考验,但能做出正确的选择。张元济主持商务印书馆编译所,组织做的第一个项目是出版最新教科书。他不但统领有序,而且参与其中,和编辑们一起讨论。他影印出版大部头古籍,参与选题策划、古籍整理,推出《涵芬楼秘笈》《四部丛刊》《续古佚丛书》等。他开辟了杂志出版,推出《东方杂志》《教育杂志》《小说月报》等。他开启工具书的出版,推出《辞源》等。王云五制订一系列重大出版计划,推出《万有文库》《中国文化史丛书》《大学丛书》等。陆费逵主持出版《四部备要》《古今图书集成》《中华大字典》《辞海》等大部头著作,亲自为各书撰写《编印缘起》。1928 年 4 月,舒新城与中华书局签订协议,正式编撰《辞海》。1930 年,进入中华书局后,沈颐主持《辞海》实际工作,他直接领导,对定稿、发排、校对、定价、样张等一一过问,着实把关。1944 年,他主持《辞海》缩印合订本的出版工作,1947 年面世。巴金在文化生活出版社担任总编辑,主编《文化生活丛刊》《文学丛刊》《译文丛书》《新时代小说丛刊》等大型丛书。这些丛书和重大出版项目作者力量强大、内容可靠、定价低廉,对当时的文学阅读和发展提供了强大的助力。这些大书带来巨大的经济效益和社会反响,持续服务于主要民营出版企业的做强做大。民国时期,战争不断,特别是日本的侵略,给几乎所有的主要民营出版机构带来了毁灭性的打击;出版业内部的竞争极为激烈,一些时候称得上你死我活。在这样的环境下,杰出的编辑出版人士能够坚持如此选择,能够创造如此出版成就,没有对出版价值观的坚守和维护,是不可能做到的。

鲁迅维护出版价值观的更坚韧集中体现在他以勇毅和执着担当着进步出版的引路人角色和为了进步出版的存在、发展不怕斗、善于斗的斗士角色,不断用汗水、心血甚至生命捍卫其出版价值观,灿烂其出版价值观的光芒。在

30 余年的编辑出版生涯中,鲁迅承受着代表落后传统文化的出版者的攻击,承受着统治者的压迫和代表统治者的反动出版者的攻击,承受着进步文化圈的同道者的不理解甚至误解而导致的攻击。对此,他主要以四种方式应对。对于代表落后传统文化的出版者,他针对性回击,予以尖锐、深刻、彻底的批判。对于统治者的压迫,他利用各种机会予以揭露,同时在有限的阵地发出声音,形成话语空间和影响力。对于代表统治者的反动文化,他针锋相对地分析、解剖,充分展示其恶劣,充分揭示其实质,让社会和读者更充分地看清其面目和实质。对于进步文化圈的同道者的不理解甚至误解、攻击,他以辩论的方式讲道理,以传播先进理论和作品的方式助其修炼和改变,尽可能引导他们走出误区。这里,举未名社的例子反映鲁迅是在怎样的环境中维护其出版价值观。1928 年 4 月 17 日,北洋军阀查封了未名社,理由是该社出版发行托洛茨基的《文学与革命》,抓捕了李霁野、韦丛芜、台静农。韦丛芜被关了一周后因病释放,李霁野、台静农被关了 50 天。1932 年秋,北平警察查抄台静农寓所,将他朋友寄存的一件中学物理实验仪器马德堡半球误认为"新式炸弹",拘捕他。1933 年 2 月 9 日,鲁迅在致曹靖华的信中说:"静兄因误解被捕,历十多天始保出,书籍衣服,恐颇有损失。近闻他的长子病死了,未知是否因封门,无居处,受冷成病之故,真是晦气。"①这里的"误解被捕"指的是台静农遭遇的所谓"新式炸弹案",既表达了鲁迅对台静农的关心,也间接反映了未名社的生存境遇。实际上,这次查抄事件牵及未名社的《烟袋》一书。原来,曹靖华翻译了一部苏联的短篇小说集《共产党的烟袋》,鲁迅认为中国特别需要这样的书,主张由未名社出版。但是,书名中有"共产党"三字,不但敏感,而且可能带来大麻烦,于是建议安排在上海印制,因为如果北京当局要查,则说是上海冒名,未名社不知道情况。李霁野等不愿意给鲁迅惹麻烦,决定去掉"共产党"三字,以隐晦的《烟袋》之名出版。可是,在台静农家被搜查的事件中,334本《烟袋》被作为"反动文件"扣留。台静农被释放了,书没有归还。鲁迅对此感到很愤怒,他在《曹靖华译〈苏联作家七人集〉序》中揭露事实真相,与反动

---

① 鲁迅:《鲁迅全集》(第 12 卷),人民文学出版社 2005 年版,第 369 页。

统治做坚决的斗争。实际上,比较台静农等的遭遇,鲁迅的生存环境更险恶,他多次因为被通缉而不得不躲难,多次被威胁生命而不得不避险。

二、出版观念比较

出版观念关乎出版的视野、思想、领域、思维方式等,出版哲学是其基础,出版视野是其关键,出版思想是其核心。相对来说,鲁迅在出版经营上更聚焦,表现出更确定的出版坚守;在出版视野上更开阔,表现出更坚定的"拿来主义";在出版思想上更深邃,表现出更彻底的出版"思想革命"。

(一)更确定的出版坚守

就出版物而言,主要民营出版企业的出版范围广,出版门类多,出版结构均衡。譬如,20 世纪前半个世纪,商务印书馆的出版涉及哲学、宗教、社会科学、语言学、自然科学、应用科学、艺术、文学、史地以及综合学科。中华书局的出版门类和商务印书馆差不多,在大型项目上基本比照着做。在出版态度和观念上,主要民营出版企业变化和创新难度大,表现得相对保守。譬如,辛亥革命后,商务印书馆没有及时适应变化,给了中华书局创办和发展的机会。民营出版企业经营的基础在于教材,它们更多集中在相对成熟和稳健的出版板块耕耘,往往避免在类似于进步新文艺等较为敏感的出版领域持续发力。个别规模较小的民营出版企业在进步新文艺领域投入较大力量,但是往往表现出商业投机的倾向,不太确定,也较为短视。

鲁迅于出版坚守上的更确定首先表现在他对坚守不坚决的出版机构的批评。譬如,北新书局在新文学出版上成就卓著,但是,为了经济利益勉强涉足教材出版,以致削弱了新文学出版,丧失了优势,影响了发展。鲁迅对此看得特别清楚,特意予以批评和提醒。其次,鲁迅更确定地坚守出版表现在他长期坚持聚焦在进步新文艺作品的编辑出版上下功夫,并且取得了丰硕成果。他从国外进步新文艺作品的引进开始,在新文学创作上准备了十几年,直到1918 年《狂人日记》发表,标志着成熟的进步新文学原创作品的正式编辑出版,他说:"这就是《狂人日记》。大约所仰仗的全在先前看过的百来篇外国作品和一点医学上的知识,此外的准备,一点也没有。"①进步新艺术的发力集中在新兴木刻作品的编辑出版,包括引进和原创。在重视作品编辑出版的同时,进步文艺理论的编辑出版也在进行,从单本到丛书,从国外一般的进步文艺理论图书出版到马克思主义文艺理论图书的集中出版。显然,进步新文艺编辑出版的聚焦点是进步原创作品。可以说,鲁迅 30 余年的编辑出版活动是进步新文艺在书、报、刊的集中面世和宣传推广,是进步新文艺的发展引领和成熟推动,是进步新文艺的代表和主力。

(二)更坚决的出版"拿来主义"

吸收引进国外特别是西方优秀文化是近现代出版的主流,主要民营出版企业及其主要负责人对此拥有共识。张元济传统学养好,又留意西学,在出版上对中西文化主张调和,他说:"吴之意在欲取泰西种种学术,以与吾国之民智、俗尚、教宗、政体相为调剂。扫腐儒之陈说。而振新吾国民之精神耳。"②王云五懂得新旧学问和中外思想,博杂中有专精,特别着力数学和图书馆学,他说:"我们的事业与图书馆学很有联带的关系,我们对于学术的分类法等必须能知其大意,然后对于出版事业才能了解。"③显然,王云五受益于西学多,借助西学创造的出版成果也多。舒新城 1930 年前投身于教学实践和教育研究,鼓吹国外道尔顿制,整理中国近代教育史,颇有建树,1924 年至 1928 年间共编著各类教育书籍 17 种 20 册 405 余万字。④ 这种素养影响和融入其出版意识和实践中,催生出版成果。

在出版上,鲁迅主张和实践更坚决的"拿来主义"。这集中体现在他对读者阅读的引导和出版内容的选择上。1925 年,《京报副刊》编辑约鲁迅等名家

---

① 鲁迅:《鲁迅全集》(第 4 卷),人民文学出版社 2005 年版,第 526 页。
② 张元济:《张元济诗文》,商务印书馆 1986 年版,第 171 页。
③ 王云五:《商务印书馆与新教育年谱》,江西教育出版社 2008 年版,第 485 页。
④ 参见谭宗英:《从教育家到出版家》,载丁景唐主编:《中国现代著名编辑家编辑生涯》,中国展望出版社 1990 年版,第 50 页。

给青少年推书,鲁迅没有提供书目,但明确地表达自己的观点说:"我以为要少——或者竟不——看中国书,多看外国书。"①这话有些极端,但是,充分表达了鲁迅"拿来主义"的倾向。挣脱传统的桎梏对于青年人特别重要,但也特别难,因为这是几千年积淀的,在青年人周围总有很多人很多力量让他们退回过去。鲁迅对此有深刻认识,竭力组织翻译、编辑出版国外的进步文艺作品,特别是苏联文艺作品,以启蒙青年人。他在《忆韦素园君》中说:"出版者和读者的不喜欢翻译书,那时和现在也并不两样,所以《未名丛刊》是特别冷落的。恰巧,素园他们愿意绍介外国文学到中国来,便和李小峰商量,要将《未名丛刊》移出,由几个同人自办。"②《未名丛刊》是鲁迅编辑出版的最大规模的翻译类丛书,丛书包含《苦闷的象征》、《出了象牙之塔》(日本厨川白村著,鲁迅译)、《小约翰》(荷兰望·蔼覃著,鲁迅译)、《苏俄的文艺论战》(任国桢译)、《争自由的波浪》(俄国高尔基著,董秋芳译)、《穷人》(俄国陀思妥耶夫斯基著,韦丛芜译)、《黑假面人》、《往星中》(俄国安特来夫著,李霁野译)、《外套》(俄国果戈理著,韦素园译)、《黄花集》(北欧诗歌小品集,韦素园译)、《十二个》(俄国勃洛克著,胡斅译)、《烟袋》(苏联爱伦堡著,曹靖华译)、《第四十一》(苏联拉普列涅夫著,曹靖华译)以及鲁迅译的《工人绥惠略夫》(阿尔志跋绥夫著)、《桃色的云》(俄国爱罗先珂著)、《一个青年的梦》(日本武者小路实笃著)等 23 种书。以这样的规模成套集中推出国外优秀著作,对青年人是极大的冲击,也是极大的满足。王友贵在《翻译家鲁迅》一书中评价说:"鲁迅一生从事翻译,创下了好些个'第一'。"③这些"第一"包括翻译方法,如鲁迅最早实践和倡导严格的直译;翻译对象,如鲁迅最早将波兰文学引入中国;翻译出版物,如最早策划编辑出版翻译丛书等。翻译家、出版家鲁迅是重叠的,彼此成全和印证,而且他不只是自己翻译,还培养和率领着一批翻译者,还亲自或组织编辑出版以翻译为主体的期刊,不断推出译著。

---

① 鲁迅:《鲁迅全集》(第 3 卷),人民文学出版社 2005 年版,第 12 页。
② 鲁迅:《鲁迅全集》(第 6 卷),人民文学出版社 2005 年版,第 65—66 页。
③ 王友贵:《翻译家鲁迅》,南开大学出版社 2005 年版,第 3 页。

(三)更彻底的出版"思想革命"

在传统出版向近现代出版转型中从事出版,主要民营出版企业和杰出编辑出版人士都对环境的变化敏感,都在变化中适应环境、更新思想、创新业务。张元济重视翻译介绍西方名著,出版了严复翻译的《群己权界论》《社会通诠》《法意》等,林殊翻译的外国小说等著作。陆费逵是教育家,他主编《教育杂志》时,差不多每期都发表文章,产生很大影响。1910 年,中国教育会在北京成立,他为该会起草章程,提出人才教育、职业教育、国民教育并重。蔡元培担任教育总长时,他多次献计献策,被蔡元培和教育部采纳。1912 年,教育部颁布《普通教育暂行办法通令》十四条,他接受蔡元培委托,和蒋维乔协商后拟定。他著作等身,主要有《教育文存》《世界之教育》《青年修养杂谈》《妇女问题杂谈》《国民修养杂谈》等。他对出版具有独到的判断力和预见力。辛亥革命后,为满足教科书内容更新的需要,他创造了成功的教科书出版案例。1916年,中华书局静安寺印刷厂建立后,他引进平、凹版设备和技术。20 世纪 20年代初期印烟壳,30 年代印钞券,在经济上帮助中华书局渡过难关,收益丰厚。1932 年"一·二八"事变后,商务印书馆业务受损,一些人建议中华书局乘机扩大业务以填补空缺,陆费逵不为所动,反而重新安排业务,停止在上海的项目,改在澳门运作。1935 年,根据局势变化,他督促舒新城加快《辞海》出版进度,该书于 1936 年 5 月出版,避开了抗战全面爆发带来的风险,为书局避免了巨额经济损失。沈知方在畅销书出版上颇有成绩,宣传和扶持了张恨水、不肖生、程小青等畅销书作家。

鲁迅于出版主张彻底的"思想革命"。他先是坚决地破,严词批判出版守旧。譬如,刊载鸳鸯蝴蝶派作品为主的《小说世界》与《小说月报》对抗,鲁迅撰写《关于〈小说世界〉》批评《小说世界》说:"凡当中国自身烂着的时候,倘有什么新的进来,旧的便照例有一种异样的挣扎。"①其次,他在破的基础上全新地立,以出版传播新思想,确立新思想。特别是生命后期,他在系统推介马

---

① 鲁迅:《鲁迅全集》(第 8 卷),人民文学出版社 2005 年版,第 137 页。

克思主义文艺理论上大有作为,影响了许多人,也改变了许多人。《域外小说集》的编辑出版是他前期的作为,但成就了突破立新的典型案例,利于理解他在编辑出版上彻底的"思想革命"。《域外小说集》(一)、《域外小说集》(二)分别出版于 1909 年 3 月和 7 月,是鲁迅与周作人合译的小说集,含 16 篇翻译小说,其中英国、美国、法国各 1 人 1 篇,俄罗斯 4 人 7 篇,波兰 1 人 3 篇,波斯尼亚 1 人 2 篇,芬兰 1 人 1 篇。鲁迅翻译俄罗斯安特来夫的《谩》《默》,迦尔洵的《四日》以及波兰显克微支的《镫台守》中的诗歌,他修改所有译文并誊抄一遍。1920 年 3 月,《域外小说集》合集在群益书社作为《现代文学丛刊》之一出版。1936 年,中华书局又收入其《现代文学丛刊》重印出版。许寿裳基于《域外小说集》评价说:"鲁迅实在是绍介和翻译欧洲新文艺的第一个人。"①《域外小说集》于鲁迅而言是他作为出版家的重要标志,于编辑出版史而言是以创新成就突破的典型案例。这集中表现在四个方面:第一,立意和定位的进步。鲁迅在《域外小说集》(一)的"序言"中说:"特收录至审慎,迻译亦期弗失文情。异域文术新宗,自此始入华土。使有士卓特,不为常俗所囿,必将犂然有当于心。"②引进国外文艺,以助力国人改变,以促进国家兴盛,是出版《域外小说集》的目的。这样的目的在 20 世纪初特别代表进步人士的价值自觉和社会追求。第二,内容选择视角独特,内容本身到位。鲁迅在《域外小说集》(一)的"略例"中说:"集中所录,以近世小品为多,后当渐及十九世纪以前名作。又以近世文潮,北欧最盛,故采译自有偏至。惟累卷既多,则以次及南欧暨泰东诸邦,使符域外一言之实。"③《域外小说集》的内容突出东欧、北欧受压迫的弱小民族,以此对照当时的中国,激励国人爱国。鲁迅在 1921 年的《域外小说集序》中对此做了解释。《域外小说集》之前我国的文学翻译集中在长篇小说或中篇小说,《域外小说集》开启了短篇小说的闸门,是编辑出版上的创造性行动。《域外小说集》的选目兼具文学本身的判断力和文学史眼光,所选的作

---

① 许寿裳:《我所认识的鲁迅》,载鲁迅博物馆等选编:《鲁迅回忆录》,北京出版社 1999 年版,第 458 页。
② 鲁迅:《鲁迅全集》(第 10 卷),人民文学出版社 2005 年版,第 168 页。
③ 鲁迅:《鲁迅全集》(第 10 卷),人民文学出版社 2005 年版,第 170 页。

品具有较强的代表性。第三,译文准确,力避流弊。当时流行的译作是林琴南用古文翻译的外国小说,林琴南不懂外文,是基于别人翻译的转述,不但不准确还有误译。《域外小说集》的翻译准确无误,符合原著。许寿裳说:"我曾将德文译本对照读过,觉得字字忠实,丝毫不苟,无任意增删之弊,实为译界开一个新时代的纪念碑。"①鲁迅的直译具有深刻的突破性和现代意义,"在现代意识的输入、现代性的建构方面,鲁迅的直译与胡适的白话文运动,在开始一场文学、文化运动方面,原本具有很相似的功能"②。第四,装帧设计融合传统和现代审美理念,体现创新性。《域外小说集》装订为毛边式,"装订均从新式,三面任其本然,不施切削;故虽翻阅数次绝无污染。前后篇首尾,各不相衔,他日能视其邦国古今之别,类聚成书。且纸之四周,皆极广博,故订定时亦不病隘陋"③。封面系鲁迅设计,选色、用图现代,书名用篆文书写体现传统性。对于《域外小说集》,鲁迅的本意是卖了第一册再出第二册,以此做下去。因为售卖情况不理想,出了两本就停了。但是,初版市场反响的不如意丝毫没有降低它们的出版价值和历史意义。相反,后来的多次重印反映了它们的分量。

三、出版管理比较

出版管理关乎出版的体制和机制、出版企业的组织、出版的制度体系、出版的核心能力等,现代企业制度是其基本,现代管理体系是其核心,创造价值的能力是其关键。相比较而言,鲁迅在出版管理上没有体现出优势,但呈现出一些特点,即同人组织的模式、偏向人情化的关系处理、为解决问题而存在和服务的机制等。

(一)现代企业和同人组织

主要民营出版企业在其负责人的努力下基本上都建立了现代企业制度,

---

① 许寿裳:《亡友鲁迅印象记·许寿裳回忆鲁迅全编》,上海文化出版社 2006 年版,第54 页。
② 王友贵:《翻译家鲁迅》,南开大学出版社 2005 年版,第47 页。
③ 鲁迅:《鲁迅全集》(第 10 卷),人民文学出版社 2005 年版,第170 页。

包含股份制的管理体制,编辑、印刷、发行一体化的管控机制,寄销制的发行模式等。这些管理制度和管控体系保障了主要民营出版企业的持续发展。譬如,商务印书馆早在张元济进入后,就在他的主持下建立了管理体系,具备了现代出版企业的管理能力,而且商务印书馆的这种管理体系、制度和模式得到后起的诸如中华书局等的仿效,提高了民营出版企业的整体管理水平和能力。20世纪30年代初,王云五采用国外先进的企业管理方式,在商务印书馆倡导和实践科学管理,大大提升了该馆的管理水平和能力,效果显著。

鲁迅创办的出版机构基本上属于同人组织,没有充分建立现代企业管理制度,管理不成体系,管理能力不强,以致抗风险能力弱,往往因为一些个别性问题而不能持续,生命周期不长。譬如,1925年成立的莽原社主要因为鲁迅与高长虹之间的两件事而导致解散。第一件事,1925年8月,韦素园未征得鲁迅同意,在编辑的北京《民报》副刊上推出广告,广告中将鲁迅称为"中国思想界之权威者"。这种说法引起高长虹的强烈不满。第二件事,1926年8月,鲁迅离开北京到了厦门,由韦素园接着编辑《莽原》,他没有及时发表向培良的独幕剧《冬天》,惹起高长虹的强烈攻击。撇开其他因素不说,单从管理的角度看,莽原社的人和事是按照同人组织方式处理,趋向个人化和个性化,较为随意。

(二)制度管理和人情关系

主要民营出版企业重视和强调制度管理。张元济关注人才,竭力引进人才,在他的努力下,高梦旦、蒋维乔、庄俞、杜亚泉等先后进入商务印书馆,成为编辑核心,成就顶级团队。他特别重视人才更替和相应的制度更新,他说:"本馆成立逾二十载,不免稍有暮气。从前规模狭小,所有习惯不适于今日之用。欲专恃旧有之人才、昔日之制度以支此艰巨之局,其必终遭失败,可以断言。"[①]陆费逵对中华书局实行家庭式管理,大家团结一致,运作有效。舒新城在日记中说:"本公司原是在封建社会将开始崩溃时代产生的,最初之范围甚

---

① 张元济:《张元济书札》(修订本),商务印书馆1997年版,第931页。

小,组织甚简,各种事务,多由总经理直接处理,各级人员亦多由直接指挥,遂形成家庭性质之集团。"①陆费逵的这种管理基于一套制度,是制度指导和约束下的管理模式,而非单一、片面、纯粹个人化的人治。

鲁迅创办的出版机构以人情为基础,是较为随意的关系联系,缺乏严格、严密的制度约束和管控。1928 年 11 月,鲁迅组织柔石、崔真吾、王方仁、许广平成立朝花社,主要用意是介绍东欧、北欧的文学,外国的版画,支持青年人的文学创作。朝花社编辑出版《朝花》周刊、《朝花》旬刊、《艺苑朝华》、《朝花小集》、《近代世界短篇小说集》等,业绩卓然。然而,1930 年 1 月,朝花社停止了经营,鲁迅遗憾地说:"这是一部分人上了一个人的当,现已将社停止了。"②这个"当"反映了朝花社的管理问题。原来,王方仁有个哥哥在上海四马路开教育用品社,朝花社社员们以为有熟人而由这个社采购纸张。结果这个社提供的纸张是从拍卖行弄到的次品纸,印出来的书刊质量不好,卖不出去,导致严重亏损,朝花社无力承受,以致停社。

(三)持续发展和解决问题

有了现代企业制度、现代企业管理的保障,主要民营出版企业的发展可持续性强,抗风险能力较强。陆费逵从作者稿酬言及出版的难和出版企业的生存困境说:"或以为薄待著作者,一定肥了发行者。但是发行者得利之书很少,蚀本者很多。每一书坊开若干年,只剩些不销之书籍和无着落之欠账,便不得不关门了。前清末年的许多书坊,至今存在的差不多只有商务印书馆和广益书局几家,其余不是关门,便是出盘。即民元开办的中华书局,艰险备尝,慎重紧缩,股东在近十七年中,或无利或得利一二,最多一年只四厘。办事人待遇也很薄。苦了二三年,总算勉强站住了。"③商务印书馆 1910 年出现"橡皮股票"亏空问题,1917 年中华书局陷入"民六危机",1934 年世界书局面临资金周转困境,这些与其制度和管理的缺陷相关,而它们摆脱问题、危机、困境

---

① 舒新城:《舒新城日记》,《出版史料》1987 年第 2 期。
② 鲁迅:《鲁迅全集》(第 12 卷),人民文学出版社 2005 年版,第 220 页。
③ 陆费逵:《六十年来中国之出版业与印刷业》,《申报月刊》1932 年第 1 期。

后进入新的发展阶段,依靠的是调整和完善制度、改善和加强管理。

鲁迅创办的出版机构往往源于某种需要,基于解决某个问题,持续发展能力不强,持续时间不长。1925年夏,鲁迅发起组织未名社,成员还有韦素园、李霁野、台静农、韦丛芜、曹靖华,共6人。曹靖华在《哀目寒》一文中回忆说:"未名社开始有六位成员。所谓成员者,是指当时除鲁迅先生出二百余元外,其余每人各出五十元,作为'公积金';并立志不作'资本家牛马',用自己的钱,印自己的书。有钱就印,无钱搁起,书的内容形式都认真负责,丝毫不苟。从写文章到跑印刷厂,事无巨细,亲自动手。这是未名社当年的大致情况。"①这段话表明,未名社的管理是较为粗放的,这为出现问题埋下了隐患。1928年,韦丛芜动用社款,结果造成不能承受的亏损,以致经营等工作停滞。1931年5月,鲁迅申明退出,未名社解散。诸如奴隶社、诸夏怀霜社等是鲁迅用来出书的名义,实际上不是严格的出版机构。这样的出版机构出现问题和困难是必然的,存续时间短在情理和预期中。

四、出版人格和出版精神比较

出版人格和出版精神关乎出版的灵魂,二者既体现在编辑出版者,也体现在出版机构,更集中地体现在前者,因为前者是后者的主要体现主体和载体。鲁迅的出版人格体现出更强烈的个性魅力,其出版精神表现为更高的境界。

(一)出版人格

出版人格是出版价值观、观念等在主体上的集中体现。"书业商的人格,可以算是最高尚最宝贵的,也可以算是最卑鄙龌龊的。此两者之判别,惟在良心上一念之差;譬如,吾人如用尽头脑和心血,出一部有价值的书,贡献于社会,则社会上的人们,读了此书之后,在无形中所获的利益,定非浅鲜;反是,如以诲淫诲盗的书籍,贡献于世,则其比提刀杀人,还要厉害,盖杀人不过杀一

---

① 曹靖华:《哀目寒》,《人民日报》1980年10月20日。

人,恶书之害,甚于洪水猛兽,不知要害多少人。所以我们当刊行一种书的时候,心地必须纯洁,思想必须高尚,然后才可以将最有价值的结晶品,贡献于世;否则,不但于道德方面要抱缺憾,即自己良心方面亦受责罚。"①近现代杰出编辑出版人士的出版人格在编辑出版实践中得到特别彰显。陆费逵务实、肯干。18岁时,在武昌和友人集资开办新学界书店,担任经理。19岁时,他与人一起接办《楚报》。报馆被封后,他担任武汉的出版社昌明公司上海支店的经理。20岁时,他离开昌明公司,进入文明书局,编印发一条龙管理,还兼任文明小学校长。他作为发起人之一,成立上海书业商会,担任评议员兼书记,负责起草章程。1908年,经赏识他的高梦旦极力推荐,进入商务印书馆,从编辑员干起,半年即担任出版部部长兼交通部部长、《教育杂志》主编、师范讲义社主任等。1912年,他脱离商务印书馆,创办中华书局。陆费逵爽直和蔼。张相主管教科书部时,由于教育部新课程标准更新多,中华书局教科书改动内容多要求高时间紧,编辑们往往夜以继日地赶。他心里挂念着这事,时不时打电话询问张相。每当得知某本教科书还没有完成时,他往往哈哈大笑,然后挂上电话。中华书局创始时,他和同事们吃住一块。主持中华书局的三十多年里,他在公司信函中,对公司同人称某先生或某兄,若是学生则称为某弟,自称弟或兄。同人们对他不称总经理,而称伯鸿先生。陆费逵本色无私。他生活简朴,吃穿不讲究,居室简陋。舒新城谨慎稳重。1922年秋,舒新城在吴淞中国公学任教,陆费逵到校演讲。认识后,陆费逵约舒新城到中华书局任职。1923年1月,陆费逵见到舒新城后再次邀请,舒新城以不愿管理实务为由拒绝了。1925年6月,舒新城访问陆费逵,陆费逵请舒新城到中华书局,舒新城说想私人办学院、打算编纂词典,陆费逵没有勉强。1928年3月,陆费逵写长信给舒新城,请他主持《辞海》的编纂工作,舒新城答应了,于4月23日和中华书局签订契约。事后,陆费逵要舒新城担任中华书局编辑所所长,舒新城推掉了。1928年10月,经过陆费逵多次劝说后,舒新城答应进入中华书局担任编辑所所长。1929年11月10日,舒新城和中华书局签订协议。1930年,舒

---

① 陆费逵:《书业商之修养》,《中华书局月报》1923年第7期。

新城上任。8 年多的邀请,可见陆费逵的诚意,也可见舒新城的实诚、谨慎、稳重。夏丏尊稳重平实,在文学界被誉为忠厚长者,在教育界有很多志趣相投的朋友和学生。巴金从 1935 年起在文化生活出版社做义务编辑 14 年,做的事是"写稿、看稿、编辑、校对,甚至补书",目的"不是为了报酬,是因为人活着需要多做工作,需要发散、消耗自己的精力",他说:"所以做补书的工作我也感到乐趣,能够拿几本新出的书送给朋友,献给读者,我认为是莫大的快乐。"①巴金除了组稿、审稿外,还做着装帧设计、广告宣传、校对、跑印刷厂等具体、琐碎的事,而且常常是在日军的炮火下、日机的轰炸中完成。鲁迅评价作为编辑的巴金说:"巴金比别人更认真。"②曹禺的剧本《雷雨》存放了两三年,巴金在靳以处看到后,将它发表在《文学季刊》,加上后来他主持出版的曹禺的另一部作品《日出》,奠定了曹禺在中国话剧史上的重要地位。何其芳的第一本诗集与散文集《画梦录》,荒煤的第一篇小说《灾难中的人群》,都是巴金发表的。巴金还出版了罗淑、刘白羽、萧乾、芦焚、臧克家、丽尼等的处女作。

出版家鲁迅的出版人格是冷峻、热烈。冷峻是思考、分析、判断的理性状态,热烈是投入、倾向的情感状态。鲁迅对出版的冷峻意味着思考深邃、分析深入、判断准确,富有系统性和前瞻性。一些出版企业热衷出大书、丛书、套书,还通过各种方式营造社会氛围,催生对这些书的趋向和潮流。鲁迅对此极为冷静,他专门撰写《书的还魂和赶造》予以解剖和评判。他指出出版企业的做法:第一种方法可谓"框框法",用诱人的大篮子装下一堆五花八门的内容,只见篮子之炫丽,难觅内容之真容。第二种方法可谓"障眼法",用"五花八门"目录吸引眼球,混淆内容的实质和真谛。③ 两种方法的实质是"巧取",是动机不良的"玩花样"。他从读者角度点出了这些"煌煌巨制"满足需求的三个"窍门"——对丛书、大书的信任,对低价格的诉求,对整齐美的认可;从图书馆的角度给出了这类书适应该市场的两条路径——适应图书馆采购的粗放

---

①　转引自李济生编著:《巴金与文化生活出版社》,上海文艺出版社 2003 年版,第 5 页。
②　转引自华水:《他人集》,山西人民出版社 1984 年版,第 163 页。
③　参见鲁迅:《鲁迅全集》(第 6 卷),人民文学出版社 2005 年版,第 238—239 页。

而为其装点、适应其采购经费的来源与分配方式而分批出版。① 他的两重分析直入现象背后之本,直击出版机构的要害。鲁迅对出版的热烈意味着投入充分、爱憎分明,战斗性强,效果突出。他常常在冷峻之后热烈表达解决问题的办法和应该有的态度。譬如,紧接着对出版企业推出大书、丛书、套书的分析,他说:"如果仅仅是克日速成的草稿,或是栈房角落的存书,改换新装,招摇过市,但以'大'或'多'或'廉'诱人,使读者化去不少的钱,实际上却不过得到一大堆废物,这恶影响之在读书界是很不小的。""凡留心于文化的前进的人,对于这些书应该加以检讨!"②鲁迅摆清楚出版机构做法的危害,明确要求它们检讨,态度鲜明,情感强烈,结论毋庸置疑。任国桢是鲁迅的学生,他在北京大学求学时,聆听过鲁迅讲授的《中国小说史略》课。他专修俄文,为鲁迅搜集整理过资料,鲁迅为他修改文章。1923 年至 1924 年间,苏联文艺界曾就文艺政策等问题展开讨论,形成了一些成果。任国桢选择有关文章 4 篇,翻译、编成《苏俄的文艺论战》书稿。此时,任国桢已是中国共产党党员,被派到东北工作。鲁迅投入大量时间和精力,精心为他编辑、校对,作为《未名丛刊》之一出版,并撰写《〈苏俄的文艺论战〉前记》充分肯定该书。后来,在多个场合,鲁迅向青年读者郑重推荐该书。鲁迅的热烈影响了一批批进步青年,催生了一批批进步出版物,促进了进步文化事业和革命事业。

(二)出版精神

出版精神是基于出版人格的提升,是出版机构和出版人核心价值的最高体现。这种精神融入到出版实务中,渗透在出版物里,因内涵和外延的差异而形成不同的界定。章锡琛于出版精明,能担当,有气魄,果敢作为,功成不居。他在出版大势的把握上判断准确,在出版细节的掌控上有力到位,在出版成本的核算上精细精准。因为宏观上精明,诸如《二十五史》等大项目顺应时势,得了大回报。因为微观上精明,编校质量、装帧设计甚至标点符号等都给读者

① 参见鲁迅:《鲁迅全集》(第 6 卷),人民文学出版社 2005 年版,第 239 页。
② 鲁迅:《鲁迅全集》(第 6 卷),人民文学出版社 2005 年版,第 239 页。

十足的信任感,成本得到合理控制而效率得到极大提升,自然效益好。他诚心服务作者,善待书稿,合理付酬,深得信任,奠定了做大做强的基础,可谓最大的精明。林语堂准备编写英文教科书,但提出每月预支版税300元的要求,询问北新书局等几家出版社,都不敢接受。章锡琛手头资金不过四五千元,但一口应承,他的理由是林语堂英文水平高,名气大,值得尝试。这套名为《开明英文读本》的教材,为林语堂赢得30万元版税,让开明书店大赚了一把。朱起凤花30年心血撰写300万字的工具书《辞通》,书稿极有价值,胡适、钱玄同等学术名流高度评价,中华书局、文明书局、群学社等都认可,只是认为篇幅太大、内容太专、偏字多、排版难、销售有限,担心亏本,以致不愿出版。1930年,书稿到了开明书店,章锡琛不但答应出版还付给作者6000元稿费。1934年,《辞通》出版,两个月内卖完10000部,后又加印数万部,供不应求。章锡琛1925年从商务印书馆出来,创办《新女性》杂志支撑开明书店,1929年12月主动停刊,“废刊的原因很是单纯,就是时代已经不需要了”,1930年3月新创时代需要的《中学生》杂志。作为开明书店的创始人,章锡琛不看重总经理的职位,始终把自己作为书店的一员。1928年开明书店股份化后,他推荐杜海生担任总经理。1937年全面抗战爆发后,他留守上海,大后方的开明书店由范洗人主持,后来他推荐范洗人担任总经理。开明书店以“开明人”“开明风”成就做人做事的精神,成立20周年之际,时任编辑所所长的叶圣陶赋诗一首,充分表达了这种精神:“书林张一军,及今二十岁;欣兹初度辰,镂金联同辈。开明夙有风,思不出其位;朴实而无华,求进勿欲锐;惟愿文教敷,惶顾心力瘁? 此风永发扬,厥绩宜炳蔚。以是交勉焉,各致功一篑。堂堂开明人,俯仰两无愧。”①章锡琛作为杰出编辑出版人士的精神和他所在的开明书店的精神是一致的,他的出版精神影响、渗透于开明书店,造就了书店的精神,而书店的精神写照了他的追求和作为。张静庐在出版上富于开拓,敢为人先。1925年春,他与沈松泉、卢芳等三人合资创办光华书局。1927年,他与洪雪帆合资创办现代书局。1929年,他独自创办联合书店。1934年,他独立创办杂

---

① 王晓霞:《开明书店与近代的“知识启蒙”》,《保定学院学报》2013年第4期。

志公司。这四个公司各有特色,都很成功。特别是杂志公司,作为全国第一家专门售卖杂志的公司,以"快""齐""廉"为经营思路,以"代订代办代理发行"为业务内容,以"退订改订绝对自由"为服务承诺,取得显著绩效。"沈知方是一位特立独行、锐意开拓、恃才狂放的出版家,在迎合新兴小市民阅读需求、捕捉畅销书题材方面,有着过人的眼力和胆识。"①他在哀情小说、武侠黑幕小说、名人传记等领域催生阅读热潮、引领阅读风向,创办《侦探世界》杂志并推动了侦探小说的传播和发展。

鲁迅的出版精神较之近现代杰出编辑出版人士境界更高,更能体现中华民族的个性和特性,更能代表出版对进步文化的理性自觉和积极追求。这种出版精神以"民族魂"为内核,表现在两个层面:在个体特性层面指出版家鲁迅的勤勉、勇敢、务实、善良,在国家和社会特性层面指爱国、责任和担当。这种出版精神以编辑出版实践、出版物等为载体,呈现各具特点的面貌,表述为差异化的话语。这种出版精神成就了出版家鲁迅,实实在在地体现了他的出版观及其对这种出版观的倡导和践行。在给许广平的信中,鲁迅说:"我这几年来,常想给别人出一点力,所以在北京时,拼命地做,忘记吃饭,减少睡眠,吃了药来做编辑,校对,作文。"②"拼命"是鲁迅一辈子的生命状态,这种状态和他与年轻作者的佳话等充分体现了他在个体特性层的出版精神。鲁迅说:"上海出期刊的,有一种是一个团体包办,那自然就不收外稿。有一种是几个人发起的,并无界限。《奔流》即属于后一种。"③《奔流》的开放和鲁迅对作者的培养,留下了编辑和作者之间的佳话。鲁迅曾经翻译过日本有岛武郎的论文《叛逆者(关于罗丹的考察)》,因为种种原因没有译完。金溟若翻译了这篇论文后寄给《奔流》,鲁迅看到后很高兴,拿出自己的译文和掌握的情况修改了几个地方,帮助译者提高译文的质量,然后发表在第一卷第四期上。殷夫从德文翻译《彼得斐·山陀尔行状》,鲁迅审阅完非常高兴,因为他青年时期对裴多菲热情十足,有过研究,对殷夫有知音之感。于是,鲁迅一方面鼓励殷夫

---

① 王余光、吴永贵:《中国出版通史·民国卷》,中国书籍出版社 2008 年版,第 279 页。

② 鲁迅:《鲁迅全集》(第 11 卷),人民文学出版社 2005 年版,第 179 页。

③ 鲁迅:《鲁迅全集》(第 12 卷),人民文学出版社 2005 年版,第 188 页。

再多翻译十多篇,和已翻译的一起发表;另一方面把自己青年时期特意从德国买回来的裴多菲诗文集送给殷夫。殷夫翻译的诗篇发表在《奔流》第二卷第五期上。1929 年 10 月,鲁迅审校、修改朝花社成员王方仁翻译俄国安德列夫的中篇小说《红笑》,推荐到《小说月报》发表。1929 年 4 月 15 日、17 日、19日,《华北日报》以连载的方式发出署名鹤西的文章《关于红笑》,认为王方仁抄袭了他翻译的《红笑》,理由是:第一,他的译文寄给北新书局的时间较早,但因种种原因没有发表。第二,两篇译文都是第一部比第二部译得好。第三,两个译本有九个片段神似。鲁迅认为鹤西提出的理由不成立,王方仁没有抄袭的条件和动机,两篇译文相似是因为译自同一篇作品。① 1933 年,曹靖华把编译的《第四十一》和《烟袋》给现代书局,被压了两年多。1936 年 4 月,鲁迅托人索回稿子,删掉两篇的同时从曹靖华译的作品中补入 4 篇,共 15 篇,命名为《苏联作家七人集》,推荐给良友图书印刷公司出版,还在为这本书写的序中称赞曹靖华是"并不一哄而起的人",是"一声不响,不断的翻译着的一个",是"中坚"。② 木刻读物的编辑出版集中体现了鲁迅在国家和社会特性层的出版精神。第一,民族特性、民族精神是包括木刻读物在内的美术读物的根本。鲁迅说:"我们所要求的美术家,是能引路的先觉,不是'公民团'的首领。我们所要求的美术品,是表记中国民族知能最高点的标本,不是水平线以下的思想的平均分数。"③1919 年,鲁迅对美术家和美术作品就有了高标准高要求,这同样是对木刻的标准和要求。"能引路的先觉"意味着思想的先进,"表记中国民族知能最高点的标本"意味着民族性的充分表达和体现。第二,木刻作品在表达和张扬民族特性和精神风貌上具有特点和优势。木刻艺术家是"引路的先觉",优秀木刻艺术品能体现民族的本和神。在特殊时期,木刻作品和出版物具有特别的特点和作用,它们易着手,④易创作,易宣传推广,易流

---

① 参见鲁迅:《鲁迅全集》(第 7 卷),人民文学出版社 2005 年版,第 127—128 页。
② 鲁迅:《鲁迅全集》(第 6 卷),人民文学出版社 2005 年版,第 572 页。
③ 鲁迅:《鲁迅全集》(第 1 卷),人民文学出版社 2005 年版,第 346 页。
④ 参见鲁迅:《鲁迅全集》(第 13 卷),人民文学出版社 2005 年版,第 62 页。

传,易接受,易普及,①"是新的青年的艺术,是好的大众的艺术"②。第三,鲁迅在木刻作品创作、木刻读物编辑出版、木刻创作和编辑出版人才培养等方面做了许多切实的工作,取得了丰硕成果。鲁迅编辑出版外国木刻图书《近代木刻选集(1)》《近代木刻选集(2)》《新俄画选》《比亚兹莱画选》《蕗谷虹儿画选》《梅斐尔德木刻士敏土之图》《凯绥·珂勒惠支版画选集》《一个人的受难》《引玉集》《死魂灵百图》《苏联版画集》等,加上木刻社、木刻展览、木刻创作培训等的推动,新兴木刻运动推进有力,木刻作品数量多了,质量优良了,编辑出版了原创木刻集《木刻纪程》,"现在不但已得中国读者的同情,并且也渐渐的到了跨出世界上去的第一步"③。

---

① 参见鲁迅:《鲁迅全集》(第7卷),人民文学出版社2005年版,第362—363页。
② 鲁迅:《鲁迅全集》(第8卷),人民文学出版社2005年版,第406页。
③ 鲁迅:《鲁迅全集》(第6卷),人民文学出版社2005年版,第49页。

附　　录

一、参考文献

(一)国内论著

陈树萍:《北新书局与中国现代文学》,上海三联书店 2008 年版。

陈漱渝、姜异新主编:《民国那些人——鲁迅同时代人》,漓江出版社 2012 年版。

邓咏秋:《中国出版业现代化研究(1800—1949)》,国家图书馆出版社 2016 年版。

丁景唐主编:《中国现代著名编辑家编辑生涯》,中国展望出版社 1990 年版。

高信成:《中国图书发行史》,复旦大学出版社 2005 年版。

耿云志:《近代中国文化转型研究导论》,四川人民出版社 2008 年版。

广东鲁迅研究学会编:《鲁迅与五四新文化精神》,广东人民出版社 2001 年版。

郭汾阳、丁东:《书局旧踪》,江西教育出版社 1999 年版。

何锡章:《鲁迅读书生涯》,长江文艺出版社 1997 年版。

《鲁迅研究文丛》,湖南人民出版社 1980 年版。

黄健:《反省与选择——鲁迅文化观的多维透视》,陕西人民教育出版社 1996 年版。

姜振昌主编:《鲁迅与中国新文学的精神》,中国社会科学出版社 2004

年版。

蒋成德:《思想家型的编辑家——章炳麟、梁启超、鲁迅研究》,光明日报出版社 2013 年版。

来新夏等:《中国近代图书事业史》,上海人民出版社 2000 年版。

李霁野:《鲁迅先生与未名社》,湖南人民出版社 1980 年版。

李家驹:《商务印书馆与近代知识文化的传播》,商务印书馆 2005 年版。

李明山主编:《中国近代版权史》,河南大学出版社 2003 年版。

李允经:《鲁迅与中外美术》,书海出版社 2005 年版。

李泽厚:《中国古代思想史论》,安徽文艺出版社 1994 年版。

李泽厚:《中国近代思想史论》,安徽文艺出版社 1994 年版。

李泽厚:《中国现代思想史论》,安徽文艺出版社 1994 年版。

林贤治:《鲁迅的最后 10 年》,中国社会科学出版社 2003 年版。

林志浩:《新文化运动的先驱鲁迅》,山西人民出版社 1986 年版。

鲁迅博物馆等选编:《鲁迅回忆录(散篇)》(上、中、下),北京出版社 1999 年版。

鲁迅博物馆等选编:《鲁迅回忆录(专著)》(上、中、下),北京出版社 1999 年版。

鲁迅博物馆、鲁迅研究室编:《鲁迅年谱》(第 1—4 卷),人民文学出版社 1981 年版。

鲁迅:《鲁迅全集》,人民文学出版社 2005 年版。

鲁迅:《鲁迅佚文全集》,群言出版社 2001 年版。

罗紫初、吴赟、王秋林:《出版学基础》,山西人民出版社 2005 年版。

苗遂奇:《现代出版选题学引论》,苏州大学出版社 2005 年版。

秦川编:《鲁迅出版系年》,黑龙江人民出版社 1984 年版。

上海鲁迅纪念馆编:《上海鲁迅研究》,上海社会科学院出版社 2007 年版。

宋原放主编:《中国出版史料(近代部分)》,湖北教育出版社 2004 年版。

孙伏园、许钦文等:《鲁迅先生二三事——前期弟子忆鲁迅》,河北教育出版社 2001 年版。

孙郁:《鲁迅藏画录》,花城出版社 2008 年版。

孙郁:《鲁迅书影录》,东方出版社 2004 年版。

唐弢等:《鲁迅著作版本丛谈》,书目文献出版社 1983 年版。

田中阳:《蜕变的尴尬——对百年中国现代化与报刊话语嬗演关系的研究》,湖南教育出版社 2006 年版。

汪家熔:《中国出版通史·清代卷(下)》,中国书籍出版社 2008 年版。

王吉鹏主编:《鲁迅与中国报刊》,(香港)中国窗口出版社 2009 年版。

王家平:《鲁迅域外百年传播史:1909—2008》,北京大学出版社 2009 年版。

王建辉:《出版与近代文明》,河南大学出版社 2006 年版。

王乾坤:《鲁迅的生命哲学》,人民文学出版社 2001 年版。

王友贵:《翻译家鲁迅》,南开大学出版社 2005 年版。

王余光、吴永贵:《中国出版通史·民国卷》,中国书籍出版社 2008 年版。

魏宏森、曾国屏:《系统论——系统科学哲学》,清华大学出版社 1995 年版。

吴平编著:《编辑本论》,武汉大学出版社 2005 年版。

武德运编:《外国友人忆鲁迅》,北京图书馆出版社 1998 年版。

许广平:《鲁迅的写作和生活·许广平忆鲁迅精编》,上海文化出版社 2006 年版。

许钦文:《在老虎尾巴的鲁迅先生·许钦文忆鲁迅全编》,上海文化出版社 2006 年版。

许寿裳:《亡友鲁迅印象记·许寿裳回忆鲁迅全编》,上海文化出版社 2006 年版。

薛绥之主编:《鲁迅生平史料汇编》(第三辑),天津人民出版社 1983 年版。

杨里昂、彭国梁主编:《跟鲁迅评图品画》,岳麓书社 2007 年版。

杨里昂、彭国梁主编:《鲁迅评点外国作家》,岳麓书社 2007 年版。

杨里昂、彭国梁主编：《鲁迅评点中国作家》，岳麓书社2007年版。

杨永德编著：《鲁迅装帧系年》，人民美术出版社2001年版。

杨永德、杨宁编著：《鲁迅最后十二年与美术》，文化艺术出版社2007年版。

姚福申：《中国编辑史》（修订本），复旦大学出版社2004年版。

叶淑穗、杨燕丽：《从鲁迅遗物认识鲁迅》，中国人民大学出版社1999年版。

叶再生：《中国近代现代出版通史》，华文出版社2002年版。

郁达夫：《回忆鲁迅·郁达夫谈鲁迅全编》，上海文化出版社2006年版。

张国良：《现代大众传播学》，四川人民出版社1998年版。

张铁荣：《比较文化研究中的鲁迅》，南开大学出版社2003年版。

张新颖编：《鲁迅印象》，学林出版社1997年版。

张永江：《鲁迅与编辑》，河南大学出版社1993年版。

张永泉：《从周树人到鲁迅》，东方出版中心2006年版。

赵家璧等：《编辑生涯忆鲁迅》，河北教育出版社2000年版。

赵家璧：《文坛故旧录：编辑忆旧续集》，中华书局2008年版。

周国伟：《寻访鲁迅在上海的足迹》，上海书店出版社2003年版。

周建人、茅盾等：《我心中的鲁迅》，湖南人民出版社1979年版。

周奇编著：《现代校对学概论》，苏州大学出版社2005年版。

朱正：《跟鲁迅学改文章》，岳麓书社2005年版。

（二）国外论著

［美］詹姆斯·密尔：《论出版自由》，吴小坤译，上海交通大学出版社2008年版。

［美］杰夫·赫曼、德博拉·利文·赫曼：《选题策划》，崔人元、宋健健译，河北教育出版社2005年版。

［英］吉尔·戴维斯：《我是编辑高手》，宋伟航译，河北教育出版社2005年版。

[美]格罗斯主编:《编辑人的世界》,齐若兰译,中国工人出版社 2000 年版。

[德]汉斯-赫尔穆特·勒林:《现代图书出版导论》,邓西录、王若海、刘晓宏、孟海东译,商务印书馆 1998 年版。

[日]伊藤虎丸:《鲁迅、创造社与日本文学:中国近现代比较文学初探》,孙猛等译,北京大学出版社 1995 年版。

[美]小赫伯特·S.贝利:《图书出版的艺术和科学》,王益译,中国书籍出版社 1995 年版。

[美]达塔斯·史密斯:《图书出版指南》,彭松建、赵学范译,北京大学出版社 1994 年版。

(三)论文

柏朝霞:《鲁迅与〈十字街头〉》,《淮北职业技术学院学报》2009 年第 2 期。

陈先昆:《鲁迅怎样为自己的文集做编辑》,《编辑学刊》2004 年第 4 期。

陈阳凤、梅莉:《鲁迅书刊编辑思想探析》,《出版发行研究》1999 年第 4 期。

戴利朝、张予涵:《鲁迅与〈北平笺谱〉的编辑出版》,《中国出版》2017 年第 20 期。

杜云南:《论鲁迅的出版实践活动》,《湖南城市学院学报》2010 年第 4 期。

韩山保:《略论鲁迅的编辑思想特色》,《长春师范学院学报》1994 年第 3 期。

黄薇:《鲁迅与新文学图像艺术——以〈乌合丛书〉为例》,《鲁迅研究月刊》2006 年第 4 期。

惠萍:《〈铁流〉的出版与鲁迅的编辑思想》,《河南大学学报(社会科学版)》1998 年第 5 期。

李耕:《鲁迅编辑生涯初探》,《中山大学学报论丛》2003 年第 4 期。

李金龙:《危机意识与救国焦虑——鲁迅编辑理想的缘起语境与内在逻辑》,《汕头大学学报(人文社会科学版)》2017 年第 12 期。

李荣生:《"从别国窃得火来……"——鲁迅与〈奔流〉的编辑工作》,《齐齐哈尔师范学院学报(哲学社会科学版)》1986 年第 1 期。

李荣生:《鲁迅编辑实践与编辑思想探讨》,《齐齐哈尔师范学院学报(哲学社会科学版)》1985 年第 1 期。

李欣:《鲁迅编辑思想的启示》,《河南社会科学》1995 年第 3 期。

李秀清:《疗救国民 培育新人——鲁迅期刊编辑思想浅析》,《新闻爱好者(理论版)》2007 年第 1 期。

林荣松:《服务意识与鲁迅的编辑出版实践》,《中国图书评论》2010 年第 6 期。

刘津:《鲁迅前期文化传播的平民观念》,《甘肃社会科学》2000 年第 1 期。

刘霞:《鲁迅从事文化编辑传播事业的原因与特色》,《漳州师范学院学报(哲学社会科学版)》2006 年第 1 期。

刘小清:《鲁迅、茅盾联袂办〈译文〉》,《民国春秋》2001 年第 6 期。

刘运峰:《鲁迅与〈北平笺谱〉〈十竹斋笺谱〉的出版》,《出版史料》2006 年第 4 期。

刘运峰:《意在扶植刚健质朴的文艺——鲁迅对外国版画的编辑与出版》,《中国编辑》2017 年第 7 期。

刘增人:《论鲁迅系列文学期刊》,《鲁迅研究月刊》2005 年第 10 期。

路景云、路文倩:《鲁迅编辑过的期刊杂志》,《出版发行研究》2004 年第 9 期。

石杰:《从鲁迅校勘〈嵇康集〉谈当代编辑的修养》,《中国人民大学学报》1997 年第 1 期。

唐正杰:《论鲁迅编辑的版画集的审美特征》,《湖南工业大学学报(社会科学版)》2013 年第 1 期。

王吉鹏、袁慎浩:《鲁迅与〈新青年〉》,《徐州教育学院学报》2008 年第

3 期。

王吉鹏、张鸿倩:《鲁迅与〈太白〉》,《苏州教育学院学报》2009 年第 1 期。

王满新:《论鲁迅的编辑思想及其现实指导意义》,《廊坊师范学院学报》2004 年第 3 期。

王晓霞:《开明书店与近代的"知识启蒙"》,《保定学院学报》2013 年第 4 期。

闻焕:《鲁迅与编辑工作》,《吉林大学社会科学学报》1981 年第 4 期。

吴俊:《略说中国现代知识分子的"结社"现象与个人行为——以研究系、〈新青年〉和胡适、鲁迅为例》,《华东师范大学学报(哲学社会科学版)》1996 年第 5 期。

吴小美、郝洪:《析鲁迅的传播角色及其传播环境》,《兰州大学学报》1994 年第 1 期。

吴泽顺:《鲁迅的编辑思想及其当代意义》,《湖南师范大学社会科学学报》2002 年第 3 期。

向敏:《鲁迅、郑振铎辑印〈北平笺谱〉史实初探》,《中国编辑》2017 年第 5 期。

谢清风:《从鲁迅的图书广告探讨图书广告的审美个性》,《出版广场》2001 年第 2 期。

谢清风:《俯首甘为孺子牛:鲁迅的编辑精神论》,《益阳师专学报》1998 年第 3 期。

谢清风:《鲁迅的封面设计思想》,《编辑之友》1998 年第 3 期。

谢清风:《鲁迅的书评特色及其启示》,《出版发行研究》2000 年第 7 期。

谢清风:《鲁迅的图书宣传方式及其启示》,《编辑之友》2008 年第 5 期。

谢清风:《鲁迅的图书质量观》,《中国出版》1996 年第 12 期。

谢清风:《鲁迅的校对观》,《出版发行研究》2000 年第 9 期。

谢清风:《鲁迅对现代书籍插图的贡献》,《新闻出版交流》2001 年第 1 期。

谢清风:《鲁迅与编辑道德》,《编辑学刊》1997 年第 4 期。

谢清风:《鲁迅与毛边书》,《文汇报》2001 年 3 月 17 日。

谢清风:《鲁迅审稿思想浅探》,《编辑学刊》1998 年第 6 期。

许京生:《鲁迅编辑的最后一部书——〈海上述林〉》,《光明日报》2001 年 8 月 16 日。

许京生:《作为编辑家的鲁迅》,《光明日报》2006 年 4 月 13 日。

杨定海、虞志坚:《鲁迅编辑实践的美学意蕴》,《海南大学学报(人文社会科学版)》2017 年第 6 期。

杨晶、戈双剑:《鲁迅日记、书信中的出版语汇考察——兼论鲁迅的现代出版理念》,《汉字文化》2007 年第 3 期。

杨绪忠:《试论鲁迅早期的传播思想》,《兰州大学学报》1999 年第 4 期。

张兵、张志斌:《鲁迅的编辑生涯与编辑思想》,《西北师范大学学报(自然科学版)》2007 年第 6 期。

张辉学:《鲁迅编辑出版活动及其思想》,《编辑学刊》1992 年第 2 期。

张用蓬:《鲁迅与新潮社》,《鲁迅研究月刊》2001 年第 3 期。

张志强:《鲁迅出版经济思想初探》,《编辑之友》1992 年第 5 期。

章渡:《甘做人梯者的风范——简述鲁迅的编辑生涯》,《南京晓庄学院学报》2001 年第 2 期。

朱昌法:《论鲁迅的编辑审美指向》,《绍兴师专学报》1989 年第 4 期。

朱敏:《鲁迅后期的编辑工作》,《东南传播》2007 年第 3 期。

二、鲁迅与出版社

序号	社名	创办时间	创办者/负责人	与鲁迅相关编辑出版活动	备注
鲁迅创办的出版社					
1	未名社	1925 年 8 月	鲁迅、李霁野、韦丛芜、台静农、韦素园、曹靖华	以翻译为主,兼创作。出版期刊《莽原》半月刊(后改名《未名》半月刊)。出版图书《未名丛刊》(23 种)、《乌合丛书》(7 种)、《未名新集》(6 种)	鲁迅出资 200 余元,其他 5 人各出资 50 元

序号	社名	创办时间	创办者/负责人	与鲁迅相关编辑出版活动	备注
2	朝花社	1928年11月	鲁迅、柔石、王方仁、崔真吾、许广平	介绍东欧、北欧的文学，输入外国的版画。出版期刊《朝花》周刊 20 期（1928 年 12 月至 1929 年 5 月），《朝花》旬刊 12 期（1929 年 5—9 月）。出版图书《近代世界短篇小说集·奇剑及其他》《近代世界短篇小说集·在沙漠上》《朝花小集·接吻》《艺苑朝华》（编 5 辑、出版 4 辑外国画集）	每人出资 200元，共 1000 元
3	三闲书屋	1931年	鲁迅、瞿秋白、曹靖华	鲁迅自费出版进步文艺作品的名义。出版图书《铁流》（曹靖华译，绥拉菲摩维支著）、《毁灭》（鲁迅译，法捷耶夫著）、《梅斐尔德木刻士敏土之图》《引玉集》《凯绥·珂勒惠支版画选集》《死魂灵百图》等	准备印费 1000元
4	版画丛刊会	1933年	鲁迅、郑振铎	鲁迅自费出书的名义。出版图书《北平笺谱》《十竹斋笺谱》	—
5	铁木艺术社	1934年	鲁迅	鲁迅自费编印图书的名义。出版图书《木刻纪程》	—
6	奴隶社	1935年 3 月	鲁迅、萧军、萧红、叶紫	编印几个青年作者作品的名义。出版图书《奴隶丛书》（叶紫的《丰收》、萧军的《八月的乡村》、萧红的《生死场》）	以容光书局名义显示正规，虚构书局地址"北四川路狄思危路口北"
7	诸夏怀霜社	1936年 5 月	鲁迅	出版瞿秋白作品的名义。出版图书《海上述林》（瞿秋白译作）	—
鲁迅合作的出版社（部分）					
1	大江书铺	1927年	陈望道、施存统、汪馥泉等	1929 年出版鲁迅所译《现代新兴文学的诸问题》（日本片上伸著）、《艺术论》（苏联卢那卡尔斯基著）等书	出版《大江月刊》《文艺研究》等刊
2	湖风书局	1931年	宣侠父等	推荐出版《勇敢的约翰》《夏娃日记》等	—
3	神州国光社	1908年	1908 年邓实创办。1929 年陈铭枢接办，王礼锡任总编辑	1930 年鲁迅为其编辑《现代文艺丛书》，约定 10 种，仅出 4 种	—

续表

序号	社名	创办时间	创办者/负责人	与鲁迅相关编辑出版活动	备注
4	水沫书店	1928年	刘呐欧、戴望舒	出版鲁迅译著《文艺政策》《文艺与批评》等	—
5	野草书屋	1933年	费慎祥等	出版鲁迅译著《不走正路的安得伦》等	—
6	良友图书印刷公司	1926年	总经理伍联德，编辑先后有梁得所、郑伯奇、马国亮、赵家璧等	出版鲁迅的《竖琴》《一天的工作》《中国新文学大系·小说二集》《苏联版画集》等	—
7	天马书店	1932年	韩振业、郭澂等	出版鲁迅的《鲁迅自选集》《门外文谈》	—
8	生活书店	1933年	邹韬奋	出版印行鲁迅的《表》《小约翰》《桃色的云》	—
9	文化生活出版社	1935年	吴朗西经理，巴金主持编务	出版印行鲁迅的《故事新编》《死魂灵》《死魂灵百图》《凯绥·珂勒惠支版画选集》	—
10	开明书店	1926年	章锡琛等	1931年未名社解体后，将印刷发行事宜委托该店办理，承受所存书版	—
11	中华书局	1912年	陆费逵等	1914年1月投寄周作人翻译的《劲草》，未被采用	—
12	文明书局	1902年	俞复等	1914年1月将周作人所译《炭画》交该书局出版	—
13	新生命书局	1928年	樊仲云	1932年出版鲁迅推荐的《土敏土》（董绍明、蔡咏裳合译）	—
14	光华书局	1925年	沈松泉等	再版《铁流》	—
15	现代书局	1927年	洪雪帆、张静庐	赎出在这里放了几年的《现实》和《高尔基文集》	—
16	商务印书馆	1897年	夏瑞芳等	在该馆刊物上发文章,出版图书	—
17	春潮书局	1928年	张友松、夏康农	因孙用翻译的《勇敢的约翰》打交道,未出版	—
18	泰东图书局	1914年	赵南公等	1930年约请鲁迅等编辑《世界文化》月刊	—
19	新潮社	1918年	傅斯年等	于《新潮》发文章,出版著作	—

序号	社名	创办时间	创办者/负责人	与鲁迅相关编辑出版活动	备注
20	北新书局	1925年	李小峰	出版鲁迅大量作品	—
21	联华书局	1934年	费慎祥	出版鲁迅的《南腔北调集》《准风月谈》等	化名同文书店、兴中书局
22	合众书店	1932年	方家龙	出版鲁迅著作《二心集》《拾零集》	—
23	群众图书公司	1923年	方东亮	1935年出版《集外集》	—

资料来源:根据人民文学出版社2005年版《鲁迅全集》和相关研究论文整理,"与鲁迅相关编辑出版活动"是举例说明。

三、鲁迅与报刊

序号	报刊名	创办和停办时间	创办者、编辑者	鲁迅作品发表、编辑情况以及态度和认识	备注
1	游戏报	1897年创办,1910年停办	李宝嘉创办(1901年转手)	用周树人名义以诗《花好月圆》参加征文比赛(1899年12月)	小报
2	时务报	1896年8月9日创办,1898年8月8日停办	黄遵宪、王康年创办于上海,主编梁启超等	1898年南京矿路学堂求学时关注	旬刊
3	译书汇编	1900年12月6日创办,1903年4月27日改名为《政法学报》	杨荫杭等,日本东京	阅读,被影响	月刊
4	浙江潮	1903年2月17日创办,1904年停办	浙江籍留日学生在东京的同乡会创办,第5期开始由许寿裳编,日本东京	第5期《斯巴达之魂》《哀尘》,第8期《说钼》《中国地质略论》,第10期《地底旅行》。自创刊号起订购保存,第五期起紧密联系,大力支持	月刊

序号	报刊名	创办和停办时间	创办者、编辑者	鲁迅作品发表、编辑情况以及态度和认识	备注
5	俄事警闻	1903 年 12 月 15 日创办，1904 年 2 月更名为《警钟日报》，1905 年 1 月被查封	蔡元培等创办	提出编辑建议且被接受	报纸
6	民报	1905 年 11 月创办，1908 年冬停办	同盟会的机关杂志，初由胡汉民、张继等主编，1906 年 8 月第六号至第十八号、第二十三号至第二十四号由章太炎主编，日本东京	爱看	初为月刊，后不定期
7	豫报（日东京本）	1906 年冬创办，1908 年夏停办	河南留日学生，月刊，日本东京主编，梁启超等	第 1 期发表鲁迅新书的两个广告《中国矿产志广告》《中国矿产全图广告》。认定为进步刊而充分肯定	—
8	新生	1907 年夏创办，夭折	鲁迅、许寿裳、周作人等	所含论文、译作后来分别发《河南》和《域外小说集》。设计封面、装帧，定名。充分投入	—
9	河南	1907 年 12 月 20 日创办，1909 年 12 月停办	河南留日学生，月刊（后不定期），日本东京，程克、孙竹丹等主编	第 1 期《人之历史》，第 2 期、第 3 期《摩罗诗力说》，第五期《科学史教篇》，第 7 期《文化偏至论》《裴象飞诗论》，第 8 期《破恶声论》	—
10	越铎日报	1912 年 1 月 3 日创办，1927 年 3 月停办	鲁迅与越社负责人宋紫佩、孙真卿、陈去病等发起创办，浙江绍兴	《〈越铎〉出世辞》，1912 年 1 月 19 日《维持小学之意见》。担任名誉总编辑。1912 年 2 月 19 日决裂。建议开辟批评专栏《稽山镜水》	报纸
11	民兴日报	1912 年 4 月 20 日创办，1912 年 11 月停办	宋紫佩、马可兴等，浙江绍兴	《哀范君三章》《〈哀范君三章〉附记》。支持、关注	—

序号	报刊名	创办和停办时间	创办者、编辑者	鲁迅作品发表、编辑情况以及态度和认识	备注
12	教育部编纂处月刊	1913 年 2 月创办，1913 年 11 月停办	教育部	《儗播布美术意见书》《致国务院国徽拟图说明书》及美育教育的译文等 5 篇。工作汇报载体	—
13	新青年	1915 年 9 月 15 日上海创办，1926 年 7 月（1916 年底迁北京，1919 年 10 月迁上海）停办	开始陈独秀主编，1918 年 1 月 15 日复刊后第 4 卷第 1 号起为同人刊，编辑部轮流编辑。1919 年 12 月第 7 卷起陈独秀主编	1918 年 5 月第 4 卷第 5 号发表《狂人日记》到 1921 年 8 月第 9 卷第 4 号止。小说 5 篇，论述 2 篇，随感录 27 篇，新诗 6 首，译作 3 篇，加上其他合计 50 余篇。编辑部轮流编辑之一。最初冷淡，1918 年 1 月起加入轮流编辑部，成为重要撰稿人	综合性月刊
14	每周评论	1918 年 12 月 22 日创办，1919 年 8 月 30 日停办	李大钊、陈独秀、胡适、高一涵、张申府、周作人为发起者和编辑。第 1 期至第 25 期李大钊、陈独秀主编，第 26 期至第 37 期胡适主编	《〈美术〉杂志第一期》。接触较早	—
15	绍兴教育会月刊	1913 年 10 月创办，1914 年 11 月改为《绍兴教育杂志》，1916 年停刊	周作人主编	《〈会稽郡故书杂集〉序》。接触较早，向多人赠送过	—
16	新潮	1919 年 1 月 1 日创办，1922 年 3 月停办	第 1 卷至第 2 卷第 2 期傅斯年主编，第 2 卷第 2 期至第 4 期罗家伦主编，第 2 卷第 5 期至终刊周作人主编	小说《明天》。接触较早，热情传播。回信傅斯年提出编辑建议，部分被接受	月刊

序号	报刊名	创办和停办时间	创办者、编辑者	鲁迅作品发表、编辑情况以及态度和认识	备注
17	国民公报	1910 年创办，1919 年 10 月停办	主张君主立宪的统一党和共和党的机关报。1919 年，孙伏园任副刊编辑	《一个青年的梦》《寸铁》《自言自语》。五四新文化运动时期介绍、倡导、传播新文艺	—
18	时事新报	1911 年 5 月 18 日创办，1949 年 5 月 27 日停办	1918 年 3 月 4 日创办副刊《学灯》（1928 年 4 月 3 日停刊），俞颂华等主持过	《头发的故事》（副刊《学灯》），《杂谈小品文》《论新文字》（每周文学），《当陶元庆君的绘画展览时》（副刊《青光》）。在给黎烈文的信中表示"向来不看"的不屑意。对其《青光》副刊载文多有批驳	—
19	晨报副刊	1916 年 8 月创办，1928 年 6 月 5 日停办	李大钊（1919 年 2 月至 1920 年 6 月）、孙伏园（1920 年 7 月至 1924 年 10 月）、徐志摩（1925 年 10 月至 1926 年 10 月）曾任主编	《阿 Q 正传》，22 篇杂感，13 篇（部）译作。孙伏园主编时期大力帮助、支持	—
20	妇女杂志	1915 年创办，1931 年 12 月停办	1921 年第七卷起，章锡琛主编	《鸭的喜剧》（1922 年 12 月）、《幸福的家庭》（1924 年 3 月 11 日）、《娜拉走后怎样》（1924 年 8 月 1 日）	—
21	学衡	1922 年 1 月创办，1933 年 7 月停办	梅光迪发起，吴宓等参加。1928 年迁北京后吴宓编辑	反对《学衡》复古倾向，针对其攻击新文化运动予以有力回击	—

序号	报刊名	创办和停办时间	创办者、编辑者	鲁迅作品发表、编辑情况以及态度和认识	备注
22	东方	1904 年 3 月创办，1948 年 12 月停办	发行人为高梦旦、王云五，编辑为徐珂、孟森、杜亚泉、陶惺存、钱智修、胡愈之等	《白光》1922 年 7 月 10 日，《祝福》1924 年 3 月 25 日，《两个小小的死》《苦蓬》及其译者附记，《洞窟》及其译者附记。关系持续长久，书信和日记中多次提及，创作素材来源	—
23	中华新报	1915 年 10 月 10 日创办，1926 年夏停办	谷钟秀、杨水泰创办	熟悉该报主笔刘半农。新文化运动中保守，多有批判	—
24	礼拜六	1914 年 6 月 6 日（1921 年复办）创办，1916 年 4 月 29 日（1923 年 2 月 10 日停刊）停办	王钝根等	进行与复古刊物一样的批判	—
25	莽原	1925 年 4 月 24 日创办，1927 年 12 月（1925 年 11 月停刊，1926 年 1 月 10 日复刊为半月刊）停办	鲁迅	杂文 15 篇首发，小说 3 篇，回忆散文 10 篇，共 28 篇。主编，独自担任编辑至 1926 年 8 月后韦素园编辑	周刊为京报副刊，半月刊由未名社办
26	语丝	1924 年 11 月创办，1930 年 3 月停办	主编周作人（第 1—156 期）、鲁迅（第 4 卷第 1—52 期）、柔石（第 5 卷第 1—26 期）、李小峰（第 5 卷第 27—52 期）	78 篇。《示众》《高老夫子》《离婚》等小说，散文诗《野草》，语丝体杂文。主编第 4 卷，1927 年 12 月至 1928 年 11 月间主编。重要撰稿者，语丝派首领。最初约定印刷费由鲁迅、周作人、孙伏园和北岛按月分担	—
27	京报副刊	1924 年 12 月 5 日创办，1926 年 4 月 24 日停办	孙伏园主编	杂文 17 篇，通讯 5 则，启示 1 则，序言 1 则，广告 1 则。大力帮助、支持	—
28	妇女周刊	1924 年 12 月 10 日创办，1925 年 11 月 25 日停办	欧阳兰、陆晶清、张琼淑主编	《寡妇主义》。反感、批评	京报副刊

续表

序号	报刊名	创办和停办时间	创办者、编辑者	鲁迅作品发表、编辑情况以及态度和认识	备注
29	猛进	1925年3月创办,1926年3月19日停办	徐旭生主编至第26期,第27期起李宗侗主编	《通讯》《通讯(致徐旭生)二》《并非闲话(二)》《十四年的"读经"》《碎话》。关系密不可分,给予实际支持,多有指导	政论性周刊
30	民众文艺周刊	1924年12月9日创办,1925年11月停办	项拙、胡也频、江震亚、陆士钰、荆有麟编辑	杂文7篇,译文《描写劳动问题的文学》《现代文学之主潮》《北京的魅力》。通读、校阅第1—16号周刊	京报副刊
31	现代评论	1924年12月13日创办,1928年12月29日停办	王世杰、杨振声等负责编辑	鞭挞和蔑视一些做法	—
32	《国民新报副刊》文学艺术版(乙刊)	1925年12月5日创办,1926年7月停办	《国民新报》为国民党左派机关日报,总编辑邓飞黄	杂文10篇,译文2篇,出版预告2则。鲁迅与张凤举按月轮流主编	—
33	民国日报	1916年1月22日(《觉悟》副刊1919年6月16日)创办,1947年1月31日(1931年12月31日《觉悟》终刊)停办	创始人陈其美,主编为邵力子等(《觉悟》编辑为邵力子、陈望道)	在其《觉悟》副刊转载发表译文7篇、小说3篇、杂文1篇,在其北京版发《长明灯》,在其广州版副刊《现代青年》发2篇演讲稿	—
34	豫报副刊	1925年5月4日创办,1925年8月30日停办	吕琦主办,高歌、向培良等编辑。开封豫报社编辑出版	通信4篇。热心支持	日刊,鲁迅被列为长期撰稿人
35	益世报	1915年10月1日创办,1952年6月(新加坡)停办	雷鸣远、刘俊卿创办	多有互动	进步倾向的文学大报
36	新女性	1926年1月1日创办,1929年12月停办	章锡琛负责编辑	《坚壁清野主义》《所谓"思想界先驱者"鲁迅启事》。向鲁迅、许广平约稿	—
37	浅草	1923年3月25日创办,1925年2月停办	林如稷、陈炜谟等负责编辑	关心和支持	—

序号	报刊名	创办和停办时间	创办者、编辑者	鲁迅作品发表、编辑情况以及态度和认识	备注
38	沉钟	1925 年 10 月 10 日创办，1934 年 2 月 28 日停办	杨晦、陈翔鹤、陈炜谟、冯志编辑	支持和鼓励。请陶元庆为《沉钟》设计封面	—
39	《世界日报》副刊	1926 年创办，1949 年 2 月（1937 年 8 月停刊，抗战胜利后复刊）停办	刘半农主编	《马上日记》《马上日记二》。刘半农请鲁迅写稿	—
40	狂飙	1924 年 11 月 9 日创办，1927 年 1 月 20 日停办	高长虹等编辑	支持创作和作家	—
41	鼓浪	1926 年 12 月创办，1927 年 1 月 5 日停办	厦门大学学生	审阅稿件	《民钟日报》副刊
42	波艇	1926 年 11 月创办，1927 年 1 月停办	崔真吾、王方仁等	审阅稿件，联系北新书局发行	—
43	一般	1926 年 9 月创办，1929 年 12 月停办	夏丏尊、方光焘主编	针对其文章批驳	月刊
44	北新周刊	1926 年 8 月 21 日创办，1927 年 11 月 1 日停办	孙福熙主编	杂文 2 篇，译文 4 篇，序文 1 篇，札记 3 篇，通信 1 篇，演讲稿 1 篇，共 12 篇。大力支持	—
45	点石斋画报	1884 年 5 月 8 日创办，1898 年停办	吴友如负责编绘	在文章中分析和评价	—
46	做什么	1927 年 2 月 7 日创办，1927 年 4 月停办	毕磊主编	日记和文章中提及	—
47	洪水	1925 年 9 月创办，1927 年 12 月停办	周全平、郁达夫等主编	创作素材	—
48	《中央日报》副刊	1927 年 3 月 22 日创办，1927 年 9 月 1 日停办	孙伏园主编	《无声的中国》《老调子已经唱完》。前期支持	—
49	少年先锋	1926 年 9 月 1 日创办，1927 年停办	李求实主编	影响鲁迅思想	—
50	新闻报	1893 年 2 月 17 日创办，1949 年 5 月 27 日停办	中外商人合资兴办	《文艺与政治的歧途》。关注	—

序号	报刊名	创办和停办时间	创办者、编辑者	鲁迅作品发表、编辑情况以及态度和认识	备注
51	文化批判	1928年1月创办,同年停办	成仿吾、郭沫若、冯乃超等撰稿	与创造社论争的中心	—
52	创造周报	1923年5月13日创办,1924年5月停办	成仿吾、郭沫若、郁达夫轮流编辑	批评、关注、支持	—
53	战线	1928年4月1日创办,同年5月停办	潘汉年编辑	批判	—
54	太阳月刊	1928年1月创办,同年7月1日停办	蒋光慈主编	批判	—
55	创造月刊	1926年2月创办,1929年1月停办	冯乃超等	批判	—
56	戈壁	1928年5月创办,同年停办	叶灵凤主编	批判	半月刊
57	我们	1928年5月20日创办,同年停办	洪灵菲、林伯修、戴平万等	批判	—
58	洪荒	1928年5月创办,同年停办	潘梓年主编	批判	—
59	奔流	1928年6月20日创办,1929年12月停办	鲁迅、郁达夫	译文20篇。鲁迅与郁达夫主编,鲁迅主持编辑。在上海主编的第一个刊物	月刊
60	朝花	1928年12月6日创办,1929年9月21日(1929年5月16日停刊后于6月1日由周刊改为旬刊)停办	鲁迅等	译文5篇,译者附记2篇,创作4篇。与柔石主编。鲁迅出资五分之三	由周刊到旬刊
61	未名	1928年1月10日创办,1930年4月30日停办	鲁迅等。由《莽原》停刊改成	多篇。指导李霁野等编辑	半月刊

序号	报刊名	创办和停办时间	创办者、编辑者	鲁迅作品发表、编辑情况以及态度和认识	备注
62	大众文艺	1928年9月20日创办，1930年6月停办	郁达夫、夏莱蒂主编（第一卷第六期前），陶晶孙主编（第一卷第七期起）	译作6篇。郁达夫主编时鼎力支持	—
63	萌芽	1930年1月1日创办，1930年5月1日（6月1日改名为《新地月刊》后办了1期）停办	鲁迅等	杂文10篇，翻译小说《毁灭》，翻译论文《现代电影与有产阶级》，演讲稿1篇。与冯雪峰主编。指导者、帮助者和支持者	—
64	新月	1928年3月10日创办，1933年6月1日停办	胡适董事长，徐志摩总编辑	论争、反击	—
65	文艺研究	1930年2月创办，同年5月停办	鲁迅创办	译文1篇。主编	文艺理论季刊
66	拓荒者	1930年1月创办，同年5月停办	蒋光慈主编	联手批判"新月派"	—
67	世界文化	1930年9月10日创办，同年9月停办	鲁迅等创办	确定刊名	—
68	巴尔底山	1930年4月11日创办，同年5月21日停办	鲁迅等"左联"部分成员创办，李一岷负责编辑	主编。鲁迅出100元作印刷费，题写报头字	旬刊
69	中学生	1930年1月创办。持续至今	夏丏尊创办，叶圣陶主编	关注	—
70	前哨	1931年4月25日创办，同年11月15日（第二期起改名为《文学导报》）停办	"左联"机关杂志，鲁迅、冯雪峰编辑	4篇。与冯雪峰主编	—
71	文艺新闻	1931年3月16日创办，1932年6月20日停办	鲁迅主持创办，袁殊、楼适夷等编辑	诗歌、杂文、随感等10余篇	—

续表

序号	报刊名	创办和停办时间	创办者、编辑者	鲁迅作品发表、编辑情况以及态度和认识	备注
72	北斗	1931年9月20日创办,1932年7月20日停办	丁玲主编,"左联"机关刊物	版画说明2篇,杂文10篇,翻译小说、论文各1篇,附记1则。"左联"第一个以发表创作为主的刊物。积极参与和支持	—
73	前锋月刊	1930年10月创办,1931年4月停办	朱应鹏、傅彦长等编辑	批判	民族主义文学刊
74	草野	1929年9月创办,1931年12月停办	草野社出版,王铁华等编辑	批判	玫瑰色刊,民族主义刊
75	十字街头	1931年12月11日创办,1932年1月5日停办	"左联"机关刊物,鲁迅等创办,冯雪峰编辑	杂文6篇,白话诗歌4篇,书信1篇。主编。指导和积极参与	—
76	现代小说	1928年1月创办,1930年3月停办	现代小说社,叶灵凤、潘汉年主编	批评	—
77	建国月刊	1928年4月创办,1937年12月停办	邵元冲主编	创作素材来源	—
78	晶报	1919年3月创办,1931年停办	鸳鸯蝴蝶派作家	批判	—
79	长夜	1928年4月1日创办,同年5月15日停办	反动政客	批判	—
80	文学月报	1932年6月10日创办,同年12月15日停办	"左联"机关刊物,姚篷子、周扬主编	杂文3篇,序言1篇,其他2则。爱护、支持	提出批评性建议并被接受
81	文化月报	1932年11月创办。1933年停办	"左联"机关刊物	3篇。支持	—

序号	报刊名	创办和停办时间	创办者、编辑者	鲁迅作品发表、编辑情况以及态度和认识	备注
82	现代	1932 年 5 月 1 日创办,1935 年 5 月 1 日停办	施蛰存主编	杂文 5 篇,译文 1 篇,广告 3 则。支持	—
83	申报·自由谈	1911 年 8 月 24 日创办,1949 年 5 月(1935 年 10 月 31 日停刊,1938 年 10 月复刊)停办	申报副刊(1932 年 12 月 1 日至 1934 年 5 月 9 日黎烈文主编,张梓生接手后基本延续黎烈文办刊主张)	撰写 151 篇,发表 143 篇(1933 年 1 月至 1934 年 8 月)。黎烈文主编期间关系紧密	—
84	大晚报	1932 年 2 月 12 日创办,1949 年 5 月 25 日停办	张竹平创办,后被国民党收买	揭露和批判	—
85	涛声	1931 年 8 月 15 日创办,1933 年 11 月 25 日停办	曹聚仁主编	杂文、诗歌、题记等多篇。支持。积极建议	—
86	论语	1932 年 9 月 16 日创办,1937 年 8 月停办	林语堂发起,做第一任主编	杂文 10 篇。建议和批评	—
87	文学杂志	1933 年 4 月 15 日创办,1933 年 7 月停办	北方"左联"机关刊物,主编王志之、古万川等	杂文《听说梦》。和主编讨论刊物的一些问题	—
88	申报月刊	1932 年 7 月 15 日创办,1935 年 12 月停办	申报馆创办,俞颂华主编	杂文 16 篇。1933 年 6 月起持续一年发表杂文	—
89	文学月刊	1933 年 7 月创办,1937 年 11 月停办	左翼作家的阵地,郑振铎、茅盾发起,参与、支持创办,傅东华主编	杂文 25 篇。开始担任主要编辑	—
90	天下篇	1934 年 2 月创办,1935 年停办	天下篇社,左小遽主编	杂文《上海所感》。较密切的书信往来	综合性半月刊

序号	报刊名	创办和停办时间	创办者、编辑者	鲁迅作品发表、编辑情况以及态度和认识	备注
91	中华日报·动向	1934年4月11日创办,同年12月18日停办	聂绀弩主编,叶紫副主编	杂文短评24篇。和聂绀弩关系密切	—
92	人间世	1934年4月5日创办,1935年12月停办	林语堂主编	批评	—
93	文史	1934年4月创办,同年12月停办	吴承仕编辑	杂文《儒术》。关心和支持创办	—
94	新语林	1934年7月5日创办,同年10月停办	前四期徐懋庸主编,后两期语林社编	杂文4篇。支持创办。提供建设性意见	—
95	社会月报	1934年6月创办,1935年9月停办	陈灵犀主编	《答曹聚仁先生信》。支持	—
96	太白	1934年9月20日创办,1935年9月5日停办	陈望道主编	杂文24篇。确定刊名。关心和支持创办	—
97	青年界	1931年1月创办,1937年6月停办	赵景深、李小峰主编	《忆刘半农君》《陀思妥耶夫斯基的事》。支持创办	—
98	漫画生活	1934年创办,1935年停办	吴朗西、黄士英主编	《说"面子"》《弄堂生意古今谈》。支持创办	—
99	新生	1934年2月10日创办,1935年停办	主编杜重远,艾寒松负责编辑	《中国语文的新生》。支持	—
100	读书生活	1934年11月创办,1936年11月停办	李公朴、夏征农、艾思奇等主编	《随便翻翻》	—
101	新诗歌	1933年2月创办,1934年12月停办	"左联"文学刊	肯定、支持和建议	—
102	中华日报·戏周刊	1934年8月19日创办,1937年11月29日停办	袁牧之主编	短文3篇。支持	—
103	世界文库	1935年5月20日创办,1936年停办	郑振铎主编,第一年出十二册后,第二年出单行本	译著《死魂灵》。赞为翻译界的"鸿篇巨制"	每月一册,共完成12册

序号	报刊名	创办和停办时间	创办者、编辑者	鲁迅作品发表、编辑情况以及态度和认识	备注
104	杂文	1935年5月15日创办,1936年11月10日停办	"左联"东京分盟主办,杜宣、勃生编辑	《从帮忙到扯淡》等杂文3篇。关注和关心	第4号起改为《质文》
105	译文	1934年9月16日创办,1937年6月(1935年9月停刊后于1936年3月复刊)停办	鲁迅和茅盾发起创办,鲁迅邀请黎烈文为主要撰稿人	译作10篇。主编。自编三期后交黄源	介绍外国文学的月刊
106	海燕	1936年1月20日创办,同年2月20日停办	鲁迅、黎烈文、聂绀弩等创办	《出关》等5篇加上《"题未定"草》的4节。发起创办,题写刊名	—
107	文学丛报	1936年4月创办,同年8月停办	王元亨、马子华、聂绀弩主编,左翼作家阵地	《我要骗人》等4篇	"左联"解散后左翼作家的阵地
108	作家	1936年4月15日创办,同年11月15日停办	左翼文学刊,孟十还主持编辑	《我的第一个师父》《半夏小集》等4篇	—
109	夜莺	1936年3月5日创办,同年6月15日停办	方之中主持编辑	《三月的租界》《写于深夜里》。与编辑方之中多次通信	《海燕》姊妹刊
110	现实文学	1936年7月创办,同年8月1日停办	尹庚、白曙主编	《论现在我们的文学运动》《答托洛斯基派的信》。尹庚通过冯雪峰约稿于鲁迅	主要撰稿人为"左联"革命作家
111	中流	1936年9月5日创办,1937年8月5日停办	左翼文学刊物,鲁迅召集创办,黎烈文主编	《……"这也是生活"……》《女吊》《死》《立此存照》(7篇)。生命后期交往密切的刊物之一	—
112	越风	1935年10月创办,1937年4月停办	黄萍荪主编,绍兴越风社主办	痛恨刊物未经同意借其名运作	国民党宣传工具

资料来源:根据人民文学出版社2005年版《鲁迅全集》、(香港)中国窗口出版社2009年版《鲁迅与中国报刊》和相关研究论文整理。

四、鲁迅生前著、译、编、校作品的出版

序号	书名	创作创造主体	主要内容	出版情况	备注
鲁迅编辑出版的丛书					
1	域外小说集	域外小说集（一）、域外小说集（二），鲁迅与周作人合译	主要介绍东欧、北欧受压迫的弱小民族的文学作品	1909年3月和7月自费初版，增订改版后1921年由上海群益书社列入《现代文学丛刊》出版，1936年由中华书局收入《现代文学丛刊》重印出版	—
2	未名丛刊	《苦闷的象征》《出了象牙之塔》（日本厨川白村著，鲁迅译）、《小约翰》（荷兰望·蔼覃著，鲁迅译）、《苏俄的文艺论战》（任国桢译）、《争自由的波浪》（俄国高尔基著，董秋芳译）、《穷人》（俄国陀思妥耶夫斯基著，韦丛芜译）、《黑假面人》《往星中》（俄国安特来夫著，李霁野译）、《外套》（俄国果戈理著，韦素园译）、《黄花集》（北欧诗歌小品集，韦素园译）、《十二个》（俄国勃洛克著，胡斅译）、《烟袋》（苏联爱伦堡著，曹靖华译）、《第四十一》（苏联拉普列涅夫著，曹靖华译）以及鲁迅译的《工人绥惠略夫》（阿尔志跋绥夫著）、《桃色的云》（俄国爱罗先珂著）、《一个青年的梦》（日本武者小路实笃著）等23种	专收翻译作品	北新书局、未名社出版。《工人绥惠略夫》（1922年5月）、《一个青年的梦》（1922年9月）为商务印书馆《文学研究会丛书》的品种。《工人绥惠略夫》（1927年6月）、《一个青年的梦》（1927年7月）上海北新书局重印（《未名丛刊》之一）。《桃色的云》1923年7月北京新潮社印行，《文艺丛书》之一。未名社外译者任国桢、胡斅、董秋芳等的作品由北新书局出版，《苏俄的文艺论战》（1926年8月），《十二个》（1926年8月），《争自由的波浪》（1927年1月）	—

序号	书名	创作创造主体	主要内容	出版情况	备注
3	乌合丛书	《呐喊》《彷徨》《野草》（鲁迅著）、《故乡》（许钦文著）、《心的探险》（高长虹著）、《缥缈的梦及其他》（向培良著）、《卷葹》（冯沅君著）等7种	专收创作	1926年初北新书局出版，1927年7月出齐。原计划的尚钺的《斧背》被作者抽走	—
4	未名新集	《君山》（韦丛芜著）、《地之子》《建塔者》（台静农著）、《朝花夕拾》（鲁迅著）、《影》（李霁野著）等6种	未名社成员的创作	未名社出版，1927年3月出《君山》，1928年出《朝花夕拾》（9月），《地之子》《影》，1930年出《建塔者》	—
5	艺苑朝华	《近代木刻选集（1）》《蕗谷虹儿画选》《近代木刻选集（2）》《比亚兹莱画选》《新俄画选》	国外木刻和画作	《新俄画选》由光华书局1930年出版，《近代木刻选集（1）》《蕗谷虹儿画选》《近代木刻选集（2）》《比亚兹莱画选》朝花社1929年出版	—

续表

序号	书名	创作创造主体	主要内容	出版情况	备注
6	朝花小集	《接吻》(捷克斯惠特拉著,崔真吾译)	外国文学作品	朝花社出版。原计划 3 种,只出 1 种	—
7	科学的艺术论丛书	鲁迅译的《艺术论》(蒲力汉诺夫著)、《文艺与批评》(卢那卡尔斯基著)、《文艺政策》(外村史郎和藏原惟人辑)、《霍善斯坦因论》(卢那卡尔斯基著),冯雪峰译的《艺术与社会生活》(蒲力汉诺夫著)、《文学评论》(梅林格著)、《社会的作家论》(伏洛夫斯基著)、《艺术之社会基础》(卢那卡尔斯基著)、《艺术与文学》(蒲力汉诺夫著),苏汶译的《新艺术论》(波格丹洛夫著),戴望舒译的《唯物史观的文学论》(伊可维支著),沈端先译的《文艺批评论》(列褚耐夫著),林伯修译的《蒲力汉诺夫论》(亚科佛列夫著),冯乃超译的《艺术与革命》(列宁、蒲力汉诺夫著)	马克思主义文艺理论译著	原计划出版 12 种。《霍善斯坦因论》没有翻译,实际出版 9 种:1929 年 5 月水沫书店《艺术之社会基础》《新艺术论》,8 月出版《艺术与社会生活》,9 月出版《文学评论》,10 月出版《文艺与批评》,1930 年 6 月出版《文艺政策》,8 月出版《唯物史观的文学论》。1930 年 3 月光华书局出版《社会的作家论》,7 月出版《艺术论》	—

序号	书名	创作创造主体	主要内容	出版情况	备注
8	现代文艺丛书	《浮士德与城》(卢那卡尔斯基著,柔石译)、《解放了的堂·吉诃德》(卢那卡尔斯基著,鲁迅译)、《十月》(阿·雅各武莱夫著,鲁迅译)、《精光的年头》(毕力涅克著,蓬子译)、《铁甲列车》(伊凡诺夫著,侍桁译)、《铁流》(绥拉菲摩维支著,曹靖华译)、《毁灭》(法捷耶夫著,鲁迅译)、《静静的顿河》(肖洛霍夫著,贺非译)、《叛乱》(富曼诺夫著,成文英译)、《火马》(革拉特珂夫著,侍桁译)	苏联的革命文学作品	原计划出版 10 种。神州国光社出版 4 种:《浮士德与城》(1930 年 9 月)、《静静的顿河》(1931 年 10 月)、《铁甲列车》(1932 年 8 月)、《十月》(1933 年 2 月)。1931 年 9 月大江书铺出版《毁灭》,1933 年 8 月再版。1931 年 10 月以三闲书屋的名义自费出版《毁灭》。1931 年 11 月以三闲书屋的名义自费出版《铁流》	—
9	文艺连丛	曹靖华译的《不走正路的安得伦》(苏联聂维洛夫著)、易佳译的剧本《解放了的堂·吉诃德》(苏联卢那卡尔斯基著)、鲁迅译的《坏孩子和别的奇闻》(俄国契诃夫著)、《山民牧唱》(西班牙巴罗哈著)、《诺阿,诺阿》(法国戈庚著)	欧洲作家作品,含小说、散文等	原计划出版 5 种。1933 年至 1936 年以野草书屋和联华书局(野草书屋转成的)的名义自费出版《不走正路的安得伦》(1933 年 5 月)、《解放了的堂·吉诃德》(1934 年 4 月)、《坏孩子和别的奇闻》(1936 年)	—
10	奴隶丛书	叶紫的《丰收》、萧军的《八月的乡村》、萧红的《生死场》	青年作家的创作	以奴隶社的名义自费印行(容光书局为出版机构,以应付国民党政府的检查,1935 年 3 月、8 月、12 月出版)	—
11	近代世界短篇小说集	鲁迅等译的《奇剑及其他》(第一集)、《在沙漠上》(第二集)	捷克等东欧、北欧国家的小说多篇	朝花社出版。原计划的第三集《果树园及其他》未出	—

255

续表

序号	书名	创作创造主体	主要内容	出版情况	备注
鲁迅的文学创作					
1	呐喊	鲁迅创作	1918 年至 1922 年 14 篇	1923 年 8 月,新潮社,原收 15 篇,该社《文艺丛书》之一。1924 年 5 月,北新书局第三次印刷,作者所编《乌合丛书》之一。1930 年 1 月第 13 次印刷时作者抽去《不周山》(改名《补天》,放《故事新编》)。共 22 版次	—
2	热风	鲁迅创作	1918 年至 1924 年杂文 41 篇	1925 年 11 月,北新书局。共 10 版次	—
3	华盖集	鲁迅创作	1925 年杂文 31 篇	1926 年 6 月,北新书局。共 9 版次	—
4	彷徨	鲁迅创作	1924 年至 1925 年小说 11 篇	1926 年 8 月,北新书局,《乌合丛书》之一。共 15 版次	—
5	坟	鲁迅创作	1907 年至 1925 年论文 23 篇	1927 年 3 月,未名社。1929 年 3 月第二次印刷时作者校订。1930 年 4 月,北新书局第三次印刷。共 4 版次	—
6	华盖集续编	鲁迅创作	1926 年杂文 32 篇;1927 年杂文 1 篇	1927 年 5 月,北新书局。共 6 版次	—
7	野草	鲁迅创作	1924 年至 1926 年散文诗 23 篇	1927 年 7 月,北新书局,《乌合丛书》之一。共 12 版次	—
8	朝花夕拾	鲁迅创作	1926 年回忆散文 10 篇	1928 年 9 月,未名社,《未名新集》之一。1932 年 8 月,北新书局。共 7 版次	—
9	而已集	鲁迅创作	1927 年杂文 29 篇,附录 1926 年杂文 1 篇	1928 年 10 月,北新书局。共 7 版次	—

序号	书名	创作创造主体	主要内容	出版情况	备注
10	三闲集	鲁迅创作	1927 年至 1929 年杂文 34 篇,附 1932 年的《鲁迅译著书目》1 篇	1932 年 9 月,北新书局。共 4 版次	—
11	二心集	鲁迅创作	1930 年至 1931 年杂文 37 篇,附《现代电影与有产阶级》译文 1 篇	1932 年 10 月,合众书店。1934 年再版时被国民党图书杂志审查会删《对于左翼作家联盟的意见》等 22 篇,余下的 16 篇改名《拾零集》出版。共 4 版次	—
12	鲁迅自选集	鲁迅创作	从《呐喊》《彷徨》《故事新编》《野草》《朝花夕拾》中选出的小说、散文、散文诗,共 22 篇	1933 年 3 月,天马书店出版	—
13	两地书	鲁迅创作	1925 年 3 月至 1929 年 6 月与景宋的通信结集	1933 年 4 月,北新书局以青光书局的名义出版。共 4 版次	—
14	鲁迅杂感选集	鲁迅创作,瞿秋白编选	鲁迅杂文,含瞿秋白以鲁迅笔名写的杂文	1933 年 7 月,北新书局以青光书局名义出版	—
15	伪自由书	鲁迅创作	1933 年 1 月至 5 月杂文 43 篇	1933 年 10 月,北新书局以青光书局名义出版	—
16	南腔北调集	鲁迅创作	1932 年至 1933 年杂文 51 篇	1934 年 3 月,联华书局以同文书局名义出版。共 3 版次	—
17	准风月谈	鲁迅创作	1933 年 6 月至 11 月杂文 64 篇	1934 年 12 月,联华书局以兴中书局名义出版,1936 年 5 月改由联华书局出版。共 3 版次	—
18	集外集	鲁迅创作	1935 年以前出版的杂文集中未编入的诗文合集	1935 年 5 月,群众图书公司	杨霁云编,鲁迅校订

序号	书名	创作创造主体	主要内容	出版情况	备注
19	鲁迅选集	鲁迅创作	代表性作品	1935 年 6 月,日本东京岩波书店(岩波文库之一)	日本佐藤春夫、增田涉合译
20	门外文谈	鲁迅创作	有关语文改革的文章 5 篇	1935 年 9 月,天马书店出版	《天马丛书》之一
21	故事新编	鲁迅创作	1922 年至 1935 年小说 8 篇	1936 年 1 月,文化生活出版社,巴金所编《文学丛刊》之一。共 7 版次	—
22	花边文学	鲁迅创作	1934 年 1 月至 11 月杂文 61 篇	1936 年 6 月,联华书局。共 2 版次	—
鲁迅的翻译作品					
1	月界旅行	鲁迅译	法国儒勒·凡尔纳的科幻小说	1903 年 10 月,东京进化社出版	—
2	地底旅行	鲁迅译	法国儒勒·凡尔纳的科幻小说	1906 年 3 月,南京启新书局出版	—
3	域外小说集(一)	鲁迅、周作人合译	主要介绍东欧、北欧受压迫的弱小民族的文学作品	1909 年 3 月自费初版	—
4	域外小说集(二)	鲁迅、周作人合译	主要介绍东欧、北欧受压迫的弱小民族的文学作品	1909 年 7 月自费初版	—
5	红星佚史	鲁迅、周作人合译	英国哈葛德与安德鲁·兰格的小说《红星佚史》等	商务印书馆出版,1907 年 12 月	—
6	工人绥惠略夫	鲁迅译	俄国阿尔志跋绥夫的小说	1922 年 5 月,商务印书馆出版(文学研究会丛书之一)。1927 年 6 月,北新书局重印(《未名丛刊》之一)	—

序号	书名	创作创造主体	主要内容	出版情况	备注
7	现代小说译丛	鲁迅、周作人、周建人合译	俄国作家等的小说	商务印书馆 1922 年 5 月出版,《世界丛书》之一	—
8	爱罗先珂童话集	鲁迅译	童话 9 篇	商务印书馆 1922 年 7 月出版,《文学研究会丛书》之一。1927 年 6 月北新书局重印,《未名丛刊》之一	—
9	一个青年的梦	鲁迅译	日本武者小路实笃的剧本	商务印书馆 1922 年 9 月出版,《文学研究会丛书》之一,1927 年 7 月北新书局重印,《未名丛刊》之一	—
10	现代日本小说集	鲁迅、周作人合译	日本森欧外等 6 人的小说 11 篇	商务印书馆 1923 年 6 月出版,《世界丛书》之一	—
11	桃色的云	鲁迅译	爱罗先珂童话剧	1923 年 7 月新潮社印行,《文艺丛书》之一	—
12	苦闷的象征	鲁迅译	日本厨川白村的文艺论文集	1924 年 12 月出版,新潮社代售,《未名丛刊》之一	—
13	出了象牙之塔	鲁迅译	日本厨川白村的文艺论集	1925 年 12 月 3 日未名社出版,《未名丛刊》之一	—
14	小约翰	鲁迅译	荷兰望·蔼覃的童话	1928 年 1 月未名社出版,《未名丛刊》之一	—
15	思想·山水·人物	鲁迅译	日本鹤见祐辅的随笔集	1928 年 5 月北新书局出版	—
16	近代美术史潮论	鲁迅译	日本板垣鹰穗的著作	1929 年北新书局出版	—
17	现代新兴文学的诸问题	鲁迅译	日本片上伸的论文	1929 年 4 月大江书铺出版,《文艺理论小丛书》之一	—
18	壁下译丛	鲁迅译	俄国开培尔、日本厨川白村等人的文艺论文	1929 年 4 月北新书局出版	—
19	艺术论	鲁迅译	苏联卢那卡尔斯基的论文集	1929 年 6 月大江书铺出版,《艺术理论丛书》之一	—
20	文艺与批评	鲁迅译	苏联卢那卡尔斯基的论文集	1929 年 10 月水沫书店出版,《科学的艺术论丛书》之一	—

续表

序号	书名	创作创造主体	主要内容	出版情况	备注
21	文艺政策	鲁迅译	苏联关于文艺政策的文件汇编	1930 年 6 月水沫书店出版	—
22	艺术论	鲁迅译	苏联普列汉诺夫的论文集	1930 年 7 月光华书局出版，《科学的艺术论丛书》之一	—
23	毁灭	鲁迅译	苏联法捷耶夫的小说	1931 年 9 月大江书铺出版，1931 年 10 月以三闲书屋名义再版	—
24	竖琴	鲁迅、柔石、曹靖华合译	苏联短篇小说集	1933 年 1 月良友图书印刷公司出版，《良友文学丛书》之一	—
25	十月	鲁迅译	苏联阿·雅各武莱夫的小说	1933 年 2 月，神州国光社出版，《现代文艺丛书》之一	—
26	一天的工作	鲁迅、杨之华合译	苏联短篇小说集	1933 年 3 月良友图书印刷公司出版，《良友文学丛书》之一	—
27	表	鲁迅译	苏联班台莱耶夫的小说	1935 年 7 月生活书店出版，《译文丛书插画本》之一	—
28	俄罗斯的童话	鲁迅译	高尔基的童话	1935 年 8 月文化生活出版社出版，《文化生活丛刊》之一	—
29	死魂灵	鲁迅译	俄国果戈理的小说	1935 年 11 月文化生活出版社出版，《译文丛书》之一	—
30	药用植物及其他	鲁迅等译	日本米达夫的《药用植物》等	1936 年商务印书馆出版，《中学生自然研究丛书》之一	—
31	苏联作家二十人集	鲁迅、柔石、曹靖华、杨之华合译	苏联短篇小说集。《竖琴》和《一天的工作》合成一集	1936 年 7 月良友图书印刷公司出版，《良友文学丛书特大本》之一	—
32	坏孩子和别的奇闻	鲁迅译	俄国契诃夫的小说	1936 年联华书局出版，《文艺连丛》之一	—

序号	书名	创作创造主体	主要内容	出版情况	备注
鲁迅文学创作、翻译外编、著的图书					
1	中国矿产志	鲁迅、顾琅合编	中国的矿产情况	1906 年 5 月普及书局出版	—
2	越铎丛刊（第一集）	鲁迅编	分文录和诗录两部分,含柳亚子等 15 人的作品	1912 年 2 月出版	—
3	会稽郡故书杂集	鲁迅辑录	会稽先贤的 8 种著作逸文	1915 年 6 月绍兴印成	—
4	中国小说史略	鲁迅著	在北京大学授课时的讲义	新潮社出版,1923 年 12 月 11 日上册,1924 年 6 月 20 日下册。1925 年 9 月,北新书局合成一册。1931 年 7 月北新书局修订本。1935 年 6 月第十版修订。共印行 11 版次	—
5	小说旧闻钞	鲁迅编、校	中国古代小说史料	1926 年 8 月北新书局出版。1935 年 7 月重订本联华书局出版	—
6	唐宋传奇集	鲁迅编	唐宋时期传奇的总集	北新书局出版,1927 年 12 月上册,1928 年 2 月下册	—
7	近代木刻选集（1）	鲁迅编	木刻作品	1929 年 1 月朝花社出版	—
8	蕗谷虹儿画选	鲁迅编	日本版画	1929 年 1 月朝花社出版	—
9	近代木刻选集（2）	鲁迅编	木刻作品	1929 年 3 月朝花社出版	—
10	比亚兹莱画选	鲁迅编	英国版画	1929 年 4 月朝花社出版	—
11	新俄画选	鲁迅编	苏联绘画和木刻 13 幅	1930 年 5 月光华书局出版	—
12	戈里基文录（高尔基文集）	鲁迅编,柔石、沈端先、冯雪峰等译	高尔基的自传、小说、回忆录等 8 篇	1930 年 8 月光华书局出版	—
13	梅斐尔德木刻士敏土之图	鲁迅编	德国版画家梅斐尔德的作品	1931 年 2 月以三闲书屋名义印行	—
14	萧伯纳在上海	鲁迅、瞿秋白等合编（剪贴、翻译、校对）	汇集各方面对萧伯纳来上海的反映	1933 年 3 月野草书屋出版	—

续表

序号	书名	创作创造主体	主要内容	出版情况	备注
15	一个人的受难	鲁迅编	比利时画家、木刻家麦绥莱勒的版画作品	1933年9月良友图书印刷公司出版	—
16	北平笺谱	鲁迅、郑振铎合编	当时流行于北京各纸坊中的中国古代彩色笺纸	1933年12月出版	
17	引玉集	鲁迅编	苏联版画	1934年3月以三闲书屋名义出版	—
18	木刻纪程	鲁迅编	青年木刻创作集	1934年10月以铁木艺术社名义出版	
19	十竹斋笺谱	鲁迅、郑振铎合编	明代胡正言《十竹斋笺谱》	1934年12月以版画丛刊会名义重印	—
20	中国新文学大系·小说二集	鲁迅编选	五四运动以来除文学研究会和创造社以外的作者的小说	1935年7月良友图书印刷公司出版	
21	死魂灵百图	鲁迅编	俄国画家阿庚作品	1936年5月以三闲书屋名义出版	—
22	凯绥·珂勒惠支版画选集	鲁迅编	德国凯绥·珂勒惠支版画作品	1936年5月以三闲书屋名义出版	
23	苏联版画集	鲁迅编选	苏联版画	1936年7月良友图书印刷公司出版	—
24	海上述林	鲁迅编、校	瞿秋白翻译作品	以诸夏怀霜社名义于1936年5月出版上卷,10月出版下卷	—
鲁迅编阅、校改等的图书					
1	人间的生活	鲁迅校阅,毛咏裳、李宗武合译	日本武者小路实笃的著作	1922年1月中华书局出版	—
2	蕙的风	鲁迅校改	汪静之的新诗集	1922年8月亚东书局出版	—
3	山野掇拾	鲁迅校改	孙福熙的散文集	1925年2月新潮社出版	—
4	大西洋之滨	鲁迅校改	孙福熙的散文集	1925年北新书局出版	—

序号	书名	创作创造主体	主要内容	出版情况	备注
5	穷人	鲁迅校,韦丛芜译	俄国陀思妥耶夫斯基的小说	1926 年未名社出版	—
6	痴华鬘	鲁迅校订	王品青编纂的佛教寓言集	1926 年 6 月北新书局出版	—
7	故乡	鲁迅编阅,许钦文作品	小说集	1926 年 5 月北新书局出版	—
8	绛洞花主	鲁迅审阅、作序,陈梦韶改编	根据《红楼梦》改编的剧本	1928 年秋北新书局出版	—
9	游仙窟	鲁迅校对等,川岛校点	唐代张作传奇	1929 年 2 月北新书局出版	—
10	小小十年	鲁迅校改、介绍出版、作《小引》	叶永蓁的小说	1929 年春潮书局出版	—
11	小彼得	鲁迅校改,许广平译	德国至尔·妙伦的童话	1929 年 11 月春潮书局出版	—
12	进化与退化	鲁迅校阅,周建人译	生物学文章	1930 年 7 月光华书局出版	—
13	勇敢的约翰	鲁迅校阅,孙用译	匈牙利裴多菲的长诗	1931 年 10 月湖风书局出版	—
14	夏娃日记	鲁迅校阅,李兰译	美国马克·吐温的小说	1931 年 10 月湖风书局出版	—
15	铁流	鲁迅校阅,曹靖华译	苏联绥拉菲摩维支的小说	1931 年 11 月以三闲书屋名义印行	—
16	浮士德与城	鲁迅校阅,柔石译	苏联卢那卡尔斯基的剧本	1930 年 9 月神州国光社出版,《现代文艺丛书》之一	—
17	静静的顿河	鲁迅校阅,贺非译	苏联肖洛霍夫的小说	1931 年 10 月神州国光社出版,《现代文艺丛书》之一	—
18	铁甲列车 Nr. 14—69	鲁迅校阅,侍桁译	苏联伊凡诺夫的小说	1932 年 8 月神州国光社出版,《现代文艺丛书》之一	—
19	不走正路的安得伦	鲁迅校阅,曹靖华译	苏联聂维洛夫的小说	1933 年 5 月野草书屋出版	—
20	解放了的堂·吉诃德	鲁迅校印,瞿秋白译	苏联卢那卡尔斯基著的剧本	1934 年 4 月联华书局出版,《文艺连丛》之一	—

续表

序号	书名	创作创造主体	主要内容	出版情况	备注
21	打杂集	鲁迅审阅,徐懋庸创作	徐懋庸的第二本杂文集	1935 年 6 月生活书店出版	—
22	阿 Q 正传图	鲁迅校阅,刘岘创作	二十幅木刻作品	1935 年 6 月无名木刻社出版	

资料来源:根据人民文学出版社 2005 年版《鲁迅全集》、人民文学出版社 2000 年版《鲁迅年谱》(增订本)和相关的研究论文整理。"出版情况"只是举例说明。

五、鲁迅装帧设计作品

序号	书(刊)名	鲁迅参与情况	出版情况	备注
1	新生	设计封面、装帧	未出版	期刊
2	域外小说集(一)	设计封面	1909 年 3 月自费初版	图书
3	域外小说集(二)	设计封面	1909 年 7 月自费初版	图书
4	桃色的云	设计封面,图案为汉代石刻	1923 年 7 月新潮社出版	图书
5	呐喊	设计封面	1923 年 8 月新潮社出版。1924 年 5 月北新书局再版	图书
6	中国小说史略(上、下)	设计封面,题写书名	1923 年 12 月、1924 年 6 月新潮社分别出版(上、下)。	图书
7	歌谣纪念增刊	作封面图案	1924 年 3 月北京大学歌谣研究会出版	期刊
8	国学季刊	设计封面图案(第一、二卷用)	1924 年 12 月北京大学出版	期刊
9	纺轮的故事	设计封面、装帧	1924 年 5 月出版	图书
10	苦闷的象征	设计封面,陶元庆作封面画	1924 年 12 月新潮社出版。1926 年 3 月北新书局再版	图书
11	五卅周年纪念册	题写书名	1925 年出版	图书
12	莽原	设计版权页	1925 年出版	期刊

序号	书(刊)名	鲁迅参与情况	出版情况	备注
13	中国小说史略	设计封面,题写书名	1925年北新书局出版	图书
14	未名丛刊	指导封面设计、陶元庆设计	1924年始北新书局、未名社出版	图书
15	乌合丛书	指导封面设计、陶元庆设计	1926年至1927年北新书局出版	图书
16	热风	设计封面,自题书名	1925年11月北新书局出版	图书
17	故乡	推荐陶元庆画稿作封面	1926年4月北新书局出版	图书
18	华盖集	设计封面	1926年北新书局出版	图书
19	心的探险	以六朝人墓门画像构成图案设计封面	1926年6月北新书局出版	图书
20	沉钟	约陶元庆设计封面	1925年沉钟社出版	期刊
21	彷徨	提供封面"草底",陶元庆设计	1926年8月北新书局出版	图书
22	坟	设计封面文字和扉页装饰图案,陶元庆作封面画	1927年3月未名社出版	图书
23	华盖集续编	设计封面	1927年5月北新书局出版	图书
24	野草	题写书名字、孙福熙装帧	1927年7月北新书局出版	图书
25	唐宋传奇集(上)	绘封面版样、陶元庆设计	1927年12月北新书局出版	图书
26	奔流	设计封面,题写刊名字	1928年6月北新书局出版	期刊
27	朝花夕拾	手绘扉页版样、"活无常"图一幅,陶元庆装帧并题写书名	1928年9月未名社出版	图书
28	而已集	设计封面,题写书名字	1928年10月北新书局出版	图书
29	朝花(周刊)	设计封面,筹划编排格式、刊头画、插图等,题写刊名字	1928年12月朝花社出版	期刊
30	近代美术史潮论	设计封面,以米勒画《播种》装饰封面	1929年北新书局出版	图书
31	小彼得	设计封面	1929年春潮书局出版	图书
32	游仙窟	指导设计、装帧	1929年2月北新书局出版	图书

序号	书(刊)名	鲁迅参与情况	出版情况	备注
33	小约翰	设计封面,自题书名,以勃伦斯画"爱神与鸟"装饰封面	1928 年 1 月未名社出版	图书
34	近代木刻选集(1)	设计封面	1929 年 1 月朝花社出版	图书
35	蕗谷虹儿画选	设计封面	1929 年 1 月朝花社出版	图书
36	比亚兹莱画选	设计封面	1929 年 4 月朝花社出版	图书
37	近代木刻选集(2)	设计封面	1929 年 3 月朝花社出版	图书
38	壁下译丛	设计封面	1929 年 4 月北新书局出版	图书
39	奇剑及其他	设计封面	1929 年 4 月朝花社出版	图书
40	艺术论	设计封面	1929 年 6 月大江书铺出版	图书
41	接吻	设计封面,用美术字书写封面书名	1929 年 9 月出版	图书
42	在沙漠上	设计封面	1929 年 9 月朝花社出版	图书
43	萌芽	设计封面	1930 年 3 月光华书局出版	刊物
44	浮士德与城	设计封面	1930 年神州国光社出版	图书
45	文艺研究	设计封面	1930 年 2 月大江书铺出版	刊物
46	巴尔底山	题写刊名	1930 年 4 月出版	刊物
47	新俄画选	设计封面	1930 年 5 月光华书局出版	图书
48	静静的顿河	设计封面,题写书名	1931 年 10 月神州国光社出版	图书
49	前哨	设计封面,题写刊名	1931 年出版	刊物
50	梅斐尔德木刻士敏土之图	设计封面	1931 年三闲书屋出版	图书
51	毁灭	设计封面	1931 年 9 月大江书铺出版	图书
52	勇敢的约翰	设计封面	1931 年 10 月湖风书局出版	图书
53	铁流	设计封面	1931 年 11 月三闲书屋出版	图书
54	三闲集	设计封面	1932 年 9 月北新书局出版	图书
55	二心集	设计封面,题写书名	1932 年 10 月合众书店出版	图书
56	竖琴	题写书名	1933 年 1 月良友图书印刷公司出版	图书
57	萧伯纳在上海	设计封面	1933 年 3 月野草书屋出版	图书
58	鲁迅自选集	题写书名	1933 年 3 月天马书店出版	图书

序号	书(刊)名	鲁迅参与情况	出版情况	备注
59	两地书	设计封面、版式	1933 年 4 月青光书局(北新书局被禁后改名)出版	图书
60	不走正路的安得伦	设计封面	1933 年 5 月野草书屋出版	图书
61	创作的经验	设计封面,题写书名	1933 年 6 月天马书店出版	图书
62	一个人的受难	设计封面	1933 年 9 月良友图书印刷公司出版	图书
63	伪自由书	设计封面,题写书名	1933 年 10 月青光书局(北新书局化名)出版	图书
64	北平笺谱	设计封面	1933 年 12 月版画丛刊会出版	图书
65	南腔北调集	设计封面,题写书名	1934 年 3 月同文书局(联华书局化名)出版	图书
66	引玉集(平装)	设计封面	1934 年 3 月三闲书屋出版	图书
67	解放了的堂·吉诃德	设计封面	1934 年 4 月联华书局出版	图书
68	译文	设计封面	1934 年 9 月生活书店出版	刊物
69	木刻纪程	设计封面	1934 年 10 月铁木艺术社出版	图书
70	准风月谈	设计封面,题写书名	1934 年 12 月联华书局以兴中书局名义出版	图书
71	十竹斋笺谱	设计封面	1934 年 12 月版画丛刊会出版	图书
72	表	设计封面	1935 年 7 月生活书店出版	图书
73	俄罗斯的童话	参与装帧	1935 年 8 月文化生活出版社出版	图书
74	海燕	设计封面,题写刊名	1936 年 1 月群众杂志公司出版	期刊
75	死魂灵百图	设计封面	1936 年 5 月三闲书屋出版	图书
76	花边文学	设计封面	1936 年 6 月联华书局出版	图书
77	凯绥·珂勒惠支版画选集	设计封面,题写书名	1936 年 5 月以三闲书屋名义出版	图书
78	坏孩子和别的奇闻	设计封面	1936 年联华书局出版	图书
79	海上述林	设计封面	1936 年诸夏怀霜社出版	图书
80	且介亭杂文	设计封面,题写书名	1937 年 7 月三闲书屋出版	图书

续表

序号	书（刊）名	鲁迅参与情况	出版情况	备注
81	且介亭杂文二集	设计封面，题写书名	1937 年 7 月三闲书屋出版	图书
82	且介亭杂文末编	设计封面，题写书名	1937 年 7 月三闲书屋出版	图书
83	集外集	设计封面	1935 年群众图书公司再版	图书

资料来源：根据人民文学出版社 2005 年版《鲁迅全集》、人民文学出版社 2000 年版《鲁迅年谱》（增订本）、杨永德和杨宁编著的《鲁迅最后十二年与美术》等整理。"出版情况"只是举例说明。

六、以鲁迅为核心的出版人名录

姓名	出生	籍贯	职业或身份	出版物	联系点	日记时间
编辑群						
台静农	1902 年	安徽	大学生、教员/未名社成员	《地之子》等	未名社、北方"左联"成员	1925—1936 年
韦丛芜	1905 年	安徽	翻译工作者/未名社成员	1930 年 8 月主持未名社社务	为其译作《穷人》作小引	1925—1935 年
韦素园	1902 年	安徽	翻译工作者/未名社成员	《莽原》周刊	在鲁迅指导下主持未名社社务	1925—1935 年
李霁野	1904 年	安徽	编辑、译者/未名社成员	《莽原》周刊等	1924 年冬认识鲁迅	1924—1936 年
曹靖华	1897 年	河南	翻译家/未名社成员	译作多种	1922 年听鲁迅课/1925 年因王希礼译《阿 Q 正传》而与鲁迅通信/介绍出版	1925—1936 年
柔石	1902 年	浙江	作家、编辑/朝花社成员	《语丝》周刊	鲁迅推荐编辑《语丝》周刊	1925—1933 年
王方仁	1904 年	浙江	学生/泱泱社、朝花社成员	《波艇》月刊、《鼓浪》周刊等	鲁迅在厦门大学教书时的学生	1926—1930 年
崔真吾	1902 年	浙江	大学生/泱泱社、朝花社成员	诗集《忘川之水》	编选、校订	1926—1936 年

姓名	出生	籍贯	职业或身份	出版物	联系点	日记时间
冯雪峰	1903 年	浙江	作家、编辑/"左联"发起人	《科学的艺术论丛书》《文艺丛书》	1925 年在北京大学旁听鲁迅课,1926 年 8 月起与鲁迅交往	1925—1933 年
向培良	1905 年	湖南	作家、编辑/狂飙社成员	《莽原》周刊	1924 年在中国大学学习时与鲁迅交往	1924—1926 年
孙伏园	1894 年	浙江	学生、编辑、大学教师/新潮社成员	《晨报副刊》《京报副刊》编辑,发起创办《语丝》周刊	山会初级学堂学生、北京大学旁听生	1918—1926 年
孙福熙	1898 年	浙江	编辑、画家	《坟》等	为鲁迅画封面,鲁迅为其作品校正	1919—1929 年
李小峰	1897 年	江苏	新潮社成员、北新书局创办者	书刊	1923 年北京大学毕业后经孙伏园介绍与鲁迅认识	1923—1936 年
茅盾	1896 年	浙江	编辑、作家	《译文》月刊等	1921 年 4 月起为稿件等与鲁迅书信往来	1921—1936 年
郁达夫	1896 年	浙江	作家、大学教师	《奔流》月刊	1923 年秋北京大学同事	1923—1935 年
郑振铎	1898 年	福建	编辑、文学家	《小说月报》《北平笺谱》等	1921 年约稿鲁迅	1921—1936 年
荆有麟	1903 年	山西	学生、编辑	《莽原》周刊	1924 年北京世界语专门学校读书向鲁迅请教翻译、写作问题而交往	1924—1936 年
俞念远	1904 年	浙江	大学生	《波艇》月刊,《鼓浪》周刊	鲁迅支持其等创办刊物	1926 年
费慎祥	1913 年	江苏	书局职员	野草书屋、联华书局创办者	出版鲁迅译著	1932—1936 年
黄源	1905 年	浙江	编辑、翻译家	《译文》月刊	1927 年听鲁迅演讲/1931 年因出版《士敏土》与鲁迅联系	1931—1936 年
黎烈文	1904 年	湖南	译者	《译文》月刊,《中流》半月刊	1932 年编辑《申报·自由谈》时约稿鲁迅	1932—1936 年

姓名	出生	籍贯	职业或身份	出版物	联系点	日记时间
巴金	1904 年	四川	作家/编辑	《文学丛刊》《译文丛书》《死魂灵百图》	1934 年 8 月起与鲁迅交往	1935—1936 年
张友松	1903 年	湖南	编辑/春潮书局创办者	《春潮》等	1928 年鲁迅支持其创办春潮书局	1928—1930 年
陈望道	1890 年	浙江	教员、编辑	《新青年》、《大江月刊》、《太白》半月刊	1920 年寄译著《共产党宣言》给鲁迅/鲁迅译《艺术论》交大江书铺出版/为其编《文艺研究》季刊	1920—1935 年
郑伯奇	1895 年	陕西	编辑、作家/"左联"成员等	《新小说》等	1927 年 11 月为《创造周报》复刊和鲁迅商量/鲁迅常推荐青年作家作品于其编的《新小说》月刊	1927—1936 年
夏康农	1902 年	湖北	编辑	《春潮》月刊	鲁迅支持下创办春潮书局	1928—1930 年
章锡琛	1889 年	浙江	编辑	《海上述林》	1925 年支持其论战/多次出版合作	1921—1936 年
作者群						
于黑丁	1914 年	山东	上海铁路局职员/作家	短篇小说《生路》	介绍发表小说；请教写作问题等与鲁迅通信	1936 年
马子华	1912 年	云南	学生	《安娜·卡列尼娜》	请鲁迅为其友审阅译稿	1935—1936 年
马仲殊	1900 年	江苏	教师/创造社成员	《周年》等小说	审阅作品等	1927—1928 年
王林	1909 年	河北	作家	《幽僻的陈庄》	请鲁迅审阅	1934—1935 年
王方仁	1904 年	浙江	学生/汱汱社成员	《红笑》	校订并介绍发表；鲁迅在厦门大学时的学生；鲁迅到上海，他随即到上海	1926—1930 年/朝花社创办者之一，后留学德国

姓名	出生	籍贯	职业或身份	出版物	联系点	日记时间
王志之	1905 年	四川	大学生/北方"左联"成员	《落花集》	校订;受北方"左联"之托与鲁迅联系	1932—1936 年
韦丛芜	1905 年	安徽	翻译工作者/未名社成员	《穷人》	作小引	1925—1935 年
尤炳沂	1912 年	江苏	研究者	《一个日本人的中国观》	作序	1936 年
孔另境	1904 年	浙江	大学出版部主任	《当代文人尺牍钞》	作序/1932 年因故以"共党嫌疑"被捕,鲁迅等设法营救出狱	1932—1935 年
艾芜	1904 年	四川	作家	《太原船上》	1931 年 11 月和沙汀就短篇小说题材问题函请鲁迅指教/捐款营救出狱/审阅作品	1931—1936 年
卢鸿基	1910 年	广东	学生/一八艺社成员	翻译《愚昧的哲学家》	译作及人文画问题请教鲁迅	1936 年
叶紫	1910 年	湖南	作家/"左联"成员	《丰收》	作序并出版/在创作和生活上得到鲁迅帮助	1933—1935 年
叶永蓁	1908 年	浙江	军校学生	自传体小说《小小十年》	修改并作小引	1929—1933 年/1934 年重新入伍
白莽	1909 年	浙江	诗人/太阳社、"左联"成员	《彼得斐诗集》	投稿《奔流》并与鲁迅通信,得到鲁迅帮助/鲁迅后为其诗集《孩儿塔》作序	1929—1931 年
白薇	1894 年	湖南	作家/南国社、"左联"、"剧联"成员	剧本《打出幽灵塔》、小说《炸弹与征鸟》	《奔流》连载/1929 年经郁达夫介绍与鲁迅交往	1929—1936 年
冯雪峰	1903 年	浙江	作家、编辑/"左联"发起人	《科学的艺术论丛书》《文艺丛书》	书刊多种/1925 年在北京大学旁听鲁迅课,1926 年 8 月起交往	1925—1933 年/1933 年往瑞金

续表

姓名	出生	籍贯	职业或身份	出版物	联系点	日记时间
任国桢	1898 年	辽宁	大学生	《苏俄的文艺论战》	作前记,收入《未名丛刊》	1925—1932 年/1931 年被杀害
向培良	1905 年	湖南	作家、编辑/狂飙社成员	《飘渺的梦》	选编介绍给北新书局出版	1924—1926 年
刘文贞	1910 年	天津	大学生	《莱比和他的朋友》	发表于《译文》	1934—1935 年
刘岘	1915 年	河南	木刻家	《无名木刻集》	请鲁迅代为修改说明其木刻插图/作序	1934—1936 年
刘策奇	1895 年	广西	教员	《一本通书看到老》	发表于《莽原》	1925 年
许天虹	1907 年	浙江	大学职员	译作	介绍发表	1928—1929 年
许钦文	1897 年	浙江	作家	《故乡》	1920 年北京大学旁听鲁迅课/1923 年孙伏园介绍认识鲁迅/乌合丛书	1923—1936 年
孙用	1902 年	浙江	邮局职员/翻译家	《勇敢的约翰》	校订并发表	1929—1936 年
孙福熙	1898 年	浙江	编辑、画家	《山野掇拾》《大西洋之滨》	校正出版	1919—1929 年
杨之华	1900 年	浙江	妇女活动家	译作	阅稿发表	1932—1936 年
杨晋豪	1910 年	江苏	大学生/编辑	小说稿	审阅小说稿	1929—1936 年/北新书局《小学生》半月刊编辑
李宗武	1895 年	浙江	大学教员	《人间的生活》	校阅译著	1920—1932 年
吴渤	1911 年	广东	青年作者	《木刻创作法》	校阅	1933—1936 年

姓名	出生	籍贯	职业或身份	出版物	联系点	日记时间
沙汀	1904 年	四川	作家	《煤油》	审阅/1931 年为短篇小说题材问题与艾芜联名给鲁迅写信	1931—1936 年
张慧	1909 年	广东	教员	诗集《颓唐集》、诗稿《国风新译》及木刻	请鲁迅指导	1934—1936 年
张天翼	1906 年	湖南	作家/"左联"成员	《三天半的梦》	《奔流》发表/向国外介绍作品	1929—1936 年
张秀中	1904 年	河北	学生/北方"左联"领导人	短诗集《晓风》	请鲁迅指教	1926 年
张秀哲	不详	台湾	大学生	译作《国际劳动问题》	作小引	1927 年
张孟闻	1903 年	浙江	中学教师	文章《偶像与奴才》	倾听其筹办刊物《山雨》经历/发表于《语丝》	1928 年
陈君涵	不详	江苏	大学生	契诃夫小说《粗野的人》	投稿《奔流》,因有曹靖华译本被退	1929—1935 年
陈梦韶	1903 年	福建	大学生	新诗稿《破釜沉舟集》	寄诗稿给鲁迅请求指导/为其剧本《绛洞花主》作小引	1927 年
林克多	1902 年	浙江	革命人士	《苏联见闻录》	1931 年校阅并作序	1932 年
林语堂	1895 年	福建	大学教师、作家	在《语丝》《莽原》《国民新报副刊》撰文	1925 年开始交往	1925—1934 年
林淡秋	1911 年	浙江	译者	《布罗斯基》	审阅	1932—1934 年
林疑今	1913 年	福建	中学生	《水门汀》	审阅与林惠元合译的稿子	1929 年

续表

姓名	出生	籍贯	职业或身份	出版物	联系点	日记时间
欧阳山	1908 年	湖北	作家/"左联"成员	《杰老叔》	介绍发表和审阅/1927 年听鲁迅课时认识	1927—1936 年
金溟若	1906 年	浙江	译者	翻译日本有岛武郎作品	《奔流》撰稿者、译作无法出版得到鲁迅帮助	1928—1933 年/与董每戡合办时代书局
孟十还	1908 年	辽宁	翻译家	《果戈理选集》	1934 年 11 月起投稿《译文》/鲁迅邀请合译《果戈理选集》	1934—1936 年/1936 年 4 月编辑《作家》月刊
赵广湘	1908 年	河北	翻译工作者	《静静的顿河》	鲁迅校订、翻译作者小传并作后记	1930 年
段炼	不详	北京	小学教员	长篇叙事诗《丰年》	作序并介绍出版	1935 年
宫竹心	1899 年	山东	邮局职员	契诃夫小说	校订并介绍出版	1921—1926 年
姚克	1905 年	浙江	翻译家	《魔鬼的门徒》	1932 年计划与斯诺合译鲁迅作品而认识鲁迅/《译文丛书》	1932—1936 年
柔石	1902 年	浙江	作家、编辑	《二月》《旧时代之死》	作序、校订	1928—1933 年
徐诗荃	1909 年	湖南	大学生、翻译家	《尼采自传》	复旦大学时记录鲁迅演讲而认识鲁迅/校读,介绍出版	1928—1932 年
徐懋庸	1910 年	浙江	作家、编辑/"左联"成员	《打杂集》	1933 年因译《托尔斯泰传》与鲁迅通信/作序	1933—1935 年
高长虹	1898 年	山西	狂飙社主要成员	《心的探险》	选编、校正并编入《乌合丛书》	1924—1926 年
黄新波	1915 年	广东	木刻创作者	《无名木刻集》	作序	1934—1935 年

姓名	出生	籍贯	职业或身份	出版物	联系点	日记时间
萧军	1907 年	辽宁	作家	《八月的乡村》	作序并编入《奴隶丛书》	1934—1936 年
萧红	1911 年	黑龙江	作家	《生死场》	作序并编入《奴隶丛书》	1934—1936 年
曹靖华	1897 年	河南	翻译家/未名社成员	译作多种	1922 年听鲁迅课/1925 年因王希礼译《阿 Q 正传》而与鲁迅通信/介绍出版	1925—1936 年
崔真吾	1902 年	浙江	大学生/泱泱社、朝花社成员	诗集《忘川之水》	编选、校订	1926—1936 年
章廷谦	1901 年	浙江	作家	《游仙窟》	作序	1924—1933 年
董秋芳	1897 年	浙江	译者	《争自由的波浪》	校订作小引并编入《未名丛刊》	1924—1931 年
楼适夷	1905 年	浙江	作家/"左联"成员	《盐场》	收录在英译小说集《草鞋脚》中	1933—1936 年
裘柱常	1906 年	浙江	电报局职员	《奔流》投诗	介绍给《朝花》周刊发表	1928—1929 年
翟永坤	1900 年	河南	大学生	投稿《国民新报副刊》	在创作方面鲁迅给以指导和帮助	1925—1930 年
薛汕	1916 年	广东	学生抗联职员	小说稿《赤秋》	鲁迅对其创作鼓励和指导	1936 年

注:数据不够全面,但基本可以看出出版家鲁迅的编辑圈情况。表中的"出版物"指鲁迅和该编辑合作或发生关系的出版物,"联系点"指鲁迅和该编辑发生关系的起点或事由,"日记时间"指鲁迅日记中有记录的他和该编辑发生关系的起止时间。

资料来源:根据人民文学出版社 2005 年版《鲁迅全集》第15卷、第16卷和第17卷的相关资料整理,所列人员为与出版家鲁迅合作的编辑。

后　记

1996 年,从湖南师范大学毕业后来到湖南少年儿童出版社上班。起初的岗位是校对,工作上较为轻松,有较多时间由自己支配。一则需要打发富余的时光,二则总想做点什么以显示自己的存在。于是,苦思冥想找事做。到底做什么呢? 最后确定了两条标准:第一,做的事要可行;第二,做的事要和工作有关。尽管确定了标准,但一段时间过后具体的事还是没有找到。

刚进入出版行当,没有作者资源,想起以文会友,通过为作家写书评和他们搭上关系。第一篇书评是读谢璞老师童话新作《小狗狗要当大市长》的体会《童真　童趣　辨是非——推荐〈小狗狗要当大市长〉》,发表在《文艺报》。高兴之余,觉得做点类似书评的编辑出版个案研究,既可以发挥中文专业的优势,又可以学习业务知识。

选择研究鲁迅编辑出版思想的具体原因已经不记得了,但是,上手似乎不慢,这年年底,一篇名为《鲁迅的图书质量观》的文章发于《中国出版》杂志第12 期上。从此,关于鲁迅编辑出版思想的文章陆续面世。1997 年,《鲁迅与编辑道德》发于《编辑学刊》。1998 年,《俯首甘为孺子牛:鲁迅的编辑精神论》发于《益阳师专学报》;《鲁迅的封面设计思想》发于《编辑之友》;《鲁迅审稿思想浅探》发于《编辑学刊》。2000 年,《鲁迅的书评特色及其启示》《鲁迅的校对观》发于《出版发行研究》。2001 年,《鲁迅对现代书籍插图的贡献》发于《新闻出版交流》;《鲁迅与毛边书》发于《文汇报》;《从鲁迅的图书广告探讨图书广告的审美个性》发于《出版广场》。2008 年,《鲁迅的图书宣传方式及其启示》发于《编辑之友》。

1996 年,《中国出版》的责任编辑是周奇先生,他原是工人出版社的总编辑,退休后既为杂志做事,也以中国出版工作者协会校对委员会负责人的身份关注出版物质量,推动校对工作发展,研究校对。在这年于武汉召开的一次校对研讨会上,有幸认识周奇先生,他指导我策划了选题《中国文物故事丛书》《中国文字故事丛书》,给了我从事编辑工作的最初鼓舞。当然,他在《中国出版》做编辑是我发了文章后看到样刊上责任编辑的名字才知道的。我没有为发文章找他,但是,文章的发表是不是与他见过我有关就不知道了,一直也没有问。不过,一直到现在,我心里觉得他是关心我的,那股暖意总在,我的感恩总在。1998 年,我参加中国编辑学会的年会,参会的论文是《鲁迅的审稿思想》,并在大会上宣读。会前,《鲁迅的封面设计思想》已发于《编辑之友》;会上认识《编辑之友》的主编孙琇先生,聊起来特别投缘。这一年,因为发《俯首甘为孺子牛:鲁迅的编辑精神论》认识编辑周国清先生,友谊保持至今。不过,他后来调到湖南师范大学新闻传播学院工作,专门研究编辑出版学,著作等身,已是二级教授。《新闻出版交流》的康宏先生因为转载我发于《出版广角》关于书评的文章而认识,就有了《鲁迅对现代书籍插图的贡献》的发表。后来,康先生做了《编辑之友》的主编。2006 年,我在武汉大学读博士研究生,要发文章才能毕业,专门写了封信给康先生,《鲁迅的图书宣传方式及其启示》发出来了。

起初,文章写成,再用复写纸抄两份,一份留底,一份寄出。后来有了电脑,方便了。之所以详细说说这些文章的发表故事,是因为我向来不喜麻烦人,文章寄出,发了就发了,没发也就没发。但是,一路走来,总有些编辑就这样把文章发出来了,还留下了故事。现在想来,编辑出版圈里的这些平台和掌管这些平台的老一辈新一代的老师们,以特别的情怀为这个行当培植土壤,尽心尽力地帮扶我,尽管作为作者的我和作为编辑出版人的他或她之间没有特别表达,但这种灵犀在意味着空间有,也就有了编辑出版的特别魅力和特别希望。因为这些编辑的职业、敬业、专业和情怀,编辑出版行当才如此有幸,才如此有力量前行。这些编辑是需要特别感激的。

师从罗紫初教授读出版发行方向的博士研究生,原本既满足对大学校园的怀念,又了却内在心愿,因而是有不少期冀和想法的,但是,几乎一个想法都没有实现就到了 2009 年,该是毕业的时候了。还是用鲁迅的编辑出版思想救急,以《鲁迅的编辑出版思想及其实践与地位》为博士研究生毕业论文题目。这年年底博士论文答辩完毕,这件事结束了,我于第二年年初到了英国斯特灵大学,主修国际出版管理,度过了一年的留学生活。

一直想好好整理自己关于鲁迅编辑出版思想的学习心得,把书出出来,但是,念头闪过多回,却始终未付诸行动。2017 年,老领导、学界前辈、老师尹飞舟先生退休后到湖南师范大学做学问、当教授,知我有梦,发出邀约,我欣然接受,开启了生活的又一道门。2018 年,承蒙集团董事长龚曙光先生关心,得到机会于中共湖南省委党校学习一个学期。兴趣和压力在这段宝贵的时间里成为动力,这回整理鲁迅编辑出版思想的学习成果是真的了,将课题重新取名为《出版家鲁迅研究》。再一次翻阅《鲁迅全集》,再一次阅读相关的回忆录,沉进去,不断拓展和深入。几个月过去,20 余万字的文稿成型了。文稿是对博士论文的大修改,不但调了结构,而且增加了近 6 万字。2019 年,再次读文稿,为那些遗漏焦虑,为那些不足汗颜,一一核,一一改,一一修。

现在,《出版家鲁迅研究》摆在这里,于我是长跑的结果。断断续续的长跑,没有偏离方向,但是,这一结果仅仅是一件事的总结而已,因为这条路还在延伸,因为深知所得的局限。未来,不能放下的是奔跑,要在奔跑中用新的素材、新的思维、新的实践、新的成果等补充和完善现在的所得。

梳理历程重在感恩。出版家鲁迅先生是我从事编辑出版的偶像,每当有困惑时翻翻他的著述,想想他的编辑出版实务,也就明朗多了、平和多了,因而最要感谢。要感谢师傅彭兆平,因为写了点东西,她提拔我做湖南少年儿童出版社的总编室主任,这成就了人生的一次蜕变。她的善良、责任、执着、务实,她无微不至的关心、十分的理解和十二分的包容,深深地影响我,深深地助力我的奔跑。要感谢师长们的呵护,你们为我的奔跑提供了机会。要感谢知己们的支持,你们为我的奔跑提供了动力。要感谢学者们的耕耘,你们为我的奔跑提供了依托。要感谢家人们的包容,你们为我的奔跑提供了力量。

2020 年 2 月 2 日

责任编辑:张双子
封面设计:王欢欢
责任校对:吴容华

图书在版编目(CIP)数据

出版家鲁迅研究/谢清风 著. —北京:人民出版社,2021.6
ISBN 978-7-01-023308-6

Ⅰ.①出…　Ⅱ.①谢…　Ⅲ.①鲁迅研究②出版工作-研究-中国-民国
Ⅳ.①I210②G239.296

中国版本图书馆 CIP 数据核字(2021)第 064346 号

出版家鲁迅研究

CHUBANJIA LUXUN YANJIU

谢清风　著

人民出版社 出版发行
(100706　北京市东城区隆福寺街 99 号)

北京汇林印务有限公司印刷　新华书店经销

2021 年 6 月第 1 版　2021 年 6 月北京第 1 次印刷
开本:710 毫米×1000 毫米 1/16　印张:18
字数:266 千字

ISBN 978-7-01-023308-6　定价:52.00 元

邮购地址 100706　北京市东城区隆福寺街 99 号
人民东方图书销售中心　电话 (010)65250042　65289539